我的繁星海潮

[illegible]蝉 著

江苏凤凰文艺出版社
JIANGSU PHOENIX LITERATURE AND ART PUBLISHING

图书在版编目（CIP）数据

我的繁星海潮 / 凉蝉著. — 南京 : 江苏凤凰文艺出版社, 2022.12

ISBN 978-7-5594-7115-4

Ⅰ. ①我… Ⅱ. ①凉… Ⅲ. ①长篇小说－中国－当代 Ⅳ. ①I247.5

中国版本图书馆CIP数据核字(2022)第154076号

我的繁星海潮

凉蝉 著

责任编辑　王昕宁
特约编辑　周丽萍　李　娜
责任校对　言　一
出版发行　江苏凤凰文艺出版社
　　　　　南京市中央路165号，邮编：210009
网　　址　http://www.jswenyi.com
印　　刷　长沙鸿发印务实业有限公司
开　　本　880mm × 1230mm　1/32
印　　张　10
字　　数　355千字
版　　次　2022年12月第1版
印　　次　2022年12月第1次印刷
书　　号　ISBN 978-7-5594-7115-4
定　　价　42.80元

江苏凤凰文艺版图书凡印刷、装订错误，可向出版社调换，联系电话025-83280257

目录 /contents

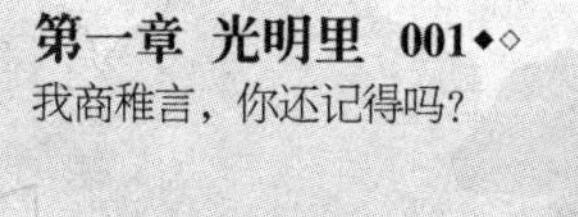

第一章 光明里 001
我商稚言，你还记得吗？

第二章 朝阳里 038
我去给你买夏天最后一个冰激凌。

第三章 浪潮社 078
你以后要在这里当记者。等我做出厉害的机器人，你得给我写专访，一万字打底，还配照片的那种。

第四章 溜冰场 126
以前你不会做的，现在都会做了。

第五章 新月医学 161
我会告诉你的，但你要等一等我。

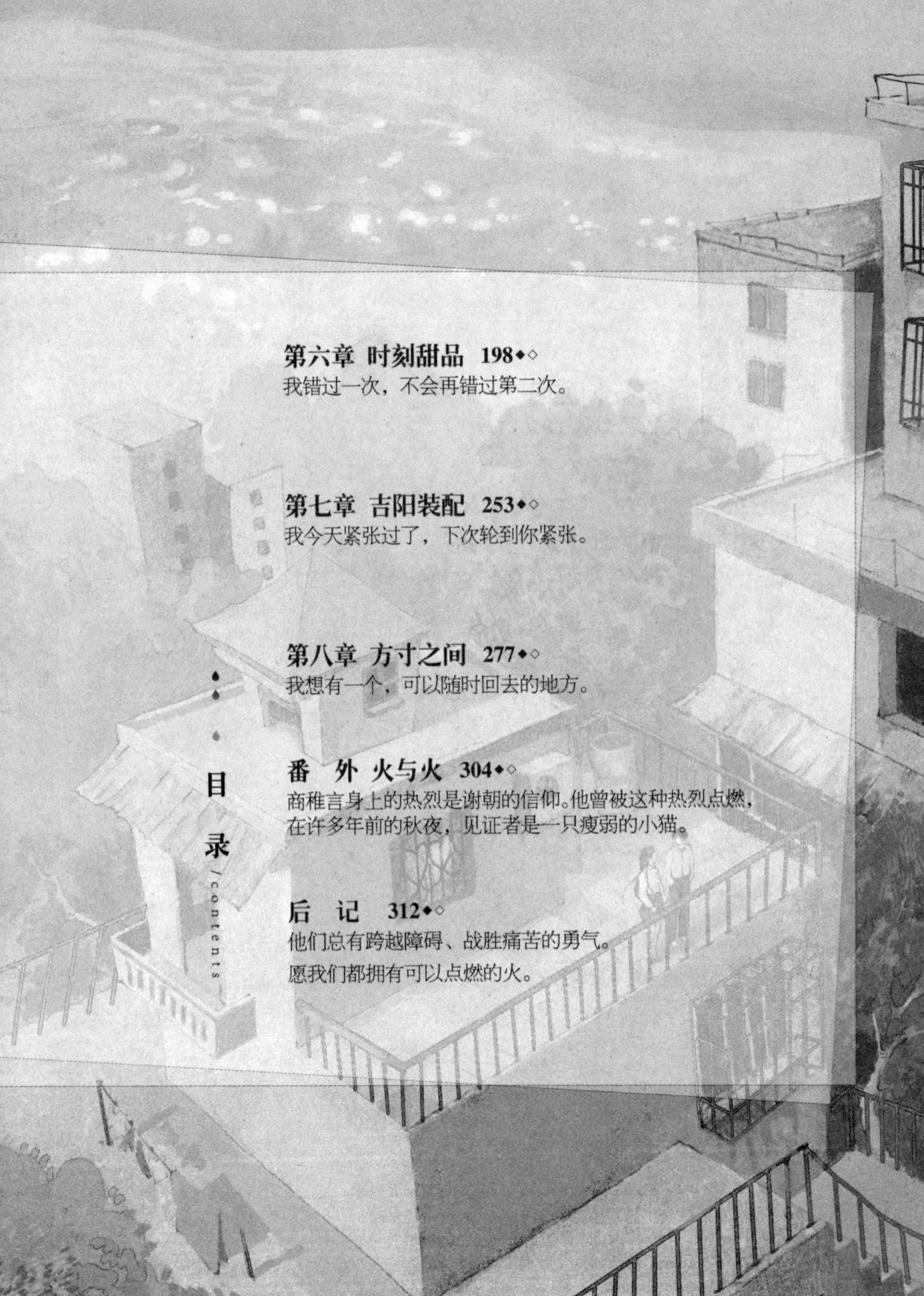

目录/contents

第六章 时刻甜品 198

我错过一次，不会再错过第二次。

第七章 吉阳装配 253

我今天紧张过了，下次轮到你紧张。

第八章 方寸之间 277

我想有一个，可以随时回去的地方。

番 外 火与火 304

商稚言身上的热烈是谢朝的信仰。他曾被这种热烈点燃，在许多年前的秋夜，见证者是一只瘦弱的小猫。

后 记 312

他们总有跨越障碍、战胜痛苦的勇气。

愿我们都拥有可以点燃的火。

第一章

/光明里/

我商稚言，你还记得吗？

01

光明里北边出口正对着同华高中后门，南端街口斜插入海堤，是一条全长不到三公里的小街。

街面陈旧，沥青路面上布满大大小小的补丁，缠绕百香果藤蔓的架子下总摆着几张台球桌，老人坐在路边摇晃蒲扇，空气里永远波动着海涛的声音。

光明里 15 号是商稚言的家，她在这里长大。

这座沿海的南方小城拥有漫长的夏季和短暂得可以忽略不计的冬天。三月正是潮湿的时候，海洋水汽被季风带上陆地，空气里全是沉甸甸的水分。路面湿滑，过路的人眉毛头发上都缀着细小的水珠，墙面像流着泪，一道道水痕挂下来。

商稚言此时正站在光明里和海堤街的丁字路口上左右张望。贩卖渔货的简陋小市场已经在路边开摊，人群渐渐聚集，但接她的人还没有来。

光明里公交车站的人走了一拨又一拨，她捏着手机却不敢催促，直到看到崔成州的车子出现在拐角才松一口气。

“崔老师！”她连忙奔过去。

崔成州盯着她上车，满脸不虞：“你家这段路也太堵了。”

商稚言紧张地扣好安全带：“对不起。”

车窗之外，海面晃动着金箔一样的光芒。身着同华高中校服的少男少女骑自行车滑过，留下一两串模糊的笑声。

商稚言看了眼手表。

七点零六分，他们必须在八点半之前抵达会展中心。

“考个驾照吧，”崔成州打着方向盘说，“不会开车还当什么记者。”

商稚言连忙点头：“我上周报名了。”

崔成州脸色缓了缓，随后又想起了什么，语气一厉：“录音笔呢？”

商稚言：“带了。”

崔成州：“采访证。”

商稚言连忙翻找背包，崔成州连声冷笑。

采访证就在背包夹层里，和记者证放在一起。商稚言再次检查了所有必需的东西，确保不会再因为丢三落四而被崔成州责骂。

进浪潮社刚刚一个月，商稚言还在轮岗。今天在会展中心召开的是年度高新科技产业发布会，崔成州是业内很有名气的记者，手底下带着几个新人，但他点名让商稚言跟他一起去现场。商稚言知道这是崔成州关照自己，她跑现场的经验少，多学一点是一点。

她小心翼翼地擦拭干净采访证，戴在脖子上，保持着乖巧的沉默。

证件照里的商稚言精神抖擞，一头披肩长发油亮乌黑，白净的小圆脸上笑眼弯弯。

会展中心的媒体签到席已经围拢不少人，商稚言拿了两本会议手册，转头便看见电台的记者满脸同情地拉着她，低声问：“你跟的是崔恶啊？”

周围几个年轻记者脸上都是一色的怜悯，有人甚至还拍了拍她的肩：“熬着熬着就过来了。”

崔成州显然知道自己在新人里恶名远扬，站在远处一声不吭地盯着商稚言。商稚言迅速签了名奔过去，被崔成州一瞪，连忙维持面上的冷静，端起了记者的架子。

她跟着崔成州认识会场的人，打起十二分精神紧张地问好、握手，把人脸和名字、职务一个个对上号，但还是被崔成州狠狠瞪了一眼——因为忘记带名片。

等坐到位置上，崔成州松了一口气：“也不用记得太清楚，下个月你就到新媒体中心去了。”

浪潮社是国内著名的综合性媒体，以“创新媒体，关注时代”为宗旨，除了每周发行的《浪潮周刊》之外，在“两微一端”上也有很大影响力。社里有五个新闻中心：时政、社会、财经、国际和新媒体。商稚言现在在财经新闻中心轮岗，农林牧渔、金融期货、产业科技每一个跟经济有关的新闻都得跑。

她低声问：“崔老师，我听说你下个月也要调走？”

崔成州脸色终于缓和，似乎离开财经中心是一件令他十分高兴的事情：“回老本行。”

商稚言连连点头。崔成州的“老本行”是社会调查记者，隶属社会新闻中心。

“你高兴什么？”崔成州打量着她，“你要想去社会新闻中心继续跟我，那无论什么工作，都得认真谨慎些。我的要求是很高的。”

商稚言又拼命点头。

她进入浪潮社的目的之一，就是跟着崔成州工作。多年前与崔成州的一段来往，令她对这位前辈深怀敬意。但这种话可不能对崔成州说，否则他绝对会露出嫌弃表情，嘴角一扯，发出标志性的嘲笑：年轻人，不要盲目。

今天的发布会的新内容不多，崔成州带她来，主要是让她熟悉工作环境和流程，跟其他媒体的记者混个脸熟。

主办方准备好了通稿和材料，一一分发到记者手上，就连提问环节也循规蹈矩。商稚言问了两个问题，坐下后立刻在手机上疯狂打字，给编辑部发回现场实时报道。

最后一个问题是坐在商稚言前方的电台记者提出的：去年科技园区的新月医学科技研究院取得了医疗机器人和携行外骨骼的技术突破，不知能否具体展示、说明一下？

新月医学的负责人就在台上列席，他欣然应允。用视频介绍了六自由度脊柱外科手术医疗机器人之后，他似乎还意犹未尽，转头冲台下的团队招手。

很快，一位青年拿着造型古怪的机械走上了台，那似乎是一个机械骨架。

“携行外骨骼，等于在人类肢体上外装的另一段机械骨头，除了这种上肢外骨骼，还有下肢和全身的。”崔成州对商稚言解释，“新月医学的重头项目，研究好几年了，但突破不大，主要是材料和技术上还落后国外很多年。”

青年背对众人戴上外骨骼，随后转身讲解演示。他声音中没多少热情，一种按部就班的冷淡，但在外骨骼帮助下轻松抬起台上沉重的会议长桌后，他微抿的嘴角还是泄露了一点愉悦。

在看清楚青年面容的瞬间，商稚言愣住了。崔成州在她身边发出标志性的冷冷低笑：“新月怎么老这么浮夸？展示个机器，连模特都用上了？”

他身后的日报社记者接话：“什么模特啊，他是新月医学的人，之前在国外留学，现在是被高薪请回来的高级机械结构工程师。哎，对，刚刚在门口还给了我一张名片来着……”

崔成州侧头问：“哦？叫什么？”

“谢朝。”回答他问题的居然是商稚言，“朝阳的朝。”

崔成州似是觉得有些好笑，浓眉略略挑起：“你认识？”

商稚言看着正操作着外骨骼的青年，眼里全是笑：“你忘了吗？你见过他的，我们是老朋友。”

散会后，商稚言费了一些劲儿才在会议厅侧门找到谢朝。她冲谢朝打招呼，青年闻言回头，目光在她身上略略一停。他沉默时面上表情有点生硬，薄唇紧紧抿着，俊朗面容自带生人勿近的气息。

“嗨！”商稚言脚下像装了弹簧，脑后马尾乱甩，“是我啊！”

她其实想在谢朝肩上拍一下。要做这个动作她得踮脚，以往谢朝会站定，身段不动不摇，看着她把手心轻撞在自己肩上。但商稚言抬起手，最后只在空气里摇了一下。谢朝看她的眼神里带着漠然的疏离，她忽然有些不确定，自己是否真的认对了人。

但眼前青年左胸上的标牌，的的确确是“谢朝”二字。

“我是商稚言。”商稚言收好外放的表情，规规矩矩，“你还记得吗？”

谢朝比印象中长高了一点，还瘦了一些，轮廓清俊利落，但也越发显得孤傲难接近。他没有看商稚言，目光落在她胸前的采访证上，片刻后扭头盯着手机，说：“不记得。”

紧接着尤嫌不够似的，他又补充一句：“不认识。”

商稚言不知道自己现在是该脸红还是脸白。她抓了抓耳垂和下颌，尴尬地笑了一声，但紧接着，莫名的怒气涌上心头。她没再接一句话，转身便走。

崔成州正叼着一支烟跑向侧门，差点和商稚言撞上。他没见过自己这小徒弟这么羞恼的样子，又是好笑又是讶异，远远看见谢朝往这边望来，他抬手冲谢朝晃了晃。

青年清瘦的身影被室外日光削得越发单薄，崔成州来到侧门时他已经走远了。崔成州缓缓吐出一口烟，盯着谢朝的背影苦思，良久才一拍膝盖：想起来了。

回到车上，他想跟商稚言聊一聊谢朝，却发现商稚言挂着一脸闷气。

“不是老朋友吗？”崔成州擅长哪壶不开提哪壶，“怎么不聊多几句啊？”

等不到商稚言回答，他又笑：“我知道你这老朋友其实是……”

“同学。”商稚言忽然出声打断他的话，“我和他只是同学。”

撇清楚了，她也仍嫌不够似的，补充一句：“不对，校友。我们根本不同班。”

崔成州一路上都憋着坏笑，他太喜欢年轻人生动的表情了。方才谢朝还在台上演示外骨骼的时候，崔成州确定他看到了商稚言。那瞬间，谢朝的目光就像钉在商稚言这儿一样，好几秒了都没移开。

他知道商稚言肯定也捕捉到了谢朝的眼神。

“怎么回事？”崔成州说，“他是假装不认识你啊？”

商稚言一声不吭，低头把图片和音视频发给新媒体编辑，装模作样地忙碌。

师徒俩草草在外面吃了一顿午饭，下午立刻驱车赶往县区，采访省厅下来的海水稻专家。商稚言东奔西跑，偶尔还被崔成州痛骂两句，时间都花在工作和心理建设上，也无暇思考谢朝。

回到光明里已经是深夜。夜间的海堤街与早晨仿佛两个世界，崔成州的车子一溜烟开远了，商稚言转身走入光明里。海风挟带着海浪的声音从南边吹来，路旁夜宵摊上的生蚝、玉米和韭菜各自肥腴油亮，两只小猫在路灯下抓挠，滚成一团。

商稚言心想，这条路谢朝以前也常常走。

他是记得自己的，商稚言无比确认这一点。她现在开始后悔，当时不该负气离开，至少得抓住谢朝好好问清楚，失去联络的这几年发生了什么，他又度过了怎样的日子。她应该记得的，谢朝性格并不十分开朗，别人莽撞朝他进一步，他会连续退许多步。

带着懊恼心情，商稚言在宵夜摊点了碗牛肉伊面。老板娘冲她挤挤眼睛，往汤碗里放了个溏心荷包蛋。商稚言有点儿想问老板娘还记不记得谢朝，那个看到葱花就眉头紧锁的男孩子。

海关的钟声遥遥敲响，十点了。静谧路面渐渐热闹，晚自习放学的同华学生们开始往家里赶。他们还穿着夏季的校服，白上衣和深蓝色裤子，目之所及都是千篇一律的少年人。商稚言在碗底搜索碎肉，想起和谢朝初见的那天。

那天下着这城市的第一场秋雨，商稚言也是刚好这个点下晚自习。她的自行车掉链了，只好一手撑伞一手推车，慢慢走回家。

家里的铺子已经落闸，柔和的光线从没关紧的卷闸门下漏出，门边是一把破伞。

破伞下蹲着一个和她穿同款校服的男孩。雨不小，夜又深了，初秋的凉意卷过皮肤，商稚言侧头探问："你好，你不回家吗？"

破伞慢吞吞地移开，路灯照亮男孩瘦削的脸，他有一双圆而明亮的眼睛。看了商稚言一眼，他立刻低头，像是回避和她对视或交谈。

商稚言至今仍记得，谢朝当时穿了件短袖白T，脚边是叠成方块的校服外套。一只小奶猫趴在外套上，被破伞遮挡着，气若游丝地哼哼。

02

湿冷的秋雨打湿地面，路灯与霓虹招牌把光明里照得油亮，谢朝手里拿着一根火腿肠，正试图让小奶猫张口吃东西。

虽然男孩不声不响令人不快，但商稚言可怜那小猫，连忙告诉他火腿肠不合适。

"我家有牛奶，可以给它吃。"商稚言把卷闸门推上去，回头敲敲那把姜黄色破伞。

直到看见商稚言用小碗装了牛奶放在门口，男孩的戒心才消失，抱起小猫放在碗边，让它一点点舔食。

"言言，我给你蒸了蛋……"商承志从厨房走出，猛地看见家里有个陌生人，"这是……你同学？"

商稚言点点头，与商承志大眼瞪小眼。既然是同学，那就应当介绍给父亲，但……商稚言朝男孩投去询问眼神，那一直不声不响的救猫者终于开口："我是谢朝，朝阳的朝。"他说完又飞快看了商稚言一眼，"我是余乐班上的。"

商承志一副了然神态："噢！乐仔的同学！商稚言，给人家拿些东西吃啊，没礼貌。"

商稚言紧走几步把父亲推进厨房："吃什么啊？我们家里有什么可吃的……"

商家住在光明里平平无奇的一栋三层民房，一楼开租书店，店里排满书架，门边是一张带两个抽屉的旧书桌。穿过书架和书架之间的小门便是拥挤的楼梯和厨房，勉强在狭窄空间里摆出个条理。

父亲商承志四十多岁因病内退，打理着家里的这间小店，早晨还兼卖些豆浆、包子之类的早餐。母亲张蕾是水产公司车间主任，工作日夜颠倒，成日要守在车间里盯货进货出，夜班是常态。家里收入水平一般，存货不多，商稚言在厨房转了一圈，也没找到能接待谢朝的东西。

要不也给他一盒牛奶？商稚言盯着热腾腾的蒸蛋心想，或者给他吃这个。

“冰箱里不是有那个……”商承志提醒。

商稚言从没想过要用剩蛋糕接待客人，和商承志小声争执片刻，垂头丧气地端着蛋糕走出来。谢朝正站在书桌前翻看着什么，商稚言猛地想起，那是晚饭时她带回来的月考数学卷！

成绩有点儿丢人，商稚言连忙扑过去按住卷子：“不许看！”

谢朝退了一步，目光落在她手里的蛋糕上。半块巧克力片插在三角形的栗子蛋糕上，有模糊的“快乐”二字。

谢朝终于主动开口：“这是什么？”

“我今天生日，这块本来留着当明天早餐的，给你了。”商稚言厚着脸皮直视他，仿佛迎接某种挑战。

紧接着，她便看到眼前冷眉冷眼的男孩笑了。这笑容让十七岁的商稚言满脸通红，她在瞬间开始憎厌自己，情绪来得如此莫名其妙，她又羞又恼：“不吃算了。”

但谢朝伸手接过了蛋糕，坐在门口：“谢谢。”

吃饱了的小猫快要栽进碗里，柔弱的后肢紧紧攀在碗沿上。商稚言看见谢朝叉下一块蛋糕坯递给小猫，忙伸手阻拦：“小猫不能吃这个。”

谢朝于是自己吃了：“流浪猫，不用讲究。”

商稚言：“你……不养它吗？”

谢朝：“不懂养。”

小猫哼了一声，彻底跌入舔干净的碗中，干脆在碗里打滚。

商稚言：“我以为你捡它是要养它。”

“我们吃完就走。”他朝着小猫说完这句话，开始安静地吃蛋糕，顺带扫视身后书架。

书架上一半是漫画，四拼一版本，书脊用棉绳加固，防止翻动太多而散架；一半则是武侠小说，作者有金庸、古龙，或者金庸新、古龙新。商稚言一直紧盯他的反应，等待着他可能发出的嘲笑。

平时对着同学，商稚言敢自称为租书店太子女，但谢朝的一举一动都平白令人紧张。他与此处格格不入，与这似乎没有尽头的雨夜格格不入。商稚言想象不出他可能的反应，但每一个反应都可能令她不安。

商稚言忽然想到他刚刚说的话。余乐是商稚言从小玩到大的朋友，现在在高三理科实验班，但他班上有这样的人吗？她没有任何印象。

吃完蛋糕的谢朝向商稚言告别，他一手拎着湿漉漉的校服外套，一手把小猫抱在臂弯。商稚言忍不住又问他打算怎么处理小猫，谢朝想了想："找个地方放生。"

商稚言低叹，从他怀里把小猫抱过来："给我吧，我家养猫。"

谢朝捏捏小猫的耳朵，完全没有犹豫："好。"

雨势小了许多，他没拿那把破伞，直接跨出卷闸门便走。

商稚言正帮小猫擦去身上水珠，谢朝忽然又回头："我能借本书吗？"

他借走了一本推理小说，商稚言没好意思收他钱。临走时，他跟商稚言说："第三道大题，辅助线不是EF，是OFD。"

商稚言一下没反应过来，谢朝弹弹小猫的爪子，这回是真的走了。

后来商稚言果真按照谢朝的说法画出了OFD的辅助线，可盯着那函数几何图看了半天，仍旧不会做。

商承志在客厅里跟夜班回来的张蕾汇报女儿生日发生的新闻："我们言言有一个靓仔同学。"

但张蕾对女儿的靓仔同学完全不感兴趣，她风风火火拎着小猫敲开了商稚言的房门："商稚言，你怎么又捡猫！第三只了！"

"它那么小！"商稚言抓过小猫亲了亲，"还不算正式的猫……"

张蕾被她气笑了："什么才是正式的猫啊？"

在她身后，一黑一白两只"正式"的大猫在房门口探头探脑，与商稚言怀中的小猫互瞪眼睛。

再碰见谢朝是在公布月考成绩的时候。商稚言在理科的排名榜单前找到了满脸凝重的余乐，他正盯着第一名的分数发呆。

同华高中是区内十分有名气的重点中学，余乐是中考状元，两年来排名始终不变，永远第一。但高三的第一次月考，谢朝打破了他的纪录——谢朝比余乐多3分，登顶了。

“他数学满分，我只有 147 分。”余乐一直念叨，“最后一题他居然做出来了……理综比我低，语文比我高……哎，你考得怎么样？”

商稚言耸耸肩。

同华高中偏重理科，文科班只有八个，排名在 120 以内才有冲刺重点大学的机会，她排名 214，距离有点儿远。

余乐似乎十分理解她的沮丧和懊恼，热情地请她吃烤肠，并强迫她请他吃冰激凌。两个人互相对对方说着作用不大的安慰：“下一次月考一定会进步。”

这是一年中既干燥又酷热的九月，秋老虎肆虐，海风吹走了所有云层，太阳从早到晚散发凶猛热力。明明已经是下午五点，水泥地面仍旧烫得无法落脚。

但余乐却发现谢朝在操场跑步。

他跟商稚言介绍，那位戴着耳机跑步的靓仔就是谢朝，高三转学生，正好坐他身后，和他同为“垃圾筐护法使者”。商稚言装作第一次认识谢朝，余乐说一句她便点一点头。

“没必要，跑步真没必要。”余乐犹豫一会儿，囫囵把蛋筒皮和雪糕全塞嘴巴里，开始蹲下重系鞋带，“算了，我也去跑跑。”

操场上满是高一高二的学生，寥寥几个高三人。教学楼下的排名榜被围得水泄不通，商稚言在操场边踱步，心里忽然有些虚，脚下像踩着松软的云。

教学楼上悬着两条红色条幅：为梦想拼搏，向未来冲刺。

她并不知道自己的未来在哪儿，十几年来和身边同学朋友过着同样的生活，陌生的危机感忽然从天而降，砸得她茫然无措。

眼看余乐和谢朝跑完一圈经过，商稚言不由自主地跟在他俩身后，也开始了慢跑。

谢朝还是那副不愿意搭理人的冷淡脸，显然不太会应付自来熟的余乐。发现商稚言后，余乐拽着他的胳膊回头大声介绍：“这位，我兄弟，商稚言！没有她没看过的闲书，没有她不知道的漫画！但人特别小气，我俩青梅竹马十几年，租她一本书还要跟我收钱！”

谢朝也是一副今天才认识商稚言的样子：“哦……”

谢朝应该多笑笑的。她想，笑起来挺好看嘛，是货真价实的靓仔。

月考之后是家长会，恰好是国庆长假前一天。商承志早早关门去开会，拉着每一个科任老师问商稚言的情况。

这天不用上晚自习，商稚言躲在图书馆里帮老师整理书籍。

老师告诉她有一个专业叫图书管理学，建议她去了解。可商稚言数学太差，地理分数也上不去，语文作文很难超过50分，几乎全都是短板。见她情绪低落，老师便将档案室的钥匙交给她，给了她独处的时间。

但商稚言连续多日失眠，在档案室里看了一会儿书，竟迷迷糊糊睡了过去。等她惊醒，图书馆内已经断电，周围一片漆黑。

商稚言喊了几声老师的名字，没有回应。她心中惴惴，摸黑收拾好书包，攥着钥匙下了楼。

无人无灯的图书馆静得可怕，商稚言小跑穿过走廊，一颗心怦怦直跳。

一楼电子锁已经锁上，所有门窗紧闭，只有楼梯间的窗户能推开手掌宽的缝隙。

“保安！保安师傅！”商稚言一通大叫，“门卫大叔！张老师……有人吗！ Hello！”

无奈这窗户朝着操场，而操场空无一人，只有沙池边亮着两盏照明灯，除外全是黑魆魆。

“救命！”商稚言开始乱喊，“起火啦！”

她脑中忽然一亮，连忙跑回一楼的大铁门旁，果真在墙上看到了火灾报警按钮。但按下去之前，她犹豫了。这是不是报假警？给她钥匙的张老师会不会受批评？明明是因自己疏忽造成的，要是闹出大动静，事情性质就变了。

可接下来便是小长假，她要一直守在窗户边等保安巡校吗？若是被保安发现，那自己算不算违反校规？若是和巡校保安错过了，她岂不是得在这儿待好几天？

在一楼转了几圈后，她忽然想起了二楼走廊外的大水管。

二楼是校史陈列室，走廊半封闭。商稚言反复目测那根从楼顶通到地面的排水管，确定它足够牢固，开始摩拳擦掌。

“……你在干什么？”

暗夜中出现的声音结结实实吓了商稚言一跳。她条件反射地半蹲下来，惊疑不定。

声音似乎是楼下传来的。

“我看到你了，商稚言。”他再次开口。

商稚言小心探头，楼下竟站着谢朝。

谢朝还是一件白 T 搭配校服长裤，外套被他系在腰间。他双手插在裤兜里，仰头与商稚言对望，门口常亮灯把他脸上的困惑照得很清楚。

他刚刚在操场跑步，听见这儿传来古怪喊声便过来看看，绕着图书馆晃了两圈，发现了准备爬楼的商稚言。

谢朝问她是不是想跳楼。

谢朝：“别想不开，我的小猫还在你家里，你说好会照顾它。”

“你的小猫？”商稚言惊讶，“不是流浪猫吗？”

“我捡的流浪猫，我委托给你了。”谢朝的语气自然得仿佛在说一件毋庸置疑的事情，“所以是我的猫。”

商稚言撇撇嘴，这人胡说的本领跟余乐不相上下。

“你离家出走吗？”谢朝又问，“如果想跳楼，这儿太低了，效果不好。”

商稚言告诉他事情原委，他总算正经了一点：“你等等，我去叫人。”

“别别别！”商稚言压低声音喊，“别叫人！我悄悄地下来。”她指着那根水管，“挺结实的，我可以爬下来。”

谢朝沉默片刻，张开双臂，做了个抱着什么的姿势。

“你不如直接跳下来，”他说，“我会接住你。”

商稚言：“我……九十四斤。”

谢朝：“信我，我会接住你。”

他太诚恳、太认真，商稚言差一点儿就信了。但她蹲在光滑瓷砖贴成的栏杆上，理智战胜了一切。把书包甩到谢朝怀里，她谨慎地审视着眼前的水管。

她忽然发现，水管旁边是会议室突出的窗沿，而图书馆门前那棵大叶榕嚣张的粗枝恰好在窗口被截断，截面足有一个足球那么大。

商稚言想起来了，这棵树树龄百年，当时为了修建图书馆多番测量选址，最后没有移动老树，但截走了好几根张牙舞爪的大树杈。

谢朝已经走到水管旁，仰头盯着商稚言的每一个动作。

她一手抓住墙沿，一手攀着水管，右脚谨慎探出，踩上窗沿。窗沿正好能容下一只脚，她顺利移动到窗边，抓住了榕树的树枝。

谢朝终于明白她要做什么，连忙随着她的方向移动，手臂仍是同样的姿势。

攀上树枝之后，商稚言才稍稍松一口气。她沿着树枝小心爬到树干上，落到了低一层的枝子上。此处离地不到两米，商稚言瞧准方位，跳了下来。

一个漂亮的下蹲落地。她起身时还有些趔趄，但立刻又兴奋地蹦了起来：“成功了！”喊完才发觉心脏在左胸膛里凶狠乱跳，太阳穴也咚咚地震动。她拍拍胸口，这时候才觉得后怕，“吓死我了。”

谢朝还是那个准备接住什么的姿势，眼神在她和榕树枝之间游移。

从谢朝手里接过书包，商稚言道谢时发现谢朝双手冰凉，手心还有汗。

“我很擅长爬树。”商稚言跟他解释，“我家门口那两棵树，我小时候直接坐树杈上吃饭的。”

谢朝没应声，在衣服上擦了擦手。

“你……不需要担心哈。”商稚言大大咧咧地在他肩上拍了一下，这是她常对余乐做的动作，“我很厉害的。”

她抬手的时候才意识到这个动作太自来熟了，本以为谢朝会躲开，或是流露不悦，但他一动没动。她飞快地结束这个轻拍，讷讷收手，嘿地一笑。

“十点半了。”谢朝提醒。

两人取了自行车沿校道离开，教学楼这边还有三三两两的学生，混在其中毫不突兀。商稚言走出一段才发现，谢朝推车跟在自己身后。

“我去看猫。”谢朝说。

两人等红灯的时候，谢朝低头看着她的脚。商稚言却凝神在听身后准备打烊的商店里传出来的歌。

“周杰伦的歌。”谢朝说，“《蒲公英的约定》。”

商稚言有些吃惊，毕竟她以为这位酷酷的靓仔是不会听这种流行歌的：“你喜欢周杰伦？”

谢朝又恢复了冷漠的表情：“听一点点。”

商稚言：“他今年还发新专辑吗？”

谢朝：“去年刚发了《魔杰座》，新的要等明年吧。”

商稚言点头，朝着亮起的绿灯迈步，窃笑着：“明明很喜欢，别掩饰了。”

那年秋季的一个夜晚，平平常常，无风无雨。谢朝送她到家门口，确认她脚上没有任何不适后，忘记了看小猫的借口。商稚言睡前换了好几个频道，终于在夜谈节目里完整听完一首《蒲公英的约定》。

03

国庆虽然只放三天假，但对于高三生来说比压岁钱更珍贵。商稚言第一天睡了个懒觉，先是被父母“挖”起来看国庆直播，中午收到了远方朋友发来的冗长彩信和美术展照片，还回外婆家摸了一桶海螺，养在桶子里，晚上加菜。

第二天她立刻切换到高三模式，一大早就背着书包往余乐家去。

余乐家在海堤街上，骑自行车大概十五分钟。

他以前也住光明里，上幼儿园时才搬走。据说余家搬走那天，五岁的商稚言哭得不成样子，家里父母都在感慨小孩之间的深情厚谊。但余乐临走时把自己的一只熊猫玩偶送给商稚言后，商稚言立刻忘了与好友分别的痛楚，乐颠颠抱着熊猫亲个没完。在离开的车上，轮到后悔把熊猫送出去的余乐号啕大哭。

秋天的阳光比夏天还要厉害，商稚言戴着太阳帽穿着防晒衣，一路把自己裹得严严实实，经过奶茶店时还顺便买了两杯招牌丝袜奶茶，当作求教功课的酬劳。

余乐的妈妈正在门口的小卖铺里打盹，商稚言跟她打了个招呼，轻手轻脚地往楼上走。这城里的民房样式大多相似，狭窄的楼梯，狭窄的楼房，二三层的高度，楼顶会有个小阁楼用来堆放杂物，阳台和窗户上种着狮子草、芦荟，偶尔有一片招摇的三角梅，从墙边泼洒而下。

余乐的书房就在楼顶，他还养了两只鹦鹉、一只八哥、一只商稚言捡回家但张蕾拒绝收留的小猫、两只行动慢吞吞的巴西龟。长满百香果藤蔓的架子下，折叠桌已经摆好两张，风扇呼呼吹着，恭候商稚言来访。

她跑到楼顶时，余乐正在栏杆边上眯眼盯着楼下的什么猛瞧，近视眼镜反射出一片灿然的光。

顺着他的目光望去，除了海就是榕树树冠，还有晒得发白的公交车站金属顶棚。

“看什么？”商稚言问，“猫？”

“那是谢朝吧？”

商稚言这才发现，余乐说的是正坐在公交车站台的那个人。

因角度问题，商稚言看不到那人的脸，他也没穿着校服，就只是很普通的T恤和长裤，坐在光滑的金属椅子上，没有动作。

余乐已经在这儿观察一个多小时了。谢朝是从海滩边走上来的，循着狭长的石梯。他坐在公交车站，期间公交车来来去去，他始终没有踏上任何一辆。

“多热啊……”商稚言忍不住说，“你喊他一声？”

“他不太理我。”余乐告诉她，谢朝非常冷漠，除了偶尔几次在操场上跑步还能跟他说上几句话，平时在班上他不跟别人来往，就连坐在他身边的余乐也无法撬开他的沉默。

商稚言这时才有点儿明白，她常常去余乐班上找余乐借东西或要挟余乐请吃烤肠可乐，或许是一来二去的，谢朝认得她。

“他是不是也住附近？”商稚言又问，“可能家里热，出门透透气？”

余乐：“他住市中心。”

商稚言眨眨眼睛，生出了新迷惑——

住市中心的谢朝，为什么会在下着雨的深夜，跑到光明里捡一只猫？

“感觉很不好相处。”余乐说。

商稚言：“也不一定……”

她忽然冲着楼下大喊：“谢朝！”

她声音洪亮，两只小雀从榕树树冠里惊跳而起。一直坐在公交车站没挪过窝的男孩终于站起身，走出遮挡范围。他张望片刻，很快看到了商稚言和余乐。

果然是谢朝。

余乐冲他招手：“上来啊！这是我家！”

谢朝起初看起来有些吃惊，但他很快低下头，转身朝反方向走。余乐有些生气：“是吧，他不理人。”

“猫在这里！”商稚言又喊了一声。

谢朝果真停了：“什么！”

商稚言：“你的猫！我给余乐了！”

“你又有新猫？”余乐一头雾水，“谢朝为什么瞪我？”

商稚言疯狂用眼神给他暗示，他连忙冲楼下瞎喊一通：“对对对。”

谢朝果真上楼来了，脸上还带着隐约怒气。余乐在楼顶小门等着他，见到人后第一句便是：“吃了吗？”

楼上确实有猫，但不是谢朝的那只。橘猫吃得肚子滚圆，卧在商稚言大腿上睡觉。

商稚言：“不好意思，我看错了。”

他嘴唇发白，满头是汗，死死盯着商稚言膝盖上的橘猫。橘猫被惊醒了，翘着毛乎乎大尾巴，睁眼瞧他。一人一猫对视数秒，谢朝竟晃了一下，白着一张脸贴墙滑倒。

余乐离他最近，忙伸手搀扶。但谢朝自己站了起来，晃晃脑袋：“我走了。”

余乐把他拖到折叠桌旁坐下，塞给他一瓶水：“你是不是中暑了？”

攥着那瓶水，谢朝不吭声也不看人，胸膛起伏，明显不对劲。余乐给他拧开了又塞回他手里，见他还是不动，忍不住说：“你想让我们喂你还是灌你？”

谢朝这才开始喝水。他喝得急，连连呛了几下，商稚言忙拍他后背顺气，他想躲开，但立刻又被余乐按在椅子上。

“你肯定是中暑了。”中暑经验丰富的余乐断言，“喝水别那么急，衣服也脱一下，你怎么出这么多汗？”

喝完一瓶水的谢朝恢复了一些元气，余乐逮住机会问：“你吃早饭没？跑海滩上干什么？”

谢朝吃了一惊：“你……看到我了？”

余乐比画：“你从海堤走上来的。”

谢朝木木坐了一会儿，回答他：“没吃。”

他两手空空，但显然不打算跟眼前两人说明自己去了哪儿，做过什么。余乐挠挠头，下楼找吃的。

橘猫对新客人充满兴趣，从商稚言膝盖上溜下来后好奇地绕着谢朝走圈。

谢朝：“我的猫呢？”

商稚言在桌上摊开数学卷子和笔记本：“在我家。”

谢朝不吭声了，顺手拿过一本笔记本翻看。他脸色仍旧苍白，商稚言时不时瞥他，担心他会突然晕过去。

“这是你的错题本？”谢朝忽然问。

得到肯定的回答后，他嘴角一勾，毫不掩饰地嘲讽：“你连错题本都是错的。”

升高三后，为提高数学成绩，商稚言以免费供应奶茶为条件，恳求余乐给她一对一补习数学。

余乐没上过任何补习班，也没吃过老师开的小灶，在数学学习上他的制胜法宝只有一本记录着所有重要题目的错题本。于是商稚言照猫画虎地，开始整理专属于自己的错题本。

她有一副没攻击性、似乎也很不容易察觉别人攻击性的懵懂性格：“是吗？哪里错了？”

谢朝见她没生气，继续说：“你没弄懂错题本的意义，光记录错题没用。”

商稚言听得认真：“那应该怎么做？”

谢朝想起她月考卷子上的分数：“你平时只能考70分？”

商稚言脸上发热，干笑两声，抓起橘猫揉肚子：“平时可能才60分。”

她扭头看见谢朝盯着头顶的那蓬百香果思考，男孩脸上敷着一层灿然阳光，脸颊上是睫毛留下的纤细影子。紫红色的果子在秋风里牵着枝条摇晃，被叶片和架子切碎了的阳光缓缓流动，覆盖在他们身上。

“我帮你整理错题本。”谢朝说，商稚言忽然发现他眼珠子是浅棕色的，剔透漂亮，“保证你数学能考120分。”

商稚言的注意力顿时从靓仔脸上转移开，失声道：“120分？”

余乐风风火火端着一桶热腾腾的方便面跑上来：“什么120分？”

谢朝：“帮她把数学提高到120分。”

余乐同样震惊：“商稚言是有点儿基础，但120分也太……”

谢朝：“文科数学题换汤不换药，会读题很关键。选择和填空的陷阱不多，这两部分至少要拿满分。最后一道大题可以放弃，但是前面三道考的是基础，必须拿下……”

两人讨论得热火朝天，商稚言头一回发现谢朝居然能说这么多话。方便面已经泡软了，余乐在里面放了荷包蛋、火腿肠、几块炸排骨、两只昨晚上吃剩的虾，外加刚烫好的青菜，异常丰盛。

“吃早饭吧。”她提醒谢朝，顺便把余乐的奶茶也放在他面前。

余乐在旁边总结：“咱们心不能太大，先以100分为目标吧。你有信心吗？”

“有……吧。”商稚言不太肯定。

谢朝：“不要‘吧’。”

商稚言内心感到一种陌生的震动，尤其在谢朝流露出强硬一面时。她不确定这是不是自己的错觉，但谢朝的坚定和自信，她很少在同龄人身上见到。她心里头先冒出来的是怀疑，但随即这怀疑被雀跃和期待代替了。她终于点头：“有信心。”

余乐摊开本子：“我和谢朝努力教，你也要努力学。下次月考以90

分为目标。”

没等商稚言回答，余乐又补充：“要是达不到，你就把大姐给我。”

商稚言立刻拒绝：“不行！”

谢朝默默盯余乐，眼中满是惊愕与揣测。

余乐意识到他误会了：“大姐是她家的猫。商稚言家里两只大猫，黑的叫大姐，白的叫大哥。那天我和徐路聊的时候你不是在旁边偷听嘛。”

商稚言好奇：“你和徐路聊我什么？”

余乐：“说你爱捡猫呗。她对猫毛过敏，现在发展到听见你的名字都受不了。”

谢朝这时转头问：“我的猫叫什么？”

商稚言：“它是女孩子……叫二姐。”

谢朝闭了闭眼睛，又问余乐：“你家这胖猫叫什么？”

余乐：“嘟嘟。”

谢朝：“早知道她会起这么难听的名字，我还不如把猫给你。”

谢朝三言两语地说了小猫的事儿，余乐激动地紧紧握住谢朝的手：“对吧！难听！”

实际上他的猫也是商稚言捡的。

嘟嘟在商家住过一阵子，与“大姐”产生了纯洁的爱情，被余乐拎走的时候哭着喊着，场面如同许仙惨别白娘子。余乐添油加醋地说着，谢朝开始吃那碗泡发的方便面，大橘已经睡醒了，开始玩谢朝的鞋带。

商稚言则在一旁微微发愣。

谢朝说了“早知道”，原来那晚他的出现并非偶然。他认得她，知道她住哪儿，而且知道她喜欢捡猫。他是专程带着小猫，在雨夜里等待她的。也因此，当她说要养小猫的时候，他没有丝毫犹豫，立刻把小猫给了她。

04

或许是吃了东西，又或许是歇息够了，这里还有聒噪余乐和冰凉奶茶，谢朝脸上僵硬的冷漠消失了许多。

他认真地听余乐说话，任由大橘趴在他鞋子上打呵欠，偶尔还会笑一笑，为他所不知道的，发生在商稚言身上的一些好笑事情。

这一天的补课结束后，商稚言确实有点儿醍醐灌顶。谢朝教她在错题本上写出题目所考知识点，包含陷阱和思考过程，余乐找出许多数列题让她熟悉出题套路，先确保不会丢掉数列题的分数。

商稚言还察觉，谢朝比余乐更擅长教人学习。余乐给她补课，实际上是给他自己查漏补缺和整理知识系统，但谢朝教她，完全立足于她的基础和水平。商稚言学完之后，甚至有点儿跃跃欲试："我回家再做几道数列题。"

余乐爸妈对靓仔同学很感兴趣，热情挽留谢朝在家吃饭。谢朝明显不懂得拒绝别人，结结巴巴地推辞，最后是余乐一左一右揽着他和商稚言出了门："我们带谢朝出去吃。"

这一顿晚餐实际上是余乐和商稚言针对谢朝的单方调研活动。

他俩发现谢朝讷于与人交往，对很多问题都保持沉默，最后只打听出他过去生活在内陆，初来乍到，十分不适应。

余乐示意谢朝看自己怎么剥皮皮虾："我罩你。"他说完就笑了，"你别看我这样，我可是这里的大佬级人物。"

谢朝默默看向商稚言。他的手被皮皮虾尖壳划破了，已经对这种复杂的食物失去兴趣。

商稚言点头解说："他爸爸是民警。"

余乐父亲是派出所基层民警，母亲几年前下岗了，在家开个小卖部补贴生活。他似是觉得自己说话太满，往谢朝碗里扔了一只剥得极其漂亮的椒盐皮皮虾后补充："小学时我老豆（爸爸）打我，我就跑到商稚言家里躲，一路又哭又喊又骂，这一带没人不认识我。"

饭馆老板走过，点头佐证。

谢朝一边吃虾一边笑。

这小饭馆是商稚言和余乐常来的地方，推开不太干净的玻璃窗就能看海。此时夕阳西沉，流金般的海面上漂着几艘小船。

商稚言也想让余乐帮忙剥虾，但被余乐无情拒绝了。余乐拒绝之余还叫了两只花蟹，撺掇商稚言给谢朝表演真正的技术。

"她可以徒手拆蟹。"余乐笑着又给了他一只皮皮虾，"吃啊你，别跟商稚言客气。我和你担负着她的未来，她必须感激我们，请客只是小意思。"

花蟹壳子薄，恰好又是秋季，膏肥肉厚，香气扑鼻。商稚言确实能徒手拆蟹，但不知为什么，她对余乐的提议下意识地抗拒。

谢朝这时拿起一只蟹："你教我。"

商稚言："好……"

她教他如何掀开蟹壳，如何轻松把蟹掰成两半，能吃不能吃的部位也一并讲解。谢朝学得非常认真，余乐趁机猛吃，一碟子椒盐皮皮虾最后只剩两只，他慈悲地夹进商稚言碗里。

一顿饭下来，谢朝最喜欢的是那道炸小鱼。手指长短的沙尖鱼去了头，裹上薄薄一层蛋糊，猛火热油炸酥，立刻出锅，鱼皮酥脆，鱼肉嫩滑，鱼刺柔软毫无攻击性，就是囫囵大嚼也津津有味。有炸小鱼佐餐，谢朝一口气吃了三碗不加葱的虾粥。

商稚言看他吃得高兴，自己心里也挺高兴。谢朝现在看上去有了点儿血色，不再苍白，越发符合"靓仔同学"这称谓。

吃饱喝足，余乐问谢朝："你吃海蜇皮吗？"

谢朝点头。

余乐又来了兴致，他问饭馆老板借了塑料小桶和网子，当先奔下海堤。商稚言跟谢朝解释："他想带你去捞海蜇。"

谢朝想了想："水母？"

涨潮的海水已经漫到海堤下方，几乎完全淹没白色浅滩。余乐先跳进水里，商稚言见谢朝有些犹豫，冲他伸出手："你扶着我下来，别怕，这一带我们很熟，只要不往前走就是安全的。"

沙子被晒了一天，隐隐还有热度，赤足接触的感觉有些古怪，但水流冰凉温和，舒缓了酷热的温度。商稚言带着谢朝往前走，谢朝不知是紧张还是害怕，抓住商稚言手臂的力气很大。商稚言回头时，意外看见他挽起的裤子上沾着许多沙子。

"你今天下过海？"商稚言问。

但还没等到谢朝回答，余乐已经在前方高高举起网子："我捞到了一个！"

商稚言："一个怎么吃？"

余乐："我不吃，你们分吧。"

他说着把网子往商稚言的方向抛。商稚言忙抬手去接，但谢朝还抓着她手臂，网子没接住，那轻薄的一片水母倒是跃了出来，直冲着商稚言脸上趴去。

谢朝立刻出手，一把抓住水母。

水母凉且滑，差点从谢朝手中溜走。谢朝单手抓不紧，干脆用双掌把它压住。水母的触须缠绕在他臂上，还在缓慢蠕动。

和惊讶相比，谢朝反倒被这种新鲜的触感吓了一大跳。

“我抓到了！”他脸上头一回出现了孩子般的笑，举起水母大喊，“我抓到它了！”

但随即他就像触电了一般猛地松了手。透明的水母一落入水中，立刻潜游而去。数道细细的红色伤痕出现在水母触须触碰过的皮肤上，像缠绕手臂的细小藤蔓。

几乎就在瞬间，谢朝感觉手臂像烧起了一场火，又疼又辣。

余乐和商稚言都傻眼了，两人连忙把谢朝往海堤上拉。谢朝并没意识事态严重，还转头提醒余乐：“你的桶子和网……”

“别管了，去医院！”余乐让商稚言看着谢朝，自己跑去截车。

谢朝开始只是觉得手臂难受，烧灼的感觉越来越强烈，痛觉反而渐渐减少，很快他发现手指开始麻痹。这时候他才紧张起来，红色的伤痕上已经冒出了水泡。

紧接着，他再一次身体打晃，差点栽倒。

“没事的没事的，是有点儿疼……水母的触须有毒，去医院解决了就好，你别抓！千万别抓！”商稚言紧紧搀着他，几乎要把他抱在怀里。

“这太痒了……”谢朝咬着牙说，“不，你先放开我……我想吐……”

他趴在海堤上狠狠吐了一回，胃袋不停抽搐，刚刚吃下去的东西还没消化就全出来了。

余乐在街上截了一辆电动载客三轮车，商稚言这时也快支撑不住了：“余乐！”

三轮车司机和余乐一块儿往这边跑。司机背起已经昏昏沉沉的谢朝，等余乐和商稚言上了车，立刻往医院开去。

司机一路咕咕叨叨用方言说话，余乐一张脸白得像纸：“别别别睡觉，谢朝！醒醒！别睡啊，天光白日睡什么！”

谢朝的脑袋搭在商稚言肩膀上，拼着最后一丝力气：“余乐，你……踩着我的脚……”

余乐又狠狠踩了下：“不能睡！”

司机没收他们钱，还帮忙背谢朝进了急诊室。

余乐的舅舅正在急诊室值班，医生、护士好几个人一块儿把谢朝安顿在病床上。

谢朝已经昏了过去，手脚虚软。他手上的水泡沿着红色伤痕连成了线，余乐舅舅面色凝重，让人抽血去做化验之后，扒开谢朝的眼皮察看。

心电图机推了过来，护士迅速给谢朝测量心率与血压。

余乐和商稚言被拦在急诊病房外，商稚言比余乐还冷静一些，余乐已经哭出了声，不停地抹眼泪：“商稚言，我害死谢朝了……”

他看上去不太顶用，护士便让商稚言去挂号交钱领注射液。商稚言抓起余乐的钱包跑往挂号处，她除了谢朝的名字和班级之外一无所知，匆忙挂了个急诊号，又转身奔去药房取药。

回到急诊病房，余乐正坐在走廊上呜咽。他舅舅从病房里走出来，拎着他衣领让他站起：“你同学是不是中暑了？”

余乐哭着点头，又摇头。

他舅烦了：“商稚言，你说。”

“上午在海边待了一个多小时，出汗多，没力气坐不稳，脸色很差，我们都觉得是中暑了。”

“吐过吗？”

“吐过，被水母蜇了之后吐了。”商稚言把药水交给护士。急诊病房里躺着好几位输液的人，忙忙乱乱，护士给谢朝挂起了点滴。

“吃过什么？”

商稚言回忆：“方便面、炸排骨、奶茶，还有……”

“椒盐皮皮虾、花蟹、炸沙尖鱼……车螺……”余乐在一旁补充。

话音还未落，舅舅的责骂便劈头盖脸落下来，砸得两人晕头转向。

谢朝被水母蜇只是小事，水母的毒素通过触须与皮肤接触导致烧灼感和水泡，但对身体没有太大的影响。真正让谢朝呕吐和晕倒的原因是轻症中暑。谢朝中暑后没有充分休息，还吃了一堆让身体负担加重的食物，最后只能以呕吐来排出体外。

“你身体跟你同学的身体怎么可能一样？”余乐舅舅怒气冲冲，“你这个同学细皮嫩肉，一看就是家里娇生惯养的少爷仔！还有你半懂不懂就学别人去抓水母，你有防护手套吗？你有专业工具吗？啊？”

余乐被训得一点儿声音都不敢出，不停低头推眼镜。

他舅不肯姑息他，转头就给余乐爸爸打了电话。

半个多小时后，谢朝醒了。

看见余乐和商稚言两人垂头丧气，他先指着头顶的点滴问：“这个是什么？”

“能量。”商稚言跟护士确认后回答。

谢朝的问题不大，补充能量就行。护士把内服和外用的药交给商稚言，细细告诉她分别怎么用，余乐则陪着谢朝在病房里聊天。商稚言提了一小袋药走回来时，正好看见余乐蹑手蹑脚地溜出病房。

谢朝睡过去了，他不敢打扰。

“精神还不错。”余乐又恢复成了无忧无虑的学生仔模样，“没想到他能这么多话。”

商稚言提醒：“他是怕你内疚才跟你聊天的。要是真的有精神，怎么现在又睡过去了？”

余乐一下愣住了。

他们还没有足够的人情交往经验，对人的判断永远直接、粗糙，但有时候异常准确。

“谢朝这个朋友不错。”余乐憋了半天才说，“下次去钓虾吧，不抓水母了。”

两人正小声讨论怎么送谢朝回家，走廊忽然传来匆忙的脚步声，一位满脸严峻的中年人大步来到急诊分诊台前：“谢朝在哪号病床？”

那是他们跟谢朝父亲谢辽松见的第一面。

坦白地说，这第一面，彼此都对对方留下了极坏的印象，这糟糕的第一印象绵延许多年，甚至在商稚言工作之后她还被谢辽松不留情地扔过名片。

谢辽松身边还有一位妇人，正在急切询问：“小朝怎么了？怎么进急诊了？”

护士告诉他俩那边有谢朝的同学。妇人立刻小跑过来，忍着焦急匆匆问：“同学是吗？小朝他——谢朝！”

她看到急诊病房里的谢朝，立刻冲了进去。

谢辽松和余乐舅舅说了一会儿话才走入病房，经过商稚言和余乐身边时，没有看他们一眼。

两人不敢进去，趴在门口偷瞧。谢朝被那妇人摇醒了，妇人正抓着他手臂呜咽，心疼地拨开谢朝头发擦拭他脸上虚汗：“怎么成这样了……你是被什么东西咬了吗？我早跟你爸说过你不适合来这里，你看看，这是什么东西弄的！”

谢朝和妇人说话时声音非常温柔：“水母……我和朋友去海边玩，不小心碰到了水母……”

谢辽松没有走近，余乐和商稚言只感觉到他高大的背影隐隐散出令人紧张的压抑气息。

“你在外面乱吃了什么脏东西？！”

谢朝闭上眼睛，没有回答。

妇人低声呵斥谢辽松：“怎么这样跟儿子说话！小朝都……”

“他自找的。”谢辽松居高临下，盯着谢朝执拗的脸，“还中暑了是吧？很好啊，谢朝，你爱折腾自己，我不管，但警察把电话都打到家里来了！你到底惹了什么事，交了什么乱七八糟的朋友，居然惊动警察！”

谢朝怒气冲冲地与他对视：“我不知道什么警察，我也没有惹事。”

余乐戳了戳商稚言，无声地说：我老豆。

商稚言恍然大悟：余乐舅舅通知了余乐爸爸，他爸肯定通过班主任拿到了谢朝父亲的联系方式，一并通知了眼前的男人。

妇人竭力安抚两父子，但两人的声音一个比一个高。余乐舅舅风风火火地冲进来：“都滚出去！这是病房！”

急诊病房里其他的病人和家属全都默默盯着喷发怒气的谢辽松。谢辽松转身走出去，这回终于正眼看到了余乐和商稚言。

“离我儿子远一点。”他说，“什么垃圾！”

余乐按着商稚言不让她动，商稚言朝着谢辽松背影用他一定能听到的声音说：“你又是什么垃圾呢，叔叔。”

他们看见谢辽松回头，一张青白色的脸，目光像蕴了火一般狠狠瞪着商稚言。

余乐紧张坏了，正要说些什么缓解这剑拔弩张的气氛，这时谢朝被那妇人搀着走了出来。

“我回家了……”他小声说，“学校见。”

接谢朝回家的是一辆黑色奥迪，但商稚言当时还不懂辨认。她冲车子不停地挥手，看到车后座的谢朝回头看了他们一眼。

“谢朝是有钱人啊。”余乐忽然说。

“车很贵吗？”

“不仅车很贵，而且……开车的是司机吧。”

两人都是第一次在现实生活中看到戴手套开车的私人司机，不禁面面相觑。余乐很懊恼：“早知道就不去咸鱼吧吃饭了，至少也要去香格里拉吧，符合谢朝的格调。”

商稚言：“我没那么多钱。”

他俩打开钱包对了对，发现都只剩回家的车费。

这一天发生的事情给商稚言带来了持续很久的冲击。她忽然拥有了两个成绩优秀的学霸级老师，又忽然和谢朝熟悉起来，还意外见到了谢朝的家人。

谢朝和她认识的其他男孩子总有那么一点儿说不清楚的差异，她有时候甚至怨恨起那只不知去向的水母。谢朝当时笑得太灿烂了，她希望他多笑一些，更快乐一些，虚弱和冷漠的表情最好从他身上消失，再也别出现。

和谢朝本人相比，“谢朝是个有钱人”的事情倒没在她心里留下太多印记。毕竟两天后学校恢复上课，谢朝竟开始跟余乐一块儿去小卖部抢烤肠。

但另外一件事却在商稚言心里留下了痕迹。

那是回到学校上课时发生的事情。同华高中每天下午都上三节课，五点之后是半个小时的活动课，五点半准时打开校门。商稚言每天的活动课时间都和同桌孙羡到操场跑步，有时候她俩还能看到同样奋力跑圈的余乐和谢朝。

孙羡告诉商稚言，她对谢朝印象深刻。孙羡每次下晚自习骑车回家，都能看到谢朝站在黑漆漆的海里。海岸的探照灯会扫过他，照亮他身上的同华高中校服和一张毫无表情的脸。海水淹没他的小腿，他可以一动不动地站很久很久。

05

商稚言起初还以为是孙羡看错了。

此时已经十月中旬，海水很凉，赤足站在海里不是一件容易的事，何况是气温更低的晚上。

这一天她骑车回到家门口，犹豫片刻，又继续往前去了。穿过光明里不长的街道，右拐上海堤街，这是孙羡回家的必经之路。商稚言慢吞吞地骑行，许多学生与她擦肩而过。

她竟然真的发现了站在观景台下方的谢朝。

小观景台距离余乐家并不远，商稚言看着海中那直立的身影，想起十月二日那天从海堤走到公交车站的谢朝。他裤腿上沾满沙子，在海边晒了一天——他当时在干什么，现在又在干什么？

和孙羡说的一模一样，谢朝只是站着，面朝大海的方向。他往海里走了很远，海水直淹到他的大腿。商稚言把车子停好，循着石梯跑下海滩。

秋季的气息已经很强烈，她穿着短袖校服，被凉飕飕的海风吹起了一层鸡皮疙瘩。

谢朝不冷吗？商稚言心里才刚掠过这个念头，一种古怪的恐惧忽然从骨头里渗出来。她就像预感到会发生什么恐怖的事情一样，脑中无数念头喧杂奔过。

谢朝仍站在海里，离她似有千里万里。

“谢朝！”商稚言不顾一切地大喊。

谢朝回头了，商稚言根本看不清楚他的脸，更不知道他此时此刻的表情。她再次大喊：“谢朝！”

谢朝一动不动。

他想说什么？想做什么？商稚言恐惧的答案就在唇边，但她不敢说出来，怕它成真。要是余乐在这儿就好了，余乐一定知道应该说什么做什么。商稚言没有手机，她联系不上任何人，这海边只有她，和海里的谢朝。

“你借的书，还没有还！”商稚言奋力大吼，“你已经超期了！”

她一张脸涨得通红，因为紧张、羞愧或其他她还未能彻底理清的情绪而发热。她看见谢朝终于转过身，朝自己走过来了。

“你……你要跳海吗？”商稚言声音发抖，刚刚喊得太用力，她又太冷。

“怎么跳？我已经在海里了。”谢朝比画了一个手势，“立定跳远吗？”

其实这是商稚言第一次听见谢朝开玩笑，但她当时实在太紧张，完全无法解读。谢朝下水的时候并没有挽起裤子，只脱了鞋，湿透了的校服裤贴在他的腿上，商稚言抓住他手的时候，发现他和自己一样，皮肤上都是浅浅的鸡皮疙瘩。

“书已经还你了。”在商稚言拉着他走上海堤的途中，谢朝忽然说，“我昨天给你的，你忘了吗？”

商稚言确实忘了，但她一声不吭，直到和谢朝一起站在海堤街上，直到看见路上三三两两迟归的学生，她才感觉到心跳回来了，体温也回来了。

“你在海里做什么？”她厉声问，喉咙还颤抖着，“这个时间，你居然还下海！”

谢朝盯着她，忽然抬手指了指路边的夜宵摊：“我请你吃烧烤。”

他说完便走，完全不等商稚言回话。

商稚言推着自行车穿过路面，谢朝已经在空桌子边坐下了。

“余乐昨天带我来这儿吃烧烤。”谢朝一口气点了一堆东西，外加两碗牛杂，转头说，“对了，我没还你钱。”

距离谢朝进医院已经过了一周，余乐认为是自己害谢朝进的急诊，心甘情愿为谢朝出那几百块的诊费。余乐家也并不富裕，钱包里的三百块还是春节时攒下来的压岁钱，抠抠搜搜地用到十月，是打算买资料书的。

谢朝坚决要还余乐钱，余乐只好请他吃了一顿烧烤。但余乐说，谢朝基本什么都没吃，只是喝了两口饮料。

“他说胃口不好，没食欲。”余乐问商稚言，“是不是中暑的后遗症啊？我平时怎么不见这样？”

没食欲吗？

商稚言目瞪口呆地看着谢朝狼吞虎咽。一大碗加了牛肉和蛤蜊的伊面，烤鸡翅、烤鱼、烤螺，好几串硕大的章鱼爪子，两根玉米，几串韭菜，还有一碗足料的牛杂，谢朝全程几乎没抬起过头，只是一口气地猛吃。

唯一停顿的时刻，是他发现自己面前的牛杂上撒了一大把葱花。商稚言想起了他喝虾粥时挑葱花的表情，连忙出手帮忙。

谢朝嘴角还翘着半根章鱼爪子，忽然抬头冲商稚言笑了：“你真好。”

商稚言脸又热了，本能令她试图岔开话题：“不用还我钱，请你们吃饭是应该的。”

谢朝一边嚼烤章鱼爪子，一边盯着商稚言看。商稚言不知道他在看什么，还以为自己嘴角沾上了葱花或酱料，低头擦个没完。

“我好久没吃这么多东西了。”谢朝忽然喃喃说，“我知道我应该吃饭，但我不饿。我……”

他顿了一会儿，又对她认真说：“不用管我家里人说什么，我喜欢吃这些。”

“你妈妈好漂亮。”商稚言小声说，“她当时都快吓坏了。”

“她不是我妈妈。”谢朝把两只烤翅推给她，“是我后妈，我叫她秦姨。我们一起生活很多年，她对我很好。”

这一晚上的谢朝前所未有的健谈，他似乎在恢复食欲的同时，也恢复了说话的能力。

他父母早年离异，母亲移民国外，他此后跟着父亲谢辽松一块儿生活。后来谢辽松和秦音结婚，又给谢朝添了个妹妹。妹妹有哮喘，医生多次建议她到气候湿润的南方生活疗养，谢辽松花了很长时间转移事业版图，今年终于举家迁居。

谢朝总是谈起秦音和他的妹妹，似乎谈论她们是一件快乐的事情，能让他的谈兴持续不断。兄妹俩还小的时候，秦音是全职家庭主妇，随着谢朝和妹妹先后入学，秦音才改换身份，开始在生意上协助谢辽松。

“有机会介绍你和我妹妹认识。”谢朝说，“我不喜欢看推理小说，都是给她借的。”

商稚言忙问：“我爸新买了一整套横沟正史的书，你借吗？”

谢朝又看着她，眼神很奇怪。商稚言觉得自己仿佛变成了一道难解的数学题，而谢朝正思考着的内容，是现在她还无法探知的。

“借。”谢朝回答。

这一天谢朝借走的不仅有推理小说，还有商稚言的一本《自然地理》。商稚言的地理成绩不好，谢朝又起了帮她补习地理的念头。商稚言半信半疑，只给了他一本教科书。

“你要还我啊。”他走的时候商稚言再三叮嘱。

小猫二姐从楼上溜了下来，在书架角落露出个拳头大的小脑袋。它对谢朝还留着一点儿印象，但不清晰了，谢朝冲它弯腰伸出手，它条件反射地往后缩。“大哥”和“大姐”从楼梯上咚咚咚跑下来，一副护崽的急切模样，但小猫已经窜进了谢朝怀里。

它还记得谢朝。在它还是草丛里的小流浪猫时，谢朝每天都会带着稀粥喂它。小猫在他手心里翻滚，伸出没有威胁力的小爪子，轻轻挠他胳膊。

商稚言父母也来跟靓仔同学打招呼，尤其在得知谢朝居然压过余乐拿了理科第一之后，态度越发热情。谢朝害羞又紧张，结结巴巴不知道说什么好，和刚刚完全判若两人。

商稚言送他到门外，问他没有自行车怎么回去。谢朝又是两手空空，把两本书夹在腋下，说：“走回去。”

商承志穿着外套走出来：“你家住哪里啊？这么晚了，车也不好打。来来来，我送你，我开摩托车送你。”

谢朝这回像是真的受惊了，连连摆手。小说掉在地上，他一把抓起，一边喊着“再见”一边跑远了。

商承志和张蕾目瞪口呆，张蕾忍不住说："言言……你这个靓仔同学，很害羞哈。"

商稚言抱着小猫猛点头。

这一晚上发生的事情，商稚言和谢朝谁都没有说，两个人同样默契地把这当成了一个共享的秘密。孙羡再也没见过谢朝在深夜跑海里站着，她以为之前是自己看错了。余乐发现谢朝课间居然在看文科地理书，回头责备了商稚言一顿，因为与讨论理科卷子相比，谢朝似乎认为地理书更有趣。

理科班埋身于题海之时，文科班即将结束所有课程，英语已经开始第一轮复习。

几次随堂小考下来，数学老师悄悄夸了商稚言，她的数列题目终于没有再失分。商稚言非常开心，她发现余乐和谢朝给她的学习方法是有效的，尤其是记录了题目类型和思考过程的错题本，她每天晚上睡前都会翻一翻，一点点地加深印象。

余乐家的天台成了他们三人补课学习的地方。利用每周日下午半天的休息时间，三个人紧张地为接下来的十月月考做准备。

商稚言感觉自己似乎有了拿 100 分的可能，余乐却觉得还不够，他让商稚言把数学课本上所有的课后习题全都做一遍，直到弄懂所有题目的做法为止。

她埋头在一旁写数学题时，谢朝会跟余乐小声讨论他们的试卷。有时候谢朝还会翻看商稚言的地理卷子，认认真真地在草稿纸上试做。

空气里的凉意渐渐浓了，成熟的百香果化成了桌上三杯清香果汁。橘猫嘟嘟似乎变得更肥了，老是趴在鸟笼边不动弹，鹦鹉和八哥被它盯得天天掉毛。巴西龟爬到桌下睡觉，像两块从不移动的青灰色石头。

商稚言的好朋友正在北京集训，她觉得自己似乎也是在集训。但她取得的每一点进步，哪怕在她看来微不足道，落在谢朝和余乐眼里都是了不得的一大步。她起先也会怀疑：有必要吗？不就是做对了一道题吗？不就是读懂了题目里的陷阱吗？

余乐总是很夸张地为她鼓掌，教鹦鹉和八哥喊"言哥威武"。谢朝比他冷静许多，看完题目之后会点点头，简单说一句"非常好"。

他的"非常好"，在商稚言这里胜过余乐一万句"言哥威武"。

这天结束补习后，余乐撺掇谢朝一块儿去网吧联机打游戏。商稚言忽然想起了什么，扭头对余乐说："应南乡过两天准备回来。"

余乐："什么？！"

他立刻从自行车上跳下来，抓住商稚言的车头不让她离开："怎么回事？什么时候？"

"她奶奶七十大寿。"商稚言坏笑，"开心吧？"

余乐："不，不开心。哈，谁开心了……她怎么不告诉我？她连我的短信都不回，过分了啊，太过分了。我怎么可能开心。"

忽然结巴的余乐很让谢朝吃惊。他和商稚言饶有兴味地看着余乐一通胡说，手舞足蹈，还把刚刚才打开的车锁又给锁上了。

和余乐这个从小一块儿长大的死党不同，应南乡是商稚言的初中同学。

两人是初中同桌，一开始互看不惯。应南乡认为商稚言看上去就像呆头呆脑的无趣乖学生，商稚言则被应南乡一头乱糟糟的自来卷和头发里各色的小发夹震惊，实在太难看了。

虽然直到现在商稚言也仍然不太理解应南乡的艺术审美，但两人因各种阴错阳差成了好朋友之后，应南乡所有古怪的行为，在商稚言这儿都可以用一句万试万灵的话评断：她可爱，她做什么都是对的。

中考之前商稚言以为自己会和应南乡分开，因为应南乡的文化分数上不了同华高中。但应南乡头悬梁锥刺股地猛学了一年，中考时险之又险地踩在了同华高中的录取分数线上，加上有各种国家级艺术比赛的奖项加分，她顺利地又跟商稚言成了同学。

余乐初中分到别的学校，和商稚言不在一块儿。他老从商稚言嘴里听见应南乡的名字，但没见过真人，直到高一新生注册那天。

应南乡一头自来鬈梳成辫子，穿一身运动服，背着球拍蹦蹦跳跳地来找商稚言。余乐在之后的很多年，跟很多朋友描述过当时自己的心情："就那么'咚'地一下，她就跳到你面前来了，整个人像是在发光，世界上所有的东西在那一瞬间全都褪色了。"

对于他的感想，应南乡从来都是沉默地笑笑，不置一语。

只要是和应南乡相关的话题，余乐给出的反应从来都很古怪。他莫名其妙地锁了车，撑着车头呵呵怪笑，末了从书包里掏出一部他爸淘汰下来的手机，邀请商稚言欣赏应南乡的冷漠："我发十条短信，她最多回复一条。一条短信一毛钱，一毛钱而已啊！"

谢朝凑过去看，立刻笑了。

余乐发的全都是"吃了吗""睡了吗""降温了吗""北京好玩吗"……

他完全理解应南乡为什么不回复。

商稚言把手机还给余乐："放弃吧，你不是小南喜欢的类型。小南喜欢运动型帅哥，你连羽毛球都打不赢她。"

余乐一直认为这是偏见。女孩子们受动画片的影响，把现实中不可能存在的男孩们视作偶像，一天天净做些不可能实现的美梦，削减了他这类学霸级男神的审美可能性。

"我想起来了，商稚言，你以前也喜欢过打篮球的师兄。"余乐忽然说。

商稚言抬腿踹了一脚余乐的自行车，余乐越发来劲："谢朝，谢朝，你听我说，商稚言那时候特别盲目，才初二，那么一点儿高，在篮球场上别人根本看不到她。那师兄少说也有一米七吧，球打得是不错。商稚言为了让别人发现她，特别爱站篮球架下，被砸过好多次。你看看她鼻子，是不是有点歪……"

"你才歪鼻子！"商稚言气得又笑又骂，"那都是过去了的事情！"

谢朝罕见地来了兴趣："后来呢？"

"你主动放弃了对不对？"余乐问商稚言。

商稚言能感觉到谢朝在看她，但她不敢瞧，也不知道谢朝是个什么表情。她就是觉得羞恼，被余乐这个整天胡说八道的习惯气坏了："你再说！以后不让你赊账租书了！"

但余乐正在兴头上，他的听众谢朝也兴致勃勃。

商稚言对那位师兄的好感只维持了半个月。因为她从别的师姐那儿得知，师兄文化课成绩太差，篮球技术也只是有姿势无实际，考上同华这类的示范性高中是绝对不可能的。

商稚言的满腔热情立刻冷却了。在对余乐复述这件事的时候，十四岁的商稚言留下了一句振聋发聩的宣言："我们的成绩不在同一个层次。"

十七岁的商稚言面红耳赤，又踢了余乐一脚。余乐放声大笑，谢朝更是笑得蹲在了地上，发出打嗝似的怪声。

"我那时候不懂事！"商稚言跺脚大喊，"不许笑！"

她推搡谢朝的背，谢朝笑得太厉害了，整个人几乎趴在了地上，无论她怎么推都不肯起来。商稚言从来没见他笑得这么厉害，她莫名其妙地也想笑了。余乐一边笑一边按动车铃，商稚言干脆挥动书包揍他。

余乐连忙缩起脖子，商稚言书包里永远背着英汉词典、政治历史书和几本古文阅读，少说也有七八斤重。在书包接触到背脊之前，他迅速跨上了自行车，朝前一蹬。

但他忘了车子已经上锁。

余乐瞬间失去平衡，连人带车朝地上摔去。离他最近的商稚言本能地伸手去阻止，但一臂还挂着沉重的书包。

一声巨响，两个人都摔在了地上。

余乐垫着商稚言和她的书包，没受任何伤。回过神时他立刻爬起，把商稚言拖起来："言言！"

商稚言第一反应是看自己的书包。生日时父母才买的"快译通"掉在地上，"啪"的一声脆响。

"你把我的电子词典弄坏了！"商稚言有点儿着急。

"没坏没坏，我吹口仙气……"余乐忙撩起衣角擦拭。

除了谢朝，两人都没发现商稚言的膝盖被车踏板蹭破了一块皮肉。

这伤说大不大，说小不小，商稚言当时穿着五分裤，膝盖没任何遮拦，片刻之后血就渗了出来。

余乐和谢朝把商稚言送到医院，当值的又是他舅舅。

"为什么又是你？"他舅脸都青了，"上周是这个同学，这周商稚言，下周是不是你自己？"

余乐："我争取、我争取……"

商稚言回家后不敢说实话，只称骑车摔倒受了伤。商承志连夜给她修好自行车，但第二天起床，商稚言发现自己实在骑不了。

余乐一早就在门外等着商稚言，车头还挂着热腾腾的皮蛋瘦肉粥、流沙包和香菇菜包，都是商稚言的挚爱。

"陈记买的？"

"那当然。"余乐赔笑，"我排了二十分钟的队，这可是最后一个流沙包，我抢得一头汗。"

他车篮子里还有另外一份早餐，商稚言知道那是给不爱吃早饭的谢朝买的。

06

受伤这件事，商稚言当晚就跟应南乡说了。余乐昨晚上破天荒地收到应南乡发的彩信，没有照片，洋洋洒洒三百多字全都在骂他。

他觉得这也很珍贵，看完便立刻保存在手机里，并向应南乡承诺自己会负责接送商稚言，绝不懈怠。

但当天晚自习结束后，商稚言在教学楼下看到的是谢朝。

“下个月校运会，余乐负责登记参赛名单。”谢朝说，“他让我送你回家。”

商稚言看了看他的车子。谢朝的坐骑是漂亮又拉风的山地车，没有后座。

“好啊。”商稚言说，“谢谢你。”

光明里北端出口虽然对着同华高中后门，但后门只有在举行活动时才会开启。从同华的正门走到光明里，还得过两个红绿灯。商稚言和谢朝慢吞吞走到第一个红绿灯的时候，她有点儿撑不住了。膝盖有绷带，不能弯曲，她走得很艰难。

商稚言扶着路牌杆子，把身体重心转移到没受伤的右脚，才觉得轻松一些。

“孙羡，你能过来一下吗？”

她听见谢朝忽然在身边说话。

同桌孙羡正抓着烧饼边吃边骑车，也在红绿灯这儿停了。谢朝搀着商稚言走过去：“你送商稚言回家吧。”他扭头对商稚言说的最后一句话是：对不起。

孙羡当即答应，回去的路上还顺带骂了余乐和谢朝几句。

“谢朝那车根本不能载人，你得跟他说啊。”孙羡比商稚言矮一些，个子瘦小，蹬得有些吃力，“两个都不是好东西！气死我了！”

商稚言倒是一点儿没生气。很奇妙，她不生余乐的气，也不生谢朝的气。她只是有点点遗憾，这天路旁店里放的不是周杰伦的歌，她和谢朝没找到可以聊的话题。

第二天余乐仍旧带着早餐来接她，还问她有没有把昨天发生的事情告诉应南乡。

商稚言：“我在你心里就是个爱打小报告的人？”

“你告诉她啊！”余乐不满，“给她一个骂我的机会。”

商稚言：“……你知道自己是个变态吗，余乐？”

余乐忠实地履行了自己的承诺，这一天上下午的上学放学都殷勤接送。但晚自习下课后，孙羡告诉商稚言，她刚刚算了一卦，今晚余乐肯定爽约。

两人走到楼下，果然又见到谢朝。

“孙羡送我回去就行。”商稚言说，“谢谢你。”

谢朝：“余乐委托我送你。”

他拍了拍自己的车座。

两个女孩这时终于发现，谢朝换了一辆有后座的新自行车。

孙羡震惊得脱口而出：“南瓜自行车啊，谢朝。”她冲着那后座比画，“去吧，辛德瑞拉。”

商稚言绷紧了脸皮，没笑，也没泄露出一点儿不得体的表情。她和孙羡一块儿走到门口，看着孙羡跑到马路对面买烧饼当夜宵。谢朝忽然问她：“你想吃伊面吗？”

商稚言坐在谢朝后座，往海堤街上的那家夜宵摊去。

行至一半，谢朝跟她说：“这是我妹妹的车。”

商稚言早看出来了。这自行车不仅是女式的，车头还贴着皮卡丘的贴纸，筐里垫着粉红色的花纸，虽然被谢朝的书包遮住了一半。

“小说看完了吗？”商稚言说，“还有几本也很好看。”

“开始看第二遍了，她说分不清楚人物，要复习。”

眼看那夜宵摊就在前面，谢朝忽然又冒出一句话：“我也打篮球。”

此时一口海风吹来，商稚言一下没听清楚：“什么？”

“……我问你吃什么。”谢朝提高了一点儿声音，“还是牛杂吗？”

吃完夜宵后，两人还占着位置聊了一会儿数学题。

谢朝随后送商稚言回家，没有停留便匆匆离去，只冲商稚言挥了挥手。商稚言刚掏出钥匙开门，卷闸门便忽然从内侧打开，应南乡一下蹦出来，差点要扑到她身上去。

应南乡是十点钟左右过来的，但没想到商稚言去吃夜宵了。她和商稚言爸妈闲聊了一个多小时，刚在商稚言的房间里坐下就听见楼下有声音。

她看到谢朝骑车远去的背影，立刻奔下楼迎接商稚言。

商稚言高兴坏了，应南乡说今晚在她家里跟她一块儿睡，她开心得差点连每晚回家必看的地理书都忘了掏出来。

谢朝看书速度极快，第一本自然地理看完后迅速又借了第二本，今晚一起把两本书还给了她，书里还夹着几张大四开的纸，折得方方正正。应南乡好奇极了，把那纸铺在床上展开，惊得立刻蹦了句：“天哪！”

纸上竟然是谢朝整理出来的，两册自然地理的完整知识结构图。

从宇宙天体到地球大气、水体、土壤的构成，从最基础的地月关系，到地球各个自然带的展开，纸上仿佛是数株庞大而细致的植物，正在不断生长。

商稚言自己都惊呆了，地理还没开始第一轮复习，但谢朝已经帮她做了这件最关键的事。

她和应南乡打开地理书，一点点地对照着谢朝所写的结构图翻阅。结构图里谢朝留出了许多空白，让商稚言自己去补充。而在结构图的最下方，写着谢朝的几句留言：重视课本目录；重视自然地理，打好基础；政治和历史也可以这样做图。

“言言，他就是你说的那个新朋友吗？太帅了！”应南乡激动坏了，“太神了吧！他不是理科生吗？”

商稚言：“……是理科生啊。”

她反反复复地看谢朝留下的话，客气而简单，没有任何鼓励。但她却在这张纸上感受到了一些谢朝没写出来的讯息。

这张结构图必定花了谢朝很多时间。它非常重要——而这么重要的东西，谢朝没有多加说明就交到了她手上。谢朝是信赖她的，他相信她可以读懂里面未说的期待，而且，相信她能把所有空白处填充完整，让它成为一张详尽而完美的“知识树”。

应南乡趴在床上看商稚言，明亮的眼睛里藏着一点儿揣测心思：“他怎么对你这么好啊？”

“多谢我帮他养猫吧。”商稚言说。

和家里两只正式大猫不同，小猫拥有在商稚言床上睡觉的权利。它完全不怕人，趴在第一次见面的应南乡肩膀上，和女孩们一块儿看它根本看不懂的图纸。

“贴起来吧，言言。”

商稚言的房间不大，进门左侧是衣柜，右侧是书架和书桌，剩下的空余地方摆了一张床和一个纸箱做成的猫窝，房门正对着小阳台，阳台上有几盆正在盛开的小菊花。

她们把这张结构图贴在商稚言床边，是学习累了一转身就能看到的地方。

商稚言的房间里，无论书桌、书架还是衣柜和镜子，在她视线所及的高度，贴满了巴掌大小的便利贴。

便利贴上用细小清秀的字体，写着政史地三门小综合的各种知识点。

“这有用吗？”应南乡问。

商稚言知道应南乡的意思。这方法太笨了。

可她自己就是个笨人。

没有聪颖的头脑，也没有条件接受特别优质的教育，学霸听一遍就能懂的知识，她需要花两三倍的时间才能彻底理解。

她是光明里一个最普通不过的孩子，此前只为自己付出过 70% 的努力，现在想拼尽全力。

“有用的。”商稚言揭下贴在衣柜镜子上的十几张便利贴，这是政治课本唯物论部分所有的原理和方法论。她每天早上、中午和晚上，只要经过，都会默默停留几分钟，从头浏览到尾。

她已经把所有需要背诵、记忆和使用的概念，全都记住了。

这一晚入睡前，商稚言更新了镜子上的便利贴，跟应南乡分享了自己的文科笔记本和数学错题本，说了三遍“好记性不如烂笔头”，最后两人躺在床上，亲亲热热地说起女孩间的小秘密。

“你变得好厉害。”应南乡说，“好像变成一个我不太认识的商稚言了，那么努力，而且……”

商稚言等待着应南乡的下一句话。

“而且不怀疑自己了。”她的挚友笑着，“因为谢朝老跟你说‘非常好’是吗？”

商稚言：“还有余乐。”

应南乡摇头：“哎哎，别说他，别说他，烦死我了。”

凌晨时分，淅淅沥沥下起了秋雨，两人迷迷糊糊地蜷在一块儿取暖。光明里的路灯从中秋节坏到现在，没有人来修，应南乡晚上过来的时候差点被井盖绊倒。此时窗外黑漆漆的一片，商稚言被沙沙雨声惊动，半梦半醒中陷入了古怪的幻境。

在梦里，谢朝骑着一头大章鱼，从海面上朝岸边漂过来。她、余乐和应南乡在岸边烧烤，谢朝砍下两根章鱼爪子加入他们。受伤的章鱼掀起黑色海浪，把所有人卷入海底。他们潜游、巡弋，在迷宫中寻找出口。谢朝走在离他们很远的位置，余乐把他拉了进来，命令他保护商稚言。

商稚言醒来，知道这是个不好深思的怪梦。梦里的谢朝会叼着章鱼爪子冲她笑，巨大的银色水母从他们头顶游过，触须蜿蜒，像一条灿烂星带。

六点整，商稚言轻手轻脚地爬了起来。应南乡还沉沉地睡着，她盯着自己的朋友很仔细地看了一会儿。

小时候张蕾跟她说过，女孩最美的时候是十七八岁。

其实不仅是余乐，许多见过应南乡的人都会觉得她很美。初中时还烫着不成形的爆炸头或者干脆剪成小平头，高中后仔细留起长发的应南乡，像是一朝蜕变的艳丽彩蝶，开始夺目。

商稚言给应南乡盖好被子，应南乡迷迷糊糊地说了一句："我再睡五分钟。"

雨已经停了，门口两棵树披挂着湿漉漉的叶片，秋木棉新开了一树的花，杨桃树则又生出许多细嫩的艳红色新叶，乍一看去仿佛春季，而并非身在十月。

商稚言披着外套在阳台上背英语单词，她看见余乐骑着自行车从门前经过。

每天早上六点，同华高中田径队、足球队和篮球队开始早训，校门同时开启。余乐会在操场慢跑，并听半小时英语听力。六点半，他会启程前往两条街之外的"陈记"包点，排队买商稚言最喜欢的流沙包和皮蛋瘦肉粥，再回头接商稚言。

商稚言背了半小时英语后回到房间，发现应南乡已经醒了。她满头乱发，睡眼惺忪，正拿着速写本开始一天的练习。

"每天早上起床之后画五张。"应南乡手上画笔飞运，毫无停滞，"一般十分钟一张，不过我速度快……"

她打了个大大的呵欠，揉揉眼睛，翻开下一张素材图。

洗漱的时候，商稚言咬着橡皮筋，盯着镜子里的自己发了一会儿愣。她不胖，不瘦，不高，不矮，没有什么明显的特征，就连那张十七岁少女的脸庞，也似乎缺少应南乡那种令人眼前一亮的美。皮肤光滑，但鼻翼两端有细小的斑点，额头和下巴上还有生理痘留下的痕迹，眉毛太粗又长得肆意，嘴唇有些干燥，她没有认真护理过。

她默默扎好头发，发现刘海太长，总是垂落下来。她摆弄了半天，无论把刘海别到左耳还是右耳，它都总会滑落，遮住视线。她莫名感到懊恼极了。

走出卫生间时正好碰上张蕾。见她揪着自己刘海，张蕾便问是不是长长了，随手从柜子上抓起剪刀："妈妈给你剪一剪。"

商稚言忽然生起气来："不要你剪！"

张蕾被商稚言吓了一跳，脸色顿时有些不好。商稚言咬着嘴唇跑回房间，应南乡已经换好了衣服，愣愣地看她：“怎么了？”

应南乡给她戴了发箍，还重新帮她扎了马尾，换了个草莓发圈。

“好看！”应南乡看着她说。

商稚言觉得自己情绪喜怒无常，出门时也不敢跟张蕾讲话。应南乡骑自行车送她去学校，路上恰好碰见拎着早餐过来的余乐。

应南乡戴着鸭舌帽，但余乐还是一下认出了她那头乱糟糟的长发，抬手想打招呼，结巴半天才说出一个“嗨”。

“又找骂呀？”应南乡大笑着冲他喊，“我和言言去吃鸡丝粉，你先去学校吧！”

余乐：“学校见啊！”

商稚言：“你又骗他……”

应南乡摇头晃脑地蹬车，第二天就是月考，但她不打算回学校，也不打算参加考试，直接去老家给奶奶过寿。

鸡丝粉店坐落在铁道闸口附近，上好的土鸡熬汤，鸡肉去骨切碎，汤水清淡但滋味结实，是附近非常受欢迎的早餐店。

火车经过时汤粉微微颤抖，铺在汤上的溏心荷包蛋也随之荡漾着，晃来晃去。应南乡去北京集训了三个月，好久没吃细细的切粉，抬手就要了三碗，她要吃两碗。

和谢朝不一样，应南乡酷爱葱花。她倒空了店里的葱花碗，忽然想起什么似的压低了声音：“对了，我昨晚在这边看到了黑三。”

商稚言吓了一跳，筷子一下没夹紧，荷包蛋咚地掉进碗里：“黑三？！”

“他当时在车站门口抽烟，应该没看到我。”应南乡想了想，小声问，“他什么时候放出来的，你知道吗？”

商稚言只是摇头。

“不会又来找你吧……”应南乡嘀咕。

第二章

/ 朝阳里 /

我去给你买夏天最后一个冰激凌。

01

黑三原名张英茂，是商稚言的远房表哥，母亲张蕾某个叔伯堂哥的儿子。他从小又瘦又黑，因父母都在外地打工，他跟老人生活在一起，渐渐和一些乱七八糟的人熟悉起来，小学毕业的时候已经是学校里远近有名的刺头。

商稚言对黑三是怀着恐惧的。她十三岁的时候跟张蕾外出逛街，在母女俩分开的几分钟里，黑三忽然出现在她身后。

那时候的黑三是一个初中毕业的小混混，没有学校愿意接收，也没有人管，天天跟着几个大哥混日子。他走到商稚言身边，问商稚言是不是一个人。

商稚言认得他，喊了一声“黑三表哥”，黑三的手便放在了她肩膀上。张蕾正好拿着两盒果汁从超市走出来，见到黑三，扎扎实实吓了一跳。

商稚言记得黑三一共说了三句话：

“阿姑，借我两百块。”

“那言言先跟我出去走走。”

“帮帮我，我黑三不求人，就一次。”

商稚言当时并不知道母亲为什么害怕，也不明白母亲为什么哭丧着脸跑去打电话。大概半小时之后商承志白着一张脸赶来了，他给了黑三两百块钱，黑三便松开了一直放在商稚言肩膀上的那只手。

好几年后商稚言才从母亲口中得知，那天黑三腰上藏着一把刀。他从口袋里给商稚言掏水果糖的时候，张蕾看到了刀柄。

最后一次见黑三是高一暑假。商稚言和余乐、应南乡去游泳馆学游泳，回家时馆外喧闹不已，一问才知道是附近有人打架。

她看到手臂受伤的黑三拎着铁棍径直冲自己走过来。

“有钱吗？”他一开口还是要钱，“全给我！”

余乐下意识地挡在两个女孩面前，当先掏出了钱包。三个人身上的钱凑起来还不够八十块，但黑三不嫌弃，拿了立刻转头飞跑。很快，警笛声从游泳馆面前掠过，往他逃窜的方向追去了。

几个月后，黑三进了少管所。

商稚言不知道他的近况，更不知道他什么时候出来了。张蕾很不愿意提起他，一讲到他立刻眉头紧锁，手掌在眼前挥来挥去，像驱赶一只苍蝇。

自从知道黑三已经离开少管所，商稚言总是提心吊胆。这个表哥是张蕾避之唯恐不及的污点，而她越是长大，越是明白他的存在如同厄运的前兆，只要出现，永不会有好事发生。

但接下来就要迎接月考，商稚言强迫自己丢开这件事情。

第一天考完数学之后，商稚言感到一阵难得的轻松。数学卷子的选择题和填空题基本能做出一半，而其中数列的所有题目，她确定自己都做对了。此外几道大题的第一小问，她也基本能解答。

不枉余乐和谢朝今天早上一块儿来接她，耳提面命地跟她强调两人已经重复无数次的应试心得。

晚上没有自习，一家人轻轻松松吃饭，商承志聊着他从最新一期《浪潮周刊》上看到的报道：“中山东街观景台都裂了，去年台风吹的，一直没人去管。记者写了一篇报道，第二天立刻有人去修，真厉害。”

商稚言惊讶：“比打市长热线还快？”

“这个记者挺有名的，我看过他很多报道，写得不错。”商承志想了想，肯定地说，“他叫崔成州。”

商稚言左耳进右耳出，她迫切地想和父母分享自己的一点点进步：“这次月考我数学应该有 90 分，我跟孙羡对过答案了。”

孙羡是复读生，九月月考位列文科第 19 名，她的答案自然是可靠的。

商承志高兴极了：“余乐和靓仔同学给你补课，很有效啊。”

商稚言点点头，还想再说什么时，张蕾忽然冷笑。

“90分？你？”她显然不相信，“你平时也就六七十分，高二不是还考过28分？你能有90分？”

商稚言低下了头。张蕾似是还为了她之前突然发火而生气，她不敢多说。

“我警告你，你可别作弊。”张蕾又讲了一句。

商稚言不敢置信，直直地瞪着张蕾：“你说什么？”

“我说让你好好想想自己的未来！”张蕾呵斥，“别一天到晚做不该做的梦，应南乡家里有钱，余乐脑子好，你老跟他们一块儿玩，自己是什么人都不清醒了。你这个成绩，随便读个二本出来找份工作就行了，也不指望你有什么大成就。”

气氛一下变得极冷。

“你数学要是真能考90分，也不至于上次月考排到两百多名。两百多名是什么概念，你连一本线都摸不到！”张蕾没有收住话声，“保住二本，别继续退后我就谢天谢地了！你要是考了三本干脆不要读，家里没那个钱让你浪费。”

她越说越激动：“商稚言我警告你，你要是退步就退学吧，别读了，别浪费钱，现在就出去找工作！”

“我在努力了啊……”商稚言必须非常非常小声地说话，才能忍得下眼泪。母亲的火气来得莫名其妙，她低头吃饭，眼泪还是掉进了碗里。

商承志连忙用眼色制止张蕾。

商稚言擦了擦眼泪，小声说了句“我吃完了”，转头跑上二楼。

应南乡给她带来了北京的果脯和几片红叶，夹在一本《十八春》里。商稚言看着这些哭得越发厉害，抬头见到周围的便利贴，发狠地全都扯了下来。

把便利贴扔进垃圾筐里没几分钟，她又哭着捡了出来，一张张在书桌上摊开。

还没背完，不能丢；还没有出成绩，不能放弃。她不停地给自己说着这些话，胸口像被什么死死压住一样，喘不过气却还在兀自一抽一抽地疼。张蕾的每一句话都莫名其妙，但对她来说，无异于入肉的刀子。

商稚言躺在床上哭了一会儿，翻身时看到贴在墙上的地理结构图。

她坐起身，呆呆看了半晌。谢朝和余乐的声音好像距离她很近很近——言哥威武！非常好，你真好。

她捂着眼睛呜咽，已经分不清哪一边才是真的，是来自母亲的否定，还是来自他们的肯定。

晚上九点多时，商承志给商稚言端来了一杯牛奶。商稚言那时候已经收拾好自己的情绪，开始为第二天考小综合做准备。

父亲拿着一份《浪潮周刊》，问她热线电话怎么找。他看了《浪潮周刊》上关于观景台的报道，也想用热线电话报个料，让记者来看看光明里这儿一个多月都没修好的路灯和坏了的井盖。

商稚言在社会生活版面找到了记者热线，商承志却没有立刻离开。他小心地摸了摸商稚言的头发，欲言又止。

“我会努力的。”商稚言小声说，“我一定会努力的，我会考一本。”

“想考什么专业？”

商稚言不知道：“我没想那么多，先把成绩提上去。”

父亲拍拍她的肩膀，没有多说，给了她一些无声的鼓励，只是在端着空杯子离开之前，小声说了一件事：“妈妈下岗了。”

十七岁的商稚言，在她刚刚迈过生日门槛的这段时间里，飞快地经历许多事情。

一些懵懂的心跳，还有汹涌如同巨浪的世事变故。

只在电视新闻里听过的词语忽然变成了身边的现实，她回不过神。

商稚言试图回忆这段时间以来张蕾说的所有话、做的所有事。但她想不起来。她的生活是单调的两点一线，连周日下午这珍贵的休息时间，她也全都用来向余乐和谢朝学习，不敢松懈一分一秒。

她没有时间关注父亲，更没有注意到母亲的异样。

入睡之前，商稚言悄悄下了楼。家里安静极了，一旁还停着一辆电动车。那是张蕾的电动车，从光明里到她的单位需要半小时车程，穿过几乎没有遮挡的新建路，钻进零下十几度的冷冻车间。

商稚言给自己倒了一杯水，在餐桌旁坐了很久很久。

但她并没想好怎么跟张蕾道歉。第二天早上，余乐仍旧循例来接她。两人就要离开时，张蕾往商稚言手里塞了个苹果，小声道：“昨天是妈妈不对，你原谅妈妈，好不好？”

商稚言眼圈一下红了。她攥着苹果不停点头，张蕾僵硬地抱了抱她，她哭得越发厉害。最尴尬的是余乐，一米八的大男孩跨在自行车上，不知道自己该走还是该留，该看天还是看地。

这一天的小综合和英语都考得非常顺利。商稚言发现，那些她还不懂得怎么做的题目，至少她知道它们出现在课本的哪个章节，问的是什么。

用谢朝的话来说，这次不懂，下次肯定就懂了。

想到谢朝可能会说什么，即便在考场上，她也轻轻笑了几下。

考完之后，商稚言和孙羡到操场散步。她还不能快跑，孙羡陪着她一圈圈地兜跑道。

“文科的考试就是看积累。”孙羡说，“我第一次月考成绩好，那是因为我比你们多花了一年的时间。但是我会慢慢退步，而你们会慢慢进步。”

孙羡的成绩是可以进文科实验班的，但孙羡不愿意。她说自己害怕，害怕到了下个学期，自己会成为实验班上拖后腿的那个人。

这是商稚言从没有想过，也很难体会的感受。她静静听着孙羡说话，打算等应南乡回学校之后，介绍孙羡和应南乡认识。

跑道上有不少锻炼身体的高三学生，两人远远看见谢朝独自跑圈，便冲他招手。

“一会儿我送你回去。”谢朝戴了个头带，英俊的五官完全显露出来，此刻脸上挂满细小汗珠，“余乐要整理参加校运会的名单。”

孙羡震惊：“你们理科班这么积极吗？”

谢朝：“就当锻炼身体了，好像挺好玩。”

商稚言比孙羡更震惊，从谢朝口中能听到“好玩”这个词，她差点以为谢朝被余乐夺舍了。

她把做地理题的感受跟谢朝分享，随即便看见谢朝认真说：“没关系，现在不懂，下次就懂了。”

商稚言于是开始傻笑。

下午五点半，校门准时开启。商稚言没看到谢朝的身影，便在门口的大榕树下等他。

有人在她肩上拍了一下，沉重的力道。

“言言。”

商稚言心口一跳，连忙回头。

比两年前更高更瘦也更黑的黑三就在她身后。

商稚言被吓得不轻，下意识地往树上靠，受伤的脚软了一瞬，立刻被黑三扶着。

“黑、黑三表哥……”商稚言结结巴巴。

或许是因为她眼里的恐惧和紧张太明显，黑三松了手。他问了商稚言受伤的事儿，还顺便问了她父母的情况。商稚言盯着他看，试图从他脸上找出一点儿凶悍的气息。

但是没有。

她对黑三的印象已经非常模糊了，最后一眼，是他拎着铁棍，手臂上全是血，一滴滴淌到地上。眼前的黑三干瘦，即便站定眼珠子也骨碌碌地乱转，不知道是畏惧，还是眼前的世界改变太大，他还不适应。他盯着商稚言观察的模样很令商稚言毛骨悚然，仿佛黑三在称量她，仔细而深入。

为了尽快摆脱他，商稚言主动地掏出了钱包。

钱包里只躺着一张二十块钱，这还是她蹭了余乐这几天赔礼早餐剩下的餐费。

这怎么拿得出手？商稚言头都不敢抬，她怕看到黑三愤怒的表情。

“我……我没带多少钱……”商稚言说完又立刻改口，“不是，我、我没有钱的……”

她甚至已经感觉到冷汗从背脊滑落。

黑三一言不发，按着她的手让她把钱包收好，将提着的一袋橘子塞进她手里。

商稚言木木地接过，塑料袋却破了，黄澄澄的橘子一个接一个落地。

黑三忙蹲下捡橘子，让商稚言别动。

商稚言茫然又彷徨，身边来来往往的学生没有一个她认识的，而校门口的警卫已经皱眉盯过来，神情警惕地靠近。

不能让门卫知道这件事，不能把事情闹大，商稚言急得说不出话，此时终于看到从另一个方向过来的谢朝。

“谢朝！”她连忙大喊，带着僵硬的笑，“这边！”

谢朝冲她咧嘴一笑，随即发现她面前蹲着一个捡果子的人。

“给你介绍！”商稚言故意放大了声音好让门卫听见，“这是我表哥！”

谢朝骑车滑行到两人面前，冲站直身的黑三伸出手：“表哥，你好。”

黑三点点头，也没应声，看看商稚言，直接把怀里的七八个橘子放进了谢朝的车篮子。

“我在那边跟着一个大哥修车，做正当生意。”他指着斜对面的一条街说，“有时间可以去找我。”

商稚言心想不可能去的，但她乖巧地点点头。

“我有空再去看阿姑和姑丈。”黑三戴上了黑色的鸭舌帽，“回家小心。”

他冲谢朝摆摆手，穿过斑马线，快步离去。远远地，商稚言看见有几块修车铺的招牌摆在那儿，但她不知道哪一家是黑三的。

“你表哥这么好，来看你还带橘子？”谢朝笑着问。

商稚言摇摇头，她不太想提。她又朝黑三的背影瞥了一眼。黑三已经站在街口，娴熟地点燃一支烟。

“你去哪儿了？”商稚言好奇地问谢朝。

谢朝不是从学校里走出来的，他似乎是去了另一个方向，车头还挂着一个小袋子，里面的东西沉甸甸地晃动。

他轻咳一声，似是有些不好意思，但很快又像鼓足勇气似的，伸直手把那小袋子递给商稚言：“我去给你买夏天最后一个冰激凌。”

02

抵达海堤的时候，袋里的冰块已经融化。虽然入秋，白天的气温仍旧很高，商稚言取出里面的两个三色杯，想起应南乡承诺今年会从北京给她寄雪回来。

学校小卖部的三色杯已经卖完了，而这又是商稚言最爱的冰激凌。谢朝跑了两家小店才找到她想吃的草莓口味，两人把自行车靠在松树下，坐在海堤边上分享冰激凌和黑三的橘子。

天黑得越来越早了，仿佛天空提前闭上了眼皮，沉沉暮色从东方侵袭而来。西面的夕阳还窝在厚如棉垛的云层里，日晖慷慨，云层全绘上了金边，连海水也泛着薄薄的金色，不停浮动、荡漾。水面的几艘小船像一个个剪影，沉默而宁静。

“丁达尔效应。”谢朝指着云层下方一束束光芒给商稚言解释。

“这些都是小渔船，出不了远海，可以在海边下网捉些小鱼。”商稚言也给他解释。

冰激凌也融化了一些。谢朝把自己杯子里那块草莓味跟商稚言的原味交换，商稚言笑着问：“你和余乐都不喜欢吃草莓味吗？”

如果余乐也在这里，她可以得到三块草莓味冰激凌。

谢朝忽然之间有点儿恼怒，还有些说不清楚的黯淡。

“我不清楚他的事情。”他敷衍回答。

沙滩上有小孩在放风筝，线断了，他开始在沙上打滚哇哇乱哭。但很快他又发现了新的乐趣，沙面上许多小蟹爬来爬去，动作迅速地钻进一个个小洞口，看样子十分狡猾，值得探索。

海堤比沙滩高出一截，还未涨潮，两人高高坐着，看沙滩上各色各样的人如何消磨时光。

商稚言告诉谢朝自己这次考得不错，还把数学卷子给谢朝看。谢朝很认真地过了一遍，点点头："有 90 分。"

商稚言顿时松了一口气："那太好了，不用把大姐给余乐。"

谢朝抬头笑了笑，抄出一支笔帮她画正确的辅助线。他面露笑容的时候，那张满是冷淡表情的脸会产生有趣的变化，仿佛隐藏在他身体里的孩子，这时候会突然显露出快乐活泼的本色。

"余乐想让嘟嘟和大姐生小猫。"商稚言很不乐意，"大姐还是小姑娘猫，不能这样。"

"大姐都那么胖了。"

"再胖也是小姑娘猫。"商稚言说，"再说大姐的'老公'是大哥，不能这样。"

谢朝很喜欢她说"不能这样"时的腔调，她也只是个小姑娘，有一些还说不清楚但已经成形的原则，有一点点小小的固执，但并不让人讨厌。

"你跟余乐和徐路关系很好吗？"她问谢朝，"老看见你们在聊天。"

谢朝身为插班生，坐在垃圾筐旁，是全班座位最后一个的学生。他前面是余乐和徐路，两人一下课就开始聊天说话，要是余乐不出去，能足足聊十分钟。有时候谢朝也会被拉扯进他们的谈话之中，听余乐聊 NBA，或者听徐路聊她挚爱的偶像。

虽然大部分内容谢朝左耳进右耳出，根本没兴趣，但他其实挺中意听他们瞎聊。

商稚言告诉他，徐路和余乐从初中开始就是同桌，高一时总算分开了，结果高二分文理，徐路和余乐同时进了实验班。徐路个子足有一米七，不得不一直坐在后排，阴错阳差地又和余乐成了同桌。

"徐路对猫毛过敏。"商稚言说，"所以她不喜欢我。"

谢朝心想，那余乐家里也养猫啊。

他没认识商稚言之前之所以对她印象深刻，全因为徐路。开学之后商稚言常常会来找余乐，不是把书给他就是催他还书还钱，偶尔诓余乐一两根烤肠。

他们的位置靠窗，每次一看见商稚言过来，徐路就会立刻起身：商稚言来了，我得躲一躲。

谢朝会抬头看到底是何方神圣，让班上最彪悍的姑娘也怕得遁地溜走。他记住了商稚言的名字，还记住了她表情丰富又快乐的模样。

商稚言正津津有味地偷听刚才放风筝的小孩和他爸爸的谈话。小孩捉了一桶小蟹，但不知道这是不能吃的，拎着桶子要求父亲给他煮。但他爸孜孜不倦，还在坚持搞理想教育："宝宝，你长大了想做什么呀？"

小孩："我要做螃蟹。"

他爸："不、不行，你是人！"

小孩："那我去抓螃蟹。"

他爸拎着他离开了海滩，经过海堤时，挺不好意思地瞪了眼树下那两位大笑的中学生。

"你长大了想做什么？"谢朝忽然问。

商稚言倒是坦然："小时候想当老师或者科学家，现在不知道。你呢？"

谢朝喝完杯子里最后一点儿融化的汁水："我要做机器人。"

商稚言学刚刚那位老父亲："……不行，你是人。"

谢朝大笑："我要学机械工程，制造机器人。"

商稚言对这些并无概念："变形金刚吗？"

谢朝："虽然国内还没有，但是国外已经有很多医疗机器人团队了。有的机器人可以帮助医生断症，有的还能够替代医生动手术。"

商稚言还是头一回看到谢朝对某件事情流露出这么强烈的兴趣。和那晚上他跟自己分享家里的事情大不一样，谢朝谈到自己以后想做什么的时候，脸上是满布光彩的。他谈论理想，谈论自己对机器人和高级机械的理解，谈论它们的前景与可能带来的伦理冲击。

很多内容商稚言当时还不能完全理解，但她在未来的许许多多年里，都对那一刻的谢朝充满感激。

谢朝是第一个在她面前这样谈论理想的人。

他仿佛完全笃定，自己可以考上国内最好的机械工程专业，可以读研读博，可以制造出令人震惊的医疗机器人，他可以改变这个行业的未来，甚至创造出新的未来。

要是余乐或者应南乡在商稚言面前这样谈论，商稚言可能会笑，可能会怀疑。但她毫不怀疑谢朝。

谢朝是坚定的，谢朝什么都能做到，他想抵达的地方，最终都可以稳稳迈进。

有那么一瞬间，谢朝的神情刺痛了商稚言。在饱满的谢朝面前，她感觉自己像一个瘪了的气球，像那只断了线后落进大海的风筝，只能随着海浪起伏流动，没有选择路径的余裕。

最后是谢朝停了口。他尴尬地笑笑："对不起，这些很无聊。"

"不不，很有趣，非常有趣。"商稚言忙说，"你说的都是我没听过的事情，再多说一些吧。"

"你该回家吃饭了。"谢朝说着站起身，"下次我带一些相关资料给你看看。"

他朝商稚言伸出手。抓住他的手时，商稚言头脑忽然一凛——她想起自己从海边把谢朝拉回岸上的那个晚上。

"谢朝，"她忍不住问，"你为什么要跑进海里？当时已经那么晚了。"

和谢朝相处的时间长了，她很快察觉，谢朝虽然不太爱跟人来往，很少说话，但他并不善于——或者说不愿意掩饰自己的情绪。

问出这个问题后，商稚言便见到谢朝神情发生了急剧变化，上一刻令他眉目生辉的神采消失了。

谢朝没有回答。

他收回手，转身走向自行车。

"我送你回去。"这是谢朝这一天说的最后一句话。

几天之后，月考成绩出炉，同时光明里坏了一个多月的路灯也终于修好了。

《浪潮周刊》的社会新闻板块上有每周问政栏目，由记者代替市民向主管部门提出问题，主管部门会作出回应。光明里的路灯和一直没修好的下水道井盖，是由记者崔成州向市政部门提出的。

商承志认为这是自己的功劳："是我给周刊打的热线，那天正好是这个记者值班。听他声音感觉人脾气不好，办事情倒是干脆。"

商稚言印象里似乎看见过这个记者。谢朝闷声闷气送她回家那天，在光明里的公交车站旁，她看见一个陌生男人拿着一个指头大小的机器，正向路边摇扇子的老头老太问问题。

路灯亮了，井盖修好了，但这件事情似乎太小，还不足以让那位大记者写成一篇社会报道。商承志很失落，他没能拿到报料费。

但这失落很快在家长会上得到弥补。数学老师点名表扬商稚言，说她是进步极快的榜样，掌握正确的学习方法比闷头瞎做题更有效。

商稚言这一次月考排名 167，数学分数 97，终于跨过了及格线。

这次月考难度比九月份高一些，但商稚言的选择和填空题准确率上升，数列大题拿了满分，进步非常快。此外其他几门也有不同程度的进步，单科排名全都比上一次考试跨了好几十。

商稚言切切实实拿到成绩条的时候，怔了很久。

谢朝说下学期她的数学能达到 120 分，这个目标看起来，似乎并非遥不可及了。

谢朝仍旧是理科第一名，比第二名的余乐高出 6 分，差距不大。余乐心有不甘，挟持谢朝和他的钱包，让他请自己吃了几天烤肠。

十一月的天气越来越有热带城市的分明感。白天温度接近三十摄氏度，晚上便骤降到十几摄氏度，学生们开始穿上冬季的校服外套，但谢朝还没买。他穿着短袖校服熬了两天，成功感冒，校运会开幕那天又一次因为疑似中暑而在校医室躺了许久。

商稚言来探望他，发现他虽然躺着，但手里还举着本黄冈题皱眉思考。

谢朝和余乐做题的风格与商稚言大有不同。平时三人在天台上学习的时候，商稚言常常惊讶于这两人可怕的做题速度。他们使用草稿纸的频率并不高，做选择和填空题的时候甚至不会落笔，只是盯着题目飞快看一眼便过去了。

数学卷子的大题两人会耗费更多的时间，但也常常是一边转着笔，一边凝神盯着题目，一言不发。偶尔谢朝会短促地说一句话，余乐则永远在第一时间了解他的想法，立刻回答："对。"

她怀疑两位学霸是靠某种神秘脑电波沟通的。

一张数学卷子，没有写几笔，他俩就做完了。而这个时候商稚言往往还挣扎在填空的最后一道题里，直到他俩劝她放弃。

见谢朝盯着卷子不眨眼，商稚言知道他又开始在脑中做题。她把酸奶和苹果放在床头柜上，谢朝这才发现她来了，连忙坐起身。

"躺下躺下，别起来，你还头晕吗？"

"根本不晕。"谢朝打了个喷嚏，他披着余乐的冬季校服外套，揉揉鼻子，“我只是不想参加班级活动，所以偷懒。”

校医正好听见这句话，立刻把他俩赶走了。

谢朝吃完商稚言给他送来的食物，远远便看见余乐奔过来。谢朝长叹一声，把空盒子递给商稚言：“我去跑步，帮我扔垃圾。”

余乐推着他狂奔而去，一路大喊：“我帮你跑了一个 200 米，我已经够义气了！”

换作一个月前，商稚言根本想不到谢朝脸上会流露这么多的复杂表情。他仰头大笑，气得余乐迭声抱怨，很快班上的其他男生也过来迎接他，推推搡搡地带他去检录。他和余乐都很高，在人群中很醒目，接近正午的阳光十分猛烈，他的头发像被晒褪了色，泛出一片棕黄的光。

商稚言膝盖有伤，唯一能参加的项目是啦啦队。她在场边观看比赛，谢朝和余乐都上了场，是 4×400 米的接力跑。

谢朝那天在海堤边流露的拒绝，至今仍让商稚言心有余悸。那是她不可探问，也是谢朝不愿意袒露的事情，她提醒自己不能再犯同样的错误。虽然隔天谢朝仍旧送她回家，但说的话明显变少。

商稚言书包里装着一本新的推理小说，她希望谢朝的妹妹会喜欢。

余乐和谢朝跑得都很快，可惜比起专业的体育生仍旧逊色不少。最后一棒的谢朝奋起直追，第三个冲过了终点线。

商稚言也跟着众人一块儿欢呼起来。谢朝在人群里看到了她，冲她挑起眉毛笑了笑，有点得意，有点骄傲。

他一定不生气了，商稚言在这瞬间忽然确定。秋日的阳光余威犹存，晒得她的脸微微发烫。

把余乐的眼镜交还给他时，商稚言宣布放学后要请两位功臣喝奶茶。谢朝对这一带还不太熟悉，余乐拍着胸膛：“去香格里拉吧！”

谢朝：“……没必要吧？喝个奶茶也去香格里拉？”

下午放学，谢朝站在海堤街上那一溜儿店铺面前发愣。

左边是他们几个常去吃夜宵的咸鱼吧，右边是挂着“奶茶、果汁、小吃”招牌的香格里拉吧。

余乐：“不好意思啊，谢先生，不是你常去的那个香格里拉。”

三人在门前找到位置坐下，谢朝开始细看商稚言的地理卷子。除了奶茶，余乐还点了一堆吃的，商稚言看上去有些心疼自己的钱：“你点这么多啊？”

余乐：“小气了，商同学。”

商稚言：“那你把租书欠的十八块六还给我。”

余乐忙低头划掉“烤鱼”和“烤螺”两项。

03

校运会持续三天，前两天不强制上晚自习。但高三的学生都会回校学习，尤其有老师坐班的情况下，可以解决不少疑难问题。余乐却表示他不打算回校，今晚得带嘟嘟出门跟别的漂亮小猫相亲。

谢朝把地理试卷还给商稚言，跟余乐讨论起小猫的人生大事。商稚言低头一瞧，卷子上那几道她做错了的题目上，谢朝写了细细的批注：书上有、参考书上也有。

下次一定会做对的。商稚言心想，她不能浪费谢朝的一番心意。

谢朝不喜欢吃珍珠，他最爱的是加了椰汁的纯奶茶。余乐则什么都要往那杯饮料里放，商稚言怀疑他只是想坑自己钱。

“谢朝今天太出风头了。”余乐扭头对商稚言说，“好多高一高二的靓妹问我们他是谁。”

谢朝飞快瞥了商稚言一眼，但商稚言没看到。她正在书包里找书，随口一问：“你怎么说的？”

余乐：“我说，他是余乐，高三（9）班的学霸。”

谢朝：“……好。”

商稚言：“我就知道他会这样说。平时我和他还有应南乡一块儿出去玩，有人问应南乡名字电话，他说的都是我家里的电话！”

谢朝：“他不是喜欢应南乡吗？”

余乐脸色一变：“谁喜欢她了？”他说完掏出那部按键手机看一眼，“短信从来不回，我、我、我不中意。”

谢朝和商稚言交换了一个心照不宣的眼神。商稚言乐得咬着吸管傻笑，她反正没分清自己是因为余乐而笑，还是因为和谢朝可以光明正大对眼神而笑。

隔壁桌的几个年轻人走了，留下满桌子的啤酒罐。有个小孩拎着塑料袋来捡易拉罐，看到桌上没吃完的炸豆腐，立刻抓起放进嘴巴里。

商稚言他们几个面面相觑，把自己桌上的一碟炸豆腐递给小孩：“这个我们没吃过，你吃吧，是热的。”

小孩很瘦，大眼睛越发显得惶恐，他看看炸豆腐又看看商稚言，摇摇头。

老板从店里走出来，那小孩拎着袋子飞快跑远了。

“别给他吃的！”老板忙劝诫他们几个，“他天天来，烦死了，把我的店弄得乱七八糟。”

余乐不乐意听了：“就捡你几个瓶瓶罐罐，有什么大不了的。”

“他手脚不干净……学生妹，你看看你书包。”

商稚言大吃一惊，连忙抓起书包。

书包链子不知何时被拉开了，钱包不翼而飞。

“肯定是明仔偷的，快去追吧！”老板大喊，“等等等等，先给钱！”

谢朝和余乐拔腿就追，商稚言抓起三个人的书包，把余乐的学生证扔给了老板。

那瘦伶仃的小孩提着塑料袋正走到海堤街的拐角，随手从地上捡起一个塑料瓶子。发现苦主追来，他立刻扭头狂奔。

小孩动作迅速又灵活，在巷子里钻来钻去，像一只跳跃不停的猴子。

谢朝不熟悉此处地形，商稚言忍着膝盖上的疼连蹦带跳地跑，追了一会儿，那脏兮兮的小猴子身后只剩了余乐一个人。

“明仔！”余乐喊他名字，“还钱包就行！我们不骂你！”

钱包里有商稚言的学生证和身份证，丢了很麻烦。但那小孩闻言竟然“哈”地大笑一声，跑得更快。

余乐暗啐，紧追不舍。海堤街沿线有许多像光明里这样的小街小巷，有的比光明里还要狭窄，它们仿佛是从海堤上生长出来的植物，细弱地相互纠缠，往往在不可能的地方忽然开辟出新的通路。小孩确实灵活，但余乐从小在这儿长大，对这些巷子的熟悉程度一点儿不比明仔少。他绕了一段路，直接拦在明仔面前，逮个正着。

小孩野得惊人，余乐抓住他细瘦的手腕，他竟然张口往余乐胳膊上狠咬。好在余乐小时候打架打得多，太熟悉套路，见他脑袋一动立刻松手，直接拎着他颈后的衣领制住了他。

谢朝这时候才追上来。余乐把那塑料袋递给他，他从十几个易拉罐和塑料瓶子里找出了商稚言的钱包，还有印着“香格里拉吧，你的休闲吧”字样的几包纸巾。

“好野的小孩子。”余乐冲一瘸一拐走近的商稚言说，“差点咬我一口。”

话音刚落，那小孩趁他松手，猛地一蹿而起，脑袋冲他肚子撞去。

余乐没提防，被小孩冲撞得一个趔趄靠在墙上。就这么不到三秒钟的工夫，小孩抄起地上的塑料袋，哐里哐啷地跑了。

“哎呀，他那只脏手！”商稚言大喊，“余乐！他的手是不是蹭破了？”

塑料袋在地面的污水里浸着，小孩也丝毫不觉得脏。三人你看我我看你，最后是余乐叹了一声，转身追了上去。才走了几步，他“咦”了一声，回头对商稚言说：“我们跑到朝阳里了。”

朝阳里是海堤街最末端的街道，街上流淌着腥臭的鱼汁，到处都是处理小鱼小虾的店铺。附近港口的渔船回来后，成色好的水货会在靠岸之前就被酒店食肆买走，次一点的运输到市场贩卖，而不成形的死鱼烂虾，全都聚集在朝阳里。

死鱼摘了发臭的鱼头，扔进机器里胡搅，加些食用胶质、面粉和色素，能做出不少鱼丸鱼腐。死了的小虾小蟹不好这样处理，往往囫囵捣碎，可以当饲料。

朝阳里一般是不住人的，因为太脏太臭。这儿的店铺也只在渔船回来之后短暂地开半天门，余乐他们走进这条街时已经是傍晚，街面静谧，只有野狗野猫飞一般窜过，留下模糊残影。

天色暗得毫不含糊，借着几盏勉强亮着的路灯，他们很快看到了明仔的身影。

他趴在垃圾桶上，小小的身体几乎栽进去了，正在翻找里面的东西。

找出几根腐烂的青菜后，明仔拖着塑料袋继续往前走。刚刚一口气狂奔，他应该是累了，易拉罐和瓶子在袋子里与地面摩擦，声音单调响亮。

没走几步，袋子破了，易拉罐滚了出来。明仔怔怔回头，像是一时间没理解发生了什么。他攥着破袋子站了好一会儿，瘦小的胸膛不停起伏。昏黄路灯下，可口可乐的残液从罐口流出，顺着有坡度的路面流淌。

他们没听见明仔哭，但是小孩蹲下来的时候，鼻子里发出一抽一抽的声音。他蹲了一会儿，大脑袋埋在手臂和膝盖里，细弱的呜咽声一截截传出来，但不到半分钟时间他又站了起来，用脏手粗鲁擦拭眼睛后仔细把破口系好，重新捡罐子。

才捡了两个，塑料袋就被人拿走了，明仔猛地吓了一跳，抬眼狠狠瞪着眼前人。

“我帮你捡。”余乐一手抓住袋子，一手抓住明仔挣扎的细手腕不让他乱动，“你家在哪儿？”

明仔的家就在朝阳里，那间平房和周围的黑暗沉寂浑然一体，唯一的不同就是，屋子里有灯光。

余乐和谢朝想走进去，但明仔的抗拒越来越强，来到门口时，他们甚至觉得牵着的不是一个孩子，而是一头狂怒的小兽。两人才松开手，明仔就窜进了半开的门，随即“砰”的一声把木门关紧。

商稚言走了这么半天，膝盖已经有些疼了。她靠在窗边，发现窗户没关且没有帘子，里面的情况一览无遗。

屋内是惨白的白炽灯，明晃晃从天花板打下来。一个满头白发的女人坐在折叠桌旁，正对着手里的一支笔说话。屋内放着一张床，满地杂物，似乎从没有人收拾过。明仔进屋关门之后，声音惊动了那女人，她受惊一般缩起肩膀，但看到进来的人是明仔后又立刻卸下了防备。她神情呆滞，头发蓬乱地扎在脑后，举起手里的笔递给明仔：“吃糖。”

明仔发现了窗边的商稚言。狂怒的小孩跳上椅子才够得着窗户，他狠狠关上了那扇窗，商稚言终于听见他今天说的第一句话，几乎是用尽所有力气吼出来的：“走开！”

这一天发生的意外给商稚言带来的影响比较严重。

她的膝盖活动太多，伤口没愈合好，发炎了。谢朝感冒刚好，她就发起了高烧，昏昏沉沉地度过了校运会，人一下就瘦了两三斤。

十一月中旬，谢朝终于穿上了冬季校服，第一波强冷空气从西伯利亚长途奔袭，直达北回归线以南的沿海小城。地理老师在讲台上蹿下跳、手舞足蹈，提醒众人注意冷锋暖锋的区别，地球和太阳的相对运动如何影响海洋气温和大气环流，以及这股冷空气从何而来，会带来什么影响。

商稚言学得越深，越是觉得世界上的一切似乎都和政史地有关系。她跟孙羡分享自己的心得，因焦虑而失眠的孙羡揉着眼睛答非所问：“英国资产阶级革命的时代意义，应该就是历史意义吧？”

题目换个问法，似乎就披了一层新皮。文科生眼里看的、手上写的、脑子里过的，都是意义不凡的汉字。商稚言掌握方法之后，不仅把谢朝写的知识结构图慢慢补充完整，现在也学着自己画历史和政治的结构图了。孙羡看过她那几张地理图，非常震惊：“你这个资料哪里来的？这整理得也太好了！”

因为睡眠不足，早上第一第二节课总有不少人打瞌睡。往往课上到一半，班上忽然就有学生举手站起，但不提问也不说话，只是站着听课，抵抗睡意。

商稚言太忙了，所有学生都太忙了。在忙碌的间隙里，她偶尔才会想起明仔。

膝盖痊愈那天，商稚言再度自行骑车上学。余乐像是解放了一样猛拍自己的车把：“我自由了！我是我自己的主人了！”

商稚言踹他车轮子，他嘿嘿笑着骑远了，回头大喊：“你们俩回去吧，我去买点儿文具。”

放学的路上人车拥挤，谢朝骑在外侧，时不时还看一眼商稚言的腿：“真的不疼？”

商稚言：“我铁打的好吧？”

她父母去吃喜酒了，谢朝便和她一块儿去咸鱼吧解决晚餐。两个人没点大菜，各自要了一碗桂林米粉，坐下便吃。

咸鱼吧最近生意被旁边的香格里拉吧抢走不少，老板不得不开辟各种新渠道挣钱，门口摆上了潮流杂志和鱿鱼丝之类的特产。

“买一本杂志看看啊？”老板熟悉他们几个，举着一本《cool轻音乐》开口招呼，“这个特别火，很多人买。”

商稚言：“有《动感新势力》吗？”

“没有。”老板仍不死心，“那买一份《浪潮周刊》啊，刚送来的。”

谢朝这时候忽然碰了碰商稚言的手，示意她看外面的情况。

咸鱼吧外头也摆着几张桌子，趁着老板在店里说话，一个瘦巴巴的小孩快手快脚地抄走了桌面的一碟剩菜。那是没吃完的烧腊，没多少汁水，他用一张餐纸包着那几块叉烧，揣进口袋里。

老板也看到了明仔，他冲谢朝和商稚言摇摇头：“算了，一点剩菜剩饭，不要紧。”他小声说，“我老婆还常常给他新鲜饭菜，我也没说什么。”

他俩这天才知道，明仔是海堤街商铺后厨的常客。他不太说话，常常在后厨徘徊，除了能卖钱的瓶瓶罐罐之外，偶尔也问他们要一些吃的。有的老板和厨子可怜他年纪小又瘦弱，允许他去捡客人吃剩的东西，有的干脆直接给他打包带走。

“没有人照顾他吗？”商稚言问。

“他妈这里有问题的。”老板指指脑袋。

明仔的妈妈是个精神病人，结婚之后变化不大，但怀孕的时候不知道受了什么刺激，病情恶化，生下明仔后越发变本加厉，谁都认不出来了。明仔的父亲说是外出打工，但一走就是五六年，再也没回来过。明仔的外公外婆在外地，联系不上，爷爷奶奶不想管。他六岁了，但看上去像是只有四五岁，连户口都没上。

“他妈妈正常的时候就在朝阳里帮人剥虾剁鱼挣点钱，发病的时候不行，连门都不敢出，明仔就自己出来找吃的。”老板叹气，“我们也做不了什么，他现在还学会了偷东西，不知道以后会变成什么样。哎哎，靓女，买份报纸啊？”

回去的路上商稚言情绪不高，连话都不太说。谢朝知道她记挂那个小孩，劝她：“连大人都说没办法，我们做不了什么的。”

虽知道他说得对，但商稚言总觉得有什么梗在心里。明仔太瘦了，因为瘦，眼睛显得特别大，脑袋也特别大，这让他仿佛时时刻刻都处在饥荒与惊恐之中，浑身散发着敌意，像一只龇牙咧嘴的小兽。

她忽然站定。明仔就在前方，在海堤街的垃圾箱旁。

与他对峙的是几只守卫自己地盘的野狗。

明仔仍旧攥着一个黑塑料袋，里头已经装着他今天的不少收获。但垃圾箱上还有新的易拉罐和瓶子，他一动不动，与那几只眈眈的野狗僵持。忽然，明仔猛地踏出一步，“啊”地冲着野狗大吼，野狗们吓了一跳，立刻后撤，明仔眼疾手快，抓起两个塑料瓶子转身便跑。野狗动作也一样迅速，立刻回头追了上去。

商稚言骑车猛冲过去，丁零零地按动车铃。野狗听到这声音顿时四散逃开，也顾不上追赶小孩了。

回头再看，明仔已经乐颠颠跑进了光明里。他左手提着塑料袋，右手攥住瓶子，一蹦一跳，似是怀着巨大喜悦。

“回家吧。”谢朝催促，“大人都帮不了，我们不行的。”

商稚言：“难道我可以当作没看到吗？他才那么小，他跟野狗抢东西啊。”

谢朝很认真地盯着她：“那我们又能怎么样呢？他不是小猫，我们不可能收留他。你应该懂的，这个世界上很多事情我们无能为力。”

商稚言却调转了车头：“我想试一试。”

她一口气蹬车，不顾膝盖上的隐痛，嘎地在咸鱼吧前停下。

“我要一份《浪潮周刊》！”她掏出三块钱拍在老板手里，“我还要打一个电话。”

此时是五点五十五分，商稚言翻到社会生活板块找到记者热线的时候，内心期待着浪潮社的记者此时此刻还在上班。

商稚言并不相信命运。她不认为命运会引领她，能改变一切的是一个又一个行动，一次又一次选择。但在未来的许多年后，她回忆起这个火烧云遍布天空的傍晚，总有一点儿恍惚的感受。

那时候谢朝站在她身边，凑头过来和她一块儿等待电话里传出应答声。他的眼睛如此明亮，映照着满天灿烂的霞光，声音带着好奇："你想打给谁……"

有人接听了。

"你好，浪潮热线。"那人语速很快，慵懒音调中还带着明显的不耐烦，"我是崔成州。"

04

崔成州那天并不是热线的值班记者。实际上报料热线五点就停止接听了，但他的位置距离热线电话很近，又因为常常加班加点写稿子，很多时候夜间打来的热线都是他接的。

说实话，他接得都烦了。

听见电话对面传来的声音属于一位少女，崔成州的直觉告诉他：这不会是有价值的报料。

等听完那女孩说的事情，他更加确定，这是一桩没有采访必要的新闻。

但他"嗯嗯"几声，装作记录："好的，你说的我全都登记了，我会去了解情况的。"

那姑娘显然不懂应付套话，听见他这样说，挺高兴地挂断了电话。

加班的另一位同事扬头问崔成州："什么事儿啊？"

"朝阳里那个女疯子的事情。"崔成州把窗户推开一条缝，"老张之前写过，没有用。"

彼时的浪潮社只有四个新闻中心，新媒体采编中心尚未成立。崔成州是社会新闻中心的记者，但他对这个报料电话毫无兴趣，当然也不打算去。

这时，电话又响了。

"你好，浪潮热线……"崔成州程式化地应答。

"是我，我是刚刚给你打电话的中学生。"电话那头传来女孩清脆的声音，"你什么时候来啊？"

"报社离朝阳里远吗？你大概多久能到？"

崔成州觉得她有点儿烦，又有点儿好笑："我明天会去的，同学。"

"哦，好。"那姑娘似乎在哗哗翻纸，"那你给我留个电话好吗？我明天再联系你。"

崔成州："你打这个电话就行。"

"好的……那，那你可以选我们不上课的时候来吗？中午或者傍晚，我们晚自习十点下课，不过十点是不是太晚了？"那姑娘叨个没完没了，"是这样的，你来的时候如果我们没课，我们可以带你去明仔家里。不太好找，而且……"

崔成州揉揉耳朵，打断了她的话："你是这小孩什么亲戚？"

"我们……我们不是亲戚。"女孩认真回答，"就路上碰到的。"

"那和你有什么关系啊？"崔成州乐了，"你管得可真多，高几了？成绩好不好啊？"

斜对面的同事笑了一声，瞥他一眼。这些都是接热线时不能说的话，但崔成州现在是代班，而他素来天不怕地不怕，什么都敢讲。

那姑娘沉默片刻，崔成州似乎还听见她身边有另一个男孩低低的说话声。

"学生就要有学生的样子，你管得了那么多吗？"他继续说，"你把自己学习搞好就行了，社会上这些事儿少理会，你也帮不了他。"

"我是帮不了，你不可以吗？"那姑娘语气一下变得不客气了，"你不是记者吗？"

崔成州笑了："记者怎么了？记者也没什么大能耐。"

那姑娘气冲冲说："我不要你接听了，我要找别的记者！"

"这里只有我一个，你还想找谁？"

"你们报社在哪里？我自己过去找！"

崔成州真想笑，他脸上肌肉甚至已经摆出了大笑的姿态，但他最后没有泄露一丝笑声。他攥着听筒，对面的姑娘也攥着听筒，相互对峙。

她几岁？她高几？她是什么样的学生？崔成州忽然开始好奇，这姑娘的天真劲儿和十几岁的他可堪一比。

"你叫什么名字？"他站起身，抄起录音笔扔进挎包里，"给我个准确位置，我现在过去。"

刚抵达朝阳里，崔成州远远就看见两个穿着同华高中校服的学生站在街口。男孩很高，女孩大概到他肩膀，两人一直盯着路面，是在等人。

“你就是商稚言？”崔成州打量着商稚言，“高三了是吧？”

两个学生一声不吭，只是看着他，满脸怀疑。

“我是浪潮社的崔成州。”崔成州掏出名片在他们面前一亮，那男孩伸出双手想接，但他收回口袋，并不打算给他们，“怎么，那小孩在哪儿？”

谢朝收回手，看他的眼神越发充满不确定。谢朝大声问商稚言：“这个人真能帮明仔？”

崔成州：“大概率不能。你们知道那小孩和他妈妈到底怎么回事吗？”

两人都是一愣。

明仔是非婚生子，本来上户口就极为困难。他母亲的监护人是外公外婆，但两人都在外地，且当初女人是随男友来这儿打工的，这桩交往也并未获得父母准许。父母虽然隐约听闻女儿的遭遇，却完全不打算来接走她。

明仔的父亲早就不知去向，连他爷爷奶奶也拒绝透露行踪。爷爷奶奶不愿意照顾一大一小两个负累，现在干脆搬回了乡下老家，难以寻找。

商稚言呆呆地问：“你怎么知道？”

“两年前已经有人把这事情报给浪潮社，我们采访过也调查过，其实也刊登过报道。当时负责的记者不是我，是我的上司。但报道出街，没多少水花。”此时崔成州已经随着商稚言和谢朝来到明仔的家，黑魆魆的街巷里，只有这一户人家露出一方小小的灯光。木门半掩，那个头发斑白的女人或许又在等待儿子回家。

“你以为没有人帮他们吗？如果没有人帮忙，你认为他们能有水电用？”

见两个学生一脸呆样，崔成州再次提醒：“这个问题很棘手，不过多棘手都跟你们没关系。回去吧，你俩不上晚自习？”

商稚言仰着头，不客气地盯着他：“那你是来干什么的？”

“我来劝你们不要太天真。”崔成州说，“走了。”

他走出几步，回头看到那两个孩子站在原地不动弹，脸上几乎是一色的执拗和坚持。

崔成州几乎一下就来了火，他走回商稚言面前：“我不是万能的，记者也不是万能的。这小孩跟你们没有任何关系，偶尔关心关心给点儿东西就行了，别自寻烦恼。”

商稚言还是盯着他，震惊又固执：“谁都不是万能的。但你是大人，你是记者，你总能做些什么吧？”

崔成州完全不想跟她沟通，扭头就走。商稚言茫然地看着谢朝，无声询问：怎么办？

谢朝正在斟酌怎么跟商稚言解释。或许是因为家中经商，他耳濡目染，已经习惯了做一件事之前权衡利弊，寻找最佳的方法与获益最大的手段。

虽然转学之后，他做了许多没有用但很快乐的事情，比如和余乐下海捉鱼，比如给商稚言整理地理的知识系统。

但现在这个情况，谢朝认为他俩已经做了能做的一切，足够了。

“我觉得他说的是对的，你能做的已经做了，回去吧。”谢朝对商稚言说，“晚自习你还去吗？”

商稚言震惊得说不出话，她不眨眼地盯着谢朝，像看着一个陌生人。

“去他的晚自习。”商稚言回答。

她大步离开谢朝身边，连每次必说的“明天见”都没有讲。

骑车在海堤街转了两圈，商稚言没有看到明仔。她不知道明仔去了哪里，也不知道他是否又和野狗起了争执。

骑车经过咸鱼吧时，商稚言停下了。

崔成州正坐在路边，一碗虾粥就着一碟炸小鱼，边吃边跟咸鱼吧的老板和老板娘聊天。

“……什么时候来的我也记不清楚了，一开始那男的还在，大概是到了明仔懂得走路的时候吧，他就去打工了。”老板娘正在说明仔的事情，“明仔明年七岁，要上学了。不上学不行啊，总不能一直在这里捡垃圾，有什么前途？”

老板笑着接话：“我们家亮亮说，他在幼儿园也见过明仔。就在围墙外面嘛，看他们小孩在幼儿园里玩游戏。有时候老师也给他些东西，但他都不要的。”

“他脾气好奇怪，有时候很凶，有时候就勉强还像个小孩。”老板娘低声说，“我们都猜，他会不会也跟他妈妈一样，这里有问题。”

崔成州这时抬起头，冲呆呆站着的商稚言咧嘴一笑，还做了个手势：“请坐。”

商稚言坐在老板娘身边，听见崔成州问了一个新问题：“这附近像明仔这样的小孩多吗？”

商稚言对于记者这个职业的想象，在这个晚上被打破了许多，但打破的同时，有些新的东西被建立了起来。

崔成州在海堤街、朝阳里和光明里一带采访了不少人。

凡是在这儿生活的人，大都能说上一些明仔家里的事情。崔成州只是问问题，并没有说自己的看法，商稚言也看不出他有什么打算，但崔成州采访的时候，态度和之前大不一样。他很诚恳、很真诚，像闲话家常一样，能问到许多商稚言根本不知道的事情，比如明仔的父亲其实早就在别处结了婚，有两个比明仔更大的孩子，且根本没有和明仔母亲结婚的打算。

明仔还是不跟人对话，远远看见商稚言和崔成州走来，“砰”地关上了门。崔成州收好录音笔，对商稚言说：“我明天再来吧。”

商稚言：“嗯。”

崔成州觉得好笑：“你不问我明天什么时候来了？”

商稚言不想问了。她知道崔成州一定会来的，虽然她并不晓得，是什么让崔成州改变了主意。

崔成州骑着电动车沿着海堤街离开，商稚言的车子又掉了链，她只能慢慢推回家。父母尚未回来，她打开卷闸门，打算再做一会儿生意。但夜间的租书店门庭冷落，只有隔壁赵伯的儿子过来借了两本武侠小说。

商稚言随手摊开一本书，坐着发愣。铺子外头偶尔有车经过，远远传来野狗的吠声。她隐约感觉自己做了一件挺不得了的事情，但又说不清楚哪儿不得了。

这是一个平平常常的秋夜，屋前的秋木棉开始落花，沉重硕大的粉红色花朵落在地上，铺了轻而软的一层。杨桃树分不清季节，稀里糊涂地开花结果，拇指大的小杨桃被冷空气冻得一个个往下掉。

小猫在她腿上露着肚子睡觉，无心看书做题的商稚言从书架上抓下一本漫画翻开，便听见有人走进租书店。

谢朝在她面前放下一杯奶茶，想了两秒钟，讷讷开口：“我来看猫。”

像是听到了他说什么，小猫忽地睁眼，翻身坐起，圆眼睛瞪向他。

谢朝瞧都没瞧它一眼，转身在桌旁坐下，看商稚言在干什么。

小猫很无趣地走了。

商稚言正摊着一本漫画，没理他：“走走走，不适合你。”

“奶茶不喝，冰都融化了。”谢朝说，“加了布丁，你喜欢的芒果味布丁。”

商稚言没好气地低斥：“别坐在这里，碍眼。”

谢朝乖乖转移到书架下方，也抓起一本漫画看，偶尔抬眼瞧瞧商稚言。手里的漫画是四拼一版本的漫画，印刷质量低劣，妖怪群涌的那几页墨水和字迹都混在了一块儿。谢朝看得吃力，正犹豫是否应该继续，商稚言给他扔了几本红色封面的新版。

“别把眼睛弄瞎了。”商稚言说，“像余乐那样，整天戴眼镜。”

谢朝终于等到她正常跟自己说一句话，立刻打蛇随棍上：“你看完了吗？”

“没有。”

“你看到哪儿了？”

“要我给你剧透吗？”商稚言扭头看他。

“行啊。”谢朝翻了几下，他其实并不喜欢看漫画，“我看到巫女复活了。”

商稚言开始喝奶茶，一边喝一边想，忽然问：“如果你是漫画里的主角，你喜欢哪个？”

谢朝怔愣片刻，低头翻了一页，答非所问：“都不喜欢。”

谢朝伸手抓起小猫。小猫刚从厨房回来，嘴里叼着一条小鱼干。谢朝把它按在怀里，拈着小鱼干逗它。

两只大猫也从楼上蹿了下来，小猫把装小鱼干的袋子挠破了，大哥和大姐循香而来，商稚言急急忙忙去处理乱糟糟的厨房。吃完了小鱼干，小猫意犹未尽地舔谢朝的手指，谢朝把它举起，和它那双圆眼珠子对视。

第一次遇见这只小猫时，它只会爬，还不懂走路，被一块破毛巾包着扔在树丛里，身边有两只已经死去的兄弟姐妹。谢朝把它带回了家，但家人不喜欢猫，他不得不在隔天又将它放回原地。

但放回原地也仍旧不放心，附近有野狗野猫，还有不少闹腾的小孩，谢朝担心它会出事，先是把它藏在盒子里放在高处卡着，之后每次晚自习都会带到学校，放在门卫室让大叔帮忙照顾。

再后来，他从余乐和徐路那儿得知商稚言喜欢捡猫。

在真正把小猫交给商稚言之前，谢朝跟过她两天，知道了她家的位置。他觉得自己有点儿像变态，但自己这种变态的感觉又因为车头小袋子里装着的小猫给冲淡了。

商稚言回家的时候卷闸门总是半关着。她会把卷闸门推高，屋前一小片黑暗的地面会被灯光照亮。一黑一白两只大猫蹲着仰头看它们的小主人，又乖又认真。

以后这里就是你的新家——谢朝当时在商稚言家的铺子对面停了车，拎起小袋子，叮嘱小猫到了新家要好好表现，不能随便拉屎拉尿。小猫从塑料袋子里钻出个小脑袋，因为听见了猫叫声，眼神明亮地盯着那个小小铺面。

“你喜欢这里吗？”谢朝小声问它。

它长得太快了，丢掉流浪小猫身份、成为商家小猫才不过一个多月，不仅变胖了长大了，手脚也有了力气，“喵喵”声中气十足。谢朝听不懂它喵的什么，只知道它心情很好。

商稚言拎着两只大猫扔进铺子里，关上了厨房的推拉门。她忽然想到一件事，忙问谢朝：“你不去晚自习吗？”

谢朝：“去他的晚自习。”

商稚言心情完全恢复了，迅速找出许多自己弄不懂的题目来接待谢朝。谢朝一一给她讲解，直到商稚言爸妈回来才起身离开。

商承志和张蕾对这位靓仔同学充满好感，热情挽留他吃夜宵。谢朝却很不好意思，抓个苹果就跑了：“再见！”

张蕾目送他骑车离开：“谢朝比余乐靓仔好多了。”

商承志决心维护乐仔声誉：“乐仔也不差啊。”

两人回头想让商稚言下结论，但商稚言早拎着小猫上楼了。

小猫陪她做了会儿作业，趴在书上睡了过去。商稚言做了一会儿政治题目，恍然大悟地弹了弹手指。

“对噢，你是谢朝送我的生日礼物。”她用很小、很小的声音，对沉沉睡去的小猫说。

05

崔成州之后如何继续调查明仔的事情，如何撰写报道，商稚言并不知道。她再给《浪潮周刊》拨打热线时，接线的已经不是崔成州，崔成州也总不在报社里。

有时候她还是会在路上看到明仔，有时候在光明里，有时候是海堤街，他提着塑料袋走来走去，和野狗张牙舞爪地互吼。

商稚言每天都等待崔成州联系自己，在周五的《浪潮周刊》出刊后第一时间购买，但翻遍了报纸都没找到一篇相关的报道。他有稿子上刊，说的是久不更换的消防灭火器存在安全隐患，商稚言仔仔细细看完了，盯着“记者：崔成州”的字样生闷气。

而另一件让谢朝满是困扰的事情正在发生。

校运会上他没参加多少项目，除了接力跑和400米跑之外，还有一个和余乐组队的羽毛球双打比赛。两人止步于四强，但合作比赛的照片已经在校园论坛和同学之间疯传。

女孩们打听谢朝的来历，余乐统统报上自己的名字，但班上其他人跟他却没有这份默契。徐路告诉谢朝，自己至少告诉六个师妹和三个同届的朋友，那个跑得很快、打羽毛球特别帅的男孩姓甚名谁，哪个班级，坐什么位置，以及几点上下学。

难怪最近总是有陌生的同学从走廊经过，探头探脑，而他抽屉里也塞满了礼物和信件。

余乐和徐路分吃了姑娘们送给谢朝的零食，谢朝则看着那十几封精美的信件发呆。

“你没收过女生的信？”徐路震惊，“不可能吧，帅哥。”

“收过，但没看过。”谢朝说，“直接扔了。”

他抓起那沓信，反手就要往身后的垃圾筐里扔，余乐眼疾手快抓住他的胳膊：“别别别。”

余乐：“这太伤人了好吧？你不喜欢，不想看，也别直接扔班里啊。这垃圾是要拿到垃圾池倒掉的，万一被别人拆了呢？或者被写信给你的妹妹看到了呢？”

谢朝：“看到又怎么样？”

余乐一拍桌子：“总之不能丢学校里。你拿回家保存着，或者自己处理。”他把情书全塞谢朝书包里去了。

谢朝实在不喜欢这些东西占据书包空间，放学时把它们丢进车篮。他现在不需要载商稚言回家，但也没换回原来那辆酷炫的山地车，因为山地车已经被妹妹征用了。

余乐在车棚遇见商稚言，立刻乐颠颠地跟她分享八卦。车棚旁边栽着秋木棉，商稚言正把花瓣从自己车篮子里摘出来，瞅了眼谢朝那堆花花绿绿的信封，坏笑地抬头：“没用的，谢朝有喜欢的人了。”

余乐一惊，连途经的徐路也忙凑过来偷听：“谁谁谁？”

余乐在脑内飞快过了一遍谢朝的人际交往情况，扭头看徐路：“不会是你吧？”

徐路一脸吃到苍蝇的表情，推车走了。

余乐：“我们谢朝有什么不好，你停一停，你给我说清楚！”

谢朝在后头踹了他自行车一脚：“你够了！”

三人在路口分开。余乐看着谢朝远去的背影，忽然惊恐地抓住了商稚言的车头：“不会是小南吧！”

“怎么可能，谢朝没见过小南。”商稚言白了他一眼，“你以为谁都像你。”

“万一呢，对吧？”余乐摸着下巴想了想，“难道……是你？”

商稚言心头一跳，先浮现的也是“怎么可能”。但她还没说话，余乐先否定了自己的想法：“不对，你们的成绩不在同一个层次。”

商稚言气得一路撞了他自行车好几次。可余乐丝毫不在意这点碰撞，执意追问。商稚言不堪其扰，终于开口：“逗你玩的！”

投递给谢朝的信件和零食没有停止的趋势，在余乐和徐路的撺掇下，谢朝总算拆开了一封。这位没有留下班级姓名的女孩没写令谢朝尴尬的话，她祝福谢朝实现自己的愿望，考上理想的大学。

这倒很出乎谢朝的预料。

这一天，他慢慢地拆开了许多封信：有闲话家常似的跟他唠嗑的，有人留下了联系方式，有人留了通信地址或者电子邮箱，还有的人甚至没有落款，只是祝愿他心想事成。

但每天都会收到的信也很让他心烦。余乐给他出歪主意：“你以后天天跟和徐路一块儿走，打消她们的非分之想。”

徐路一下就爆了：“余四眼你想怎么死？”

“我们谢朝哪里不好？”

“我也有自己选择标准的好吧！”徐路怒道，“他不开朗，这么阴沉，我不跟这种人做朋友。”

谢朝认为徐路对自己的评价非常中肯，遂缓缓点头。

三人那时正靠在走廊栏杆上吹风发呆。每天上午十五分钟的眼保健操时间，高三学生可以随意活动。三人都不想搓眼睛，跑到走廊尽头眺望远处的树和海。秋木棉终于落光了花，枝杈满是绿叶，掩映着图书馆。

精瘦的男孩拍着篮球从楼下走过，拿着长笛的高一学生成群地往阶梯教室走去，几只麻雀从松树上飞来，停在栏杆上抖尾巴。余乐眼尖，看见商稚言和孙羡手挽手穿过羽毛球场，往教学楼过来。

“我有办法了！”余乐一拍谢朝肩膀，冲商稚言喊，“言言！行不行！”

商稚言正跟孙羡说着什么高兴的事情，抬头时还是笑着的：“什么行不行？”

“以后放学，你护送谢朝出校门。”余乐小声嘀咕完之后又扬声喊，“谢朝每天请你喝一杯奶茶！”

“行啊！”孙羡代替商稚言回答，“我也有吗？”

余乐：“有！”

商稚言满头雾水：“好是好，可是……为什么要护送？”

余乐：“你答应就行，放学跟你慢慢说！”

他自认为帮谢朝解决了一件难题，十分得意，揽着谢朝的肩膀：“不用谢。”

但谢朝和徐路看他的目光，像是看一个傻子。

不出谢朝和徐路所料，得知余乐的计划之后，商稚言目瞪口呆。

她在车棚里哐哐地敲余乐的车头：“你脑子里装的什么东西？说我和谢朝是一对，不如说你和他是一对，一劳永逸！”

余乐还是那句话：“我们谢朝有什么不好的？你说说，你给我说清楚。”

徐路罕见地和商稚言站在了同一阵线：“这跟他好不好没关系。”

余乐不理解：“那跟什么有关系？”

“跟你这个傻子有关系！”徐路大喊，“谁乐意莫名其妙被你们利用啊！你这样编排，就算给我个绝世帅哥我也不愿意。”

余乐：“虚伪的女人！”

徐路：“我……我总得先想一想！”

两人一直打闹到校门口，留谢朝和商稚言在身后慢慢走。

和谢朝走在一起，商稚言蓦然有几分尴尬。她只能在心里狠狠责怪余乐。

“你们不要把女孩子想得那么肤浅。”她对谢朝说。

谢朝：“我从来不觉得你肤浅。”

商稚言：“你知道我说的不是我自己。”

谢朝冲她微微一笑。商稚言忽然怀疑：他真的备受困扰吗？那些礼物和信件他真的全都不喜欢吗？他不会反感余乐的提议吗？

“原来你也觉得只要用我来打掩护，自己就可以一身轻松。”商稚言气冲冲的，“你不想收到别人的信，那就直接跟别人说。不要利用我，我不喜欢这样。”

谢朝捏紧刹车，停下脚步：“不是利用。”

“那你为什么不反对？”商稚言不解，“余乐他脑子里尽是怪主意，你不乐意，你要坚决、大声地告诉他，他才会懂。”

“也没有不乐意。”谢朝笑着，“你陪我一起走，我很高兴。”

校道上满是推着自行车缓慢前进的人。常绿乔木即便在秋天也仍旧绿意融融，只是那绿比春秋更浓更厚了。巨大的榕树树冠遮挡了阳光，高挑的樟树枝叶疏松，漏下星斑一样的光亮，在年轻的学生身上流动。

谢朝继续往前走，商稚言怔怔跟着他，踩在他的影子上，一步又一步。

她终于找回自己的节奏：“听好了，这事儿你得自己解决。我不喜欢骗人。”

谢朝：“我知道。”

商稚言：“更不会帮你骗人。”

谢朝：“很有原则。”

她说一句，谢朝点一个头。

商稚言有些恼，她不知道谢朝笑着点头是什么意思，郁闷和古怪的情绪令她封紧了自己的嘴巴，连“再见”也没有说。

回家照例跟小猫抱怨了一会儿，商承志告诉她新的漫画书到了，但她提不起看漫画的兴趣。她躺在床上，盯着布满陈旧纹路的天花板，小猫正在洗脸，小尾巴一甩一甩的，打在她的手上。

中午的光明里安静极了，仿佛与早晨热闹的景象并非同处一个人间。有人骑着三轮车“咔咔嚓嚓”地经过，“磨剪子嘞锵菜刀”的声音从远到近，渐渐消失在另一个方向。她的手机在床头嗡嗡振动，是余乐发来了短信：“对不起，别生气。”

商稚言用薄毯子蒙住自己的头，没有回复。

日子过得单调甚至乏味，十一月底的时候，寒潮终于接二连三地来了，商稚言开始担心今年也会像去年一样，冷得让人受不了。

自主招生的信息开始在学校里张贴，余乐扫了眼需要的资料，认为自己应该够资格，班主任也很看好他，直接给他塞了一整份，让他回去跟家里人商量商量。

谢朝对此毫无兴趣。余乐和徐路讨论的时候，谢朝塞着耳机听歌看卷子，草稿纸上写满了化学公式。

“你不试试吗？”余乐扯掉他一个耳机问，“你比我成绩更好。”

谢朝摇头：“我过去两年没有参加过任何竞赛，也没有任何学生组织任职经验。”

余乐和徐路都呆了：“啊？你没参加过竞赛？”

谢朝：“没兴趣。”

余乐挠挠头：“我以前也没兴趣啊，但是被老师拎着去的……没人劝你吗？”

谢朝头都没抬：“我不想做的事情，没人能劝动我。”

徐路在一旁看着，只觉得余乐脾气太好了：“算了，他不参加，你就少一个竞争对手。”

“话不是这么说……”余乐揉揉鼻子，笑道，“不过路姐你是对的。”

他打定主意要参加自主招生，开始认真准备材料。商稚言为表达自己对老朋友的关心，给他买了两天的烤肠。余乐十分感激，主动问她要不要坐电动车上下学。

余乐的电动车是他爸淘汰的旧车子，减震系统很有问题，开起来哐哐响，跟超市门口的摇摇车似的，人坐在上头蹦来蹦去，屁股根本挨不上坐垫。他骑了两天，也抱怨了两天。

商稚言一言道破他的小心思：“你是想让我帮你压车吧？”

余乐：“所以你压不压？”

商稚言：“我才九十斤。”

谢朝的视线脱离手机，落在商稚言身上：“你瘦了？”

余乐大惊小怪：“喏，谢朝，你连我们言言几斤几两都知道……”

商稚言又想踹他车轮子，但电动车结实，效果远远比不上自行车。正好出了校门，余乐笑嘻嘻坐上电车，拧动电门——但车子纹丝不动。

他不死心，拔出钥匙插入再拧。电量表有动静，但车子仍旧动不起来。

谢朝：“坏了。”

余乐：“多谢你的提醒。”

在商稚言的笑声里，余乐脸红着蹦下车，左右张望，寻找修车的铺子。校门口斜对面的街上有不少修车灯牌，余乐撇下他俩，推车穿过了斑马线。

商稚言忽然想起，黑三就在那条街上修车。

余乐走了一段，回头看到两人跟在身后，脸上是一色的笑容：“你们干什么？”

“朋友一生一起走。”商稚言立刻唱了一句。

余乐：“我呸，看笑话就看笑话，说得这么好听。”

商稚言眼尖，很快在一家“伟达修理”的门口看到蹲着干活的黑三。

黑三的头发本来就短，现在又剃了一层，能看到青灰色的头皮。他戴着头带，一身脏兮兮的旧衣服，全神贯注地检查一辆电动车的车轮轴承。

他没注意有人靠近，反倒是走出来的另一个男人冲他们抬了抬下巴：“修车？”

那男人四十岁上下，脑袋半秃，长袖T恤掩盖不住肥大肚子，颤颤地鼓着。他也同样一身油灰，衣袖捋到手肘，露出双臂上一大片文身，可惜文身日久，加上皮肉增长，图案已经糊成一片青色马赛克，只能根据左“龙”右“虎”二字来猜测原形。

黑三终于抬头，看到商稚言的瞬间，他愣了一下，随即立刻扔掉工具站起，在裤子上擦手。

“罗哥，这个是我表妹。”他跟那胖子介绍，“我表妹来看我。”

他露出一排白牙笑着，又紧张，又热情，双手不知道往哪儿摆似的，随即意识到这地方不好接待客人，黝黑的瘦脸上透出几分惶惑：“店里有点乱，你等等，我搬个椅子……”

商稚言尴尬极了，她并不是专程来看他的。

“我同学的车坏了。”她连忙说，“黑三表哥，你帮他看看？”

黑三立刻答应，丢下正修着的那辆，开始检查余乐的电动车。

三个学生呆站着，余乐急于从商稚言那边获取解读当下情况的情报，但商稚言只跟谢朝互换眼色，没有理他。

黑三告诉他，只是车把坏了，换个车把就行。

“打折吗，表哥？”余乐忙问。

“不收你们钱。”黑三笑道。

“表哥好人啊！”余乐施展他的自来熟功夫，不到十分钟就和黑三亲亲热热地聊起了商稚言小时候的丢脸事，连比带画，“……你见过她把筷子插在头发里扮白娘子的样子吗？两根筷子，上面挂着一条餐巾纸……”

商稚言：“你闭嘴吧余乐！”

罗哥搬出椅子请他们坐。那几张塑料凳子上原本坐着个孩子，拿着罐牛奶喝，他被赶到了地上，于是跟在罗哥身后探头探脑，对门口几个陌生人充满兴趣。

那张瘦巴巴的小脸一露出来，谢朝和商稚言同时惊呼：“明仔？”

明仔也在瞬间认出了他们三人，大脑袋一拧，抓起身边的黑色塑料袋就跑。

这回是被谢朝扣住衣领，再次抓紧了他。

06

明仔是黑三和罗哥在路边捡回来的小孩。

“伟达修理”是罗哥的店铺，十几年前他也是少管所的常客。黑三在少管所里结识了几个老警察，他们介绍罗哥和黑三认识，让罗哥收留黑三。黑三在少管所里学了一手修车技术，罗哥考了他一场后，欣然答应，还允许他晚上在铺子里过夜。

罗哥有个女儿，幼儿园大班，每天四点钟罗哥会把她接到铺子里，等妻子下班再一块儿骑上电车哐哐蹦回家。那天小姑娘搬个板凳坐在门口，边吃冰激凌边看黑三修车，黑三逗她唱学来的儿歌，抬头时发现铺子对面站着个脏兮兮的小孩。

那小孩拖着一个黑色塑料袋，目不转睛地盯着小姑娘和她手里的冰激凌。黑三见他落魄，而且天都凉了还穿着不合身的短袖，便喊了他一声。那小孩猛地吓了一跳，拖着塑料袋“嗒嗒”跑走了。

晚上八点多下起了大雨。罗哥叮嘱黑三在铺子里注意点儿，漏水的位置不止一个。罗哥临走前提着水桶出门倒水，再回来时手上抓着个倔头倔脑的脏小孩。

雨太大了，明仔没有伞，当时瑟瑟发抖地蹲在伟达修理的门口避雨。罗哥让他穿上女儿的小雨衣，黑三给他买了饭，问他名字和家住哪儿，把他妥帖地送了回去。之后，明仔有事没事会跑到伟达修理来，在门口呆呆地站着张望。

黑三送他回家之后实在是很同情，跟罗哥嘀咕“他比我以前还可怜”。之后只要见到明仔，两人总让他进铺子里坐坐，随便吃点喝点什么。

明仔不怕罗哥和黑三，也不怕那个干净漂亮的小姑娘，但他怕商稚言他们三人。

谢朝抓住他的时候他疯狂挣扎，甩手踢腿地打人，知道无法挣脱之后便干脆垂下头，一抽一抽地哭。

众人面面相觑，莫名其妙。

“他平时不怎么说话的。”罗哥讲，“我怀疑他不太懂说话，没人教过他吧。”

他用牛奶安抚了明仔，明仔坐在角落里乖乖喝饮料，垂着头，缩成一小团。商稚言告诉他们明仔之前做了什么，罗哥拍膝盖：“他偷你们东西，当然会怕。后生仔，你不要见到他就抓、就凶，小孩子很简单的，你对他好，你给他东西吃，他就跟你亲近。”

跟黑三在一旁聊天的余乐问出了更关键的信息：明仔今天之所以会出现在伟达修理，是有人载着他过来的。

商稚言那天才真真切切地感受到，在她自己的小世界之外，无数事件不断发生，而她可能一直无从得知。

载着明仔过来的是崔成州，而黑三正修理着的那辆电动车也是崔成州的。崔成州的车子坏了，明仔告诉他这家修车铺非常好，一定要他到这儿修。于是他专程过来，顺便让他俩照看明仔，自己则徒步返回海堤街和朝阳里，继续采访。

商稚言没有跟余乐说过自己找记者的事情，她呆望着谢朝，只觉得心头有一团陌生的温度，正在慢慢地炙烤着她的胸膛和手脚。

这一天发生的事情商稚言很久很久都不能忘记。即便在她长大了、工作了、得到崔成州的肯定成为可以独当一面的记者了，她也常常会在深夜里想起伟达修理铺里发生的一切。那时候余乐在一旁嚷嚷谢朝和言言有秘密他不高兴，铺子里正放着梁静茹的歌，“有人求不得，有人爱别离……”罗哥跟着哼哼，荒腔走板。明仔抬头看她，她很少从这个年纪的小孩眼中看到这么多复杂情绪，胆怯又警惕，害怕又好奇。

虽然那一天他们等到晚自习开始也没看到崔成州，但商稚言忽然之间对现在和未来充满了勇气。崔成州没有放弃明仔这件事，让她对大人，或者说对自己坚信的东西，重新生出了信心。

她学习的劲头越发吓人，但这周周日下午，却只在余乐家天台看到了余乐一个人。

“谢朝呢？”

“他家里有事。”余乐说，“但你放心，他给你留了十道函数题。”

商稚言：“不会是他爸又骂他吧？”

两人都想起了脾气恶劣的谢辽松。但余乐摇摇头：“他没说。”

此时的谢朝正坐在家中，面无表情地听谢辽松愤怒的声音回荡在宽大漂亮的屋子里。

这是位于市中心旧区的别墅区，据说是民国时保存下来的小楼，几经修缮，因地理位置优越，价格奇高。但除了必要的睡眠和用餐，谢朝很少在家待着。他宁愿在商稚言的租书店或者余乐家天台上消磨一天又一天的时间，也不想回到此处。

妹妹谢斯清和他一样紧张，她年纪还小，无法在父亲和哥哥产生的矛盾中调和，只能陪在谢朝身边，紧紧握住他的手。

谢辽松仍在吵嚷，秦音正在安抚，两人的声音隐隐从二楼传来。

“要不是他……妈妈也不会……”

“你不要说了！他不是小孩子！做错事必须受到惩罚！”

“你总是袒护他，他这种人不会知错的……我不可能原谅他！”

谢朝脸色铁青，他一分钟都不愿意在这儿待下去。

谢斯清紧张地用可以压过楼上父亲怒骂的声音说话：“爸爸只是有些生气，哥哥你看看我，你别吓我……”

谢朝转头低声安慰：“我没事。”

他并不像没事。谢斯清盯着他的眼睛，越发用力地抓紧了他的手：“哥哥，我们过年去滑雪好不好？要不春天的时候你带我去法国，我上次没去成……你说过等我十八岁生日你会送我一份特别的礼物，你不能反悔。”

“你才几岁？”谢朝笑道，“还有好几年，急什么，我会送的。”

楼上的声音终于消停，秦音走了下来，扬声招呼：“斯清，让刘妈把地面上的东西收拾收拾，小心别碰伤手。”

谢斯清跑向母亲，背对着谢朝，紧张地小声说：“妈妈，哥哥他又……”

“嘘。”秦音立刻抬手做了个噤声动作制止她，“别说。”

“我害怕，我怕他……”

“让妈妈跟他聊聊。”秦音低声道，“你去找刘妈，你们过半小时再进来，好吗？”

秦音来到谢朝身边，察看他的手。手心被陶瓷碎片划破了，有几道浅浅的伤痕，但不严重。她拿出药箱帮谢朝清理消毒，谢朝看着客厅满地狼藉，一言不发。

“今天日子特殊，爸爸也过分了，你别怪他。”秦音声音很轻很温柔，“小朝，你长大了，有些事情自己也得掂量清楚，想说的话也要在心里多转几下再出口。你爸爸脾气不好，尤其是今天……”

谢朝抿了抿嘴，没应声。

“疼不疼啊？”

“不疼。”他回答。

秦音包扎好了，拍拍他的手背：“以后‘不想见到我当初就别要我’这种话不能再说了，答应秦姨，好吗？”

谢朝木木地点头。他很难对秦音说不。看着眼前妆容精致漂亮、神情温和的女人，他总是会意识到，在自己母亲缺位的十几年中，是她近乎完美地扮演了母亲的角色，没有偏袒，没有私心。

如果这个家没有秦音和谢斯清，他不会对它生出半分留恋。

“每年奶奶的忌日你都和爸爸吵，你不高兴，他也不开心。”秦音又说，“爸爸身体也不好，血压高，你是年轻人，不要跟他一般见识好不好？”

谢朝又点头。秦音只有一个不好：无论谢朝和谢辽松产生什么矛盾，哪怕秦音对着谢辽松生气，但她最后永远都会站在谢辽松这边。方式很温和，但让人无从拒绝，她说的都是对的，是合理的，仿佛这些维护谢辽松的话从来都是真理，不可能辩驳。

“不能吵架，更不能砸东西。”

谢朝终于找到反驳的空隙：“东西不是我砸的。”

秦音点点头，带着一丝怜悯的笑意：“他没了自己的妈妈，他也很伤心，你原谅他，好不好？”

谢朝心中骤然一跳，久不冒头的恐惧忽然复苏，他下意识地想挣脱开秦音的手，他害怕听到接下来的话。

“……毕竟，如果不是你，奶奶也不会……”秦音把接下来的话吞进了肚子里，片刻后才轻叹一声，“要是你当时早一点回家就好了。”

呕吐和灼烧的感觉在胃里熊熊跃起，谢朝一把推开秦音，冲进了卫生间。他把所有吃的东西都吐了出来，翻江倒海一样，生理性眼泪止也止不住。

秦音进来紧张地拍着他的背：“对不起，小朝，我……”

“你说得对……秦姨，你说得对……”谢朝哽咽着，用嘶哑的声音一字字说，“是我害死了奶奶。”

他不能再留在家中了。这个漂亮、安全、体面的房子，这些所有的好东西，他都没资格享受。跑出门的时候正好撞见谢斯清，他骑上自己的山地车，谢斯清脸都白了，带着哭腔追在身后喊他的名字。谢朝没有回头，憋着一股气，疯狂蹬了出去。

但他无处可去。这不是他生活惯了的城市，这里潮湿、喧闹，深夜却静得惊人。他蹬了一路，最后还是回到最熟悉的海堤街。

他来到了自己常去的观景台，把车子丢在海堤街上，没有锁也没有撑好，任由它倒地。

想让一切结束，让所有的痛苦和指责全部消失，谢朝往海里跑去，那些温柔的海浪在深秋的夜里已经变得寒冷刺骨。他穿得太单薄，但心口却在发热，有什么强烈的、不讲道理的东西在驱动他，让他往深处去。

仿佛那里才有永恒的安宁。

但在察觉海水温度的瞬间，谢朝打了个冷战。夜太黑了，海也太深太黑，仿佛站在一个没有边际的黑色空间之中，除了掩盖视线的墨色，他什么都看不到。

没有商稚言，没有人会呼唤他，也没有人会跑到这样冷、这样偏僻的海滩上，只是为了把他从冷水里拉起来。海水淹没了他的膝盖。他哭出了声，一边哭一边大喊“对不起”。他的声音消失在远海里，只有海浪声应和了他的哭声。

他又往前踏了一步，感觉自己摇摇欲坠。

“谢朝？”

他猛地回头，忽然间浑身发抖。湿透的衣服裤子黏在皮肤上，让他发冷，但看到海堤上的商稚言和余乐，刹那间，他感到整个人开始破碎崩塌，几乎跌入海中。

“你在干什么？”余乐骑着那辆破电动车，惊恐地喊，“你不怕水母了吗？”

谢朝摇了摇头，他看到商稚言和余乐跑下石梯，穿过沙滩，朝他奔过来。

十年之前，这个小小的沿海城市还没有那么多光污染。黑天与黑海静谧极了，但躺在沙滩上，能看到头顶闪烁的星辰。月亮是一眉弯弯小钩，海风把海洋的气息送抵陆地，一刻不停。

他们的衣服都湿了，谢朝湿得尤其厉害，商稚言和余乐跑进水里拉他的时候，他跪在了海水中，狠狠吃了几口咸水。

披着一件满是汗味和烟味的外套，谢朝打了个喷嚏。

外套是余乐父亲的。今天是余乐父亲的生日，但他正在侦办案子，连回家吃饭都没空。余乐专程给他送去晚饭，回来时带了几件必须要洗的臭衣服。

余乐现在越来越习惯于用危险的单手姿势骑电动车，空出的那只手掏出手机看了又看。应南乡确实很少给他回信息，网页版 QQ 无论刷新多少次，应南乡的头像都不会有提示。余乐有时候会在心里想，为什么呢？我有什么不好的？

他得不到答案。

遇到商稚言是个偶然，他看见商稚言在咸鱼吧的报摊前张望。于是余乐“合理”地把对应南乡的不满发泄在应南乡闺蜜身上，强烈要求商稚言请他吃光明里有名的李姨伊面。

两人从海堤街往光明里去，就在这路上发现了谢朝。

余乐躺在谢朝左边，有一搭没一搭地说话：“今天晚自习肖老师打算跟我们讲题来着，我们逃了，是不是不太好？”

谢朝右边的商稚言吃惊极了：“你们班晚自习也上课？”

“也不算，肖老师觉得我们生物不行，有时候会给我们讲题。”余乐学她撑起手臂，隔着谢朝冲她说，“你为什么也逃了？你不是最爱上晚自习吗？”

“我变态啊我爱上晚自习。”商稚言又躺了下去。她看了一会儿星空，扭头瞧谢朝。

谢朝睁着眼睛，一声不吭，正平缓地呼吸。

海堤上扫过的探照灯有时候会掠过三个人的小腿和双脚。谢朝鼻子高挺，商稚言看到他眼睛里有光芒闪烁，像落了小小的星辰。

“我又跟我爸吵架了。”谢朝终于开口。

余乐和商稚言大气不敢喘，紧张地等待下文。

谢朝常常和谢辽松争执，大多数时候是谢辽松觉得他怎么都看不顺眼，或是认为秦音太宠爱他，他又太理所当然地享用这种宠溺，不成样子。总之没有什么是不能争执的，谢辽松就算去参加了家长会，拿着儿子年级第一、全市总分排名第一的分数条，一样能跟谢朝吵起来：你这样性格的人，拿第一又有什么用。

今日是谢朝奶奶的忌日，她已经走了五年。这五年中，只要从墓园回来，谢辽松没有一次不与谢朝发生争吵。

“是我害死了奶奶。”谢朝轻声说，“所以他怪我。”

谢朝的奶奶和他很亲近，在谢朝父母办离婚手续的那段日子里，他是跟奶奶一块儿生活的。奶奶是海边人，嫁给爷爷后便离开了故乡，她常跟谢朝说这座小城市的事儿：白沙滩，绿松树，波光粼粼的海面，永远青翠的树林。谢朝非常依赖奶奶，即便谢辽松和秦音结婚，他有了平静完整的家庭，他每周也都会去探望奶奶。

上初中之后，谢朝认识了新的朋友。那个周末他本来是要去奶奶家的，但朋友约他一块儿去滑冰，他匆匆和奶奶见了一面，留下一句“我晚上回来吃饭”便走了。

几个男孩玩得太开心，新开的溜冰场周围全是吃的喝的玩的，他们提议就地解决晚饭，吃完继续再滑一场。谢朝用公共电话给奶奶打电话，但没有人接。他吃完饭之后再打，仍旧没有人听。

那时候谢朝已经有点不安了。但他没有立刻回家，朋友还在等待着他，他看了看时间，这时候奶奶应该吃完了饭出门散步，所以无法接听电话。

八点多，谢朝终于提前告别朋友，匆匆蹬车回到奶奶家。奶奶并没有做晚饭，她甚至没有来得及做饭，一个人躺在沙发上，闭着眼睛。电视正开着，锅冷灶冷，浸在水里的木耳泡发成满满一盆。

“心脏病突发。”谢朝说，“没能救回来。”

一开始没有任何人责怪谢朝，父亲还抱着他哭了一会儿。但在得知谢朝因为出门玩耽误了时间之后，谢辽松的态度立刻就变了。

“他是对的，我该死。”谢朝喃喃说着，手不由自主地开始微微发颤，“我如果回得早一些……”

他坐起身，仍旧披着余乐父亲的外套，呆呆地看着漆黑的海面。

谢朝察觉，自己虽然能在卷面上写出接近满分的作文，但那是因为他熟悉套路，熟悉得分点，也熟悉漂亮工整的套路话，而不是因为他的表达多么恰如其分、多么准确。比如现在，他就没法跟自己的朋友表达，十三四岁的自己曾经多么恐惧。

新认识的朋友知道出了这样的事情，怯意顿生，对他的态度总是隔着一层纱，不再热情；妹妹年纪小，什么都不懂；而懂得一切的父亲总会用古怪眼神盯着他。谢朝知道那是很复杂的爱和恨。

秦音会安慰他，会告诉他不是他的错，虽然他确实回得太迟，但是奶奶不会怪他。

这些话一开始是奏效的，但渐渐地，连这些安慰的话也成了谢朝的梦魇，他不断地失眠，从浅薄短暂的梦境里惊醒，总是徘徊在那间狭小的房间里无法离去。

余乐和商稚言对视了一眼，两人都满心不解。商稚言说："你阿姨怎么能这么说？"

谢朝："说什么？"

商稚言："奶奶出事不是你的责任，你根本不可能预知会发生什么事情。"

谢朝低头："她没有怪我，只是说了实情。如果我回得早一些……"

"这就是在怪你啊！"余乐大喊，"这个人太可怕了吧！"

"她对我很好！"谢朝忍不住反驳，"从小到大，她没有骂过我也没有打过我，就连我妹小时候不听话，她揍起来都是不留手的。"

余乐欲言又止，他蹲在沙滩上用贝壳画圈圈，良久才抬头看商稚言："反正我觉得那个阿姨不行。"

商稚言抓起沙子砸他，示意他闭嘴。

"你奶奶以前是这里的人？她住哪里？"

她成功岔开了话题，谢朝开始慢慢跟他们说奶奶的事情，说他从未见过的渔船，织网的方法，崎岖的山路与山路尽头的灯塔。

"灯塔，灯塔还在的啊！"余乐蹦了起来，"我带你去看，走走走。"

两人把谢朝拉起来，余乐又嘀咕："你去看奶奶，跟她说过我和言言的事情吗？"

"没有。"

余乐在他背上砸了一拳："下次记得说。就说你在这里认识了两个兄弟。"

沿着沙滩走出一段路，谢朝看到了一段废弃的海堤。他紧跑几步跃上去，颤颤巍巍地站稳了。这段海堤很窄，他走得摇摇晃晃。身体微微发热，旧外套上的烟味越发冲鼻，他扭头想跟余乐开个玩笑，看见余乐和商稚言都提着鞋子，光脚踩在浅浅的水里，陪他往前走。

"你们不冷吗？"谢朝说，"上来吧。"

商稚言："你跳下来吧。"

谢朝摇摇头。

然后他便看见商稚言站在鼓荡的、漆黑的海面上，抬起手臂，做了个托抱着什么的手势。

"我会接住你的。"她说，"信我。"

这是谢朝对商稚言说过的话，他站在图书馆楼下，冲打算从二楼跳下来的商稚言这样说。

“你接不住我的。”谢朝喃喃道。

余乐虽然莫名其妙，但似乎觉得这是个有趣的仪式动作，于是也学着商稚言抬起手：“还有我啊，我们会接住你的。”

谢朝是瞅准了位置跳下来的。他决定配合这两个人的玩笑，或者是自己本身想跳，他完全没弄清楚其中分别，但总之他是跳下来了。落在浅水中，水面溅起一片冰凉水花，谢朝没能站稳，他一整天几乎都没吃过什么东西，摇晃着扑向商稚言。

商稚言托住了他，余乐支撑着商稚言，把两人一起抱在怀里。

谢朝听见自己和别人的心跳声，听见海潮打向岸边，又退往海中。他听见低沉的哭声，从自己鼻腔中发出。有人拉起他，有人抱着他，他绷紧的力气消失了，他只想靠在他们肩上，用彻底依赖的姿势。安抚地拍他背的是余乐，小心翼翼地揉他头发的是商稚言，谢朝发现，他能分得清楚了。

直到很久很久之后，谢朝才有机会对商稚言说出这一夜所有事情是如何在未来漫长的岁月里，像一团不会熄灭的火，永远细细地、温柔地炙烤着他冰冷的手脚。

他在这个世界上，有了一片能立足的坚实土地，它是安全的，余乐和商稚言在那里。

三人走上海堤街。余乐和谢朝连打几个喷嚏，余乐冷得受不了，举手提议：“我们回家换件衣服再去吧。”

余乐让谢朝到自己家换衣服，商稚言跟着他俩往余乐家去。

走到半路余乐忍不住了：“商稚言，你回你家啊。两个帅哥更衣，你是想跟着去偷窥吗？”

“我不回去。”商稚言理直气壮，“我离家出走了。”

第三章

/ 浪潮社 /

你以后要在这里当记者。等我做出厉害的机器人，
你得给我写专访，一万字打底，还配照片的那种。

01

商稚言离家出走的事情，只有她自己和三只猫知道。

但事情的起因则发生在她从余乐家回来时接到的那通电话里。

那通电话是崔成州打来的，商承志听见他自报家门，还以为报料费终于到手，但崔成州却称，他想找的是商稚言。

“来一趟浪潮社。”崔成州言简意赅地告诉商稚言浪潮社的地址，“有点儿东西给你。”

浪潮社位于旧市区的一座大院里，两三栋样式古旧的楼房，最高只有五层，没有电梯，一层和二层用铁门隔开，大院门口坐着打瞌睡的保安。缠绕着爬山虎藤蔓的暗红色围墙上钉着白底黑字的招牌，上书三个龙飞凤舞的行书：浪潮社。

商稚言常经过这儿，但她从来没有认真打量过它。

在门口用学生证登记了姓名，商稚言好奇地问了一句：“今天是周日，报社不放假吗？”

保安大哥打量她：“崔记者是不放的。”

商稚言来到三楼的社会新闻中心记者部，怯意忽生，不敢贸然踏入。这是一个宽大的办公区，里面全是格子间，明明已经是周日下午，但仍有不少人在工作。电话铃声和手机铃声此起彼伏，偶尔还有人匆匆从她身边跑过，冲进来就大吼：“张小马呢？再不给定稿电台那边可不等了！”

有人看见商稚言：“你找谁？”

依照指点，商稚言在角落处找到了崔成州。崔成州坐在窗边，而窗户大开，他胳膊伸出窗外，手上夹着一支点燃的烟。商稚言小心走过去，发现崔成州正对着电脑浏览网页。

页面上密密麻麻的全是图片和文字，他摊在面前的笔记本和稿纸上，凌乱地写满了商稚言看不懂的字。

“张小马！”崔成州忽然抬头大喊，“这什么破网站，我不懂，我也不懂写啥网站架构……”

他这时才看见怯怯站在一旁的商稚言，愣了两秒，还是把想说的话吼完了：“我一个记者，不懂做网站，你自己搞！”

他正对面那格子“呼”地站起一个短发的瘦削姑娘：“吵什么吵，让你多看看别人网站怎么做的，研究研究，提些建议，废话这么多。”

“我有客人，你自己弄。”崔成州把面前的资料和笔记本全都一股脑地扔到了张小马桌面，随即从旁拖来一张椅子，冲商稚言做手势，“请坐。”

商稚言乖乖坐下，因为紧张而缩着手脚。

崔成州在桌上翻找东西，回头见她绷紧的小脸，忍不住笑：“你怕什么？之前不是还大声怼我吗？看不出你胆子这么小。”

商稚言不吭声。她头一次来到这种地方，不由自主地神经紧绷，生怕自己说了不得体的话，做出不得体的事情。崔成州说完之后也没再嘲笑她，先是取出一个信封，随后打开一份版面校样。

“两百块报料费。”崔成州让她拆信封，“不用验了，是真钱。”

但商稚言所有注意力都落在了那份校样上。

那是《浪潮周刊》第六、第七版社会新闻的打样，第七版版头上赫然是“方寸报道”的Logo，这是每个月不定期刊登的社会调查专栏。《二十六个拾荒儿童的前史》，这是调查报道的标题。

崔成州对自己这番做作的展示十分得意。商稚言抓起校样不错眼地看，他则抬头冲面前的张小马眨了眨眼。

这是一篇关于明仔，以及与明仔情况类似的其他拾荒儿童的综合性报道。这些孩子大都有类似的身世：没有完整的家庭或有效的家庭教育，极度贫困，没有户口，不能上学……报道以明仔和另外两个商稚言不认识的孩子为引，串联起二十六个散落在城市各个角落的拾荒儿童的背后故事。

“被剔除出正常社会秩序的孩子，实则是对社会的控诉……”这是报道的最后一段，被人用红色粗笔圈了起来。实际上，整篇报道上都有不少涂改和修正的痕迹，红色、绿色和黑色三种颜色的笔迹，显然出自三个人之手。商稚言知道这还不是最终定稿，但她压抑不住内心惊喜：“你写出来了……”

“这只是第一次打样，到周五出刊还有五天，这五天里什么事情都能发生，稿子可能会撤下，可能必须大改……跟你说了也不懂。”崔成州已经抽完了一支烟。

“我懂！”商稚言大声回答，“我知道你已经尽力了！”

崔成州愣了一下，然后张口大笑，引得整个办公室的人都看过来。

商稚言面红耳赤，默默缩起肩膀。

“记者被称为无冕之王，但并不是无所不能。”崔成州问，“即便这样，你也还对这个职业怀着幻想？”

商稚言不解：“我吗？我对记者有幻想？”

崔成州：“你好像很想当记者啊。”

商稚言：“我……我没想过。”

崔成州：“那现在开始想。”

但她确实被崔成州绕了进去，一脸呆愣地开始思考这个问题。

张小马敲了敲崔成州的隔板，无声地骂他：你想害小孩子是不是！

崔成州小声回答：“她很适合。”

商稚言揣着两百块，慢吞吞地踩车回了家。她一直想着崔成州那篇报道，那些字句，一行行叩在她心里。她穿过高大的行道树，穿过大王椰投下的树影，在微冷的风里，往海边骑去，心里鼓满了新鲜的喜悦。

但新鲜的喜悦维持时效不足一夜。

晚饭的餐桌上，商稚言跟父母说了这件事。商承志的态度从来都是“你喜欢怎样就怎样爸爸不干涉”，但张蕾不一样。最近一直在试图重新找工作的张蕾，加上更年期来临，脾气越发捉摸不定。

“你不知道自己成绩差吗？你还搞这种乱七八糟的事情做什么？”张蕾一听到明仔的事儿就生气了，“多看几页书多做几道题，不比你打什么电话强？”

商稚言不甘示弱：“我在帮人，而且我没有耽误学习的时间。”

“得一点小成绩就沾沾自喜，你要是把所有时间都放在学习上，早就进前一百名了。”张蕾白了她一眼，“还想当记者？你是这块料吗？

你作文才多少分啊？人家记者要东奔西跑，你吃得了苦吗？”

商稚言气得小脸涨红，耳朵嗡嗡响，但她又不擅长吵架，只能恼怒地瞪着张蕾。

“心比天高，也不看看自己是什么料。”张蕾说完，眼神扫向商承志，开始数落他的不是，“跟你爸爸一样，一天到晚也不知道在干什么，做什么什么不行，没本事还要……”

商承志“啪”地把筷子拍在桌上。

桌下等着吃剩骨头的三只小猫都是一惊，随即看见小主人放下碗筷，扭头上了楼。

父母在楼下一声接一声地争执，直到居委会派人来提醒他俩开会才消停。听见父母出门，商稚言慢慢从床上爬起，她眼圈发红，看见小猫跳上床，伸手抱它在怀里。

大哥和大姐在地上绕着她走来走去，大猫不能上床，它们担忧地看着商稚言。

商稚言什么都没想，她就是觉得家里的气氛令人窒息，一分钟也不愿多待。她往书包里塞了几件衣服，决定去孙羡家里住一晚上。

商稚言骑车才刚离开海堤街，车链子又断了，等她终于修好，便碰上了余乐。

听她囫囵讲完，只有谢朝流露了同情，但他还没说出一句安慰的话，余乐已经大手一挥：“不行，你回家。”

商稚言：“我带了衣服。”

余乐：“那也不能去我家换啊！”

商稚言：“我不换了，我去买点吃的等你们。咸鱼吧见！”

余乐和谢朝面面相觑，最后吐出一句：“她好烦啊。”

谢朝只是笑。

两人回余乐家换了干净衣服，余乐叮嘱母亲清扫客房让谢朝住一晚上。来到咸鱼吧时，商稚言已经在卫生间里换了干燥暖和的外套，拎着两袋烧烤等他们。

城市里有山，但平原地带，海拔都不太高。谢朝骑车蹬上山腰，叹气：“这跟我家乡的山坡差不多。”

前往灯塔要绕过这座山，抵达一处人迹罕至的海滩。灯塔就伫立在海滩岩石上，黑夜中一束灯光穿透薄雾与天穹，射向远处。

他们在礁石上分吃了所有的烧烤，谢朝吃得最多，他太饿了。眼前的灯塔外观陈旧，但应该已经经过修缮，与奶奶所说的灯塔不是同一个东西。在奶奶的回忆里，海边灯塔有守塔人，由村人轮流担任。守塔人会在透镜后高举着煤油灯，灯光被放大、散远，为归港的渔船指明方向。

此时塔下大门被铁链锁紧，空无一人。星辰遍布天空，海潮涌动，在他们脚下发出节奏不明的声音。余乐擦干净手，跳了起来："来来来，来喊几声，喊出来心里会舒服得多。"

他当先冲着大海吼："商稚言——好烦啊——"

商稚言跳起来踢他，他躲开了，一把将谢朝拉起来："跟我一起喊，来来来。"

谢朝冲着大海吼："商稚言——要当大记者——"

余乐愣了："你这个叛徒……"

商稚言跑到谢朝身边，和他一样扬声喊："谢朝——要制造——最厉害的——机器人——"

余乐："两个叛徒！我呢？我的呢？"

谢朝揽着他的肩膀："余乐——考上——清华——"

商稚言："余乐——收到——小南的——短信——"

余乐高兴了："我要——收短信！"

灯塔下一片乱七八糟的嚷嚷声，全是他们的声音，"我要变好看""我一定要买机车""让我中一次刮刮乐吧""我要自己住"等等等等。

直到喉咙沙哑他们才消停。

余乐看了眼时间，提醒商稚言："十点了，晚自习放学，你回家吧。"

商稚言终于说了实话："我是想回，但我忘记带钥匙了。"

谢朝想起，自己也没带钥匙。

"你家又不是没人。"余乐催促她，"走吧啊，乖。"

"不想跟爸妈讲话，我再给孙羡打个电话。"她仍旧精力充沛，"让她跟我爸妈讲清楚，我今晚在她家里过夜。"

打完电话，两个男孩打算护送商稚言前往孙羡的家，商稚言却挥动手臂："我想去网吧。"

余乐："……你自己去吧，我跟谢朝回家了。"

商稚言："好，拜拜。"

他回头走了几步，发现谢朝并没有跟上来，还和商稚言站在一块儿。余乐气急："你也跟她一起闹？回家睡觉啊，明天周一，你们不上学了？"

"那我陪她去。"谢朝说，"不能让商稚言一个人去网吧，现在太晚了。”

商稚言看着余乐：“乐仔……”

余乐没辙了：“我对那种地方可一点儿都不熟悉啊，我从来不去。”

十五分钟后，他在网吧柜台前拍下自己的学生证和校徽：“押证，要一个包厢，三机的有没有？那来个二机的。买三个小时。”

商稚言和谢朝看他的目光充满钦佩：“很上道嘛乐仔。”

余乐：“嘘！”

三小时变成了五小时，最后余乐在包厢里玩了一个通宵。商稚言和谢朝对游戏不感兴趣，两人戴着耳机看完两部电影，因为太困而在小包厢的沙发上睡了过去。余乐在游戏结束与重新开局的间隙里回头看他俩，两人靠在一起呼呼大睡，商稚言脑袋搭在谢朝肩膀上，谢朝低着头，很亲密的样子。

余乐用小破手机拍了张照片，给应南乡发彩信。那时是凌晨五点，他以为应南乡还在睡觉，但几乎在发出瞬间他就收到了回复：“什么情况？！”

余乐一捶胸口：许愿有用，已经成真了。

他一边后悔自己没有许下更大的愿望，一边按键盘敲字：“我们在网吧通宵。”

应南乡：“别带坏我家言言。我刚醒，一会儿去画室做练习。”

余乐：“北京天亮这么早吗？”

应南乡：“天黑得也很早。”

这个凌晨，是余乐和应南乡之间短信来往最频密也最和善的时刻。余乐在发完最后一条“加油”之后，把谢朝和商稚言叫醒了。他觉得有些累，但又莫名其妙地充满了奋斗的精力。三人在鸡丝粉店门口等了一会儿，成为店里的第一批客人。

运货的火车轰隆隆地驶过，老板娘用肌肉结实的手臂拎出一整桶鸡汤，浇在雪白的米粉和翠绿的葱花上。谢朝仍旧不肯吃葱花，商稚言仔细挑选溏心荷包蛋，余乐终于开始打呵欠，嘀咕着：“我再也不熬夜了……”

这混乱而忙碌的一夜，以余乐在班主任的数学课上呼呼大睡告终。

周五，《浪潮周刊》终于出刊。商稚言班上有活动，她拜托谢朝帮忙去买几份。

谢朝带着报纸来到商稚言班级，看到她正跟几个女孩叽叽喳喳聊天。商稚言个子一米六几，虽不算十分高挑，但很打眼。她脸上永远有着丰富而活泼的表情，让人看不腻。

谢朝确定自己是想喊她全名的，但不知道为什么，脱口而出的却是另两个字："言言。"

商稚言的朋友们全都听见了，齐声起哄："言言——"

商稚言很快跑出来："买到啦？"

她开开心心地接过报纸，发现谢朝脸上微红，有些好奇："你怎么了？"

谢朝："没什么。"

但他忽然不敢看商稚言的眼睛了，薄脸皮一阵接一阵地发烫。

文科班女孩居多，她们早就通过商稚言认识了余乐和谢朝。高二刚开学时，余乐每次课间来找商稚言都会收获她们的起哄和坏笑，但渐渐地，余乐诸般表现实在不像对商稚言有意思，反而像是在使唤商稚言，女孩们的心思就歇了。

加上商稚言常添油加醋地说余乐的不对，所以余乐在她们班上人气并不高，但大家看到他都挺开心的，毕竟他说什么话都像是自带喜剧效果，引人发笑。但谢朝就完全不一样了。谢朝和余乐第一次出现在商稚言的窗户旁边是来给她送烤肠和英汉词典。两人走了之后，商稚言立刻被围了起来："那个就是理科班第一名的帅哥？"

虽然后来谢朝来的次数渐多，且多是为了余乐跑腿，但他性格冷淡，不爱跟人打招呼，只有看到商稚言，那张脸才勉强活动起来，扯出一个笑。他认识孙羡，偶尔会跟她说句"你好"，但也仅止于此了。

这种起哄在商稚言听来，与她们起哄自己和余乐是毫无分别的。

"你脸红什么？"她又问，"你感冒了？是不是余乐家被子太薄？"

"没有。"谢朝抬手冲她一摆，扭头就走，"今晚不用等我们了，肖老师给我俩单独讲几道题。"

谢朝其实给自己也买了一份《浪潮周刊》，这是商稚言梦想的起点，他想为她保存着。

社会新闻版面的"方寸报道"专栏刊登着崔成州撰写的报道。谢朝并不知道他所看到的这篇报道，与商稚言当日所见已经大有不同。题目下方有一张照片，是在朝阳里的路口拍的。稀薄的晨雾中，明仔龇牙咧嘴地与野狗对峙，他张嘴大喊，脸上是不属于六岁小孩的凶狠神情，肢体动作却再明显不过——

弓着腰，双脚已经做好了后撤逃跑的准备，这是赤裸裸的恐惧。

撰写报道和摄影的，都是崔成州。

谢朝来回看了两遍才把报纸叠好。他此时才知道，自己和商稚言遇到的明仔，在记者眼中原来只是一个切入口。崔成州把明仔的故事上升到了更高的层次，他注视的不仅仅是一个明仔，而是二十六个有着相同命运的孩子。

在报道的最后一部分，还有两段补充：明仔的母亲住进了精神病院，她必须接受住院和药物治疗，不能再独自生活。而明仔被福利院收留，不必在垃圾箱里翻找食物或是与野狗抢东西了。

当日劝阻商稚言的时候，谢朝确确实实没有预想过明仔的命运会发生变化。崔成州做到了，他用他的笔墨改变了明仔，也许还有剩下那二十五个孩子的一生。

商稚言以后也会成为这么厉害的人吗？谢朝心想。

他觉得自己变得古怪了。这样简单的、本该毫无障碍的问题，不知道为什么，他一思考就开始微笑。

余乐和徐路回头想问他问题，见到他盯着物理习题集笑，不禁面面相觑。

“好恶心。”余乐挑选了一个自认为最恰当的词，“谢朝疯了。”

“你看应南乡短信时也是这样笑的。”徐路提醒。

余乐：“我没有。”

但徐路提醒了他，他掏出手机，又认认真真地从头浏览了一遍应南乡发的那几条信息，并强迫自己忽略徐路在身旁重复的“好恶心”。

谢朝仍住在余乐家里，余乐父母对谢朝都是满心欢迎，但身为民警，他父亲还是反复确认谢朝的离家已经得到家长允许。谢朝撒了谎，他很过意不去，余乐劝他放轻松。

“你说的谎在我爸那里都是真话。”谢朝正在天台的小书房里和他一块儿做题，余乐边填自主招生报名表边说，“我就不一样了，我说的哪怕是真话，我爸也不会信的。”

“你爸好像有我家的电话。”谢朝想起来了，“我的谎言很容易戳穿。”

“那就戳穿啊！”余乐抬起头，一脸的怒其不争，“谢朝，你清醒一点吧，你在我家都住五天了，你老豆找过你吗？”

谢朝沉默着，转动手里的笔。

“不说你老豆，你家那个对你很好的阿姨，她也没找你啊。”见谢朝低头不吭声，余乐自觉说话有点重了，轻咳两声，“嗯咳……我不是那个意思，我不是说她不关心你……我就是觉得她很奇怪。”

谢朝正想说什么，余乐想到了准确的形容：“你的家庭关系特别像TVB那种狗血豪门剧。你阿姨如果生个男孩子，那就完全一模一样了。”

谢朝：“她……怀孕五个月了。”

余乐目瞪口呆。这一天夜里，他辗转反侧，难以入眠，凌晨一点还找出《天地豪情》和《溏心风暴》的DVD碟片跑到谢朝房间里问谢朝：“你看过这两部吗？你学学，参考参考。”

谢朝没时间看这些动辄几十集的大戏，余乐和商稚言对剧情烂熟于心，逮住机会就跟他复述。谢朝没觉得自己家和剧情有相似之处，但听着听着，他倒是有点儿想妹妹了。

“她很黏我。”谢朝说，“我跟你说过她名字吗？她叫谢斯清。”

老师们给余乐等几个参与自主招生的学生上课，晚自习后和商稚言一块儿回家的只有谢朝。

校道虽然有灯，但树丛太密集了。龙眼、荔枝和芒果树失去了花和果实，成为普通平常的行道树，把灯光挡得严严实实。她告诉谢朝，明年春天就会看到这些树开花，整条校道都是香喷喷的水果味儿，春天的龙眼和荔枝树有点儿烦，会有许多小虫子、蝴蝶和蜜蜂，芒果树就清新许多，折断叶片，能闻到芒果的清香，结果的时候果子一颗颗垂挂在树下，抬手就能碰到。

谢朝认真听她聊这些自己还没见过的场景，只觉得有意思极了。虽然余乐也跟他提过夏天和秋天如何躲避保安追击偷摘果子，但商稚言说的比余乐说的有趣得多。

他也有一搭没一搭地跟她聊谢斯清的事情。

这个妹妹比他小六岁，今年才刚上初一。她是在谢辽松和秦音结婚第二年才出生的。正因为有了她，谢朝才真正接受了秦音——他实在太喜欢当谢斯清的哥哥了。

“哥哥”是小孩谢朝在这个世界上的第一个身份，他在家里不再被喊作谢朝或小朝，取而代之的是——“哥哥”。

谢斯清不会说话的时候他就老趴在婴儿床边看她睡觉、吃手指和哇哇大哭；谢斯清学会说话了，谢朝就天天教她喊“哥哥”；等到妹妹终于能走路，他开始背着她、抱着她，在房子和院子里四处乱窜。谢朝有时候会想，除了自己的孩子，他不会再有机会这样完整地参与一个生命的成长和成熟了。

“她也很喜欢看动漫。”谢朝说，“我发现她和你的阅读兴趣差不多，你还有什么推荐的书吗？”

“那可太多了！”商稚言问，“你打算什么时候回家？”

谢朝说：“不知道，但总要回去的。月考吧，等这次月考过了，我就回家。”

走出校门，一口海风劈头盖脸扑过来。谢朝下意识地打了个冷战。这儿没有暖气，学校里也没有取暖的设备，他不适应湿度极高的冷风，入冬之后总是咳嗽流鼻涕。他没有余乐家的钥匙，也不好意思一个人先回去，余乐不跟他俩一块儿走的时候，他就会在商稚言家的租书店里消磨时间，和猫猫们玩耍。

十字路口有人正在卖烤红薯，硕大的油料桶上盖着透明塑料布，布外寒冷，布内是热腾腾的红薯，一层水珠结在上面，看起来朦朦胧胧的。

“吃红薯吗，”他卡了一秒钟，镇定地问，“言言？”

商稚言听惯了朋友们这样喊她，一点儿没觉得不对：“好啊，我请你吃冬天第一个烤红薯。”

谢朝的理智告诉他商稚言说的不过是一句平常普通的话，但他又莫名笑了，好像遇到天大的好事一样。

卖红薯的是个小年轻人，拿个小秤给他俩称了一根红薯。商稚言虽说要请人吃饭，但囊中羞涩，掏半天才凑出十一块钱，只能买一根大红薯。两人站在路边分吃，红薯掰开了，露出里头热融融的糖心，香气大股地往人鼻子里钻。

温度很烫，谢朝一边吃一边抽气，商稚言：“你是小猫舌头。”

谢朝笑了：“嗯？”

商稚言：“小猫就是这样吃东西的。”

谢朝点点头，又给她分了一截红薯。商稚言很喜欢小猫，他心里突然想。

两人慢吞吞地吃着，眼看校门口的人越来越少，但余乐还是没出现。

“你去看小猫吗？”商稚言犹豫着问。

“去啊。”谢朝立刻回答。

人烟稀少的光明里十分安静，两人骑车正要拐入其中，忽然听见不远处传来几句斥骂：“扑街仔！够胆你就走……见你一次打一次……”

两个中学生面面相觑，心里都是同个想法：不宜久留。

暗处有几个正在缠斗的人，还有棍棒敲击地面的声音，谢朝催促商稚言快走，此时那被围打的人忽然突破了围堵，踉踉跄跄地冲过路面。

瘦削的脸，几乎没有长度的板寸。商稚言和谢朝心中都是一震：是黑三。

02

黑三也在这瞬间看到了他们俩，但他立刻转头，装作不认识，跑进对面小巷。身后那五六个混混呼啦啦跟着，也涌了进去。

商稚言呆在当场，报警吗？还是立刻呼救？

她还犹豫着，谢朝忽然扭转车头，往小巷冲去。

黑三根本没跑远，他的腿被打伤了，跑步需忍着疼，一瘸一拐。

那些人很快追上他，又冲他后背举起了棍棒。

“我报警了！”谢朝把手机扔在巷口的花圃里，跳下车大吼，“派出所的人马上就到！”

“别管我！”黑三破口大骂，“你滚！”

但那些人已经回头盯着谢朝。

谢朝与他们的气势迥然不同，他怎么看都只是个十七八岁的学生，身上还穿着同华高中的校服。

“你又是什么东西？”为首那人拎着铁棍往前走了几步，忽然举起铁棍在谢朝车头狠狠一砸，“你跟哪个大佬的？不知道雄哥名字？雄哥啊！黑三踩到雄哥头上，你帮他出头？你几条命啊学生仔？”

他话音刚落，身后忽然一阵骚动——黑三弓腰冲破了人墙，一把从后抱住那人，狠狠把他掼向墙壁。

“走啊！”黑三冲谢朝大吼，“不要管我的事！”

那人已经原地打滚爬了起来，骂着脏话把铁棍砸向黑三肩膀——此时警笛声突兀响起。

众人均是一愣，紧接着立刻扭头往巷子深处跑。

被黑三摔倒的那人一边跑一边骂骂咧咧，还不解恨似的，把手中铁棍朝黑三扔了过来，谢朝眼疾手快，一把拎起自行车，帮黑三挡下了这棍子。

警笛仍在响个不停，商稚言此时才敢走近。她从花圃里捡起谢朝的手机，手机正处于通话状态，显示的联系人名称是：斯清。

“……可以了吗？哥哥？你怎么了？为啥要我给你播这个声音……”

谢朝接过手机，简短说了一句“我没事，你睡吧”就挂断了。

黑三坐倒在地上，他伤得严重，不仅腿不便行走，衣服也被扯得七零八落，肩上好几道棍棒捶打的痕迹，眉角一道血迹蜿蜒而下。

“不要管我……走吧。”他瞪了一眼谢朝，随即发现商稚言就在谢朝身后，这一眼令他愈加愤怒，“你跟言言在一起，你怎么能丢下她？你怎么敢一个人招惹那些流氓？你知道他们是什么角色吗？”

谢朝不知道，也没想这么多。他冲出来的原因，是他认为若是自己不行动，行动的人将会是商稚言。商稚言做事情不管不顾，不看后果，只凭一时冲动，明仔和崔成州的事儿是特例，他不能让商稚言冒险。

但面对指责，他没有反驳，只低声说：“表哥，去医院吧，你伤得不轻。”

余乐舅舅见到商稚言和谢朝搀扶着一个男人走进来，下意识就问：“余乐呢？”

商稚言：“今晚的事情和余乐没关系。”

舅舅半信半疑，盯着急诊室门口看了好一会儿。他给黑三做了紧急处理，随即发现不妥：“你这个伤……”

“摔的。”黑三立刻说。

舅舅冷笑，摇摇头。

黑三在诊室里处理伤口，商稚言和谢朝则在门外翻找书包和口袋，但两人身上都没有一分钱。谢朝离家的时候根本没带钱，住在余乐家的这几天全靠余乐的零花钱支撑，而商稚言的零用钱到月底已经告罄，仅剩的十一块已经化作烤红薯，入了两人肚皮。

商稚言实在不好意思开口问余乐舅舅借钱，最后只能给家里打电话求助。

等家人送钱过来的时候，商稚言和谢朝面对面呆站在走廊上。黑三的眉角有一处伤口需要消毒缝针，谢朝侧耳细听诊室的声音，但里头安静极了，黑三没哼哼，余乐舅舅也不说话。

抬头时他看见商稚言盯着自己。

“你为什么去帮他？”商稚言不解，“那根本不是我们能插手的事情。”

“他是你表哥。”谢朝说，“你会不管他吗？”

商稚言咬着嘴唇，她不知道。黑三给她留下的旧印象很差很差，但他现在似乎变了。

“我觉得这是必须挺身而出的事情。”谢朝看着走廊顶部一只啪啪撞向灯管的飞蛾，“就像你必须为明仔找到一个记者一样。”

他语气平静，像在说一种再普通不过的日常。

空气里弥漫着消毒药水的气味，商稚言看着仰头的谢朝，很久很久都没有移开眼神。谢朝个子高，脖子修长，他仰头盯视惨白的灯光，像一尊孤单固执的塑像。

半个小时后，张蕾来到了医院。黑三的清创缝合手术也正好完成，他脑袋缠着绷带，眉角贴了纱布，半裸的上身满是药膏的气味。商稚言看着他肩背上的伤，心里很难受，到了明天，这些伤就会成为阻碍黑三活动双手的淤青。

黑三并不知道他们联系了张蕾。张蕾经过走廊，狠狠瞪了一眼商稚言，便前往挂号处缴费。

她再回到急诊科，黑三已经在走廊上坐着休息了。他听见脚步声，抬头时才看到张蕾。

商稚言和谢朝都没想到连那些持棍流氓都不怕的黑三，见了张蕾就像兔子见了老虎一样，整个人开始打战瑟缩，脑袋立刻低下去，一声不敢出。

“很有本事啊。”张蕾冷笑道，“我们张家很少出你这种有本事的人。放出来才多久，又打架惹事。你这么大人了，二十几岁了，为什么就不能学学好呢？”

黑三一张黑脸上看不出什么表情，但耳朵都红了，手指交叉，紧紧绞着。

“我会还钱的。”他说。

“不必了，这一千几百我还出得起。”张蕾又瞪了商稚言一眼，“你以后是人上人还是地上虫，我都不管，我也管不了。但言言要是再牵扯进你的那些破事情里，我饶不了你。商稚言！走了！”

商稚言跟在张蕾身后离开，她只来得及给谢朝挥挥手。

回去的一路上张蕾都没吭声，但一回到家，她立刻爆发了。

“商稚言你今年几岁啊？你有没有脑子？你知不知道黑三是什么人？你忘记他当时用你来要挟我们给钱的事情了？”张蕾“砰”的一

声关上卷闸门，大声训斥，“他放出来就放出来，是生是死跟你有什么关系！”

商稚言不敢顶嘴。

商承志咚咚咚地从楼上跑下来，试图缓和气氛：“怎么了？”

张蕾吼道：“你给我站定！”

商稚言不敢多走一步。她原原本本地把今晚发生的事情说出来，本以为张蕾会消气，但没想到张蕾越发震怒。

“谢朝是吧！谢朝！”她砰砰地捶着桌子，“这种人你以后也不许来往了！根本不懂得轻重！那是什么情况，是你们这些小孩子能插手的吗？”

“我们不是小孩子了！”商稚言忽然反驳，“妈妈，今晚被打的是黑三，就算不是黑三，我和谢朝看到路上出现这种情况，我们也不可能掉头走！”

“那就报警！要你们小孩去出什么头！”张蕾提高了声音，“商稚言，你到底知不知道现在是什么阶段，你的第一任务是什么！你的学习搞上来了吗？你要是再这样混下去，以后就跟黑三一样，做不入流的工作，一辈子就这样了……”

“不会的，不会的。”商承志连忙打断了张蕾的话，“我们言言进步了，每次月考都有进步。这是余乐和谢朝的功劳嘛。”

“不要提谢朝！他比余乐更不靠谱！”张蕾这时发现商稚言眼圈红了，“你又哭什么？一说你就哭，是有多娇气？”

“你不要这样讲我的朋友！”商稚言忍着眼泪，“反正我做什么都不对，我就算进步了你也看不到，在你心里我什么都做不好！”

“我说错了吗？你吵什么？你跟黑三混一块儿你还有道理了？”

“我只是在学校门口碰见过表哥，我知道他在哪里做事，就这样而已！”商稚言擦了擦眼睛，她必须要努力控制自己的情绪才能维持正常的表达，“是你有偏见，你对我有偏见，你对他也有偏见。”

“我永远对他有偏见！”张蕾没有否定，“他要挟你来跟我们要钱，我这一世都不可能原谅他！”

“你不原谅他关我什么事？难道看着他被人打死也不管吗？”

“不许管！”张蕾怒道，“这就不是你们该管的事！张家没有他这种烂人！”

商稚言终于口不择言：“你不讲道理！我讨厌死你了！”

张蕾立时呆住了。

商稚言转身跑上楼，她听见张蕾的声音还在楼下回荡着，带着愤怒和不可置信，还有一丝哭腔："你听听！你听她说什么！我……我怎么对不起她了！商稚言你下来，你怎么能这么跟妈妈讲话……"

门"砰"地关上了。在枕头上睡觉的小猫被吓得几乎跳起来。

商稚言靠着房门坐在地上，在漆黑的房间里哭出声。她忽然很害怕，因为说话太重伤了妈妈的心，但她也很难过，这是一次借题发挥的发泄，她不懂为什么张蕾总不能理解自己，任何事情都能挑出错处。

小猫跑到她身边依偎着她。

商稚言哭了一会儿，掏出手机给应南乡发信息："我妈又骂我了，我做什么都不对，为什么？我这么差劲，干脆别生我啊。"

她抱着小猫躺在床上。

商承志上楼敲门，商稚言没理。她没有开灯，就着窗外冷冰冰的月光和路灯光小声地抽泣。

她会想到张蕾的许多不好，比如永远否定她，总是打击她，似乎她无论如何都不能让张蕾满意，这些事情让她愤怒、不满。但紧接着，她又会想到张蕾的好，而她的眼泪会流得更凶。连怨怒都不干不脆，张蕾说得多么对，她就是什么都做不好。

过了许久她才止住眼泪，外头不知何时下起了小雨，她抓起手机时，发现手机没电关机了。她充上电，开机等待应南乡的回复，但发来回复的是谢朝："我去找你。"

商稚言一愣，随即发现自己发错号码，把信息发给了谢朝。

已经凌晨一点了，商稚言擦干净眼泪，给他回信息："我发错了，对不起。我没事，谢谢你。"

她在静谧的深夜里，听见街上有很轻的短信提示音。

商稚言穿好拖鞋打开阳台门的时候，谢朝的短信也抵达了："好。"

他人就在杨桃树下，骑着自行车，单手撑伞，另一只手把手机收进衣兜。

"谢朝？"商稚言小声地喊。

谢朝应声回头，雨伞抬了抬，给她一个模糊的笑。

"你怎么在这里？"商稚言一头雾水。

"收到你的短信之后，"谢朝说，"我觉得，你可能需要我。"

商稚言完全不知道如何应答，只是看着他。

这或许是秋天最后一场雨，或者它预示着冬天的来临，因为冷锋来了，冷空气下沉，暖空气上升，水分遇冷凝结形成降雨……她脑子里乱糟糟的一片，像个木头人一样呆站着。

谢朝看到了她脸上的泪痕。

“需要我陪你走一走吗？”他轻声问，“你想不想知道黑三表哥当时借钱的原因？”

商稚言连忙点头。

“好。”谢朝说完，又笑了笑，“别跳啊，我等你。”

商稚言擦了擦脸，蹑手蹑脚地走出房门。四围寂静，小猫跟着她出来，细细叫了一声，商稚言示意它噤声，小心翼翼地下了楼。

谢朝就在树下等着她。商稚言认出那伞是余乐去年马拉松比赛的奖品，伞上还有一行纪念字样。雨势不见小，雨伞把两人笼罩其中，谢朝把车锁在杨桃树下，两人同撑一把伞，往海堤街走去。

从商稚言家到海堤街，步行时间不到十分钟。初冬的海风已经足够冰冷，商稚言不禁缩了缩脖子。雨水涂湿街面，两个人的影子成了地面浮游的活物，随着路灯渐长渐短。

海堤街与光明里路口有几家夜宵摊，虽然天气凉了，人却不见减少，棚子和大伞底下还是热气腾腾的炊饮烟火。商稚言的肚子“咕咕”响，她下意识地按着胃。

“我饿了。”谢朝说，“我要吃东西。”

他出门时跟余乐借了二十块钱，此时亮出来，一脸得意。

两人在李姨伊面门口坐下。老板娘李姨认得他俩，忙从店里搬出折叠的桌椅，在拥挤的塑料棚子底下生生挤出一个位置来。

“这么晚了怎么还不休息？”李姨问，“明天不上学吗？”

谢朝看向商稚言，商稚言只好回答：“睡不着，出来吃点东西。”

“我孩子去年高考，跟你们一样，晚上老失眠，心理压力太大了。晚上睡不着，第二天上课怎么有精神？”她左右看看，“乐仔呢？”

“他还在学习。”这回是谢朝回答。

李姨有些感慨：“乐仔真是勤奋。两碗牛杂伊面对吧？”

等待食物上桌的间隙，谢朝把黑三身上发生的事情告诉了商稚言。

商稚言跟母亲回家之后，是谢朝送黑三回到伟达修理的。黑三今晚原本打算出门买烟，但烟没买到，反倒遇上了埋伏的人。

那些混混跟着一个名叫雄哥的大佬。而在黑三刚开始“混社会”的时候，这一带还有个与雄哥齐名的阿亮。

阿亮比雄哥年轻更比雄哥靓，魅力极大，身边很快收拢了一堆不上班不上学的年轻人，黑三也是其中之一。

原本雄哥是不会把阿亮放在眼里的，他看不起阿亮这种半途出道的嫩后生。但雄哥的妹妹却和阿亮看对了眼，悄悄开始谈恋爱。那女孩学乐器学唱歌，气质跟雄哥完全不同，只有浓眉大眼这一点还有些相似。雄哥把妹妹看作宝贝，得知阿亮居然敢觊觎，气得一掌拍碎了八仙桌。

阿亮和雄哥妹妹是在黑三打工的甜品店相识的。女孩吃完甜品才发现挎包被人割开，钱包已经不翼而飞。阿亮当时在店里吃免费豆腐花，大手一挥帮女孩买了单。女孩多谢他，给了他一张音乐会的赠券，说自己会出场表演。

阿亮去了，去了一次就有第二次、第三次，渐渐地，甜品店成了两人约会的地方。

黑三告诉谢朝，当时阿亮根本不知道那是雄哥的妹妹，两人正儿八经谈恋爱的时候，阿亮甚至不敢跟姑娘说自己的真实身份，还盘算着金盆洗手，找个正经工作。

得知妹妹和阿亮已经走到了私订终身的地步，雄哥勃然大怒。他亲自带着人在甜品店后门围堵阿亮，阿亮当时为了跟女友约会，没带其他人，身边只有黑三。黑三才十六岁，一个愣头愣脑的孩子，雄哥的人把他压在一旁不让他动弹，拳头木棍都冲着阿亮砸去。

阿亮被打得口吐血沫，连开口说话都没力气。等雄哥的人撤走，黑三立刻找车送阿亮去了医院。阿亮需要动手术，黑三便取光了阿亮卡里的钱用来交费，但始终还差两百块。

“从银行出来时，他正好看到你和你妈妈。”谢朝说。

商稚言从小就听张蕾和商承志议论黑三。两人会揣测黑三拿着那两百块钱去做什么。有时候猜赌资，有时候猜是去还债。

“但不管怎么样，他要挟你爸妈，是他做得不对。”谢朝又说，“所以他一直很愧疚，觉得对不起你，也对不起你爸妈。”

自那次之后，阿亮身边的乌合之众如鸟兽散。黑三讲义气，他一直照顾卧床的阿亮，直到雄哥的妹妹找上门来——两人真的牵手跑了。

雄哥大怒，找不到人出气，盯上了黑三。

黑三确实不知道阿亮去了哪里。怕他会泄密，阿亮逃跑的时候甚至没有跟他说一个字。

雄哥揍了黑三几回，渐渐觉得这个后生仔倔强但讲义气，十分有当自己接班人的潜质，遂威逼利诱齐上，终于说服了黑三。

跟着雄哥之后，黑三的待遇上升不少，但随之而来的危险也越来越多，他要下场拎棍子打人，要训小弟，还要按时按量给雄哥“进贡”保护费。

“他被抓的那天正在给雄哥办事。问你要钱是想坐车出城躲警察，游泳馆附近不就是车站吗？”谢朝说，“他后来就是在大巴上被抓住的。”

好不容易从少管所出来，黑三洗心革面想踏实过日子，但雄哥仍想招揽他回归。黑三几次三番拒绝，终于惹恼了雄哥，才发生这晚上的事情来。

谢朝讲完故事，发现面碗里卧着一个荷包蛋，心知是李姨额外送的，便打算夹给商稚言。谁知商稚言也在碗里发现一个，正准备夹给他。两人面面相觑，同时笑了，把蛋放进对方碗里。

谢朝说的这一切并没有洗去黑三身上所有的负面形象。他确实做了些不该做的事情，进少管所的两年也不可能因此抹消。

但在得知一切事出有因之后，在商稚言心里，黑三的模样比以往更清晰了一些。他不再是无头无脑、莽莽撞撞的混混，他也有自己的苦处，自己的理由。商稚言忽然觉得，张蕾对黑三的恶意，或许还是可以消除的。

这念头一冒出来，商稚言便意识到即便到了此时此刻，自己也仍在为了获得张蕾的肯定而思考。这令她在瞬间失去了谢朝和牛杂伊面带来的些微好心情。

她低头不说话，谢朝没有再继续讲，静静陪她吃完了这碗面。

商稚言放下筷子后，谢朝才拾起话头：“还有一件事，你应该也很想知道。”

明仔现在住在福利院。每个周末，福利院老师都会陪着他去精神病院探望妈妈。回来的时候他会来到伟达修理，见一见黑三和罗哥这两个大朋友。黑三说，明仔过得不错，至少脸上长肉了，穿的衣服也干净暖和，还会给他们带来福利院的饼干，都是明仔一块块攒下来的，不舍得吃。

“太好了……”商稚言终于笑了，很开心的样子。她笑起来时眉眼弯弯，面色灿烂，满是朝气。

见谢朝盯着自己，她有些害羞，连忙转移话题：“就是因为他对明仔那么好，我才觉得他不是特别坏。”

谢朝：“就算他以前不好，但人是会改变的。”

商稚言低头:“因为他不固执。固执的人是不可能改变的,比如我妈。”

“我挺固执的。”谢朝说,“但我也有变化。”

商稚言盯着他,上上下下打量,良久才笑道:“没看出来。”

商稚言仍旧不想回家,谢朝提议去海边走走。这儿距离海堤街已经不远,两人慢慢往海边踱去。

夜晚路面平静,红绿灯换成单调闪动的黄灯,有车子飞驰而过,没有减速。谢朝忙一把抓住商稚言的手。

他抓握的地方是手腕,商稚言想了一会儿才明白,这像是一种保护小孩的姿势。他就这样抓住她的手腕,牵引她跟随自己,直到经过那段路面才松手:“不好意思。”

商稚言倒没别的想法,她只想问谢朝一个问题:“你把我当成你妹妹了吗?”

“没有。”谢朝立刻否认,“这怎么可能。”

他脸上有几分羞涩,像躲避商稚言目光一样看向了黑暗的海面。海边太安静了,只能听见浪涛的声音,一波一波地涌上岸。

他们在海边慢吞吞地走。商稚言告诉谢朝,张蕾回家之后究竟说了什么。谈论家人的不是,她起初还很不好意思,但激动的情绪逐渐取代了不安和尴尬,最后差点哭出来。

她只能从同龄人身上寻找共鸣。成年人强大的控制欲和压力,令她喘不过气又找不到出口。

而她把这一切告诉谢朝的时候,并未期待谢朝会有什么积极的回应。

让谢朝得知这一切,对商稚言来说本身就是一件不可思议的事情。她偶尔会跟余乐提起母亲的强压,会掏心掏肺地跟应南乡抱怨,但现在站在她面前的是个认识还不到半年的男孩子。

商稚言擦干了眼泪,看见谢朝注视自己,眼睛里全是怅然和难受。

“对不起。”谢朝低声说,“我应该怎么做?我可以帮你做什么吗?”

商稚言鼻子又酸了。她怎么会以为谢朝冷漠呢?他的温柔和善良总是出乎意料,让她越发想哭。

如果站在面前的是余乐,他一定会张开手臂,大大咧咧地给她一个紧紧的拥抱。那是伙伴的拥抱。

当意识到谢朝不可以这样做的瞬间,远海的云层里闪现一道孤零零的电光。

“可能雨会变大。”谢朝说。他仍像方才过马路一样抓住商稚言的手腕，和她一块儿沿着石阶走上了海堤街。

谢朝的手不像余乐，他比余乐瘦很多，手也小了一圈。但商稚言却觉得他的力气似乎转移到了自己身上，两个人在伞下往家里走去的时候，商稚言不害怕了。

“我有时候想，如果我是余乐就好了。”走在光明里的路面上，谢朝忽然开口，声音轻而谨慎，“我可以早一点认识你。”

商稚言心里正想着别的事情，她下意识地回答：“不好，你会跟余乐一样，觉得我很烦。”

谢朝扭头笑道：“不会的，你一点儿都不烦。”

说话间，两人已经走到了门口。秋天瞎长的小杨桃已经掉光了，叶片翠绿，在夜色和灯光里泛起油光。秋木棉树上没有一朵花，全是椭圆形的长叶片。两棵树都是商稚言出生那年种的，和她一个年纪。

谢朝目送商稚言走进家门，商稚言轻手轻脚地上楼，跑到阳台跟他挥手。谢朝果然在楼下等着，看到她出现才真正告别。

被吵醒的小猫在阳台门处探出小脑袋，看着谢朝的背影。

这一晚上谢朝完全没有说一句安慰商稚言的话。商稚言越发明白，他确实是不爱说话，但这并非冷淡——他陪了自己一晚上，告诉自己黑三的事情，听自己絮絮叨叨发牢骚，这陪伴也是一种沉默的力量。

商稚言在阳台上打了个冷战，缩着肩膀钻进房间，顺手把沉甸甸的小猫捞起来。小猫已经长成了中猫，距离大猫尚有一步之遥。商稚言在黑暗中静静看着谢朝给自己的第一份礼物。小猫在枕边睡着了，商稚言也和它一样，睡了个虽短暂但很满足的觉。

03

母女之间的冷战仍旧持续着，没有和解的意思。

张蕾找到了超市理货员的新工作，早出晚归，除了晚餐时间，和商稚言基本碰不到面。

用余乐的话说，两个人都需要冷静冷静。

十一月份的月考终于结束。商稚言的数学成绩稳步上升，余乐和谢朝敦促她做的数学错题本终于在两个月后真正发挥了作用。商稚言已经能看懂所有大题的套路，而且第一次拿到了选择和填空的满分。

孙羡教她的作文大纲模板也非常有用，她用后顿觉事半功倍。

“议论文不能没有大纲，大纲你自己能看懂就行，写多了之后你就能控制自己，知道写到哪里应该转折，哪里应该递进，结尾怎么升华。”孙羡的语文成绩很好，她几乎把自己的所有技巧都教给了商稚言。

但商稚言的三门小综合里，地理成绩仍旧不高。历史和政治首次突破 70 分，地理还在及格线徘徊。

要是放在两个月前，商稚言早就沮丧得说不出话了。

“没关系，现在不会做，以后就会了。”她跟自己重复谢朝老挂在嘴边的话，把多次出错的部分圈出来，在教科书上做好记号。

她去跟谢朝和余乐报告喜讯时，看见两人和徐路站在走廊上，吹着冷飕飕的海风，吃着小卖部冬季特供的咖喱鱼蛋。咖喱鱼蛋味道重，和烤肠一样都是不能带入教室的东西，余乐看见商稚言出现在楼梯口，立刻戳起两颗鱼蛋招呼她：“来吃来吃，徐路请的客。”

徐路头发长长了，但打理得十分潦草，鬓发别到耳后。她这次月考总分排名首次杀入理科前二十，人变得异常慷慨，主动请身边两位学霸吃垃圾食品。

余乐脸上一直挂着笑，他总分比谢朝多了 2 分，终于夺回头把交椅，连站姿都狂放了许多。

商稚言怎么看他怎么不顺眼。文科实验班就在商稚言班级隔壁，那一直稳坐第一的女孩特别低调谦逊，浑身散发着书香世家的馥郁墨水味儿，举手投足间，活脱脱一位生错了时代的大家闺秀。

“你不像第一名。”商稚言吃了余乐的两个鱼蛋，又接过谢朝递来的一个，“谢朝比较像。”

余乐：“排名跟长相有什么关系？我也看不出你是 142 名啊。”

被捶了一拳之后余乐仍在大放厥词：“那你说说，什么长相才能拿第一名？帅？我也帅啊，路姐，你觉得我帅不帅？”

徐路：“可以。”

余乐：“谢朝帅不帅？”

徐路：“帅。”

余乐：“为什么我只是‘可以’？”

徐路慢慢咀嚼鱼蛋，吞咽入喉才开口：“最后一道选择题，全校只有我和谢朝做对了，是吗？”

余乐顿时哑口无言，狠狠一拍铁栏杆。

商稚言听不懂面前三位学霸的沟通方式。

预备铃响，商稚言这才急忙跟两人分享自己的进步。余乐说自己早知道了，谢朝只是看着她笑，点点头，很赞许的样子。商稚言又一次发自内心地觉得，余乐说三百句“你真棒”都比不过谢朝的一个笑。

“对了，这次家长会不在学校开，”上课铃声正式响起，商稚言忙跑下楼去，余乐趴在栏杆上冲她喊，“老师要逐一上门家访！”

这下连谢朝都是一愣，他并不知道这件事。

课上，他悄悄问余乐：“老师一定会去学生家里？”

“对，班主任搭配不同的老师，分批去。”余乐告诉他，家访从周末开始，按照学号分批进行。谢朝的学号是全班最后一位，他肯定是最后一批。

谢朝叹气：“我还打算让司机来帮我开家长会。”

余乐惊了：“你不打算回家？不是说月考完了就回去吗？”

谢朝：“你放心，我会搬出去的。”

余乐：“我不是这个意思，你住多久都可以，我完全没问题。但我爸他会起疑啊，而且你离家这么久不太好……”

他还未说完，一颗粉笔头准确击中他的脑袋，疼得他“嗷”地一喊。

讲台上的肖老师笑中带怒：“余乐，骄傲了是吧？你总分第一，但生物卷分数还达不到单科前三，你还不听课！”

余乐连忙正襟危坐，扬手敬礼。

谢朝却分神了。他确实不想回去，最重要的原因是，余乐似乎说对了，谢辽松没有找他，连秦音也没有联系过他。谢斯清给他打电话发短信，但他就像怄气一样，没有回复。

他感觉某种温馨可爱的假象正在被揭开。那宽敞、华美、富裕的小楼和花园，实际上并没有他谢朝的容身之处。

放学之后，谢朝和余乐、商稚言告别，独自回家。

这个时间段家里应该只有做饭的保姆，但谢斯清居然也在。

“你不住校吗？”谢朝一把抱住扑到自己身上的妹妹。

“我要去医院探望妈妈。”谢斯清咬了咬嘴唇，小声说，“妈妈住院了，但爸爸不让我告诉你。”

原来在谢朝离家的第二天，秦音就因为剧烈腹痛而进了医院。她已经四十多岁，是名副其实的高龄产妇，腹中胎儿又大，医院诊断她精神压力大，且日常比较忙碌，让她立刻留院观察。

谢辽松把这一切迁怒于谢朝的任性。秦音多次说明这和谢朝无关，但只要秦音一提起谢朝，立刻会惹得谢辽松大怒。他让秦音把手头所有工作交由秘书处理，连手机也不让她带。秦音偷偷让谢斯清联系谢朝问问情况，但又被谢辽松听见。

“他说你……你要是知道了，肯定要去医院。但你和妈妈碰面，只会让她担心生气。”谢斯清吞吞吐吐，谢辽松严令禁止她给哥哥透露任何消息。

谢朝知道，谢辽松肯定说了一些谢斯清没法转述的难听话。既然不让他去，他不去就是了。

谢朝扭头上楼，拉出行李箱收拾行装。

谢斯清以为他又要走，一屁股坐在行李箱上：“哥哥，你想去哪里？”

“我去住酒店。”

谢斯清死死盯着他，半晌才松了一口气似的：“爸爸现在每晚都在医院陪床，你住家里，其实也见不到他的。”

她虽然年纪小，但敏锐得出奇，谢朝之前的种种情绪变化，她全都接收甚至解读了出来。但她的话还不足以让父母警惕，或者说，无论是谢辽松和秦音，都没有把谢朝的真实状态放在心上。这念头在谢朝心中一掠而过，他甚至不敢细想。

好不容易把谢斯清推开，他往行李箱放一件衣服，谢斯清就拿走一件。

“阿清，我……”

“我们去见妈妈吧！”谢斯清忽然说，“妈妈很想你，她偷偷跟我说，如果你回家了，让我一定要带你去看她。”

拗不过她的哀求，谢朝答应了。他本想立刻出发，谢斯清却说现在是晚饭时间，秦音叮嘱过，如果带谢朝就选择晚上去。

谢朝吃着饭，心里忽然滚过一个想法。

晚上去的话，那就一定会碰上陪护的谢辽松。而遇到谢辽松，一定又会起争执。秦音究竟在想什么，谢朝不能明白。

“爸爸只是有时候脾气暴，你不要生他气，好不好？”谢斯清不停往谢朝碗里夹菜，“他很爱你的，你别怕他。”

谢朝从来没怕过谢辽松。他只是感觉很难过，父亲无法和自己承担同样的痛苦，他们甚至不能和平融洽地沟通，他最亲的人，正认真地恨着他。

谢朝给商稚言和余乐发短信，告诉他们今天不去晚自习。

商稚言回了一个哭泣的颜文字："余乐又让我请客，我等你回来吧。"

余乐："今晚路姐请客，放学言言请客，你错过了好多。"

谢朝看着小小的手机屏幕发笑。

他越发清楚自己为什么不害怕，不胆怯，也不恐惧了。

月考之后的第二周，商稚言终于迎来了家访的老师。

班主任余胜寒是历史老师，年纪不大，但极受文科班学生欢迎。他上课风格活泼，表情动作丰富，哪怕讲课时扯出十万八千里，最后也能落在最关键的考点上。商稚言很喜欢上他的课，只要课程表里有历史课，那一整天她都充满期待。

张蕾和商承志热情地接待余胜寒和数学老师，商稚言乖乖坐在一旁，氛围尚算不错。但实际上，母女俩的僵持尚未结束。商稚言的执拗完全承继自张蕾，甚至有过之而无不及，自从那日争吵后，两人再没有正经聊过天。

家访内容和平时家长会没有太大分别，只是更有针对性。数学老师夸了好几次商稚言的进步，连带着感叹余乐和谢朝的脑子太过厉害，掌握学习方法比拼命做题还重要。余胜寒更关心商稚言的情绪，建议张蕾和商承志多给她一点儿鼓励和肯定。

"商稚言是个非常好的学生，以前成绩上不去，不是她不懂，是因材施教，我们做得还不够。"余胜寒说，"现在是备战阶段，是储备军粮和武器的时候。家长和学生要拧成一股绳，来自父母的鼓励是最有用的，比老师、学校的鼓舞用处更大。"

张蕾笑道："她从小就不太机灵，但有股韧劲，看准了目标就要拿十二万分的力气去拼。我们也鼓励她的，但就是怕啊，怕说多了，她盲目自信。"

余胜寒有些欲言又止似的，扭头对商稚言说："稚言，我给你带了一份地理学习资料，你看看吧。"

商稚言知道他在撵自己走。她故意走得沉重，上楼开门关门之后，又蹑手蹑脚回到楼梯上。

余胜寒果然在聊她的事情。

"现在大部分孩子的问题不是盲目自信，而是盲目不自信。"余胜寒说，"他们的压力比我们当时要大得多，而且心思也复杂很多。商稚言需要鼓励，她现在比高二进步太多了，是有能力冲刺一本甚至重本的。"

“这说明她以前学得不好。”张蕾说，“她要是能有余乐谢朝那样的脑子，也不至于高三了才开始发奋。”

数学老师在一旁补充：“哎，是这样的啊，文理科不一样，文科非常看重积累。比如第一次月考，排在前二十名的有十一个复读生，但是这次月考，只有两个还在榜上。越是积累得多，文科学生在高三的爆发力就越强。商稚言就是一个非常好的例子，她的知识正在形成系统，而一旦系统做好了，进步一定是飞跃式的。她现在的目标是进步的同时保持稳定，这需要家庭的关怀。只有稳定的情绪，才能有稳定的学习状态和成绩啊。”

张蕾和商承志都没有吭声。余胜寒又说：“很多时候，家长并不一定就真的了解自己的孩子。高三氛围紧张，家长也会受影响，这是学生和家长共同的战役。你们是后勤，学生要冲锋，我们是指挥。只有三方面都配合得好，才能出好的成绩。她需要你们的鼓励，就算是盲目鼓励也没有关系，商稚言不是那么容易飘起来的孩子，这种韧劲能保持住，是会受益终生的。”

片刻后，张蕾才慢慢道：“好，我们记住了。”

小猫跑到商稚言身边蹲下，它的小主人正坐在楼梯上，捂着眼睛，一言不发。

这一天晚上，商稚言埋头做题时，隐约听见张蕾下楼的脚步声。

第二日早晨，商稚言发现饭桌上摊着一份《浪潮周刊》，正是刊登着明仔报道的那一期。张蕾早早出门去仓库接货，商承志一脸神秘地告诉女儿，她妈妈昨晚戴着眼镜，细细看了许久《浪潮周刊》，尤其是崔成州写的报道。

她还给两个老同学打电话，问她们是否知道国内哪个学校的新闻系比较出色，她想了解了解。

“你第一次迎接高考，妈妈第一次遭遇下岗，这些都是考验。你很辛苦，她也不容易。”商承志低声说，“乖，不要哭。爸爸妈妈和你一起学习，一起进步，我们能赢的。”

赢高考，还是赢负重攀山的中年人生，商稚言长大后才渐渐明白，或许两者皆有。那一天的商稚言，忽然有了瞬间长大的感受。

她没有从张蕾身上得到的东西，是因为张蕾也从来没有从她父母那里得到过。

每年的十二月和一月，是这个城市最冷的时节。

气温降低到十摄氏度以下，湿冷更甚，即便出太阳，室内仍然比室外还冻。寒意钻进屋子里，钻进人的衣服，对备考的学生来说，这是身心双重的煎熬。

商稚言现在开始羡慕余乐和谢朝看书做题的方式了。补课的地点从天台转移到余乐的小书房，屋子里烧着一盆火，有时候还会开“小太阳”，烤得几个人口干舌燥，唇上起了一层干皮。

但即便是这样，还是冷。商稚言握着笔，觉得笔也是冰做成的，每写几行字就要歇一歇，揉揉手。余乐和谢朝则动作趋同地靠在椅子上，举着试卷和习题集，眉头微皱，在脑子里做题。

太羡慕不需要大量抄写的理科生了。商稚言不止一次地跟他们抱怨，余乐拿出自己私藏的热水袋，谢朝脱下大衣：“那你穿我这件，比较暖。”

谢朝已经回家去住了。商稚言和余乐只知道他的继母住了院，但不清楚究竟是什么事情。总之在班主任去谢朝家家访的时候，一切如常，没有异状。

商稚言想问，但又不敢随便问，生怕触到谢朝不愿意多说的内情。谢朝现在和他们俩关系越来越好，她有时候觉得，不问也可以，如果谢朝愿意说，他总会说的。

“言言你去年是不是长了冻疮？”余乐忽然问，“去年特别冷的时候，对吧？”

商稚言点头：“对啊，你不也长吗？”

余乐：“说什么呢，我从来不长那玩意儿。”他一边说一边挠手，右手小拇指关节已经红肿起来。

商稚言：“你又复发了是吧？都让你别去打篮球了，这么冷的天，还天天下雨。”

余乐撇撇嘴：“这不是冻疮，是蚊子咬的。”

谢朝对商稚言说：“余乐这个人，没别的毛病，就是这张嘴啊，整天胡说八道。”

说完，两人哈哈大笑。这是余乐班主任家访时说的话，已经传遍整个班级。余乐一脸无所谓：“胡说八道不好吗？小南就喜欢我的胡说八道。”

商稚言：“你清醒一点。”

余乐美滋滋地说：“我给应南乡准备了一个非常特别的圣诞节礼物。”

商稚言这才想起，又是一年圣诞节。

这一天孙羡和商稚言往单车棚走去时，听见几个高二的学生正在高声讨论平安夜节目。

“我给你准备了礼物。”孙羡一点也没有保密的意思，“是我对付冬季的撒手锏，暖宝宝。你贴手肘上，写字就不冷了。”

“太好了！”商稚言挽着她的手，“我要送你你最爱的咖啡。”

两人蹦蹦跳跳进入车棚，孙羡随口问：“你给余乐和谢朝准备了什么？”

“还没想好。”商稚言说，“可能送护膝吧，他俩爱跑步。”

孙羡：“一样的？这么敷衍？”

商稚言愣了：“还要送不一样的？”

孙羡：“不一样的？那就是区别对待。”

孙羡咧嘴一笑：“我在给你预演余乐的态度。”

十分钟后，余乐和谢朝走向单车棚，两人都没看见缩在墙角避风的商稚言。商稚言倒是听到了他俩的闲聊。

余乐：“你打算送我和言言什么礼物？”

谢朝回答了，但商稚言听不清楚，她悄悄跟在两人身后，竖起耳朵。

余乐：“……你这是区别对待！”

谢朝对他笑了笑，神情得意又藏着点儿小心思。商稚言躲在哗哗作响的秋木棉树下，忽然对谢朝的礼物产生了无限好奇。

04

同华高中这几年的平安夜都有个不成文的规定：学生可以提前一节课放学，出门玩一玩。商稚言临出门上晚自习时又走回书桌前，拉开抽屉。

抽屉的小盒子里躺着应南乡送给她的一套化妆工具，其中包括一把修眉刀。

商稚言的眉毛又粗又浓，看上去总是精精神神。她记得应南乡把这套东西送给她时，认真跟她讲解过每个工具各有什么用处。商稚言不打算化妆，她拿起修眉刀，对着镜子比画。

十七岁的她并没有特别美。素面朝天，眼下有微微的黑眼圈，刘海终于打理整齐了，发夹是最朴素的样式，发圈倒是可爱一些，是两颗草绿色的波点糖果。

她回忆应南乡的手法，仔细地刮去眉毛周围细小的杂毛。但她不敢修得太过分，怕被人看出来。一通忙活，她紧张得手心都冒出了细汗，眉毛整齐了一些，不那么粗糙豪放了。

商稚言看着镜中的自己，竭力想从这张糅杂着稚嫩与青春气息的脸上，找出一丝与往日不同的痕迹。

“言言？还不去学校吗？”

“好啦好啦！”商稚言放好修眉刀，一边揉着眉毛一边出门。她有些后悔了，被剃去的毛发在皮肤上留下了短短的毛茬，摸起来触感新鲜又古怪。

一路上听到了许多关于礼物和今晚节目安排的议论。高三学生更执着于平安夜，好为自己找一个放纵玩耍的借口。商稚言对自己今天可能收到的礼物充满好奇，因为她想尽办法都没能从谢朝和余乐口中挖出任何信息。

余乐的礼物每年都不新鲜，唯独去年突然福至心灵般，给商稚言送了一盏小猪造型的迷你充电小台灯，商稚言知道这是他给应南乡买耳机时附赠的，她懒得点破。

刚锁好车，她就碰上了余乐。谢朝没跟余乐在一块儿，余乐只晓得他神神秘秘，下午放学就跑了。

“给你的礼物，平安夜圣诞节还有元旦快乐。”余乐拉开她书包拉链把东西塞了进去。

商稚言：“超市优惠券？”

余乐：“不是。”

商稚言：“你爸单位的水杯？”

余乐：“我送过的不会再重复好吧！”

商稚言猜不出，解下书包细看后顿时沉默。

“不要感激我。”余乐拍她肩膀，“哥从现在开始承包你下学期的笔芯，说到做到。”

那是三十支一包的黑色笔芯，余乐还细心地挑选了不同的图案造型，商稚言凑近嗅了嗅。

“有香味。”余乐强调，“适合你。”

“这不是新新文具店最近半价卖的笔芯套装吗？”商稚言受不了了，直接点破，“买一送一，我这是附赠的吧！”

“我怎么可能做这种事？”余乐不满，“我那三十支才是附赠的。”

商稚言甩起书包，一路追打他上楼。

这一天的晚自习快下课的时候，教室灯忽然被人关了。老师已经离开，班上同学忽地一愣，随即便看到贴在窗上的夜光小雪花和小鹿亮了起来。

众人闹闹嚷嚷地欢呼起哄，拍桌拍凳。教学楼里关了灯的不止一个教室，商稚言有些恼怒，她一道函数题做得极其完美，就差最后的结论没写。隔壁班已经开始唱起了歌，从“原谅我一生不羁放纵爱自由”到“天黑黑，会不会，让我忘了你是谁”。

几分钟后，对面的高二开始跟他们对歌，人人声嘶力竭，谁接上了对面的歌题，就能赢得震耳欲聋的欢呼。

最惨的是高一，因为在一栋独立的教学楼里，根本无法参与这场由高二和高三主导的狂欢。在歌声里，商稚言似乎听到了余乐跑调的声音。

高二的孩子比不上高三的师兄师姐嗓门大，开始另辟蹊径，唱起了英文歌。高三这边骂骂咧咧，不知四楼还是五楼忽然响起高亢歌声，有两个男孩开唱《今夜无人入眠》。

几个老师端着热水杯看热闹，脸上挂着笑。

楼下有人起哄，商稚言和孙羡跑到走廊，看见几个男孩在楼下花圃边上，正点亮一盏孔明灯。

纸糊的灯罩鼓起来了，上面写着四个毛笔大字：大富大贵。

商稚言：“……这很像余乐的风格。”

她话音刚落，门卫室大爷便扛着灭火器冲了过来，一边大骂一边喷熄了孔明灯。

男孩们四散而逃，狂笑声、大爷的骂声和下课铃声同时响起。

商稚言在车棚里见到余乐时，他后脑勺上还有一小撮白色粉末。但他坚决否认自己就是刚刚放孔明灯的那几个人之一：“怎么可能，我是学霸啊。”

徐路踩车经过：“我的打火机呢？还来。”

商稚言看到余乐的钥匙串上有一个没见过的挂饰，圆乎乎的圣诞老人骑着胖嘟嘟的驯鹿，脸上笑出两团红晕。

余乐说这是徐路送的，但谢朝没有，只给了他。

商稚言的八卦雷达顿时启动，眯眼冲他坏笑。余乐盯着她，用很小的幅度摇了摇头。

“嘘。”他满脸认真，示意商稚言不要乱猜。

两人在校门口等待买东西的谢朝，商稚言看着余乐的侧脸，还在回忆他方才的表情。

余乐不蠢，她想。他还很温柔，从小时候搬家时舍得把最爱的公仔送给她开始，她就应该知道，余乐对女孩子从来都很温柔。

“你去哪儿了？”余乐问蹬车靠近的谢朝。

“买几个电池。”谢朝看了商稚言一眼，有些惊讶，“你的眉毛……”

余乐好奇地扭头，盯着商稚言。商稚言一下窘得说不出话，脸明明吹着冷风，又一阵阵发烫。

“你眉毛瘦了。”谢朝斟酌半天才找到一个形容词。

余乐：“什么？没有吧？还是那么难看。”

商稚言只觉得自己鼻腔呼出的气息都是滚烫的，围巾实在太热了。她打了余乐一拳，不敢看谢朝：“走吧，不是要带谢朝上观景台吗！”

市内最高的观景台在某座地标建筑楼上，消费满五千元才可免费进入。余乐和商稚言两人花三十块买入场门票，带谢朝前往山顶的大平台。

这原本是一个天文观星处，后来渐渐荒废，改建成了可容纳几百人的观景台。今晚的天气实在说不上好，三人蹬车往山里去的时候，下起了蒙蒙冷雨。但来到观景台却又发现，天上一半是雨云，一半却是漫天繁星。

谢朝看得呆了：“还可以这样？”他扭头往一侧看，是灯塔的方向。

余乐在一旁的烧烤摊上买饮料和小吃。谢朝在观景台一角找到了位置，三个人挤在人群里站着，匆匆忙忙吃东西抚慰饥饿肠胃。

“礼物呢？”余乐举着烤鸡尖问面前两人，“来交换。”

商稚言亮出了还没拆封的礼品：“护膝，你的；头带，你的。”

余乐攥着头带，不满道：“这才是买一送一吧！”

谢朝倒是很喜欢的样子，把自己的烤串也塞给了商稚言。

余乐戴上头带，有些怅然：“去年我可是跟小南一块儿来的，今年也太惨了。”

商稚言：“去年还有我和……”

余乐：“你们不存在，别打扰我回忆。”

商稚言只好跟谢朝说话，她学着余乐的口吻：“礼物呢？”

“再等等。”谢朝又盯着她眉毛看了一会儿，眼里笑着，很好奇也很觉趣味似的。

夜风渐渐大了，吹得商稚言扎好的头发乱飞。两个年轻人在平台上弹吉他唱歌，商稚言听得呆住了。谢朝解下自己的围巾戴在她脖子上。

商稚言心想，这就是礼物吗？可这不是他老戴着的围巾吗？

“礼物在灯塔那边。”谢朝说。

三人离开观景台时，夜风已经把雨云吹远了。黑天间杂无数星光，越是往灯塔的方向去，海涛的声音越发响。风吹得余乐牙关打战：“你藏了什么东西啊？冷死我了，我不要了。”

灯塔周围十分冷清，没有一个人。沙面是湿润的，凉的湿气透过鞋子袜子，侵入脚底。余乐拉着商稚言跳上礁石，远远看着灯塔，瑟瑟缩缩。

“谢朝？”

谢朝蹲在灯塔下面，正在拨动什么。

这儿十分昏暗，商稚言打开手机借光，眼角余光忽然掠过一片闪烁的光。

“我的天！”余乐脱口而出。

灯塔漆黑的塔身上，正像波浪一样亮起了一片又一片的细小光芒。

光芒像缠绕着灯塔，在漆黑的夜里乍然亮起，它们比星光亮不了多少，只是因为密集，显得灿烂。一亮一暗似乎隐含着某种规律，仿佛星光正沿着灯塔缓慢淌落。

余乐在礁石上蹦了起来，大笑：“好土啊！”

那是一大片挂在灯塔外墙上的LED串灯，在暗夜里闪动着微弱的光芒，实则并不太明亮，但远远看去，非常美丽。

说实在话，听到余乐说出这串灯的材质和原理之后，商稚言也觉得它好土。但再土也不妨碍她开心。

谢朝朝他们大喊：“平安夜快乐！圣诞节快乐！”

商稚言和余乐回应：“元旦快乐！”

谢朝明显有点儿蒙，呆呆地笑，摇头晃脑的样子。

商稚言没见过他这样傻，这样可爱，只觉得这夜一点儿也不冷了，海风也不再刺骨和令人胆寒。两人冲谢朝跑过去，把他一把抱着。谢朝还在跟他们解释原理：“没有外部电源，我改造了一下，用干电池，不过电池不耐用，可能一会儿就灭了。”

余乐连忙拿起手机要拍照，三人在灯塔前合影，但光线太差，模模糊糊的。

“我好帅！”余乐举着手机大笑，“我给小南发过去！”

谢朝让商稚言来看自己的电池组和开关。商稚言用仅剩的电路知识问：“串联还是并联？”

十多个电池组，十多个开关，不断拨开关闭，串灯便不断地闪烁。最难的不是制作电池组而是把串灯挂上外墙。自从上次两人带谢朝来看过灯塔，谢朝就喜欢上了这个地方。他常常到塔边溜达，渐渐发现这个塔人迹罕至，连守塔的人都没有，只在周末才有调试人员过来看看。他下午放学之后就赶到了这儿，怀里揣着钉子锤子，颤颤巍巍地站在自行车后座上，一点点地挂好串灯。

“如果有足够高的梯子就好了。”谢朝说，“我本想把灯挂满灯塔，再加一个定时的控制开关，这样我们在观景台那边也能看到，不必跑来这儿。”

“万一被人发现了，扯走了呢？”商稚言问。

“我还有后备的。”谢朝从书包里掏出一根黑魆魆的枯枝，把另一种串灯绕在树枝上。这串灯小而圆，珍珠似的，下面也依旧连着电池组，开关一拨，顿时亮起来，像停在枝上的无数小萤火虫。

微弱灯光照亮了谢朝和商稚言的脸，商稚言看见谢朝又笑了，他眼睛里有莹亮的细碎光芒和一个模糊的自己。

“送给你，”谢朝说，“……你和余乐的。”

余乐正好走过来，问：“那我的那份呢？”

谢朝指指灯塔：“这儿。”

余乐：“行吧。言言，给我看看你这个。”

商稚言立刻护在手里：“不。”

这完全是她的下意识动作。这是谢朝给她的，她不想跟任何人分享，甚至让任何人碰。

余乐盯着她看了三秒钟，咧嘴一笑：“这么土，给我也不要。”

他蹲在地上研究谢朝的电池组，灯塔上的光芒越发微弱了，有点儿有气无力似的。谢朝和商稚言还在研究那根树枝。余乐偶尔扭头看他俩一眼，发现两人也没说什么话，就是呵呵傻笑。

灯终于灭了，只剩商稚言手里那串还亮着。

三人收拾了现场，把串灯和电池全都拎走。商稚言手里的树枝还兀自发亮，她把它放在车篮子里。

余乐说得没错，这很土，很普通，没什么特别的。等待谢朝和余乐走上海岸时，风又变得冷了，她围着谢朝的围巾，并不觉得这冬夜是难耐的。世界上没有什么特殊的东西，只有特别的人。所有带着非凡意义的物品，是经他触碰，被他加持，才与众不同。

她看到有几个陌生的青年也奔向了那片沙滩。

“咦？灯呢？”他们问。

谢朝和余乐跑上海岸，大声回答：“没电咯！”

回家的路程有点儿漫长，三人又跑到海堤街吃夜宵。余乐给谢朝的圣诞节和元旦礼物也是笔芯，而且和商稚言一样是图案精美带香味的笔芯。他亮出自己的那份，透明管子黑墨水，是最普通的那种，这足以证明它们确实是赠品。谢朝给他的礼物一早就放在他桌上了，是一顶能盖住耳朵的厚帽子。谢朝说他明年去北京面试肯定需要。

同华高中的自主招生推荐名单里，余乐是第一位。他成绩优异，课外活动和竞赛丰富，好几个国家级比赛都拿了奖，综合来看可能性最高，连谢朝都说余乐可能性最高。

两人要给余乐提前庆祝，余乐摆摆手：“别说，求你们了。现在初审是过了，还得笔试和面试。你们老提，我觉得不太行。”

“什么时候去考试？”

“下周五。”余乐说，“正好元旦。”

12 月底，余乐告别商稚言和谢朝，由老师统一带队前往省城准备考试。这次招生考试在省城的学校设置了考点，余乐提前去熟悉环境，转了好几圈。

考试科目虽然也是四门，但与高考并不一样，中英综合总分 200，数学和物理独立成卷，分值各 100，最后一门理科综合分四档计分，用老师的话说，全是超纲题。

2 号下午考完，余乐当天晚上就回到了家，他甚至还去上了晚自习。班上同学纷纷问他情况如何，有些报了其他大学自主招生的人更是打听得异常详细。虽然题目不同，但余乐可以跟他们分享氛围。

徐路悄悄告诉他，谢朝做了前两年自主招生的卷子，成绩非常惊人。

余乐趁谢朝外出，从谢朝抽屉里找出卷子，看完之后抬头发呆。

“谢朝这人……”他喃喃道，“真讨厌啊。”

一月份的期末考试也是全市第一次联考，谢朝再次登顶。

倒计时的数字一天天减少，高三教学楼的气氛前所未有的凝重紧张。

商稚言告诉余乐，应南乡虽然不回复他信息，但两个女孩打电话时，应南乡会问余乐的情况，比如自主招生考得如何，比如现在是不是还成日胡说八道。

余乐平日联系不到应南乡就跑到她 QQ 空间去给她浇花，在她发的日常状态和照片下评论。他有一次无意发现应南乡还有一个博客大巴的主页，不敢告诉她，悄悄收藏着，时不时去瞅两眼。

他看着电动车的后视镜，拨了拨自己的刘海，叹气："言言，你们女孩子都用什么洗面奶啊？我长痘了，是不是也要用？"

商稚言看了他片刻，忽然说："乐仔，你特别帅。"

余乐笑了，又盯着镜中自己看了一会儿，很笃定："行了，我知道我挺好的。"

商稚言有时候很羡慕余乐的心态。他似乎没有沮丧的时候，永远积极，永远往前跑着，确定了目标就不会放弃。

两人此时正在伟达修理里，余乐的电动车刹车坏了。黑三和罗哥都劝他换一辆算了，他平时大多骑自行车，只有在下雨的时候才会换乘这辆破电动。

余乐点头："修不好就换。"

商稚言问黑三上次那事情还有没有后续。黑三小声告诉她，雄哥是怕他又跟了别的大哥，所以想尽办法要拉拢他。但他现在只想做点小生意，等技术成熟了攒钱自己开店，实在不想再回去。

"无论问多少次，我都是这个回答。"黑三说，"雄哥也不是不讲道理的人。"

不，他就是不讲道理的人。商稚言心想，从你跟谢朝说的那些往事里就足以看出来了。

越近年关，街上越是张灯结彩，年味浓厚，连补课的高三生也变得心猿意马。理科和文科实验班的种子学生在晚自习后集中做题，商稚言已经连续好几天没等到谢朝和余乐，只能一个人回家。

商稚言戴着耳机听歌，等待红绿灯变色。缠满行道树的 LED 串灯又让她想起谢朝的礼物，还有余乐那句"好土啊"。

绿灯亮起，她往前蹬车——但车子纹丝不动。

一个光头的年轻人不知何时坐在她的车后座，冲她挑眉笑着。

"好学生啊，同华高中……"他打量着商稚言的校服，"靓妹，你是黑三的表妹？"

05

商稚言根本不认识眼前人，结结实实吃了一惊。她从车上跳下来，望着那光头青年，惊疑不定。

他年纪并不大，看起来大概介于黑三和谢朝之间，虽是冬季，但只穿了浓绿色套头卫衣和牛仔裤，外罩一件黑色旧棉衣，一双腿很长，在单车后座上维持着巧妙平衡，眼睛盯着商稚言上下打量。

商稚言下意识地退了一步。某种潜意识中的预警信号正在尖叫，提示她面前这个人绝对不好惹，也不能惹。

见她胆怯，那青年反而笑了，一张脸倒算英俊，但总是带着几分邪气似的，不正经也不磊落。他的目光长久地落在商稚言脸上："真嫩。"

商稚言面皮涨红，气得大吼："你是谁啊！"

那青年转头对身后两位小弟笑道："还很野。"

几个男孩笑着起哄。那青年后颈文着一道细细的文身，暗夜中看不清形状。

天太冷了，街面上人车稀少。商稚言抓起车篮子里的书包抱在胸前，又斥："滚下来！我不认识你！"

"我认识你就行。"那青年冲她伸出手，"交个朋友嘛，我也是黑三的朋友。黑三的表妹就是我的表妹。"

商稚言有一种想往他手掌吐口水的冲动。那青年见她不动弹，长腿一跨，直接坐上了她的车座，双手交叉撑在车头，笑眯眯地看她。

商稚言面色一沉，直接抬腿往自己车上踹了一脚："下来！"

那青年没想到她还有这一手，伸长手抓住她书包把她往自己身边拉："太凶了可不行，我要教教你，什么叫礼貌。"

他手劲很大，商稚言被他拉得往前趔趄几步，眼看就要撞上，连忙放开了书包。那人对商稚言的书包也来了兴趣，拉开链子翻看。商稚言的自行车被他坐着，书包被他拿着，人反倒一下冷静了。

"我是黑三表妹。"她昂着头，奋力让自己看起来不那么孱弱，虽然脚底发虚，几乎站不稳，"你是那个雄哥的人吗？"

那青年从她书包暗袋里找出两颗德芙，拆开放进嘴里，边嚼边说："有眼色，不错不错。我叫周博，你可以叫我博哥，你什么名……"

商稚言气得头皮都麻了。今年的情人节是大年初一，没几天就到了，余乐说可怜她十七岁了还没收过巧克力，今天特地给她买了一小盒德芙，据说还是跟谢朝一块儿凑的钱。巧克力拿到班上，很快被同学们分走，商稚言自己就留了两颗。

“你去死吧！”商稚言冲过去抢走书包，抡起来就往周博身上砸，“余乐从来没送过这么贵的东西给我！”

何况那里面还有谢朝的份，她人生中第一份情人节巧克力——虽然不应时不应节。

她突然间的爆发让周博吓得不轻，直接从车上栽下来。

商稚言一把将自行车扶起，诧异地发现周博那两个小弟只是站在一旁，完全没有出手相帮的想法。她刚跨上车，周博已经跳起，一把从身后抓住了商稚言的马尾。

商稚言疼得叫出声，周博立刻松了松劲。就在他松手的瞬间，商稚言回头一脚踢向他，毫不留情。

红灯恰在此时转绿。商稚言猛地蹬车，冲出马路往斜对面的光明里骑去。她匆匆回头，周博蜷成个虾形躺在地上抽抽。很好，非常好——她心跳得厉害，确认自己踢中了。

商稚言以前所未有的速度猛冲回家，在书包里没翻到钥匙，“砰砰”拍门。商承志打开卷闸门，她迅速钻进屋内，靠在书架上喘气。

“你的钥匙呢？”商承志见她脸色苍白，忙问，“怎么了？不舒服？”

商稚言这才想起，她今天把门钥匙串在车钥匙上，正握在手里。

“什么事？”张蕾也从厨房走出来，“怎么了言言？头疼？”

在安全温暖的家里，商稚言终于松了口气。她这才觉得四肢百骸都软绵绵的，狠狠喝了几口热水才缓过来。看着张蕾，她小声说：“有野狗追着我，吓死我了。”

父母开始议论光明里上野狗野猫的问题，商承志没别的办法，又提议打报料热线去找浪潮社的记者。商稚言小口喝着水，觉得胃部有种扭拧的微疼，背上凉涔涔都是汗。

今晚的事情和黑三有关系，商稚言不能告诉张蕾。自从张蕾和黑三在医院碰过面后，黑三偶尔会到家门口转悠。如果店里只有商承志，商承志还会跟他说几句话，倒一杯水。黑三从来不敢坐下来，拎着水果，问好后就走。但有两次恰好碰上张蕾在家，一次直接将他的水果当面拎出门扔了，一次远远见到他来，立刻落闸关门。

要是说了，还不知道张蕾会气成什么样。商稚言实在不敢讲。

第二天就是大年二十八，高三上学期的最后一个晚自习。商稚言惴惴不安，一整晚都忐忐忑忑，坐不下来。孙羡以为她心不在学校里，笑了她几句。商稚言实在找不到人可诉说，悄悄跟孙羡讲了周博的事情。

孙羡眼睛都睁大了："你怕他今晚又缠着你？"

商稚言："要不我等会儿提前走？他应该是放学才会守在路口的。"

孙羡："余乐和谢朝呢？"

商稚言："不跟他们说了，他们要做题到十一点左右。"

孙羡："我陪你，反正我也算是顺路，一块儿逃最后一节。"

但没想到，两人收拾好书包之后，班主任来了。余胜寒跟大家分析了今年高考文科小综合的新变化，又叮嘱了一些放假期间要注意的问题，把最后一节晚自习上成了班会。

孙羡恼极了："不就放七天假吗？三十张试卷根本做不过来，谁有时间出去玩。"

好不容易熬到放学，她挽着商稚言下楼，直奔教学楼一楼最角落的杂物间。这杂物间平时是不上锁的，只稍稍扣着，从门外就能打开，里面十分狭窄，只容一人站立，现在正放着拖把扫把等物品，是清洁工临时放置工具的地方。

孙羡在角落里找出两根手指粗细但足有手臂长度的铁棍子，用抹布仔细擦干净，自己拿了一根，另一根给商稚言。

商稚言迷惑："这是什么？"

"前两天门卫大爷不是烧落叶嘛，我见他用的就是这个棍子。"孙羡抓住那铁棍，像手握一把剑，"这就是我们的防狼武器。"

孙羡想的事儿比商稚言还要深一层。商稚言的家离同华高中不远，又开着小店，那周博既然知道她是谁的表妹，那说不定连她住哪儿都已经摸清楚了。为防止这个目的不明的人再骚扰，一定要即刻给他最狠最重的打击。

离开学校时，校门已经关了一半，商稚言跟门卫大爷道新年好，大爷提醒孙羡："下学期不要迟到这么多次啦。"

孙羡尴尬得直笑："知道啦！"

路面冷清，两人"哐哐"骑到十字路口，商稚言立刻看见一个光脑袋青年站在路旁。

正好绿灯。那青年长腿一跨，伸手就要来拉商稚言的车头。商稚言和孙羡同时单手举起铁棍，冲他的胳膊打下。周博吓得不轻，连忙缩手，两个女孩大笑着冲过了路口。

才进入光明里没多久，商稚言的车尾就被狠狠一拽。她失去平衡差点跌倒，条件反射地抓起铁棍朝后挥舞。身后果然又是周博，大长腿跑得快，已经追上来了。

“说说话！”周博一边躲一边喊，“就说句话！别打！”

孙羡跳下车和商稚言一起挥舞铁棍，两人都怕出事，不敢认真打，但挥舞中铁棍相撞，声音颇响，仿佛每一棍都冲着周博而去，气势相当凶狠。

周博往后一跳：“别打脸！破相了！”

两个女孩抓住铁棍站在他面前，就像两个武士，凶狠目光里掺着胆怯和害怕——是两个初出茅庐的武士。

路上有几个大人正缓缓走来，周博不想惹事，指着商稚言说：“你告诉黑三，如果不听雄哥的，我们有太多办法让他后悔！”

孙羡直接把铁棍冲他扔去，周博连连往后跳，铁棍落地砸在他面前。

“死女人，我记住你了。”他指着孙羡，又指着商稚言，“你等着，你等着！”

商稚言：“呸！”

周博跑了。

两个女孩你看我我看你，大人走近问是否需要帮忙，她们忙摇摇头。

紧张劲儿过了，两人都很开心，互相击掌庆贺：“打跑了！”

孙羡想了想：“不对，不算，我觉得他不会善罢甘休。这不是跟你表哥有关系吗？你要不就跟你爸妈，要不就跟表哥，说说光头仔这件事。”

商稚言捡回铁棍，两根都放在自己车篮子里，想想又说：“他好高。”

“这么帅，为什么要当烂仔？”孙羡笑着说，“不过还是比谢朝差一点点。”

商稚言：“是吗？”

孙羡：“不是吗？”

两次见周博都是在夜里，虽不至于黑灯瞎火，但也不够明亮。商稚言完全没看出什么让自己记住的特点。紧接着就是年，她提心吊胆两天，没再发现周博在家附近出没。

烂仔也有家，烂仔也要过年，也要搞卫生买春联买鞭炮。商稚言放心了。

应南乡春节回了家，年初三就拎着一堆北京带回来的手信上门找商稚言玩。真空包装的烤鸭和稻香楼糕点是给商承志和张蕾的，另外一些零零碎碎的玲珑小玩意儿都是商稚言的。

“你爸妈好客气。”应南乡在商稚言床上躺着，拆开了红包，“什么人上门来拜年都会给红包吗？”

红包里是折好的五十块钱，应南乡很惊奇地“哇”了一声。

商稚言不知道应南乡高兴什么，应南乡家里过年光是给的压岁钱就好几万，这区区五十块还不够应南乡吃一顿的。但她觉得把五十块小心翼翼又放回红包里的应南乡好可爱：“所以你每年都要来。”

“好啊。”应南乡笑嘻嘻的，“我还要住一晚上。”

“起来了。”商稚言拍拍床铺，“到点出门了，谢朝和余乐说过来一块儿等我们。”

四个人约好了，一起到新开的真冰溜冰场里玩玩。

应南乡一个鲤鱼打挺坐起来：“那个谢朝啊？”

商稚言咬着她的小发绳梳头发：“嗯。你没见过吧？”

“余乐发过你们的合影给我，但看不清楚脸。”

商稚言从镜子里看见应南乡打开随身背包，拎出一个巴掌大的小盒子，里面是一堆色彩丰富的物件。

应南乡咧嘴笑：“言言，我们化个妆再出门吧。”

商稚言对化妆是一点儿也不熟悉的。商城里满目琳琅的化妆品对她毫无吸引力，那是自己没法理解的世界。

应南乡没时间跟她解释这么多，就说了一句话：“今天是新年啊，新年穿新衣服，那也得好好打扮衬得起新衣服才对。而且是新年里第一天见谢朝，对吧？”

商稚言：“和他又有什么关系？”

但她乖乖坐了下来。

应南乡手法熟练，她在家里已经整装完毕，凑近的时候，商稚言可以清晰看到她脸上修饰过的痕迹。应南乡皮肤白皙，眼睛灵活漂亮，她没有化太浓的妆，五官优势完全凸显，正是十七八岁少女应有的姿态。

商稚言仔仔细细地盯着应南乡的眉毛和睫毛瞧，应南乡让她闭眼睛，她就乖乖闭眼睛，让她抿嘴，她就乖乖抿嘴。

转头再看镜子，镜子里的分明还是自己，但整个人都明丽精神了许多。

“不算浓吧？”应南乡收拾自己的工具，“好看吗？”

商稚言只是在心里想，原来自己化起妆来是这个样子的。她仍然是她，那张脸没有太大的变化，但眉目似乎变深了，脸上小小的痘印被掩盖，嘴唇柔润，肤色细腻。她用自己贫瘠的审美确认，现在她是美的，清爽干净。

张蕾在楼下喊她俩：“余乐和谢朝来了！你们俩行了没？”

商稚言还在梳头，应南乡奔出小阳台，立刻看见了杨桃树下的两个男孩。

“余乐！”她大喊。

余乐一下就抬起头，笑脸灿烂：“小南。”

他身边的谢朝正拿着一个红包袋左看右看，应南乡认出来了，这和刚刚张蕾给她的一模一样。谢朝也抬起头，和应南乡对上了眼。他不认得应南乡，但每天都听余乐说十几遍她的名字，此时见了面，也不觉得应该打招呼，淡淡扫一眼，低头拆红包。

应南乡蹦回房间，又兴奋又激动，小声地说：“言言，我看到谢朝了！怎么这么帅！”

商稚言点点头，忍不住笑了。

她俩终于收拾停当下楼，张蕾和商承志正在门口跟两个男孩聊天。

余乐拿到红包，嘴巴甜得像蜜，一个劲地夸张蕾精神好看。商承志语气严肃，正跟谢朝讨论商稚言的学习成绩如何再提高。

她觉得她爸有一种奇特的聊天技能，就是把所有的天都给聊死。

但奇怪的是，谢朝和他很聊得来，两人一来一回说了十几分钟。商承志如释重负：“听你这么说我就放心了。”

谢朝抿嘴笑笑，正在穿鞋的应南乡又戳了戳商稚言胳膊：“他跟你爸笑了！”

谢朝确实不怎么笑，尤其对着大人的时候。但商稚言猜，是他在余乐家里住的那几天，慢慢练出了跟成年人沟通的一点点技能。余乐的父母脾气性格都很好，除了他爸对儿子比较严格之外，基本上家里什么都能说，什么都能聊。

商稚言在余乐家里吃过几次饭，发现他爸虽然看起来严肃不可亲近，但在饭桌上仍然是个很活泼的一个中年大汉。平常一顿饭也就半小时，在余乐家里能吃一个钟头，饭毕菜毕，一家人擦桌子洗碗，开着电视看晚饭时段的武侠片和新闻联播，能叽叽喳喳聊上很久。

商稚言忽然意识到，认识谢朝这么久，她从来没问过谢朝家里是做什么的。谢朝只提过父母做生意，但具体做什么生意、在哪里，他从来不说。

少年人交朋友，只讲求气味相投。家族、背景、财力、人脉，那是还未来得及思考的事情，两个男孩只要在篮球场上打过一次合作无间的球，就能当朋友，两个女孩只要一块儿上下学一块儿去厕所，就能成死党。

商稚言在学校里朋友挺多，但班上和她关系最好的孙羡，她也不清楚对方家里做的什么。

一直以来都是这样的。但现在，商稚言起了新的好奇，她开始想知道，谢朝在怎样的世界里生活。

她把应南乡介绍给谢朝，郑重而认真："这是我最好的朋友，应南乡。"

应南乡正儿八经地伸手，谢朝的目光在商稚言脸上停留数秒，潦草地碰了碰应南乡的手："你好。"

应南乡冲商稚言眨眼，无声地说：果然好酷。

余乐让她俩别骑车，两个男孩载着去就行。溜冰场开在商场里，人流庞杂，车肯定不好放。为了方便，他甚至放弃了电动车，改换自行车出门。

应南乡："我不想坐你的车。"

但几乎同时，谢朝对商稚言说："我载你。"

应南乡："那我骑言言的车。"

余乐："哎，那小南，你载我吧。"

最后，应南乡载着余乐，谢朝载着商稚言，四人总算出发了。

商场位于市中心，据说那真冰溜冰场人气极高，光是排队都能排一小时。余乐和谢朝在来接她俩之前已经先去勘察过，顺便领了个号。

越是靠近市中心，人车也渐渐稠密。经过红绿灯时，两辆车总被分隔开。谢朝终于逮到机会跟商稚言单独说话，轻咳一声："你今天有点不一样。"

商稚言装傻："有吗？"

她侧坐在后座，身边就是谢朝的背影。今天气温十四五摄氏度，风不大，谢朝穿了件藏蓝色风衣，内搭白色毛衣，看起来是干净帅气的年轻人。商稚言下意识地摸了摸自己的脸。

"很好看。"她忽然听见谢朝这样说。

商稚言一时没反应过来："什么？"

又遇上了红灯，谢朝稳稳停下，单脚点地，扭头重复："今天很好看。"

商稚言撞上他的明亮眼神，从耳朵开始，脸"轰"地红了。她羞恼地推了谢朝一把："我……我平时就这样啊。"

谢朝重新直视前方，但他一直笑着，对自己脸部肌肉暂时失去了控制力。

"人多，车不稳。"他正儿八经地提醒，"你可以抓着我。"

商稚言想换车了。但应南乡和余乐已经赶在红灯亮起前穿过了路口。人群开始往前移动，商稚言下意识地抓住了谢朝的衣服。谢朝一把攥住她的手，让她环着自己的腰。

"别掉下去了。"他还是那副正经得不得了的口吻，"你爸爸刚给了我五十块钱红包，我要照顾好你。"

商稚言没松手："我就值五十块钱？"

"当然不是。"谢朝说，"你是无价之宝。"

商稚言只能看见他的背影，瘦，但足以遮挡寒风。

此时的应南乡和余乐，正在两个路口之外等待他们。和谢朝、商稚言每逢路口必定遇到红灯不同，他俩一口气过了三个绿灯，回头才发现身后不见朋友踪影。应南乡让余乐下车，余乐仍旧稳稳跨坐在车后座，厚着脸皮不肯动。

"我给言言化妆了。"应南乡忽然想起这事儿，带着几分得意，"好看吗？"

余乐冲她傻笑点头："好看。"

"不是说我，说言言。"

余乐挠头："没注意。商稚言平时不化妆啊，你搞什么。"

应南乡"嘿"地一笑。她之所以要拎着化妆盒到商稚言家里，是为了塑造一个不一样的商稚言。

"不能太艳，太艳就俗了，所以我化的是很日常的淡妆。言言适合淡妆，她本来眼睛鼻子就好看，就是最忌休息不好，皮肤暗淡。我技术还是不错的，你觉得谢朝会不会喜欢？"

出乎她的意料，余乐并没有附和，也没有她预想之中的夸赞。

"给言言化妆，是为了让谢朝看吗？"余乐脸上没了笑意，"为什么要给谢朝看？你不要乱来。"

"为什么一定要给谢朝看？"应南乡即便心里曾想过，此时也不可能承认，她的语气也毫不客气，"化妆就是为了给男的看？我们自己照镜子，精精神神，心里高兴，不行吗？"

余乐沉默着，似乎不相信应南乡的话。

应南乡有些恼了，在她的印象中，余乐从来没有这样咄咄逼人过。她下车站在地上，与余乐互瞪："你为什么会问这种问题？"

"别让商稚言分心，她现在除了考试，不能被任何别的事情绊住脚步。"

应南乡失笑："余乐，你真的好像言言的大哥。"

余乐推着车往前走："我和她是一类人。谢朝和我们不一样。"

应南乡："有什么不一样？"

余乐："我们只有一条路，谢朝的选择比我们多得多。"

他的凝重，让应南乡一时间不知道怎么回。她看着余乐，像看一个自己从未仔细打量过的陌生人。最后是余乐先察觉自己把气氛弄僵，笑着说："不过按照不同的分类方法，你和我是同类人。"

应南乡心知不能接余乐的话茬，但余乐总会给出出人意料的答案，她十分好奇："什么分类方法？"

余乐极其认真："食量。"

说完火速推车往前冲。

应南乡跟在他身后要揍他，两人闹成一团，余乐忽然又凝重地提醒："你这个小姑娘怎么打人？不端庄。"

06

"砰"的一声，公寓的大门被人粗暴地打开。

屋里两只哈巴狗顿时大叫起来，但看到来人之后，又立刻噤声，乖乖趴下去吃饭。

雄哥正在给两只爱犬喂饭，不满又不耐烦："周博，你做事情能不能不这么鲁莽？回一趟家弄得上下楼都响，说你多少次了。"

周博摘了帽子，露出他溜光锃亮的脑袋，咧嘴一笑："不好意思啊姐夫，你们家这门真的不好开，我等等帮你修修合叶。"

雄哥摸摸自己的胡子，又问："黑三的事情搞定没有？道上多少人在笑我，你知道的。"

"快搞定了。"周博从口袋里掏出几张照片，"黑三爸妈都在外地，家里老人都死光了，没什么和他有来往的亲人。我在伟达门口蹲了几天，发现他还有个表妹。"

照片扔在桌上，雄哥却没有立刻拿起看。

"拉拢一个伙计回来，不需要用这种手段。"他疲惫不堪，"周博，你没有混我们这行的脑子，好好打你的鱼去。”

“威胁他表妹，黑三就会回来了啊。”周博坐在一旁抱起哈巴狗，“电影里都这么演的。”

雄哥：“你少看一点黑帮片吧，都是编的。”

周博仍不放弃：“我威胁了这妹仔几次，她怕我的。”

雄哥：“你不了解黑三。他要是知道我们对他表妹下手，他会带刀直接砍到我同福堂来。”

他指着头顶那块“悬壶济世同福堂”的牌匾。

偌大的公寓里飘浮着似有若无的中药味，墙面好几列药柜，整整齐齐。

周博愣住了。他没考上大学，嫌打鱼太累，在姐夫的中药铺子里做了几天，实在分不清药材名字，不久之前才接触雄哥手底下的另一盘生意，满脑子都是古惑仔电影里的打打杀杀。

雄哥并不看好他，把妻弟拖入浑水后，娇滴滴的老婆天天跟他吵架厮打，但周博实在对“混混”这一行充满真挚的热忱，他怎么打击都扑不灭，只好给了周博一个最无聊也最耗费时间的工作：劝黑三回归。

周博问：“那怎么办？”

雄哥长叹一声，拿起照片翻看，才翻了两张，他忽然坐直了，目光紧紧盯着里面的人。

周博连忙凑过去。

那几张照片都是他在商稚言上学放学路上偷拍的，商稚言穿着校服，和同学朋友谈笑着。雄哥紧盯着的是商稚言身边的一个男孩。

“他是谁？”

雄哥看了许久，才摸着胡子，慢慢放下照片。

“远潮集团老总谢辽松的儿子。”他笑了一声，“有意思。”

远潮集团是国内首屈一指的医药科技龙头企业，以新型医疗技术为业务重点，虽然创立时间只有十几年，但已经成为国内外赫赫有名的医药科技集团。

三年前，远潮集团的工作团队开始往南移动，落户此城，在高新科技园区里占据了一栋四十八层的大楼，并在三年内逐渐将所有的集团业务全部转移落地。为了招揽远潮集团，政府给了不少政策和税收优惠，而去年远潮集团旗下的新公司——“新月医学科技研究院”也正式在科技园区挂牌成立。

这些事情，从大范围来说，与雄哥祖传的中医事业有那么一点儿似有若无的联系：毕竟都是行医的。

周博盯着雄哥看了又看，也没能从姐夫脸上看到任何自己可理解的信息。

雄哥摸着哈巴狗的脑袋，忽地一笑："咱们跟谢总借点儿钱花花。"

周博一下就愣了。

雄哥没继续往下讲，公寓里一阵寂静，只有楼下药房和针灸馆隐约传来人声。

"怕了？"雄哥忽然问。

周博没接茬："姐夫，你认得这个谢总？"

雄哥："见过一面。"

那显然不是好的"一面"，雄哥后槽牙哧哧地磨，嘿地冷哼。

周博不敢再问。他摸了摸自己的光脑袋，觉得有点儿冷。

雄哥静静思忖着，周博也不逗留，起身告别便走了。

商稚言在许多年之后才从周博口中知道，所有的事情原来是这样紧密牵连的。但她当时在溜冰场旁再次碰见周博时，她还不可能意识到。

她只是被吓了一跳，整个人"咚"地滑倒在冰上。

谢朝滑过来把商稚言拉起来："我带你滑吧。"

商稚言不说话，探头探脑地看场边的人。周博戴上帽子后消失在人群中，场边的孩子家长太多，商稚言找不到他了。

"看到谁了？"谢朝问。

商稚言摇摇头，把注意力放在眼前的情况上。看谢朝的架势，是打算手把手教她。

余乐和应南乡都很擅长溜冰，两人早在一旁溜得不亦乐乎。商稚言小学时倒常常去公园溜冰场玩，但那时候穿的是滚轮冰鞋，和冰刀的感觉不一样，她很容易在冰面上失去平衡。谢朝站在她面前，牵着她的手："双脚打开，与肩同宽……"

商稚言一下将周博的事情抛在脑后。因为紧张，她越发站立不稳，不得不紧紧抓住谢朝的手。听见谢朝很轻的笑声，商稚言缩了缩手，谢朝立刻抓紧，不让她松脱："我牵你走。别看地上，别看脚，看我。"

她怀疑应南乡和余乐正在一旁悠然地看笑话。

谢朝又说了一次："言言，看我。"

他有时候会这样亲昵地喊她，但和余乐他们在一块儿的时候，他总是正正经经喊她全名。

商稚言深吸一口气，抬头看谢朝。谢朝的样子很正直，似乎没有任何别的心眼：“就像平时走路一样，往前，往前……对……往前……”

他渐渐松了手，商稚言指尖虚虚地停留在他的掌心里。

“往前……”谢朝注视她，“到我这边来。言言，过来。”

商稚言滑出一段，跌入他怀中。谢朝扶着她手臂，她确认那是朋友间的正常接触，但她仍感觉害羞，眼睛不敢看谢朝。

这时，有人在一旁拽着她胳膊把她从谢朝怀中拉出来。

“言言看我表演！”余乐笑着推她到应南乡身边，滑出一段后，给两人来了个漂亮的点地旋转，动作结束时他还来了个鞠躬，双臂长展，长腿交叉，仪态优雅。

场中的教练和小孩乱七八糟鼓掌，商稚言和应南乡哈哈大笑，也稀里糊涂地鼓掌。谢朝昂着头，把手背在身后，缓缓滑过两个女孩面前，姿态并不比余乐逊色。

“余乐怎么这么好笑。”应南乡笑得停不下来，余乐和谢朝手牵手在场中跳起笨拙的狐步舞，“他好可爱。”

商稚言震惊了：“你说什么？”

“我以前以为他就是个死读书的傻瓜。”应南乡说，“好像也不是嘛。”

商稚言：“当然不是……你怎么会有这种印象！”

应南乡：“他好烦啊，每次见到我都乱说话。”

商稚言：“他想逗你玩而已。”

应南乡挽着商稚言的胳膊，靠在她肩上。溜冰场里谢朝正呆站着，冲这边无可奈何地耸了耸肩。余乐刚刚逗一个小孩玩，结果他蹦来蹦去的，把人吓哭了，现在正跪在冰面上手忙脚乱给那肉乎乎的小孩擦眼泪。

溜完冰又去看了电影，在游乐场里玩了大半天，商稚言和应南乡提着两袋子抓娃娃机的战利品，谢朝兑换了一个海贼王的手办，但涂装劣质，路飞的草帽居然是橘红色的。他随手把它给了一旁的小孩，快步跟在朋友身后离开。

一顿丰盛的晚餐后，这一天宣告结束。

离开商城时，应南乡忽然一拍脑袋：“我差点忘了！”

她从背包里掏出两个袋子交给谢朝和余乐：“新年快乐，一点小礼物。”

谢朝拿了直接揣衣兜里，没有拆开的兴趣，在看到商稚言的好奇眼神之后才小心撕开纸袋。袋中有一个金属书签，大刀形状，一看就是旅游纪念品店里随手买的。

送给余乐的是一顶毛线帽，余乐戴上后尺寸刚好合适。应南乡说，怕他去北京面试的时候感冒，特地准备了能应付北方天气的厚帽子。

余乐："这也太合适了吧！这是我这辈子收到的最棒的礼物！"

谢朝见余乐满脸快乐，忍不住提醒："我不是也送过你帽子吗？也是让你去北京用的。"

应南乡和余乐同时一愣。应南乡立刻出手抢夺："那这个不算，我换一个……"

余乐哪里肯还给她，死死把帽子按在头上："送给我就是我的了。我戴两顶！我两顶都带去北京，换着戴，潮男都有两顶帽子！"

谢朝和商稚言都已经习惯了余乐的胡说八道，但应南乡又笑个没完，好像他说了什么不得了的笑话。

回去路上仍然是谢朝载着商稚言。她想起一些事儿，忙戳戳谢朝后背："谢朝，你说你阿姨要生孩子，是不是快了？"

谢朝点头："预产期三月底。"

商稚言想到了无数电视剧里的熟悉片段。

"如果她生了个男孩子，对你是不是有影响？"

谢朝笑了："不至于。"

商稚言还想再问，谢朝又道："无论是男孩还是女孩，我都无所谓。我爸从来都不待见我，我对他的事业和企业也没有兴趣。"

商稚言想起他的理想："你只想做机器人？"

谢朝："对啊。我做高达，做 EVA。"

商稚言皱眉笑："你不要学余乐。"

"是真的。"谢朝说，"这些叫机甲，也叫外骨骼，国外现在已经有研究了。"

回去的路上，他跟商稚言聊了很多很多。

商稚言很喜欢听他说话，虽然他说的事情有许多她不懂的，但他很有耐心，愿意给她一点点揉碎了讲。

两人和应南乡余乐又分散了。谢朝经过一个路口时没有按路线直行，而是右拐进入另一条绿树掩映的小街——浪潮社的大院就在前方。

"你以后要在这里当记者。"谢朝单手骑车，指着浪潮社的门口，"等我做出厉害的机器人，你得给我写专访，一万字打底，还配照片的那种。”

商稚言的脸被冷风吹得发僵，夜色渐渐浓了，但“浪潮社”的大字在暗红色围墙和楼上亮起，映在她和谢朝身上。

“好！”她被什么鼓舞着，大声喊。

谢朝朗声笑了，载着她在狭窄路面穿行。冷雾从天上缓慢落下，街灯氤成模糊一团。不识时节的小叶榕树梢上已经冒出了嫩红色的细小芽片，像最娇弱的雏花。

第四章

/ 溜冰场 /

以前你不会做的，现在都会做了。

01

即便是最寒冷的时节，这座城市也不过是八九摄氏度。绿色永远不会凋谢，只有大王椰垂落巨大的叶片，成为悬挂在行人头顶的隐形炸弹。

这是一个会在春季疯狂落叶的城市。新芽挤掉了旧叶，满街都是橙红或灰褐的叶子，被湿润的春风春雨浸透，黏在路上车上或是人身上。仍穿着冬季校服的学生是携带着这样颜色的春天往学校去，往未来去的。

商稚言把车停在车棚子里，摘下口罩。她脸上全是湿乎乎的水，雾气太重太重了，连头发眉毛都被彻底打湿，像淋了一场小雨。

秋木棉在春季不开花，开花的是遍栽在校道两侧的羊蹄甲和梨树。此时已是三月底，羊蹄甲粉红粉白的花瓣吃足了水分，沉甸甸地垂在枝子上，叶片稀少，挤得几乎看不见。车棚边那几棵十几米高的梨树结不了什么果子，往往一成形就被小鸟小雀啄食，但春天一树雪白磅礴的小花，如同水瀑般，十分惊人。

商稚言从车棚里走出来时，恰好吹了几口湿漉漉的小风，树上和车棚顶上的花扑扑往下落。应南乡在车棚旁塞着耳机等她，举起手机拍个不停。

结束了艺考的应南乡顺利通过了几个心仪学校的专业测试，接下来需要全力以赴拼文化课。余乐也顺利完成了自己的面试，他获得了 30 分政策优惠。应南乡起初不明白他为什么不选择保送，现在这情况还得再参加高考。但余乐最想报考的专业不属于同华高中可争取的保送专业，他决定自己考。

“我又不是考不上。”余乐一边给她补课一边说。

自从应南乡回校上文化课，余乐家的学习小组便从三人扩展成了四人。商稚言现在已经掌握了学习方法，小综合的知识系统全都建立了起来，二月底的月考，她终于冲入文科前120名，前脚掌踏入了重点大学的门槛。补课的大部分时间里，她安静地自己学习，有不懂的地方才会问余乐和谢朝。

谢朝教应南乡做错题本，而且只关注教科书上的题目，不需要在更高难度的题目上花时间，余乐则给她捋题目逻辑和思维方法。

商稚言知道，应南乡现在每天晚上回到家，也要学到一点才能休息。她眼前的应南乡此时正打着呵欠，收起手机，把早餐递给她：“困死我了，我一会儿上课又得站起来听讲。”

两人边吃边聊，刚走上教学楼台阶，便看到谢朝从车棚过来。

商稚言吃了一惊，谢朝左手打着石膏，用绷带系在脖子上，他远远看见商稚言和应南乡，还高高兴兴冲两人扬了扬伤手。

谢朝的胳膊是昨晚打球时弄伤的。

春节放假那几天，学校不开门，余乐没地方锻炼身体，就约了谢朝到海堤街另一头一个没人管理的小球场打球。

小球场位于几个居民区外头，平常时不时也有人开赛锻炼，人数不够就跟陌生人凑一个队开练，彼此之间不认识也不知道叫什么，都是随口称呼。在学校里余乐能把谢朝当作一个普通的、比自己脑子好一点儿成绩也好一点儿的同学，但在学校外头，他老想起谢朝家有司机有名车还住独栋别墅的事儿，总觉得谢朝是富二代，和普通人距离比较大。

但没想到谢朝打了两场就喜欢上了这个地方，用他的话来说，这里的人“不客气”。在学校里打球，同学间彼此都认识，加上他和余乐在理科班名气不小，有些推搡抢夺的动作，对手显得畏畏缩缩。久而久之，愿意和余乐、谢朝一块儿打球的同学也渐渐少了。

而这小球场没人认识谢朝，也没人知道他金贵的右手是用来写高考状元试卷的，有些脾气暴躁的汉子还会呼呼喝喝地骂人。谢朝觉得一切都挺有意思，他喜欢这样。

昨天晚自习放学后，谢朝又晃荡到那小球场，看见有人在灯下练球，便停车加入。三人篮球赛才进行到一半，他在跳投时被人推倒，左手磕到了地上。

“没什么大事。”谢朝三步并作两步追上商稚言和应南乡，“骨裂而已。”

商稚言、应南乡：“……都裂了？”

谢朝：“为求保险才上的石膏，我觉得没必要。”

应南乡：“你是医生吗？你说没必要就没必要？”

谢朝一愣，随即笑道：“这话跟我妹妹说的一模一样。”

昨晚他在医院处理了伤势之后回家，谢斯清抓住那张诊断纸看了又看。医生写字潦草，她刚初一，完全不能根据上下文推断内容，稀里糊涂又十分紧张：“哦，这么严重……”

谢朝知道她看不懂，故意逗她，回头便看见谢辽松开门步入。

秦音临产，已经在医院的私人病房住了一周，但一直没见动静。谢辽松每日都在医院陪伴秦音，在秦音面前脾气很温和，回家见到谢朝却总是吹胡子瞪眼，不得消停。他一回来，谢斯清立刻紧张起来：“爸爸。”

谢朝扭头往楼上走，刚上了楼梯就被谢辽松叫住了。

谢辽松盯着他的胳膊，半天才冒出一句：“你又给我惹了什么事？”

谢朝原本不打算和谢辽松争执，但这句话让谢朝心里很不是滋味。他的手上打着石膏，吊在脖子上，就连隔壁的叔叔阿姨见了也要问一声怎么回事，但谢辽松没有。谢辽松仿佛一看到谢朝的伤，就立刻推断出自己可能将要处理的诸般麻烦，语气不耐烦之余，更是充满憎厌。

两人自然又吵了一架。谢辽松认为他是故意趁着秦音住院待产的日子添麻烦，又怨他去探望秦音的次数不够多。谢朝扬声回答：“不是你不让我去的吗？你不是说我要是去了，秦姨会更不舒服吗？”

谢辽松的声音比他更大：“我让你不去你就不去了？她照顾你这么多年，你真是个白眼狼！”

如此种种，谢朝并不想跟商稚言说。他整夜失眠，一早就在街上游荡，想到可以见到自己的朋友，见到商稚言，他才觉得雾蒙蒙的朝阳也是挺好挺可爱的。

午休的时候谢朝溜进了班上同学的宿舍。同华高中占地面积不大，宿舍楼也没几栋，只提供给在市区内没有住房的学生。自从开学，谢朝中午不大愿意回家，一直都在学校食堂吃饭，蹭班上同学的宿舍睡午觉。

学生宿舍条件简陋，上下铺八人，全都是理科班的学生。谢朝跟众人打过招呼，买了张折叠床放在床底下，每天中午打开了躺在床和床之间的过道睡一会儿。三月底的倒春寒冷得厉害，谢朝脱了外套盖着被子，缩成虾团。

谢斯清给他发来短信，问他晚上回不回家。

晚上谢辽松一般在医院陪床，随时做好送秦音入产房的准备。家里就谢斯清和司机、保姆，谢朝肯定是要回家的。

很快，谢斯清又发来信息：“六月份我生日，我想办一个海边的生日会，把你的朋友也一起叫过来好吗？尤其是那个借我书看的姐姐。”

谢斯清对哥哥的朋友们充满好奇，无论是满嘴胡说八道的余乐，还是家里仿佛有一个杂书博览馆的商稚言。谢朝虽然常在她面前提他们，但谢斯清从来没见过，她迫切地想加入哥哥的新社交圈，结识谢朝的朋友。

谢朝敷衍：“好吧。”

谢斯清六月底生日，那时候高考已经结束。谢朝心想，可以啊，可以的。

这个中午他居然失眠了，脑子里全是高考过后各色各样的节目，以及自己应该怎么去约商稚言。

商稚言当然不知道他脑袋里装的什么。放学后她去找谢朝，给他带了商承志秘藏的药酒，谢朝不知就里，直接在教室里拧开，身边顿时爆发出一阵惶恐的喊声：“谁放的大臭屁！”

余乐捏着鼻子跳起：“商稚言！又是这玩意儿！臭死了！谢朝我跟你说，你抹一次臭一星期，我怀疑里面融化了三百只臭虫。”

商稚言：“可是它很好用啊，你爸不是老让我爸帮忙买吗？”

余乐：“谁涂我就跟谁绝交。”

他和徐路捂着鼻子遁走。

谢朝只好小心收起，决定回家趁谢辽松在的时候再用。

应南乡拿着钱包来约余乐谢朝吃牛杂。此时刚好是活动课，距离校门开启还有半小时，许多学生拥挤在小卖部门口。商稚言原本以为他们来买限量供应的招牌萝卜牛杂，但很快，学生们忽然冲另一个方向的学生食堂大门举起了标语。

“食堂黑心！”有人带头喊，“抗议涨价！”

学生们跟着放声大喊，手里用小竹签和草稿纸糊成的三角旗挥舞不停。

余乐：“那不是牛杂的签子吗？”

小卖部老板：“对啊，就地取材嘛。”

原来学生食堂开学之后悄悄涨了一部分菜品的价格，比如蘑菇炒鸡一块五涨作一块八，西红柿蛋汤八毛涨到一块。食堂的饭票全体学生都可以购买，平日里不少学生都在食堂消费吃食。这轮涨价从二月开始，起初涨了三个菜，已经有学生不满，三月底他们发现，一半以上的菜品都涨价了，仍旧没有任何通知说明。

“前头那个是学生会副会长。”小卖部老板指着外头闹嚷嚷的学生说，“学生会还写了一份调查报告，交到学校去了。今儿中午食堂老板出现，被学生围着问，他也是脸皮厚，说这食堂是他承包的，想涨就涨，学校也管不了。”

于是就发生了现在的这一幕。

商稚言觉得有趣极了，她第一次看到还能这样抗议。

谢朝问：“什么调查报告？”

“就是批发市场、菜市场和菜农那边的价格对比啊。今年以来价格波动不大，根本没有涨价的理由。”

商稚言：“好想看……”

老板：“你可以看啊，在那边。”

他指了指角落的桌子。那桌子上放着两碗牛杂，还有两份摊开了的资料。一个相机包搁在椅子上，里面空空如也。

商稚言眼尖，看见相机包上挂着浪潮社的 Logo 挂件。

再回头时，走进来的赫然是崔成州和张小马。

崔成州见到商稚言，冲她扬扬手：“你不去抗议？”

商稚言先是惊喜，后是困惑：“我……抗议什么？”

说实在话，在坐下来前，这件事情她甚至没听过一点风声。

崔成州：“我以为你喜欢凑这种热闹。”

商稚言：“这是热闹吗……”

崔成州：“是啊，我以前读书的时候，最喜欢搞不务正业的事。”

崔成州从他们桌上顺走两根烤肠：“你们学校的学生还真有意思。”他冲商稚言亮了亮手里的资料，“连调查报告都给我们写好了。”

学生会除写调查报告、组织学生抗议之外，还联系了浪潮社的记者。第一次联系浪潮社的时候，有记者认为这事情不具有新闻价值，只是安抚了事。

没几天，两份调查报告寄到了浪潮社，里面详细地列出了从二月到三月底，食堂薪酬、租金和本市大型蔬菜基地、批发市场、菜市场及其他学校食堂的价格波动，图标、数据一应俱全，总结、分析一个不落。

这份调查报告逗乐了崔成州，他主动揽下这件事，今天就是来拍照采访的，现在打算再去跟学校领导了解情况。

崔成州人已经走出去了，片刻后又折回来，指着商稚言："同学，好好学习，考新闻系……不考也行，反正记者门槛低，谁都能入行。但我们浪潮社对学历有要求，一定要本科生。"

"你进浪潮社，我带你。"崔成州说，"别反悔啊。"

商稚言心想，我答应你什么了我反悔。

"你知道我叫什么名字吗？"她问。

崔成州想了半天："当然记得，严……严什么？"

商稚言："……我就算当了记者也不跟你。"

崔成州："我不答应。"

崔成州："记住了，记住我说的话！"

崔成州很快被张小马拉走了。

这周五，商稚言放学后第一时间来到咸鱼吧买新出的《浪潮周刊》。崔成州的稿子果真出现在社会新闻板块，但不是社会调查，只是普通的新闻报道。

商稚言坐在自行车上匆匆翻看，连车篮子里放的试卷被风吹走了也没发现。

周末过去了，谢朝家中终于迎来一个初生的小弟弟，而同华高中的食堂也终于贴出致歉声明，宣布所有菜回落到原价，并承诺今年之内不会再涨价。

参与抗议的学生欢欣鼓舞，不在食堂消费的则没觉得有任何影响。商稚言不明白的是，崔成州是怎么把这件事儿写成一个称赞学生维权意识觉醒、学校重视学生诉求、教师引导得当，同时又反映出冬春之交蔬菜市场变化的综合性报道的？

在她看来，那就是涨了两三毛钱的事儿。

"也许这就是记者吧。"应南乡一脸凝重。她的发圈断了，正用一支铅笔在脑后绾起长发，手腕灵活翻动，又快又好看。

"你以后想做什么？"商稚言问。她知道孙羡的理想是当老师，但她好像没听过应南乡的未来期望。

"我要当设计师。"应南乡笑着说，"我要让模特穿着我设计的衣服走T台。”

商稚言连连点头，觉得应南乡做得到。

“你可爱死了。”应南乡揉她的脸，“放学我要请小可爱吃冬天最后一根冰激凌。”

商稚言脸热了，自从她把谢朝“夏天最后一根冰激凌”的事儿告诉应南乡，应南乡总拿这个开她玩笑。

此时的谢朝在班上狠狠打了两个喷嚏。

正跟他讲题目的余乐随口：“有人骂你。”

“不。”谢朝揉揉鼻子，“有人想我。”

他忽然想起了什么，从书包里掏出一张皱巴巴的文科班数学卷，选择题的11题和12题用笔打着圈，画了五角星，还加了三个感叹号。

这是商稚言标记难题的标志。

“这不是她前几天说不见的那张卷子吗？”

“中午我去咸鱼吧吃米粉，老板给的。”谢朝摊开试卷，“有个光头仔捡到了，放在他那里让他还给商稚言。”

余乐思索：“……商稚言还认识光头的朋友？”

02

晚自习最后一节课，商稚言和孙羡偷溜出教室透气。

经历了一次难度极高的五市联考，班上气氛十分压抑。

孙羡情绪不佳，她太容易紧张，遇到做不出来的题目就死磕，总是钻牛角尖里去，听到翘课立刻来了精神。应南乡则忙于手抄历史政治知识点，一边抄一边默背，分不出一丝时间到操场溜达，并认为在这种冷飕飕的天气里跑操场散步的，都是小傻瓜。

商稚言和孙羡两个小傻瓜在空无一人的操场上走一圈后，跑进铺着草皮的足球场里。空气中的湿气过分充盈，球门柱上哗哗淌水，摸上去满手湿润。草叶上凝结着一串串夜露，打湿了商稚言的脚踝。

天气预报说这可能是2010年春天的最后一场冷空气。一想到这儿，她立刻开始回忆太阳直射点在南北回归线之间如何移动，如何影响季风，暖湿的季风又是如何将南海的水汽泱泱推往陆地，这座沿海小城市才终于迎来特殊的气候现象——回南天。

商稚言拍了下自己的额头，这不是重要的考点。

她最近有点儿入魔了。在街上看到英文招牌，就开始逐个顺着字母回忆单词表内容；从海堤街经过则默背太阳系行星各自特点，地月距离如何影响潮汐；等回到家吃晚饭看新闻联播，那才是真正的政史地大复习。每个新闻热点都关乎考试考点……

连张蕾都忍不住让她好好吃饭，别盯着电视发呆，要适时放松。

孙羡正在球门前模拟踢球动作。

“我踢过足球。”她说，“小学时差点还进了女子足球队，可惜集训之前我发烧了，没去成，之后就再也没人找过我。我给你表演一个带球过人……”

孙羡放松的时候会说很多话，若是紧张起来，则可以一上午不吭一声。科任老师总劝她多放松，没问题的，但她却提心吊胆，没有一天能安心。

“你为什么想当老师？”商稚言忽然问。

“轻松，稳定，一年有两个假期呢。”孙羡说，“我的目标是免费师范生，竞争还挺大的。不过我家里人都说老师是最好的职业，比公务员还好，所以我一定得考上。”

“是吗？”商稚言歪了歪头，“但我看余老师就挺累的。高三班的老师都很累。”

“谁教高三啊，我要当小学老师。”孙羡又不太敢肯定似的，“小学老师应该很闲吧，小屁孩子能有什么事，每天下午四点半放学，好爽。”

商稚言：“学生放学，老师也能下班吗？”

孙羡摆摆手：“我不知道。”

教师这个职业的好和不好突然模糊了，但至少这个时候，她们对职业、未来和工作，还充满天真的幻想。

而孙羡还需要过好几年才懂得“flag”的现实意义。她在日复一日的教案、会议、培训和学生活动的间隙里想起这个湿漉漉的春夜，想起她和商稚言在操场上聊的这些闲话，意识到自己的本职似乎就是上课教学。而有时候她会冒出回到过去的想法，回到操场上，揪着什么都不知道的自己狂摇：醒醒，这工作没那么爽。

十八岁的孙羡停下了炫技的魔鬼步伐，站在商稚言面前：“对了，那光头仔还有没有拦过你？”

“没见过了，也许出去打工了吧。”商稚言完全没把这事情放在心上，“也可能是被我们吓跑的。”

正因为周博没再出现过，商稚言也就一直没有把这件事告诉余乐和谢朝。实际上，要不是孙羡提起，她早忘了周博的光脑袋。

下课铃声响起，孙羡要回去收拾书本试卷。商稚言让孙羡帮她拿书包，自己则又绕着跑道慢跑了起来。

跑了半圈，她忽然发现沙池那边有个人影，并瞬间认出那是谢朝。

谢朝坐在单杠上，正塞着耳机默背《琵琶行》。商稚言敲了敲铁杠，他才发现她走近，连忙跳下来。

“手没事吗？”商稚言很吃惊，看看他，又看看单杠，“你怎么上去的？”

“单手也能上，很简单。”谢朝说着又要给她演示，她连忙阻止。

见到商稚言，谢朝一下忘了自己刚刚背的什么。少女脸庞被篮球场的灯光照亮，像敷了一层薄金色的绒粉。谢朝伤手动了动，商稚言澄澈好看的眼睛正注视着他，令他心底蓦然产生了奇妙的悸动。

“你现在只有右手能用，不要逞能。”商稚言眼神里带着一丝愠怒，谢朝却冲她笑了笑。

他觉得自己此时此刻，什么都敢做，什么都能做到——因为商稚言是他的观众。

谢朝转身，右手抓住单杠，肌肉奋发力气，双腿一蹬，身体上跃，随即手腕和腰一拧，便稳稳坐在了单杠上。

他很得意：“怎么样？”

商稚言：“……幼稚。”

谢朝拍拍自己身边的杠子，商稚言两手并用地爬上单杠，和谢朝并肩坐着。

今夜有月亮，但雾气深重，月影是发亮天空里朦胧的一团，像隔着一层毛玻璃。谢朝呆坐片刻，突然开口：“现在没人给我写信了。”

商稚言笑了：“那你是高兴还是不高兴？”

谢朝：“偶尔还是有零食。”

商稚言：“好吃吗？”

谢朝摇头：“不知道，都给余乐和徐路了，下次拿给你。”

商稚言立刻应：“不要。”

她隔了老半天才听见谢朝暗含笑意的回话：“还是牛杂好吃。你什么时候请我啊？”

“你吃这么多，不怕胖吗？”

“我很瘦的。”谢朝捋起袖子，亮出肱二头肌和肱三头肌，“你看。”

少年人的手臂劲瘦但有力，肌肉块垒微微隆起，暗夜光线中轮廓越发分明。商稚言捏了一下，迅速收手：“也没多结实。”

她一边闲聊，一边心想，这是多么无聊无趣又无营养无用处的话题啊……可她心里真高兴，说不出缘由，就是快乐、轻松，心房里填满了温柔的东西。毛乎乎的月亮温柔，暗红色的天空温柔，草叶温柔，夜露温柔，连她自己在内，也成了一个陌生的、轻飘飘的存在。

直到看见孙羡的身影出现在远处，商稚言才跳下单杠。地面坚实，一切恢复了原状：是黑魆魆、湿漉漉的春天。

她走出挺远了，回头仍看见谢朝坐在单杠上，冲自己遥遥挥手。目送商稚言离开之后，谢朝继续塞着耳机默背古诗文。直到巡校的保安来驱赶，他才离开学校。

单手骑车也并没有任何不方便，理科生的书包里并不装太重的书，他决定带着愉快心情，先去咸鱼吧抚慰饥饿的肚腹。

回家也没意思。秦音还没从医院回来，谢辽松和保姆贴身照顾她，谢斯清被老师拎回学校了，家里只有待命的司机。谢朝对自己的弟弟很好奇，他昨天去看过那小孩，观察了那皱巴巴的小脸好一会儿。

他还不知道谢辽松会给弟弟起什么名字，按照辈分，应该也是“斯”字辈。谢朝的名字是母亲执意起的，她不肯按照谢家辈分定名，说是太难听。他听奶奶提过，这也是父母争执不断的其中一个原因。

这个孩子长大的阶段，正好是谢朝外出求学甚至工作的阶段，他和弟弟的关系注定不可能太亲昵。谢朝有时候想到这些事情，会觉得有些遗憾，又有些难受。相比之下，学习真的是他目前面对的所有难题中，最容易解决的一个了。

已经是春末，夜间觅食的人渐渐变多，即便将近十一点，咸鱼吧也仍然顾客盈门。谢朝好不容易抢到一个位置，发现和自己共享这桌子的是一个很年轻的光头青年。

“你的手怎么了？”老板老板娘见他负伤，免不了又是一阵大惊小怪，“你小心啊，我们就指望着你考上清华北大，咸鱼吧挂横幅打广告哩。”

谢朝：“那我在咸鱼吧吃饭，你们还收钱吗？”

老板：“好吧，今晚不收。”

谢朝便要了一碗加卤蛋的足料螺蛳粉，老板给他添了青菜和酸笋，外加一碗紫菜蛋花汤。

坐在谢朝对面的光头青年偶尔会抬眼看看谢朝。他吃的是猪杂粉，热气腾腾的一大碗，已经快见底了，面前还有一把冒着焦酥气的烧烤。谢朝有点儿馋，但烤牛筋和烤鸡尖这两样招牌烧烤已经售罄。正失落时，对面的光头青年把自己的烧烤推到谢朝面前。

青年把猪杂粉连汤都喝光了，哑着声音说：“给你吧，学生仔。我喉咙痛，不能吃烧烤。”

那光头面前已经有十几根吃光的签子。

光头青年似乎也不在意自己这个谎扯得不高明，披上外套就走。起身时，谢朝看见他颈后有一道刺青延伸到耳后，是细细的蛇尾。

谢朝不敢吃，老板见他发愣，便告诉他：“博仔人不错，上次那张试卷也是他捡的。”

谢朝恍然大悟，原来他就是商稚言的光头仔朋友。

是朋友吗？他立刻又满腹疑窦：商稚言可从来没提过自己有这样的一个朋友，就连余乐也从未听闻。

哪儿认识的？这光头是做什么的？他和商稚言认识了多久？嚼着烤牛筋，谢朝微微眯起眼睛，陷入了更难以解答的难题中。

周博此时在海堤街上小步快跑。夜路十分安静，只有野狗野猫东奔西突。他接了两个电话，全都来自雄哥。

放下电话，他发现自己已经走到光明里15号门口。

和周围的房子一样，光明里15号门窗紧闭，十分安静，一楼铺面上“远志租书屋”的招牌有点儿旧了，门口挂的小黑板上写着这个月的新书和特价租书目录。周博按亮手机凑上去看，全是他不感兴趣的内容。

二楼还亮着灯，阳台上种着几盆花，翠泠泠的，被路灯照得发黄。窗户和阳台门都紧闭着，只有灯光透出。一只肥壮白猫从栏杆里钻出头，和楼下的周博大眼瞪小眼。

周博知道二楼是商稚言的房间，他早就勘察过了。

他弄不明白自己走到这儿做什么。雄哥刚刚还在电话里提醒：“谢家添了个小娃娃，我听说他家还有个女儿？你做事情认真一点，尽快搞清楚谢辽松的情况。”

周博讷讷地应了。雄哥要怎么跟谢辽松借钱，跟谢辽松又有什么恩怨，他不清楚，也根本问不出来。但这似乎不由得他选择，雄哥已经把他拽入这个“计划”里。

什么计划？周博不敢想，也不敢问。

他在门口的杨桃树下抽了两支烟，把塞在裤子后袋的晚报抽出来仔细看了一遍。杨桃树开了满树嫩红粉红的小花，翠绿叶片茂盛伸展，遮住了一半的路灯光。周博眯着眼睛，连烟灰掉在报纸上都没察觉。

报上有一个对谢辽松的简单采访。远潮集团在本市的高新科技园区里成立了新月医学科技研究院，打算研究医疗机器人。谢辽松在采访里谈及自己的事业和青年时代的理想，而“新月医学”的命名恰与他女儿相关：“我女儿出生的时候正好是新月初升。在我心里，新月是一种希望的象征，医疗机器人将会带来一场医疗界的革命，我们已经落后了，现在更要奋起直追。新月医学会成为国内医疗机器人发展的桥头堡……”

周博看不太懂。他咬着烟头，忽然觉得牙疼。

他其实见过谢斯清。

谨遵雄哥要求，周博一直在搜集谢朝家里的资料，和谢辽松本人相比，雄哥的目标——谢朝更为重要。周博常在同华高中门口蹲守，连谢朝那小自行车上贴着皮卡丘贴纸都一清二楚。

谢朝家里条件太好，周博一直以为这男孩是纨绔子弟，或吊儿郎当，或眼高于顶。但没想到，他根本摸不清谢朝每天活动的路线。有时候一放学谢朝便离开学校，明明手断了还要去小球场看人打野球，哪怕不能上场也要在场边待上半小时；有时候谢朝会和朋友们一起到咸鱼吧吃饭，之后或是去网吧打游戏，或是溜进商城滑冰，做的事情跟他居然也差不多。

谢朝休息的时候总该干点儿富二代应该做的事情吧，周博想。但周博又失望了，即便休息，谢朝也还是和朋友们混一块儿，在天台上闷头闷脑地学习。

周博只觉得这孩子的生活太无趣、太沉闷了。他不明白谢朝为什么还天天笑得这么高兴，若是他有谢朝的生活条件，游艇、赛马、高尔夫一个不落。

周博不懂谢朝，但他常常蹲守，渐渐地心里居然冒出了一点儿微小的羡慕。

谢朝的生活如此平凡无聊。周博抽着烟冷笑时又忍不住想，如果小学时自己爹妈没离婚，如果初中时听姐姐的话好好学习，如果高中时劝阻姐姐嫁给雄哥，如果……如果所有的一切都按部就班，平平凡凡地做下去，他现在会是什么样子？

但这个念头很危险，周博只允许它在脑子里一掠而过。他有时候也讨厌谢朝，尤其看见商稚言和谢朝说说笑笑的时候。见到谢斯清的那天，他正好怀着怨气，在同华高中对面的一家奶茶店里抽烟。

下午临放学，有个十三四岁模样的初中女孩走进了奶茶店。她瘦高个儿，黑发在耳后扎成两束，长着一张可亲又讨人喜欢的笑脸。

“四杯招牌奶茶。”她说，“打包带走，大杯的，不要冰哦。”

周博扫了她一眼，起初没在意，但下一秒，他又回头盯着那女孩的校服。女孩穿着一套及膝的裙子，上身是洁白的衬衫，领结规整漂亮，而那件厚实的冬装校服外套被她系在了腰上，校标正好对着周博。

那是谢斯清所在的私立学校的 Logo。

周博多了个心眼。他以胳膊为掩护，悄悄拍了那女孩几张照片。

女孩完全没有注意到落地窗旁边的客人，她正在兴高采烈地打电话：“哥哥，我来找你了……我从医院过来的呀……没有逃课，我们比同华放学早半小时……我还买了奶茶，给你和你朋友的……就余乐和商稚言啊。”

周博闻言抬起头时，那女孩正提着四杯奶茶离开。

谢斯清从学校操场的铁栏杆处把三杯奶茶交给谢朝，她仍旧没能认识余乐和商稚言，气得一张小脸鼓成河豚模样。周博缩在行道树的树影里，隔着樟木树飘飘洒洒的黄色落叶，不停按下快门。

相机就在周博口袋里放着。他把晚报扔在商稚言家门口，掏出相机，看了又看。第二天，他在照片冲印店里呆坐了很久，照片冲洗出来，他甚至还有些不敢接。

照片抵达雄哥手里后，雄哥看着谢朝和谢斯清的模样，摸着下巴说：“不太像啊。”

对妻弟的工作成效，雄哥很不满意。周博的动作太慢了，最适合下手的时机其实是谢辽松的小儿子出生之前。谢家一片忙乱，又怕影响妻子生产，出事后，报警可能性极低。

周博坐在公寓客厅角落，听雄哥和其他三四个人聊着这件事，越听越心惊。他姐姐又在卧室里摔东西，大声嚷嚷：“苏志雄你要真去干这种烂事我们就先离婚！你不要连累我和孩子！”

在一片忙忙乱乱之中，周博听见雄哥拍了拍桌子：“就她了。”他的指头点着谢斯清的照片，“周博不用再跟谢朝，去跟这个小姑娘。”

周博一张脸霎时间白得像纸。

03

进入四月后，盘踞在沿海一带的准静止锋终于被温暖气流彻底取代。小雨停了，冷风偃旗息鼓，天气渐热，让人在长袖和短袖之间犹豫不决，感冒人数节节攀升。

四月的一个周日，商稚言在车篮子里装了一筐海螺，正沿着海堤街往余乐家里去。应南乡和谢朝已经在天台集合，就差她一个人了，这些海货是外婆今天新挖的，叮嘱她带去余乐家和大家一块儿吃。

外婆年纪越来越大，忘的事情也越来越多，她总以为商稚言还是初中生，老是问商稚言想考哪个高中。但商稚言喜欢吃海螺这件事，老人从来没有淡忘过，来看商稚言的时候总会颤颤巍巍地拎着一桶。

刚进入海堤街，商稚言就发现桶里的螺一个个都收起了小舌头，似乎有些不太精神。她把自行车停在海堤上，拎着桶子到海边换水。新鲜海水灌了半桶，再起身时，忽然看见身后不远处站着个人。

商稚言头一次在光天化日之下和周博面对面，霎时间连害怕都忘记了，只是呆看着他。

周博朝她走近了一步。

这一步拉响了商稚言脑内警铃，她立刻拎着桶子往海堤上狂奔。

“别跑！”周博在她身后大喊，“你再跑我真生气了！”

商稚言哪里管他，眼看就要踏上观景台的石梯，身后忽然扔来一句——“你跑了我就去找黑三麻烦！”

她一只脚已经踩上石梯，却不得不停下。

“你敢！”商稚言怒了，“威胁女孩子算什么男人！”

“这叫男女平等。”周博说，“下来。”

商稚言咽不下这口气，又往楼阶上走了一级。周博：“好啊，你试试，你试试看我敢不敢。”

商稚言没办法，只能重新回到沙滩上，但仍然站得很远，离周博还有好长一段距离。

年后雄哥的人再也没去找过黑三麻烦，这是商稚言拐弯抹角从黑三口中问出来的。

黑三和张蕾的关系在过年的时候稍稍缓和了一点点。商承志打算去看看黑三，给他一点压岁钱。张蕾起初是反对的，商稚言不知道父亲跟母亲究竟如何沟通，但最后张蕾默许了商承志的行为。

年初五的时候，商承志和商稚言去了伟达修理。白天时店铺关着门，傍晚再去，黑三果然在铺子里，他过年也不去找父母，就窝在伟达修理的店面，今天是专程去福利院探望明仔的。一封两百块的利是，黑三和商承志推了半天，直到商承志说这是你姑给你的，黑三才肯收下。但临走时候，他又悄悄往商稚言外衣口袋里塞了两百块，说是给她的新年红包。

按这边的规矩，只要没结婚，就不需要给小辈红包，但黑三无论如何都不肯收回去。他比去年更壮实了，头发长了些，理了挺时髦的发型，看不出一点儿曾经的痕迹。商稚言发现他没买新衣服，穿的是去年年底的鞋袜衣裤，用的也仍旧是“小灵通”。

商承志也看出黑三没多少钱。回家的路上他不由得对罗哥心存不满，罗哥允许黑三在店铺里吃住，肯定给的工钱就比较低。商稚言觉得罗哥不像那样的人，但又找不出反驳的理据。

张蕾对父女俩的行为睁一只眼闭一只眼，商承志现在正着力说服她请黑三到家里吃一顿便饭。如果让张蕾知道黑三和雄哥那边的人还有牵扯，她肯定会大发雷霆。

商稚言的小脑袋急转了几个弯，实在想不出更好的办法，见周博朝自己靠近，她吓得举起桶子挡在身前。眼角余光瞥见地上有半个破了底的汽水瓶子，她连忙抓起，朝向周博：“你别过来！”

周博倒也没怕商稚言，要真想制住商稚言，他实在不费吹灰之力。但这是大白天，沙滩上徜徉的人影稀稀落落，他不方便这样做，而且他也没想过要做什么不得当的事情。

“我是好人。”周博说，“我还帮你捡过数学试卷。”

周博：“我放在咸鱼吧啊，老板说试卷给你的同学谢朝了。”

商稚言：“呸！我没见过！”

周博急了：“我真的……那就是谢朝浑蛋！他故意不给你！”

余乐家天台上，穿着短袖的谢朝狠狠打了个喷嚏。

应南乡吓得肩膀一抖，笔在试卷上留下了划痕：“哎呀，我弄脏了。”

“没关系，这是商稚言的。”余乐说，“你看本来就皱巴巴不成样子。”

应南乡：“你们捡到了怎么不还给她？”

余乐和谢朝面面相觑，异口同声：“忘了。”

鹦鹉在笼子里大喊：“忘了！”

谢朝看一眼手表。距离商稚言说“我到海堤街”已经过了十五分钟，她应该又在哪儿耽搁了。

解决了两张化学卷子的谢朝抓起单车钥匙伸懒腰：“我去海堤街找商稚言。”

余乐和应南乡表情是一模一样的呆滞和不可思议：“为什么要找她？”

谢朝：“拜拜。”

他动作奇快，转眼已经蹦下楼，前一秒还跟余乐妈妈打招呼，下一秒已经开锁蹿了出去。

余乐和应南乡在天台目送谢朝远去。鹦鹉还在孜孜不倦地大喊：“忘了！忘了！”

应南乡：“除了这句它还会什么？”

余乐蹲在鸟笼子前，敲了敲：“说，余乐生日快乐。”

鹦鹉：“忘了！”

应南乡笑得打跌，余乐扭头问她：“你知道我什么时候生日吗？”

应南乡：“12月。”

余乐：“不是。”

她一个个月份数过去，就是不说5月。鹦鹉被这两人弄得小脑袋发昏，随应南乡的声音不清不楚地喊着各种数字。应南乡把手指伸到笼子里摸了下鹦鹉的背脊，羽毛光滑柔软：“你想要什么礼物？”

“不用了，你来就行。”余乐笑着说，“咱们认识三年，还没一块儿过过生日。”

应南乡没想到他要求这么低，便在他身边蹲下，又问：“真的不要礼物吗？”

少女的长发被春风撩起，拂到余乐的肩膀和耳朵上。应南乡回校之后把深棕色的头发染成了黑色，平时随手扎起绾起，看不出一点儿桀骜痕迹。余乐不知道鼻子里充盈的香味是应南乡身上的，还是天台那盆开了一半的栀子散出的。他下意识地揉了揉鼻子，像是躲避什么似的：“怎么能开口问你们要礼物？你们来我已经很高兴了。前两年过生日都是跟朋友去唱歌打球，今年刚好周日，而且又是5月底，我不想折腾了，就在家里简单吃个蛋糕。”

“嗯……”应南乡托着下巴，“我还以为你们男孩子过生日，都是要搞一些刺激活动的。”

余乐摇头：“谢朝也跟我一起过，要是真去玩什么刺激活动，我和他都受伤了，老师和校长会晕过去的。”

“胆小鬼。”

应南乡眯起眼睛，眼角却微微扬起，是带着浅笑的。

谢朝在海堤街上前进，接连给商稚言打了两个电话，但始终无人接听。他刚放下手机，抬头便看见沙滩上浑身戒备的商稚言，和她面前的光头青年。

谢朝吃了一惊，吼着商稚言名字冲下观景台阶梯，连自行车都还推在手上。

那光头青年与他曾有一面之缘，谢朝认出来了，惊疑不定，扭头想从商稚言那儿寻求答案，但商稚言只是冲他轻轻摇头。

周博摆摆手。他已经把想说的话说完，扭头便走。

谢朝：“你别走！”

商稚言忙拉住谢朝：“别别别，让他走。”

周博不想见到他们拉拉扯扯，快步离开。

谢朝越发迷惑：“这个就是你的光头朋友？”

商稚言却还在想周博方才说的话。发现无法和商稚言沟通试卷的事儿之后，周博放弃了这个话题，他告诉商稚言，她和谢朝阻拦雄哥的小弟教训黑三，雄哥知道这件事之后非常生气，要找他俩算账。

“雄哥为什么要找两个中学生算账？”商稚言完全不信，周博这话漏洞太多了，“再说了，他怎么知道我和谢朝哪个学校的？距离黑三被打已经过去这么久了，他现在才想起找我们算账？”

周博张口结舌。他没想到商稚言脑子转得倒挺快。

见他不吭声，商稚言举着破玻璃瓶子又靠近一步：“到底发生了什么事，你快说！”

周博实在想提醒，但又不敢说得太明确。他含含糊糊：“总之你的那个朋友，谢朝，还有他家里人，最近不要太嚣张，出入小心点，分分钟被雄哥……”

商稚言自己把剧情补足了：“医院也有你们的人？是不是谢朝在医院陪黑三，你们看到了？”

周博：“呃，对。”

商稚言更气了：“卑鄙无耻！谢朝那是见义勇为！”

恰在此时，谢朝抵达了。

她把周博的话告诉谢朝后，连谢朝也觉得莫名其妙，说：“他们盯上我了？”

两人都忽略了“家里人”，以为雄哥针对的只是谢朝，周博的威胁也只针对救助了黑三的谢朝。谢朝挠挠头，帮商稚言提着桶子：“他们能做什么？揍我一顿？”

“我也不知道他说的话是真是假，不过他知道我是黑三表妹，还在路上堵过我两次。”商稚言把之前发生的事情告诉了谢朝。

谢朝眼睛都睁大了，又气又好笑，回去的一路上都在数落商稚言和孙羡的胆大妄为。

商稚言觉得谢朝烦死了，抵达余乐家后便让谢朝将海螺交给余乐妈妈。她三步并作两步蹦上天台，发现应南乡和余乐正在做卷子，十分安静。

商稚言坐下后立刻跟两个朋友分享起刚刚发生的事情。

这事儿原本也就这样过去了，但晚饭后谢朝告别众人回家时，商稚言又过来提醒他小心。余乐把自己的双节棍扔进谢朝车篮子里，让他遇到危险就用起来，打不了敌人就砸街上的橱窗，肯定有人出来帮忙。应南乡没什么可援助的，一本正经地表示：“我帮你设计一套病号服吧，如果你住院的话。”

谢朝：“多谢，不必。”

他实在不认为那个光头仔会弄出什么大动静。当日黑三被围攻时恰是他解的围，心里自然有几分自得：“不用担心，我没事。”

回到家后，他又接到了商稚言的短信，还是叮嘱他当心。

司机正好送谢辽松、秦音和小孩回家，谢朝跟他俩打过招呼后，目光飘向了秦音怀里被裹得严严实实的小婴儿。秦音招他到身边让他细看，小孩跟刚出生那天比起来大不一样了，皱巴巴的皮肤舒展开，五官褪去了小猴子的痕迹，小嘴嚅嚅动着，仿佛在梦中也咂摸滋味。谢朝看了一会儿，笑着碰了碰他的脸：“怎么这么会睡。”

谢辽松瞪他：“你洗手了吗？小孩子抵抗力弱，不干不净的，别碰！”

谢朝讪讪收手，见司机正在扫去车顶落叶，心中冒出个念头：“张师傅，你以后能接送我上学放学吗？”

司机一愣，连带谢辽松和正走向大门的秦音也停了脚步。

“我早上六点半出门，晚上十点放学，就这两个时间。”谢朝说，“午饭晚饭我都在学校解决。”

谢辽松皱眉：“又怎么了？”

谢朝不愿多说：“没什么，这样节省时间。”

有了司机接送，即便雄哥真想搞什么小动作也难以下手。但谢朝没打算与谢辽松解释，他能猜到谢辽松听到雄哥这事情之后可能的态度：厌烦、焦躁、愤怒——儿子又因为无聊的行动，而让自己陷入麻烦之中。

司机每天早晚都负责接送谢辽松在家和公司间往返，与谢朝的上下学时间倒是不冲突，他主动说：“谢总，时间安排没有问题，我送小朝上学再回来接你，不耽误。”

“不是耽误不耽误的事，谢朝你为什么不能自己骑车去？好手好脚……”他声音一顿，显然是看到了谢朝拆了石膏但还打着固定带的左手和嘲讽眼神，“你又不是不能骑车。”

谢朝：“我不想骑了，可以吗？我每天学习，太累。”

秦音拉了拉谢辽松的衣袖，示意他闭嘴。但谢辽松看着谢朝那模样就来气，他忽然找到了一个足以说明谢朝为何心血来潮的缘由：“你是看弟弟出生，怕我们不理你了，所以搞这种小动作是吗？张师傅不是为你服务的，他是我的司机，是我和你秦阿姨的司机……”

“谢辽松！”秦音吼了他一声。

谢朝诧异地看着自己的父亲。他惊叹于谢辽松脑袋里盛装的内容，惊讶于父亲可以随时随地想出种种匪夷所思的理由来为儿子的行为添加注脚。他心里没有一丝难过，只是感觉不可思议。他知道父亲是怨恨自己的，但没想到怨恨能让父亲盲目和愚蠢至此。

谢朝轻笑一声，不再说话，也不想再争执下去。他甚至有些痛快地想，最好明天雄哥就对自己下手，他太好奇谢辽松懊悔痛苦的表情是什么模样了。

秦音不让谢辽松再开口：“小朝，你爸最近太累了，说话有点冲，你别生气。张师傅，你以后就按照小朝说的，接送他吧。”

“你又纵容他！”谢辽松怒道，“慈母多败儿！”

“你凶他，他就能成才了？”秦音罕见地发起了火，一双手紧紧把小婴儿护在怀中，“谢朝就要高考了，现在一切应该以他为先！你怎么这么不知轻重！”

谢辽松呆住了。

别说谢朝和司机，就连谢辽松在这婚后的十几年里，也极少极少见秦音发火，更别提是因为谢朝和谢辽松的冲突发火。她像是忽然转变了策略，在父子之间产生冲突的时候，不再试图双方周旋做和事佬。

“我在医院就跟你提过，我到别处住最合适。孩子太小了，天天哭，会影响谢朝复习功课。”秦音声音低弱了几分，“你不是给我买了一套房子吗？虽然没装修好，但住两三个月没问题的，等谢朝考完了，我和孩子再搬回来……”

“不行！”谢辽松抱着她的肩膀，缓声道，“这也是谢朝的弟弟，他不能这么自私。你身体不好，怎么能住外面去？阿清现在不住校了，可以陪陪你，照顾孩子不需要你动手，我会请……”

两人和孩子走进别墅，谢朝跟司机你看我，我看你。

“秦大姐对你真是好。”司机说，“明天六点半，我在门口等你。”

谢朝点点头。

大门没关严实，谢朝听见那小孩果真又哭了。秦音和谢斯清正在哄着他，逗他笑，谢辽松则叫醒了保姆、月嫂，让她们照顾秦音和小孩。屋子里太热闹了，但那热闹和谢朝是无关的。他也很想看看弟弟，可他无论如何都无法迈步进入，独自一人在门口站了许久许久。

04

秦音态度的变化，是从这一天起，谢朝才渐渐察觉的。

仿佛有一个新的女主人在家中出现了，她对待谢朝和谢辽松的态度都有了微妙不同。往日对谢辽松唯唯诺诺、不敢表露一丝反对意见的秦音，能跟谢辽松争论事情了，而且大部分时候都是谢辽松让步。她对谢朝也仍旧是周到的，但那种周到里多了几分例行的味道，成了职责而不是发自内心的关心。

对谢朝的话，余乐很不能理解：“她不是你后母吗？关心你就是例行工作，你郁闷什么？”

应南乡不同意：“谢朝和她少说也生活了十几年，态度突然转变就是有问题啊。早不变晚不变，生了孩子就变了，肯定不对劲。”

余乐：“你是不是电视剧看太多了？”

应南乡：“我就爱看，关你什么事。”

余乐抿嘴不吭声，把生日蛋糕上写着自己名字那块吃掉，还把应南乡最爱的糖渍樱桃铲给了商稚言。

应南乡盯着与自己无缘的两颗樱桃，又看看余乐，扭头不吭声。

商稚言小口吃着蛋糕，分一颗樱桃给身旁的谢朝，两人用眼神无声地交流着情报。这是5月底最寻常不过的一个周日，四人聚在余乐家天台上，正分享余乐的生日蛋糕。

谢朝挤挤眉毛：他俩怎么了？

商稚言歪歪嘴：我也不知道。

余乐是不可能跟应南乡闹别扭的——商稚言感觉这个一贯的认知正在逐渐分崩离析。两人相处中，大部分时候都是应南乡在耍脾气，但今天看来，似乎是余乐的怒火更大一些。

谢朝凑到商稚言耳边小声问："你见过余乐发火吗？"

他声音好轻，气息温柔，商稚言觉得自己的脸有点烧，连忙垂头摇了摇："很少。"鬓角头发散了几缕下来，遮住她的脸。

商稚言不得不聊起其他事情分散自己和谢朝的注意力："乐仔一直脾气很好……"

她话音刚落，便听见"脾气好"的余乐跟应南乡生硬地说了句："你不喜欢吃，那就走。"

商稚言和谢朝都是一愣。余乐埋头舔蛋糕叉子，应南乡瞪着他。以应南乡的脾气，现在不掀桌子都是好的了，但出乎商稚言的意料，应南乡没掀桌子，没生气，甚至没有跟余乐顶嘴。

"我不走。"应南乡说，"我就在这儿坐着，气死你。"她说完，昂着头，毫不畏惧地迎接余乐的视线。

还没等商稚言和谢朝在一旁伸手指数到三，余乐败下阵来："随便你。"

四人料理完蛋糕。按照计划，余乐和谢朝分别给两个女孩理一理数学的基础题。此时距离高考还有两周时间，高三组的老师已经不再催促大家奋力埋头学习了，反而开始劝他们适当放松，放稳心态。

商稚言仍然保持着十点放学后回家学到十二点的习惯，但她午休时不再看书，而是选择安静地睡上一小时午觉。

谢朝在看商稚言教科书上的基础题，两人埋头讨论时，余乐和应南乡又起了争执。

余乐对应南乡很不客气，连续说了几句禁语，比如"这道题目不是很直接吗，为什么看不懂""这条公式还需要背？看两遍不就记住了"……

应南乡把笔拍在桌上："余乐，学习的时候你可以不要用这种态度对我吗？你……"

余乐绷紧了肩膀等待她下一句话，无论是多伤人或多无理的，他都能应付。

“你这么凶，”应南乡说，“我有点怕。”

另一张小桌子上，谢朝悄悄跟商稚言说：“原来可以这样对付余乐？”

商稚言也小声回答他：“我也是今天才知道。”

“对不起……”余乐又一次低头，“我改。”

他深吸一口气，平稳自己心绪后，开始重新给应南乡讲题。

商稚言有时候会觉得余乐身上有种超出她预料的成熟。他能抚平身边人的坏情绪，也能轻易读懂他们的好情绪，这简直是一种与生俱来的技能。甚至有时候，她也会从谢朝的目光里看到几分欣羡，他羡慕余乐，但商稚言不知道他羡慕的是哪一方面。

吃完晚饭后，余乐提着另一个谢朝送的蛋糕招呼他们：“今晚家长会，我们不用上晚自习，去海边搞掉这个？”

应南乡立刻应和，仿佛刚刚两人从来没争执过。

余乐的父亲去学校开会了，母亲则前往商稚言家跟张蕾学习怎么用电脑和操作收银台。张蕾之前在超市当理货员，被经理发现她做事条理清晰，还会列表格统计货物，一问之下才知道她下岗前是当车间主任的，很快，她转职仓管，这个月正式升任仓管主任。余乐家开的小商店打算重新装修，扩张店面，他妈妈决心跟张蕾学一些管理仓储货物的知识。

“我妈跟你妈都挺忙的。”余乐说，“不过忙点儿好，等我们出去上大学，她们在家里不会太无聊。”

谢朝骑着商稚言的自行车，让商稚言抱着蛋糕坐在后座。余乐和应南乡各骑一辆车子在前方开道，四人沿着海堤街，一直往灯塔的方向去。

途中谢朝接到了谢斯清打来的电话。谢斯清从司机口中打听到哥哥今晚不上晚自习，还知道谢朝订了个生日蛋糕。

“我也要去参加余乐的生日晚会。”谢斯清嚷嚷着，“你小气，你不带我！”

谢朝小声跟她解释，没有她想象中的晚会或者生日会，他们草草吃完蛋糕就开始做卷子，忙得很。

这时余乐在前方大喊：“加油啊！骑上这个坡就能看到灯塔了！”

谢斯清：“什么灯塔！我也要看！”

谢朝：“行了行了，我会给你带蛋糕的，拜拜。”

他匆匆挂断，谢斯清气得连发几条短信骂他过分，他一一删了。

谢朝并不知道，谢斯清没有死心。她对余乐和商稚言的好奇心在这个晚上膨胀到了极点，偷偷从司机口中打听到谢朝下车的地点后，她自已骑着车溜出了家门。

余乐家没有人，谢斯清也不敢大声叫门，她在门口徘徊片刻，想起谢朝老挂在嘴边的“光明里”和租书店。她寻路前往光明里，在15号门口停留了片刻。租书店里有三个人，两个中年妇女盯着电脑嘀咕，一个戴眼镜的大汉正在看报。他发现谢斯清，扬声问她是否要租书，谢斯清紧张地摆摆手，骑上车走了。

谢朝和商稚言并不晓得身后发生了什么，他们在海岸边的灯塔下享受着难得的片刻轻松。谢朝的蛋糕分量颇小，也就四个人一人一块的尺寸，他在蛋糕表面亮黄色的果酱上插了一根蜡烛，问余乐：“你喜欢吃芒果，对不对？”

余乐：“……商稚言才喜欢吃芒果。”

谢朝做了个“请”的手势：“那太好了，许愿吧。”

余乐：“你不听别人讲话的吗？我怀疑你买这个蛋糕的动机。”

但他还是乖乖对着蛋糕，双手合十，认真许愿。

“许了什么愿？”应南乡问他。

“和刚刚一样。”余乐回答，“考上清华。”

应南乡急了：“你别说出来啊！我随便问问而已！”

余乐冲她咧嘴一笑：“我一定能考上的，放心。”

“聊完了吗？”谢朝已经快速扔掉蜡烛，切开蛋糕。

商稚言蹲在一旁虎视眈眈，这家店的芒果慕斯蛋糕极有名气，但价格也极为昂贵，她从来没尝过。

余乐怀疑谢朝刚刚在家里故作矜持以至于根本没吃饱，谢朝递给他一块蛋糕：“这蛋糕要放冰箱里冷藏，我们这一路过来，都快化了，快吃。”

四人顾不上闲聊，着手解决蛋糕。大海并不安静，晚潮还未彻底褪下，沙沙地一浪接一浪，扑到礁石上。风很小，因而海浪也小，力道温柔，像轻轻拍击的手掌。灯塔仍旧没有人驻守，但已经重新粉刷了一遍，灯光射破雾气与暗夜，笔直伸往远海。

在海天交接的漆黑远方，渔船遥遥亮着细小灯光，是一串浮在涌动洋面上的星星。远处有号声传来，余乐正在跟应南乡解释，这号声不是人吹出来的，是广播里放的。

“夏天的海原来是这样的。”谢朝说，“好凉快，我喜欢这里。”

“现在还不算夏天。”商稚言告诉他，虽然很热，但这儿真正的夏天实际上在六月底七月初才开始。

余乐忽然来了劲头："谢朝，你钓过鱿鱼吗？虾呢？考完试我带你去钓，特别好玩，钓起来还可以直接在船上煮，那才是真正的原汁原味，连菜市场都比不了。"

"还有海蟹！"商稚言举手，"去年我们在余乐舅舅的船上捞了七八只好肥的蟹，太好吃了。"

余乐："不愧是言言，识货。"

谢朝的关注点却偏了："你舅舅……是医院的舅舅？他也有船？"

"小渔船。"余乐给他比画大小，"开不了多远。不过你们跟着我，我带你们吃遍整条海岸线。"

谢朝想了想，说："那不如坐我的船去？"

余乐愣了："你的船？"

谢朝有些紧张："一艘快艇，一艘游艇。哪种合适？我两种都能开，不过游艇的驾照还没考，如果你们信得过我……怎么了？"

其余三人愣愣盯着他，此时才齐齐想起，这人是个富二代。余乐和应南乡逼问谢朝家里还有什么新鲜东西，谢朝也没想过隐瞒。谢辽松在澳门的游艇会有一艘以秦音英文名命名的双层大游艇，在香港的马场里养着一匹马。谢朝一家人都懂骑马，此外高尔夫、滑雪之类的运动全都不在话下，谢朝自己最喜欢潜水，谢辽松拥有一个私人岛屿，谢朝以往暑假都会到岛上待几天，晒成一个黑小子再回国。

"还有……"他指着头顶挂着半月的天空，"上面有一颗属于我的星星，是十六岁生日的时候我妈送的。这个新鲜吗？"

沉默片刻后，余乐小心地开口："你懂上天吗？"

谢朝："不懂。"

余乐松了口气，确认他还是自己的朋友谢朝。余乐好奇心极大，追问游艇怎么管理，又问养马的目的和赛马的奖金，最后感慨："谢朝，你哪儿来这么多时间学这些？"

"除了潜水之外，我全都不喜欢。"谢朝坦白。

商稚言也好奇："不喜欢还学？"

他们都等待着谢朝说出某个振聋发聩的答案，体验人生，亲近自然，与动物和睦相处……

谢朝："为了社交。"

他们齐齐坐倒在礁石上，又笑又叹气，留谢朝在一旁莫名其妙。商稚言知道应南乡家里条件也很好，但她父母是做房地产起家的，热衷的是积累财富，对这种富人的娱乐没有多大兴趣。

谢朝的社交圈里都是什么人？商稚言产生了新的好奇。

吃完蛋糕，四人开始点起剩余的蜡烛讲鬼故事。商稚言讲了个飘在阳台上的无头女尸，应南乡觉得不过瘾，撺掇余乐重复他最拿手的“防空洞里的第九个人”。谢朝一声不吭，但在余乐绘声绘色的开讲之后，他便直勾勾地盯着应南乡身后的礁石。

“那是什么？”好不容易等余乐讲完，谢朝咬了咬手指，很轻地问，“应南乡，你后面……是不是有个人头？”

应南乡尖叫跳起，扑到商稚言怀里。余乐舞动双臂也作势要扑过去，被两个女孩踹开。谢朝端坐原地，实际上鬓角流下了冷汗，直到余乐抓起那藏在礁石缝里的球形物体，他才松了一口气：是个破足球。

“你怕鬼啊？”余乐凑过去坏笑，“你知道灯塔这边死过人吗……两个月才被人发现，那张脸啊，简直……”

谢朝脸色苍白：“我不怕。但我不想听。”

余乐：“可你把叉子都拧断了。”

两人扭打成一团。商稚言和应南乡对男孩子们无聊的游戏没有兴趣，手牵手晃到灯塔旁。海水是漆黑的，两人脱了鞋子，坐在礁石上，把脚伸进凉爽的水里。

“那个，在瑞典语里叫 MANGATA。”应南乡指着月光在海上留下的痕迹，“一条月光铺成的银色道路。”

商稚言忽然觉得一切都变得浪漫起来，问：“你会画下来吗？”

“考完试我就画。”应南乡抬头仰望灯塔，“圣诞节的时候你们就是在这儿拍照对吧？今晚我也要合影。”

两个女孩手挽着手，依偎在一起，小声说了许多悄悄话。

收拾东西离开时，余乐忽然兴起，他奔到灯塔下方冲漆黑的海面大喊：“所有人——梦想——成真！”

应南乡也跟着奔过去：“噢噢噢——余乐——胆小鬼！”

余乐愣住了。应南乡又喊了一声：“胆——小——鬼！”

余乐不甘示弱：“应南乡——是傻瓜——”

两人此起彼伏地喊，都是对方的坏话。商稚言把破足球装进垃圾袋里，小声嘀咕：“都是傻瓜。”

身边的谢朝忽然拉了拉她手里的袋子。

“6 月 20 日，你有空吗？”他问，“我妹妹生日，会在家里搞一个生日会，我想请你去。”

“只请我？”

“我先问你，等那两个人喊完了我再邀请他们。”

“哦。”商稚言咬着嘴唇，只有这样才能不让自己脸上的表情显得太过分，“好啊，我去。”

得到答案的谢朝认真地看着她。暗夜中，商稚言也能想象得到，他英俊的脸庞上会露出什么样的表情。

“需要准备什么……正式的衣服吗？”她问。

“不用。”谢朝说，“随便穿，我和我妹妹也是随便穿的。”

“不好吧？”商稚言真心为这个问题烦恼，“我们穿得不好看，会让你丢脸。”

“那不可能。”谢朝立刻肯定地说。

他像是满心装着雀跃，脚底踩不住石面，轻轻踮了踮，用商稚言几乎听不见的声音呢喃：“你怎样都好看。”

05

商稚言后来常常会回忆起从余乐生日那天晚上到高考结束这段时间发生的事情。她不断、不断地一遍遍反刍，试图从自己当时没有察觉的细节里，捕捉到谢朝和他们断绝联系的真正原因。

这非常难。谢朝和平时实在没有什么区别，他只是晚自习的时候似乎更闲了，好几次还跑到商稚言班里，坐在最后一排，问应南乡借漫画看。

对歌活动中惨败的高二重整旗鼓，在高三的最后一次晚自习上再次大声喊话唱歌。商稚言记得那天谢朝也在，他和自己一块儿靠在走廊的栏杆上，看对面灯火通明、人头攒动的高二教室。樟木和榕树被晒了一天，在夜里暗暗散出乔木的香气。她还记得师弟师妹唱起了同华的校歌：草木葳蕤，道远任重，青春理想，永记心中。

商稚言一直没觉得它有多好听，但她和其他人一样，轻轻应和着唱起来。这可能是她高中时代最后一次唱校歌，而谢朝在她身旁俯耳低问：“这是什么歌？”

她应该教过他几句的，谢朝是否还记得，商稚言很想知道。

第二天放学时，所有人都在清理自己的抽屉和桌面。那些高得能遮挡视线的书全都一本本收进了书包。班主任余胜寒开了最后一次班会。

他一个个地点名，每点一个学生的名字，他就说上几句评语。轮到商稚言时，他说：“不要怀疑自己，你能成为更棒的人。”

他们带着书离开教学楼的时候，有学生开始撕试卷。应南乡欢呼着加入了他们，拿出最没有价值的英语试题集开始狂撕，一把把扔到楼下。老师和保安无法阻止，雪片一样的纸张在空气里飘飘荡荡，伴随着学生们乱七八糟的笑声和歌声。已经退社的街舞团团长与副团长在满地纸屑上跳舞，跳完了鞠一个躬，抱着沉甸甸的书包离开。

商稚言和孙羡舍不得。

“卖掉也行啊，我在它们身上花了这么多时间，总得换点儿钱。”孙羡说。

同华校园里的龙眼树、荔枝树和芒果树都开始结果，校道上满是清爽的水果香气。车棚边上，余乐爬树摘了个青皮的小芒果交给谢朝。谢朝掰断它的梗，奶白色树汁流出，他嗅了嗅，是芒果青涩的香味。

“七月底才开始成熟。”余乐告诉谢朝，他知道如何翻墙进入同华，等七月底再带谢朝回校偷芒果，“言言最喜欢吃这个。”

谢朝点头：“那我得多偷几个。”

他俩和商稚言、应南乡不在同一个考场。考试的前一晚上，谢朝给商稚言打来电话，闲聊般谈了半个多小时。他交给商稚言照顾的小猫已经被养得油光水滑，从手机里认出谢朝的声音，喵喵叫个不停。

“你真的没考虑过考到北京吗？”谢朝问她。

“北方好冷啊，我还是在这边算了。暨南大学不好吗？”商稚言说，“我还不一定考得上呢，就现在这个分数，很危险。”

“北京离广州太远了。”谢朝喃喃道，“飞机得四个小时。”

商稚言：“你到时候来玩吗？”

谢朝：“来看你，欢迎吗？”

小猫在商稚言腿上踩着，仰头看她，不理解她为什么一脸憋不住笑的表情，遂歪着猫头，满目困惑。

“好好发挥。”谢朝最后说，“只要你稳定，不会有问题。”

商稚言忽然想起了他常跟自己说的那句话，谢朝也几乎同时开口：“以前你不会做的，现在都会做了。”

高考给商稚言留下的印象，在多年之后已经渐渐稀薄。她记得自己的桌子有点儿问题，不太平稳；记得孙羡一脸苍白地说生理期正好今天开始；也记得应南乡在额头上系了一根写着“斗”字的发带，但不能戴着进入考场。巧得很，考点就是商稚言的初中母校，校园变化不大，商承志开摩托车送她去考场，还笑着说就跟初中时送她上学一个样。

她还记得那一年的数学很难。最后一科考完，校门还没有那么快打开。学生们全都拥堵在校道上开始闲聊，英语和以往难度相当，但一聊起数学又有人唉声叹气。那个永远考第一的女孩站在商稚言和应南乡前方，她仍梳着辫子，白净脸皮一派风雨不惊的平静。同学问女孩感觉如何，女孩终于透出几分懊恼，摇摇头：数学考砸了。

商稚言记得很清楚，那个女孩是那一年文科数学单科第一，146 分，总分高居榜首，以文科状元身份去了北大。

6 月 8 日晚上，余乐请他们一块儿去网吧打游戏。谢朝本来对这种活动敬谢不敏，但被余乐带来的次数多了，渐渐也喜欢上了联机对战，一坐下便立刻打开游戏。商稚言和应南乡百无聊赖，两人看了半天《世界奇妙物语》，又跑到隔壁的 KTV 里开包厢唱歌。和考完之后倒头大睡的孙羡不一样，她俩精力充沛，只想快快活活乱跳乱蹦。

但一口气唱到凌晨十二点，两人都有些疲倦，退厢后去网吧找两位网瘾少年，发现余乐和谢朝也走了出来。原来有民警在网吧检查众人身份证，余乐已经在 5 月底踏入十八岁的关口，但谢朝还没有。

一伙人慢吞吞地骑车晃悠着，穿街过巷找可以打发时间和吃夜宵的地方。商稚言问谢朝什么时候生日，谢朝摇头不肯说。余乐找到了一家还在营业的粥铺，大方地掏出钱包请大家喝海鲜粥。

应南乡跟着他去烧烤桌前点菜，商稚言拽着谢朝坐下："到底哪一天？"

谢朝笑了，声音压在她耳朵上："和你同一天。"

去年 9 月发生的事情忽然闯入商稚言脑海，清晰得如同昨日发生的一样。

那天下着雨，谢朝和小猫在门口等待她。他撑着一把路边捡来的破伞，用校服外套给小猫做了个窝。他吃了那块不像样子的蛋糕，借走了一本书。

"谢谢你的生日蛋糕。"谢朝轻声说，"真好吃。"

久未冒头的恐惧复苏了，商稚言忙抓住谢朝的胳膊。

"我观察你好几天了，余乐说你老捡猫，所以那只小猫送给你，你一定能照顾好。"谢朝目光落在她的手上，"把小猫安排好，我也没什么可牵挂的了。”

“你要去哪里？”商稚言声音颤抖，“那天你离开之后，是打算去哪里？”

“蛋糕很好吃，你和你爸爸是好人。”谢朝的眼睛看向商稚言，缓慢地、一字字地说，“言言，我想认识你，想和你做朋友。我想再看一看小猫，所以我要借走一本书。”

他借走了书，就必须把它完好地归还到商稚言手上。所以那一天晚上，他没有按照原定计划，走入海中。

“别告诉余乐和应南乡，这是我和你的秘密。”谢朝抬手为她拨好被风扇吹得乱飞的额发，“有什么好哭的，我现在又没事。”

“你不要再去海边了。”商稚言摇着他的手，以往只是略微设想过的事情居然是真的，这令她害怕，“永远别走进去，好不好？”

谢朝迟疑片刻，握住她的手。

“好，我不会走进去。”他认真承诺，“有什么事我都会和你……”

余乐和应南乡走了回来，目光齐齐落到两人在桌面上相握的手上。

余乐抬头径直盯着谢朝：“怎么回事？”

商稚言揉了揉眼睛，缩回手。

“有什么事我都会和你们商量。”谢朝没理余乐，仍对着商稚言把话说完，“我答应你。”

应南乡托着脸，满是兴奋：“答应什么？我们错过了什么？”

“没错过任何事情。”谢朝岔开话题，“6月20日我妹妹生日，在家里搞个小生日会，她点名要我邀请你们。”

吃完海鲜粥和烧烤，谢朝又打包了几份炒河粉和炒螺，四人都是铁了心要在外面消磨一整个通宵，开始往海堤街的方向去。余乐带他们绕近道，从朝阳里拐过去。朝阳里的铺子和往常一样门户紧闭，整条街道都是黑的，野狗野猫被车铃声惊得四散。

“那是明仔的家？”余乐忽然指着前方的脚手架问。

明仔的家正在修缮外墙，这房子看来已经有人接手了。竹制的脚手架上还放着半袋水泥，像一个蹲在角落里的人，摇摇欲坠。

余乐转头看谢朝：“谢朝，朝阳里也死过人，当年据说发现尸体时，就是这样蹲着……”

谢朝急促蹬车，冲到前方踹了余乐的车轮一脚，自己打头阵去了。

在海堤街的观景台看不见山那边的灯塔，但可以看见灯塔的光线。

咸鱼吧还没关门，隔壁的香格里拉吧里坐着好几个光膀子划拳的大汉，热热闹闹地喧哗。

余乐从单肩挎包里掏出野餐垫，应南乡忍不住夸他："乐仔准备充分，真棒。"

她夸赞的语气太过夸张，余乐半信半疑："难得你赞我一次。"

谢朝带了一台 PSP，余乐买了两副扑克，应南乡和商稚言把炒河粉和炒螺摆好，四人开始玩游戏斗地主。

远远地，能看到另一个方向的沙滩上也有人点起篝火欢呼，听声音都是差不多年纪的学生。有人燃放烟花，火束离地升空，隆隆炸开，满天灿烂。

灯塔的灯光是在凌晨五点熄灭的。天色渐渐亮了起来。余乐打了个呵欠，揉揉眼睛："嗯？日出呢？"

商稚言和应南乡面面相觑："这是西侧，看什么日出？"

天空并不晴朗，太阳确实是升起来了，但被云层遮盖着。商稚言观察片刻："是积雨云，可能要下雨。"

余乐失声而笑："你们地理还学天气预报？"

二十分钟后，果真下雨了。

商稚言和应南乡带了伞，她把自己的伞给余乐，好让余乐送应南乡回家。谢朝和她则冒着还不算太大的雨势疯狂朝光明里蹬车。回到家时商稚言从头到脚都湿了，她让谢朝进门避雨，谢朝却摇摇头："我困了，得回去睡觉。"

他拉着商稚言衣角，让她止步。秋木棉满树绿冠，在春天狠狠开了一茬花儿的杨桃树已经结果，是指头大的小青果，悬在枝头，随着雨势风势轻晃。

"你晚上能出来吗？"他问，"我有话想跟你讲。"

小杨桃被雨水打落，"咚咚"落在地上，落在谢朝的车篮子里，皮卡丘贴纸已经被谢斯清换了张新的。

"好啊。"商稚言勇敢地看着他。

"六点钟，溜冰场门口，不见不散。"谢朝冲她挥挥手，高高兴兴地投入渐大的雨幕之中。

商稚言把小杨桃一颗颗捡起，她这时候才察觉自己脸红了。

洗完澡后还没把头发彻底吹干，商稚言就困得昏睡过去，八点多时被雷声惊醒，才知道这场雨相当大。给应南乡、余乐和谢朝发短信询问情况，得知他们都很安全，商稚言又睡着了。

下午三点多，她被余乐吵醒。余乐敲她卧室门催促她起床，语气严肃正经："商稚言同学，起床，我有重要的事儿得告诉你。"

商稚言烦得起火，开门想骂人，余乐已经溜到了楼下。他和商承志不知聊些什么，大的笑完小的笑，间中夹杂无数猫叫。

见女儿下楼，商承志把铺子交给他俩，转身回房间午睡去了。商稚言饿得前胸贴后背，囫囵煮了一大锅面，被余乐抢走一大碗。

"两点可以回学校对答案，你去吗？"

商稚言摇头："不去。我已经连题目都忘了。"

余乐："我帮你对？"

商稚言："不对，都考完了还对什么，又不需要估分填志愿。"

余乐于是开始说起让他开心得必须立刻找人分享的另一件事。今天这场雨是热带气旋带来的突发性暴雨，从凌晨五点多开始，一直到十二点才结束。余乐一路送应南乡回家，抵达那海边的别墅区时正好开始打雷。应南乡一家人都在，见余乐除了脑袋浑身没有一处干爽的，忙让他进屋避雨。

余乐此前只是大约知道应南乡住在哪儿，但从没去过应南乡的家，更别提进门做客。

"你知道她怎么介绍我的吗？"余乐清了清嗓子，"她说，这位是余乐，我和言言的好朋友，同华高中最会读书的人，已经被清华内定了。"

商稚言："内定吗？不是自主招生降分 30……"

"管它呢，小南说内定那就是内定了。"

应南乡朋友挺多，她家人学历都不高，全都希望她能好好读书考个好大学，因而这众多朋友里，也就踏踏实实的商稚言最受他们喜欢。本来女儿昨夜通宵未归，父母就已经有些不乐意，见是个高大男孩送她回来，越发狐疑，但得知眼前的少年居然是同华大名鼎鼎的余乐，态度骤然变了。

余乐不仅在应南乡家换了身干爽衣服，吃了一顿早饭，和她爸妈谈了应南乡以后的发展，展望了本市房地产的未来，还参观了应南乡的画室兼书房兼游戏室，和应南乡一块儿打了掌机版《空之轨迹 FC》的结局。

"然后她让我去客房睡觉休息，我刚刚才回来。"余乐满脸春光，"我家都没回直接来找你了。"

商稚言吃完最后一条面：“找我干什么？”

余乐：“见家长需要搞什么仪式？”

商稚言：“你疯了！小南家里人心地好才让你避雨，你想到哪里去了？去年八月份刮台风，你家门窗坏了，你不也是到我家来避风吗？当时睡的就是厨房，你忘了？在朋友家里打个地铺就准备见家长，你傻不傻？”

余乐：“我睡的是客房。”

商稚言：“So what？”

余乐蔫了：“你觉得小南对我怎么样？”

“比之前好太多了。”商稚言客观阐述，“之前只是朋友，但今天你已经升级为她的好朋友，知足吧。”

余乐很久没吭声，拿着本漫画在躺椅上打晃：“她疯疯癫癫的，有时候我不知道她是开玩笑还是在说真心话。”

他似乎也不太想跟商稚言深入讨论这种事情，挥舞手中的漫画：“这套书出到哪一本了？我要看新的。”

“进虚圈了。你看吧，我没兴趣。”商稚言翻动手里的砖头书，“里面的人名太长太复杂，我一个都记不住。”

他盯着商稚言手里的《安娜·卡列尼娜》：“你这个又记得住了？”

两人东一句西一句地闲扯，余乐睡得不够，连连打呵欠，最后薅走几本漫画，打算去学校估分。正弯腰开锁时，眼前“嘎吱”停了一辆自行车。余乐抬头一看，顿觉那自行车有点儿眼熟，很像谢朝以前骑的那辆山地车。

但骑车的却是个女孩。她戴着一顶鸭舌帽，披肩长发在耳后扎成两束，脸上带笑，又温柔又可爱，年纪不过十三四岁的模样，身上穿着的是市里最有名的私人学校的英式校服裙。

“租书吗？”见到漂亮小妹妹，余乐停下手里动作，热情招呼，“你自己看，应有尽有。”

小姑娘跨入远志租书屋，商稚言抬头看看她，随口道：“漫画五毛钱一天，小说一块钱一天，办会员卡可以打九折，超级VIP打八折。”

那姑娘却不像是专程来借书的。她在店里看了又看，但目光老飘向商稚言和余乐。商稚言还以为自己坐姿不佳或衣服穿得不对，狐疑地扯了又扯。小姑娘一副欲言又止的模样，她看到了书架上一排整整齐齐的侦探小说集。

“我看过这个。”她轻声说。

但那两人没注意听。

“余乐，顺便帮我拿个包裹。”商稚言说，“我之前买的一本杂志寄到门卫室，我忘记取了。”

余乐：“收件人是商稚言？”

商稚言：“是巴啦啦小魔仙。”

余乐满腹吐槽还未说出，店里那陌生的小姑娘忽然笑出声。

“不好意思。”小姑娘挠挠头，很乖巧的样子，“我也看《巴啦啦小魔仙》的。”

商稚言觉得她十分奇怪：“你们学校今天不上课吗？”

“下午是活动课，我们去体育馆上。我正好经过呢，所以来看看。”那姑娘拿了两本东野圭吾的书，放在商稚言面前，甜甜地笑，“我想借这两本。”

余乐戳穿了她的谎言：“从你们学校去体育馆，不经过光明里吧？”

女孩咧嘴一笑。商稚言提醒：“这两本你要押一百块钱现金，或者用学生证和校徽抵押。”

小姑娘没带这么多钱，找出了学生证。商稚言和余乐只来得及看到那证件上的照片正是眼前女孩，她却立刻手忙脚乱收起来：“这不是我的学生证。”

商稚言莫名其妙，耸耸肩：“那你不能借书哦。”

小姑娘也没多懊恼。她看了眼手表，惊得跳起来：“我要迟到了！”

跑出门骑上车，她一边戴上鸭舌帽，一边冲两人挥挥手，脸上是灿烂又得意的笑：“哥哥姐姐再见。”

“什么再见不再见的……你下次来借书记得带钱。”余乐指点她，“你抄近道走吧，从这条巷子直走，一直去到朝阳里，在朝阳里右拐，就是人民东路，体育馆就在尽头。不要走海堤街和大路，红绿灯太多，耽误你时间。”

遵照他的指点，女孩钻进了小巷。她有模有样地骑那山地车，商稚言总觉得她背影有点儿像过去的谢朝。

余乐去学校了，商稚言等到四点多都没见他回来。商承志接替商稚言的工作，她匆匆上楼洗澡洗头，把自己整理清爽。应南乡送的化妆品和化妆工具再次发挥了作用，商稚言一面跟应南乡电话交流，一面小心翼翼地在脸上扑粉涂抹。不敢太重，又不敢太轻，面颊上的痘印几乎看不见了，她开始在意自己眼角的一颗小痣。

五点半，商稚言已经来到溜冰场门口。溜冰场里人仍旧很多，她匆匆一眼瞥过，不少都是同华的高三学生。

他们会看到我和谢朝约会吗？这算约会吗？看到也没什么大不了。

商稚言脑子里有点乱，她绕着溜冰场慢慢踱步，有时候自顾自地笑，很快又压制自己的表情，用双手揉揉面颊。

商店的橱窗里映出她的影子，黑色长发柔软地披在肩上，她穿了一件清爽的无袖格子裙，脚蹬全新的白色帆布鞋，打扮不出格，干净舒适。橱窗里的她有一张恬静温和的脸，眼睛像是藏着许多心事，定不下来，总要左看右看。

六点整，谢朝没有出现。

六点半，商稚言开始给他打电话。

电话通了，但没有人接听。

溜冰场人来人往，她渐渐觉得冷气有些太强了。

墙上贴着《哈利·波特与死亡圣器》上部的海报，电视屏幕上正在滚动播放宣传片，它即将在十一月上映。谢朝看过吗？谢朝喜欢看吗？商稚言茫然抬头看屏幕，她记得自由的小精灵多比会在这一部里死去。

八点，谢朝还是没有来。而再拨他的电话，已是关机提示音。

商稚言看到了徐路，徐路和朋友们进了溜冰场。她还看到她们一块儿说说笑笑地离开。有人跟商稚言打招呼，她尴尬而紧张，匆匆挥手应答。

张蕾说过她固执，商承志和余乐也说过她固执。谢朝呢？商稚言心想，谢朝知道我固执吗？

她一直等到九点半，商场开始清场。谢朝始终没有出现。

谢朝的消失没有任何前兆，无论余乐还是商稚言都无法找到他。某个凌晨，商稚言的手机曾接到属于谢朝的来电。她早上醒来，匆匆忙忙拨回去，却又是关机。

余乐另辟蹊径，想起他爸曾经保留过谢辽松的联系方式，于是打了那个座机电话。接听电话的是谢家的保姆：家里没什么事，谢朝？谢朝很正常啊，每天出门回家、出门回家，没有什么不对劲。你要找他？他现在不在。

余乐逮了个晚上的时间拨回去，商稚言和应南乡坐在他身边紧张地等待着。谢朝在家，保姆有些犹豫地问他接不接电话。余乐按了免提，好一会儿后他们才听见谢朝的声音，非常冷漠，模模糊糊地传来，他连接电话都不愿意：“不听。”

后来，出分数了，再后来，余乐回学校拿成绩单的时候，远远见了谢朝一眼。送谢朝到学校来的是他的司机，余乐当时在班上，听班主任说谢朝刚刚走，立刻转身追出去。他在走廊上已经看到校门口的谢朝，扬声喊谢朝。

谢朝回头看他，但没有停留，也没有回应，钻进车里走了。

谢朝原本就瘦，但他现在的瘦和以往大不一样，好像有什么狠狠抽走了他的精气神，他憔悴干瘪，黑眼圈深重，眼神是阴沉的。

同学纷纷祝贺余乐总分名列全市理科第二，哪怕不要自主招生赠送的 30 分也能上清华，能报自己最喜欢的专业。谢朝仍旧是第一，他永远第一，毫无悬念。

两个人最终没能在大学成为同学。谢朝没有报考清华，他甚至没有报考任何一所国内高校。余乐跟班主任和教务主任打听，用上了浑身解数，他们才松口告诉他，谢朝不在国内上大学。教务主任还说，谢朝一家人都出国了。

“他没跟你告别吗？”高瘦的主任怜悯地问，“你们不是好朋友吗？”

余乐什么都不知道，商稚言也是。在他们还无知无觉的时候，有什么可怕的、重大的事情在谢朝身上发生了——它让他改变，让他放弃了自己和余乐、商稚言的情谊，彻底消失。

第五章

/新月医学/

我会告诉你的，但你要等一等我。

01

床头小猫形状的闹钟震响，商稚言从睡眠中被惊醒。她下意识地看向床边的白墙，上面本该贴着谢朝帮她整理的政史地考点，但现在已经被一面照片墙取代。

商稚言坐起身，揉眼睛。小猫成了大猫，胖嘟嘟圆滚滚，咬着个猫玩具在地上翻滚。她的房间模样大变，只有床铺仍是当年的位置，但高中时代的痕迹已经彻彻底底，全部消失。

几年前一场超强台风卷过，杨桃树被削走大半个树冠，现在又顽强长了回来，在春天里爆出一簇簇花蕾。秋木棉没那么好的运气，整棵树被拦腰折断，市政部门把它的根也挖走了。商承志补种了一棵三角梅，还给它牵了个架子。

去年夏天，三角梅终于攀上楼房，热热烈烈开了一楼的花，从浅红到粉紫，烂漫得像胡乱糊上去的一团团油彩。

枝蔓攀到商稚言二楼的阳台，小猫常常从阳台爬到花树上。它怕人，不敢落地，就在枝叶里打盹睡觉，偶尔用犀利的眼睛盯着在门口进进出出的年轻人。

远志租书店在商稚言上大学之后宣告倒闭。电脑和智能手机普及，没多少人看书了，商承志和张蕾租下隔壁的铺面，做起了奶茶店和书吧结合的生意。

商稚言急匆匆出门时，小店还没开门营业。张蕾已经在一楼吃早饭，见到她奔下楼，眉毛一拧："说你多少次了怎么就不改改呢，天天迟到，天天迟到，崔成州骂你是对的，没一样事情做得好……"

"我没有天天迟到！"商稚言站着换鞋，压着不耐，草草挥手道别。

她是不需要打卡上班的，也不需要回新闻中心报到。今天仍旧和昨天一样，陪同海水稻专家下乡工作。崔成州没去，让她当浪潮社的代表。

回到城区已经将近八点，车子中途还抛了锚。商稚言抵达咸鱼吧时，余乐已经快吃完了。他又给商稚言点了些东西，商稚言放下包立刻开口："我见到谢朝了。"

"我知道。"余乐放下手机，"新闻里有他。"

浪潮社这几年变化颇大，首先是集体搬迁到新的媒体办公大楼，旧大院成了存放资料的地方。传统纸媒被新媒体逼得步步后退，除《浪潮周刊》之外，浪潮社其他刊物都停了，但在微博、微信和客户端上，浪潮社仍有着重要影响力。

昨日高新科技产业发布会的现场新闻点击率居高不下，尤其是演示医疗机器人和外骨骼的那一段。

"他就在新月，你们公司隔壁。"商稚言提醒。

余乐博士在读，和朋友合作创业，现在是一家新型生物科技公司的研究员，常常东奔西跑。

"你希望我去找他吗？"余乐问。

商稚言不答。

余乐又问："找到了，说什么？"

"我不知道……"商稚言垂头丧气。

很奇怪，在谢朝销声匿迹的十年里，她起初常常想起他，但很快，大学生活冲淡了这种惆怅，她一度以为谢朝已成为少年时代的影子。但重遇谢朝的那一刻，影子骤然清晰了。

久别重逢总是动人。因为一切都熟悉又新鲜，似曾相识的他有了一些改变，是在异国他乡独自煎熬的痕迹，这变化像果实成熟的过程，让人提心吊胆：是更好了，还是更坏了？商稚言和应南乡聊过很多、很多次谢朝，应南乡问她：谢朝对你意味着什么？商稚言一直给不出准确的答案。

但现在，她知道怎么回答了——谢朝是一片从她手中飞出去、擦过水面的石头。只要他出现，就永远会在商稚言心里划出震荡的涟漪。少年时一点朦胧心动，在拉长的时间里沉淀了，成了无法忘怀的回忆。

她还惦记他，带着遗憾、不甘和渴望。

商稚言跟余乐仔仔细细地说昨天发生的一切，恨不能让所有情景都在眼前重现，好令余乐帮忙解读谢朝的心态和秘密。

余乐："他认出你了。"

商稚言："对。"

余乐："但他装作不认识。"

商稚言："对。"

余乐："那还有什么好讲的？他不想跟你扯上关系，完毕。"

商稚言："可是……"

余乐："你想跟他说什么？叙旧吗？"

有太多的事情可以说。浪潮社搬走，大院门口再也没有那个在雨雾中也亮着的 Logo 了。海堤街重修了两次，漂亮整洁，观景台往海里延伸了两百米，成为步廊。灯塔拆了又重建，已经不是过去的模样。

朝阳里整体拆迁，改建成了一条干净的步行街，没有臭鱼烂虾的气味，看不到一只野猫野狗。香格里拉吧倒闭了，咸鱼吧老板把铺子租下来，扩张了咸鱼吧的铺面，它现在是海堤街上最有名的小吃店，来旅游的人都专程跑去尝尝他家的招牌虾粥和炸小鱼。

商场还在，溜冰场没有了，更大更好的真冰溜冰场在更大更好的商场建成。芒果慕斯蛋糕变得不好吃，李姨伊面仍在晚上开门，家门口杨桃树结的果子越来越甜，但总是在晚上被人偷偷摘走。

唯一没有大变化的是同华高中。小卖部仍旧夏天卖烤肠冬天卖牛杂，食堂时不时悄悄提价，学生们遵循优良传统一起抗议。跑道和篮球场重新修缮，校道两侧的果树越长越稠密。超强台风把车棚旁边那株梨树吹死了一半，另一半还活着，每年春天噼里啪啦地开花。

可是这些对谢朝来说有什么意义？商稚言忽然黯然，低头舀虾粥："算了，没意思。"

一顿饭下来，余乐的手机响个没完没了，一会儿是朋友找，一会儿是公司找。两串大鱿鱼上桌，商稚言刚拿起签子，桌面和碗碟又开始嗡嗡共振。

"真是日理万机啊余总。"

余乐瞥她手机一眼："是你的。"

屏幕上"崔成州"三字十分醒目，商稚言吓得扔了烤鱿鱼，中指和大拇指堪堪抓起手机，声音一扫先前的沮丧，假装精神饱满："崔老师！"

崔成州：“下周三是新月医学的季度公开日，你去做个采访，写篇报道，尤其是他们所的医疗机器人。”

商稚言：“有没有相应的资料可以……”

崔成州已经挂断了电话。

这通电话让商稚言食不知味。吃完结账的时候，余乐忽然转头说：“其实我每年都给他发贺卡。”

商稚言：“什么？”

“电子贺卡。”余乐比画了一下，“我们以前登记个人资料，他写过一个 gmail 邮箱。我每年元旦都给他发一张电子贺卡，写点儿东西，有长有短吧。怕他知道是我，不愿意看，我只在邮件里表明身份，还换了好几个邮箱发。”

比如学习，比如自己的现状，比如商稚言没考上暨南的新闻系，去别的学校读了教育学；比如商稚言大学时谈了个恋爱，失恋后打电话给应南乡哭诉，应南乡打飞的去揍了那劈腿的男孩一顿，动作太过凶猛以至于差点被保安扭送到派出所；比如商稚言毕业论文拿了优秀，她跨专业考了个新闻学研究生，面试时太过激动直接来了个即兴演讲，把几个导师逗得狂笑；比如商稚言研究生毕业后终于进了浪潮社，上班第一天跟崔成州打招呼，崔成州完全没认出她；比如……

商稚言：“你等等，怎么都是我的事？”

余乐：“他肯定喜欢看你的事。”

商稚言怒了：“那也不能都是这些……这些可笑的事情吧！”

但无论是什么事情，谢朝从来都没有回复过。贺卡每年都顺利抵达谢朝的邮箱，但余乐不知道他有没有看过。

商稚言让自己别想了，好好生活才是正经事。新月医学的开放日是研究所每季度的重要活动。崔成州给了她不少资料，让她仔细研究，争取写个好点儿的报道，实习评价上去了，去社会新闻中心轮岗的时候自己一定会选她。

商稚言满心雀跃，感觉自己又一次被崔成州内定成为入室弟子。但中心里其他人纷纷摇头：“老崔总是这样骗新人。”

高新科技园区距离市中心很远，没有直达公交车。开放日当天，商稚言转了两趟车，外加半小时出租车，总算在八点之前抵达新月医学科技研究院门口。

但门口没有一个人。

商稚言拿出手机看崔成州发来的开放日信息："时间地点我已全部确认，你的名字已经报上去。周三早上八点准时抵达，切记带证件。"

距离八点还有十分钟，但新月医学门口冷冷清清，连大门都关上了，无人值守。一张纸贴在门口，盖着红印章：因系统内部检修，开放日活动取消，全院休假。

落款是三天前。

商稚言攥着手机，暗暗对着自己说：这是崔成州的考验，这是崔成州的考验……是自己出发前不再次跟对方进行确认的错，是自己太过于信赖崔成州，这是一个惨烈的教训。

透明的玻璃门虽然锁上了，但仍能看到内部的摆设。一楼似乎被设计成为陈列区，商稚言眼尖，发现谢朝演示过的外骨骼也在其中。

正贴在玻璃门上观察内部陈设，她忽然听见身后有人开口："你在干什么？"

镜子一般的玻璃门上映出了一个高大人影。

谢朝站在她身后，左手抓着麦当劳纸袋，右手一串车钥匙，正面无表情地盯着她。

谢朝用钥匙和指纹打开了新月医学的大门，但手拦在门上，没打算让商稚言进入。商稚言跟他解释自己是来采访的，但不知道今天开放日取消。其实商稚言怀疑谢朝也同样不知道今天休假，他拎着的麦当劳纸袋子里散出食物和咖啡香气，显然是早餐。

"不能进。"谢朝略略低头看商稚言，眼神中没有波澜，但商稚言总觉得他在认真打量自己，"要采访，请联系宣传科和办公室。"

嘴上这样说，但他只是拦在门口，没有后退也没有关门。

商稚言察觉到他的态度与那日开会时初见相比，有那么一点点细微的不同。当日谢朝是连话都懒得跟她讲的。商稚言理直气壮："可我现在回不去了。这儿没公交车，出租车也打不到。天气这么差，你们放记者在外面风吹雨淋，这礼貌吗？"

谢朝抬眼看外头天气。南风天，太阳被雾气遮挡，灰蒙蒙的，高楼像是从地面生长出来的潮湿茎骨，高处消失在云雾中。确实下着小雨，地面薄薄水洼里浮着涟漪。

"去门卫室。"谢朝指着八百多米开外的园区门卫室。

商稚言一只脚卡在他的脚边："新月医学员工阻拦浪潮社记者入内

采访。”

“胡说八道。”

“这本事余乐最擅长。”

谢朝转身退开。他嘴角有一丝难以分辨的浅笑，但很快消失了。商稚言钻进室内，忽然冷得一颤。南方春季的特点，除了大范围的落叶、湿漉漉的花和日夜不散的春雾之外，便是室内比室外更冷。

新月医学科技研究院是远潮集团旗下的企业，以研究医疗机器人为主业，最近几年开始接触携行外骨骼的研制开发。研究院在园区里占据了一栋独立的办公楼，楼内此时只有谢朝和商稚言，湿气钻进室内，冷而黏，商稚言小声打了个喷嚏。

谢朝往前走，没有回头搭理她。

商稚言提醒自己：别多想，他就是新月医学的员工，只是员工，没有别的身份……他不认识我，没见过我。那我也不认识他。

想到最后总是有点儿赌气和不甘心，但商稚言的注意力很快被占据了一楼大部分空间的展示区吸引了。

展示区里陈列着十余个大小不一的展示柜，最大的展示柜内是一具接近两米高的脊椎外骨骼，像一个巨大的机器人，可以攀附在人体背部。商稚言低头看展示柜上贴着的说明。说明全是英文，除了“脊椎外骨骼携行器”这样的名称之外，余下七八行全是英文名字。她拿起手机，拍照翻译。

经过脊椎外骨骼携行器往里走，是整齐排列的机械臂和医疗机器人。其中便有会议当日展示的“自由度6”的医疗机器人，她记得这是国内最先进水平。谢朝当日演示的上肢外骨骼也在展示区里，固定成舒展形状。

商稚言一路看过去，她发现好几个上肢和下肢携行外骨骼的标牌上都有谢朝的名字，他是参与制作人。

“这个也是你做的吗？”她回头指着那具最醒目、体积也最大的脊椎外骨骼问。

但谢朝不在她身边。瘦削的青年用悠闲姿势靠在“展示区”的立形标志上，似乎他才是被展示的那一个。麦当劳纸袋撕开了，谢朝一手咖啡一手汉堡，边吃边看商稚言，仿佛她是佐餐小菜。

商稚言和他互瞪一会儿，压着火气：“这个，也是，你，做的吗？”

谢朝：“你不懂英文？”

“我怎么知道你英文名叫什么。”

她回头又瞅了一遍，那堆英文名里没有XIE，但不少人只有名字并未列出姓氏。怪里怪气，她心想。

谢朝暗暗笑了。商稚言越发不悦：“笑什么？什么意思？”

“余乐不跟你说？”他问。

“余乐怎么知道？”

“他每年都给我发垃圾邮件，我的邮箱名称就是我英文名。”

商稚言一愣，几乎就在瞬间，她的脸腾地热了：“你看了？”

“垃圾邮件。”谢朝加重语气，“全都自动删了。”

骗人，自动删了你怎么知道是余乐发的。商稚言冲他疾走几步奔过去，谢朝转身走向电梯。

电梯倒是开着的，商稚言忍不住嘀咕：“你们公司也太不环保了，既然休假，怎么也不关电？”

“系统检修。”谢朝懒洋洋道，“再说还有我这种值班的人。”

电梯厢门锃亮，像镜子。密闭厢体里，商稚言从平滑的金属板上看到谢朝默默盯着闪动的数字面板。意识到商稚言盯着自己，谢朝回头看她。商稚言立刻和他一样死瞅变动的数字，装作平静自在，直到谢朝收回视线。

她真紧张，紧张得不得了。谢朝进电梯后手里的咖啡和汉堡就没再动过，维持着一个僵硬的姿势。

他也紧张吗？这念头在商稚言心里一掠而过，很快变成了愤怒，他有什么可紧张的！

谢朝的办公室在八楼，一个宽大的多人间，看样子至少有六个人和他分享这一处。办公室有点儿杂乱，和商稚言想象的窗明几净区别很大，靠窗的大桌子上堆放着许多材料，地上也是大箱小箱，有的是商稚言能认出的螺丝钉、弹簧灯之类普通工具，更多的她只能分辨出材料，并不知道它们的用途。

与其说是办公室，这儿更像工作间。

谢朝在书架前方落座，打开电脑，坐下继续享用早餐。商稚言站在入口，左瞧右瞧，不确定自己是否可以随意踏入。

“你到底来干什么的。”谢朝忽然开口，“参观完了，可以走了吧？”

“我才看了一楼，新月医学的研发中心呢？我可以去瞧瞧吗？”

“不可以。”谢朝的目光始终黏在电脑屏幕上，语气淡淡的，“好走不送。”他戴上降噪耳机，周遭忽然变得极为安静，耳中只有轻微的底噪震动着，眼角余光看见商稚言在最靠近门口的办公桌前抓了一张白纸，哗哗写着什么。

再抬头时，桌前已经没了商稚言的身影。

谢朝瞬间就像泄了劲，他一言不发，静静看着商稚言方才待过的位置。这仓促的、充满不快的会面简简单单结束了，商稚言走了。谢朝半天没能起身，他疲倦而乏力，在心里反刍他和商稚言说的每一句话，还有商稚言的每一个动作、每一个表情。欣喜和痛苦反复纠缠，在胸口坠成一团。

桌子是他的助理小陆的，桌上满是零食和各种图纸。谢朝在巧克力、饼干和能量棒的包装袋上看到一张白纸。商稚言留下了她的联系方式。

她的字变了。谢朝把那张纸抓在手里，呆呆看了很久。商稚言以前写自己名字的时候,总会把最后一个字写成一串竖的波浪线,末尾的“口”字则一笔画成个圆。余乐批评过好几次：这商稚言还是商稚浪商稚圈?

这个习惯终于改过来了，在谢朝不知道的时候，商稚言练了一手漂亮的硬笔书法，字迹洒脱而带着英气。他看了半天还不够，举着纸，伸出右手食指在她名字上比画，像是想重复她的字迹轨迹。

“我的字好看吗？”

谢朝顿时惊得回头。

商稚言站在书架前，脑袋晃了晃，眼角满是笑：“看了这么久，看出什么来了？”

谢朝迅速别过头。

商稚言：“不必脸红，谁见到我这手字都要不好意思的。”

谢朝把那张纸团巴团巴，捏成个球，抬手要往垃圾筐里扔。

“别扔！”商稚言大喊，“我劝你别扔，扔完你还得捡。”

谢朝扔进去了。

商稚言愣愣看他。她眼圈有一瞬间泛红了，但很快被她控制住。扔了就算了，她跟自己说，我不生气，我完全不生气，我今天是来……

她想起来了。

“我是来工作的。”商稚言指着书架上两本不同年份的《生物医学工程学科发展报告》，“我可以借两本书回去吗，谢工程师？”

同样的话，谢朝曾对她说过。这几乎是一种故意的挑衅，谢朝以为自己可以全程冷静，但在这句话里完全败下阵来。他看着商稚言拿走书，头也不回地离开，很久后才察觉手指冰凉。

本能驱使，他无意识地站起，跑出走廊。这是一次糟糕至极的会面，但原本不应该这样。他设想过自己和商稚言如何重逢，设想过说什么话、做什么事，总之一切都不应该是现在这样。

但他听见了电梯关闭的声音，很清脆。

谢朝转头往走廊尽头跑去，推开尽头的窗户，可以看见办公楼前的道路。很快，商稚言的身影出现在路上，隔着春雾，影影绰绰。

谢朝这才感到胸口有一种迟缓的钝痛，是被懊悔诱发的。他张口想喊，声音堵在喉咙里，但数年的隔阂成为钳制他喉咙的机械。

谢朝一直站在窗前，直到那陌生又熟悉的身影消失。他的眉毛、头发尽被雾水打湿，冷意渗入胸口。

崔成州结束工作回到财经新闻中心，一路上碰到三个人都小声劝他：别太凶，小商都被你凶哭了。

他慢悠悠放下相机和背包，慢悠悠泡茶，慢悠悠开手机看了五分钟自家孩子的视频，才踱到商稚言面前，歪头看她："他们说你哭了？"

商稚言莫名其妙："没有啊。"

崔成州："说你回来的时候满脸都是眼泪。"

商稚言："下雨了……那是水。"

她面前摊着两本数百页的厚书，崔成州翻了翻封面。

"嚯，学科发展报告？还是内部版？你挺认真啊。"他凑过去看商稚言的笔记，"外骨骼的控制系统设计应是鲁棒的，可靠的……鲁棒是什么玩意儿？"

商稚言当即打开搜索引擎，输入"鲁棒"，按下回车。

崔成州："……你也不懂啊？那你今天干吗去了？"

商稚言憋着一肚子气："崔老师您没有自己的工作吗？"

崔成州耸耸肩，坐回自己位置。他的手机一直在振动，是信息接二连三地跃进来。

商稚言心中一动，抬头瞧崔成州。崔成州的脸色完全变了，方才那一脸坏笑消失无踪，他的粗眉毛耷拉，眉头紧拧，嘴角绷得结实。

"崔老师？"

崔成州抓起外套和背包，风风火火奔了出去。很快，记者们的微信群也开始嘀嘀嘀地疯狂响起。

“九中出事了……”众人低声交流着。

商稚言忙抓起调了静音的手机，屏幕刚亮起，她便看到一条陌生号码发来的短信——

“借的书一周之内还。”

没有落款，没有任何可识别的标志，但商稚言知道是谢朝发来的。

他果然捡起来了。

商稚言暗骂一句“幼稚”，没打算回复他，迅速点开了微信。

微信群里是几张照片，一个穿着九中校服的女孩跪坐着，正伏在几个同学身上号啕大哭。群里有人说，可能是学习压力太大，这女孩上着课忽然情绪崩溃，不仅大哭着撕书还打算冲出教室，幸好被同学死死拽住了。

商稚言打开电脑端微信，迅速找到孙羡：“羡儿，你们学校出了什么事？”

当晚商稚言回家继续捧着两本学科发展报告研究的时候，孙羡的回复姗姗而至。学校老师开了大半天的会，领导们各种耳提面命不得乱说话。那女孩恰好是孙羡教的学生，孙羡和其他科任老师一样，一个个地被提拎着面谈，但翻来覆去，谁都说不出可疑原因。

孙羡毕业后回来当老师，已经在九中工作了好几年。她教历史，是高二某班的班主任，但也兼教高一新生。那个女孩就是高一的，入学半学期，性格文静寡淡，朋友不多，存在感不强，和科任老师的交流就更少了。

“我对她印象真的很模糊。”孙羡嫌打字麻烦，直接给她拨来语音，“她个子蛮高，安安静静的小姑娘，上课老走神，点名问她问题，迷迷糊糊的，也不知道在想什么。不过高一的小孩都这样。而且九中偏理科，大部分学生高二分科都选理，所以历史课没多少人听，我也没怎么在意她。”

高一的学生稚气，但鲁莽冲动，脱离了九年义务教育，个个心里都一股天不怕地不怕的劲儿。孙羡印象中，那个叫黎潇的女孩不太跟同学交际，只和周围关系不错的女孩们说话，她还常常在课堂上睡觉，总是一副睡眠不足的样子。

商稚言问：“她家庭条件怎么样？”

“我也是今天才知道的，普通的重组家庭，继父之前是技术工人，下岗了，现在在化肥厂当门卫，她妈是饭店后厨。”

商稚言：“平时没人管她？”

“我们怎么晓得呀……她的班主任可能清楚情况，但她也不跟别的老师讲。”孙羡顿了顿，小声说，“我今天跟你说的事情，你可别告诉别人，也不能写出去。”

商稚言叹气：“我写去哪儿呀？财经和科技板块也不可能写这个事儿。你当作我好奇好了，职业习惯，总要问一问的。我看到有人说是校园暴力？”

孙羡沉默片刻，有些迟疑：“我听教导处主任和校长提了一点点，和校园暴力没什么关系。黎潇朋友少，但也不是完全没有，平时在班上就特别普通的一个孩子。”

商稚言还想再说什么，孙羡忽然道：“言言，事情可能没那么简单。我听别的老师说，黎潇现在不在医院。她晚上已经转院到其他地方去了。”

商稚言吃惊：“去了哪儿？”

“精神病院……”

02

商稚言花一晚上时间，囫囵翻完了两大本学科发展报告，算是对谢朝和新月医学的事业多了几分了解。她结束和孙羡的通话之后，还给余乐拨了电话，告诉他今天又跟谢朝碰面了。

余乐快被她烦死：“见了就见了，不必跟我报告，我跟谢朝不熟。”末了还再三提醒商稚言保持冷静，不要被谢朝带偏。

商稚言嘴上说不可能，悻悻挂断电话之后，看着眼前的书发呆。

为什么要借书？有借就有还，谢朝当年也是这样的。

所以第二天，商稚言干脆抱着两本书去浪潮社，坐稳后立刻给同城快送下了个单子，迅速寄走两本砖头书。见不到谢朝，就不会胡思乱想，也不会被谢朝影响。

崔成州来得很早，录音笔插在电脑上充电。这是他准备外出采访的标志性动作。商稚言好奇：“崔老师，今天带我去吗？”

崔成州：“不带。”

商稚言越发好奇。崔成州下个月就要调回社会新闻中心，财经中心其实已经不给他安排工作了，而他手上现在还有需要采访的活儿？

人人都知道崔成州到财经中心是一种惩罚。五年前他写了一篇关于市区道路的报道，揭露了道路反复铺修、反复塌陷又不断补修背后的一连串交易。报道令不少人下台落马，崔成州和浪潮社出了名，但随之而来的，是崔成州的调职通知。

崔成州离开了社会新闻中心，在财经新闻中心混个闲职，脸是一天比一天更臭。

商稚言给他倒了一杯茶。崔成州不喜欢她端茶倒水，又狠狠瞪她一眼。她借机瞥他手上的本子，看见记事本上写着一行字，是黎潇的名字和精神病院地址。

崔成州合起记事本，又骂她一句："你是端茶小妹还是来当记者的！"

商稚言抓起手机和背包，跟在崔成州身后跑出去："崔老师，我也去。"

崔成州："和你无关，回去写稿。"

商稚言："你是去精神病院找黎潇吗？"

崔成州愣住了。

商稚言打铁趁热："我有这件事的内幕消息。"

崔成州："快，上车。"

黎潇转院的事情发生在昨天下午。注射镇静剂后平静下来的黎潇睡了一觉，醒来发现自己在医院里，开始疯狂挣扎大叫，好几个人都压不住她。她的病床靠窗，输液的针头还插在手背上，她却不管不顾要跳下床跑向门口，远离窗户。

再次注射镇静剂让黎潇陷入睡眠后，医生跟黎潇父母沟通，这才知道黎潇初中时曾经到精神病院就诊过，她患有"恐怖症"。

"什么是恐怖症？"商稚言问，"什么东西让她恐怖？"

"这就是我去精神病院的目的。"崔成州拧眉直视前方，"这案子已经被当成精神障碍复发。但我想这里面说不定还有点儿什么别的，先挖一挖。"

商稚言："什么别的？"

崔成州："青春期少年面对种种压力，发生精神障碍的情况增多。"

商稚言："嗯……"

崔成州："嗯什么？"

商稚言："这个角度还可以。"

车子嘎吱停了，崔成州被她气笑："什么时候轮到你来指点我了？下车，去登记！"

商稚言知道崔成州人面广，但没想到崔成州的老同学自己也认识。那医生看见商稚言和崔成州一块儿来，很是吃惊："你们都来看明仔妈妈？”

崔成州和商稚言对视一眼，又别开头。他们彼此都不知道对方还会定期到这儿探望那个疯疯癫癫的女人。

“明仔今天也来了。”医生说，“他怎么不上学啊？”

闲聊两句后，他放下两杯茶，冲崔成州摊手：“拿来。”

崔成州：“没有。”

医生愣住了：“没有？那你来做什么？没有那个，我不可能把病人的事儿告诉你。”

崔成州弹舌一哼：“我不看病历，你大略跟我说说就行。”

医生仍旧摇头：“老崔，那是病人隐私。”

崔成州从包里掏出录音笔和手机，在医生面前晃了晃，随后连同背包也一起塞到商稚言怀里：“我徒弟把这些都带走，我不录音不录影。”

“不必了。”医生摆手，“没有协查文件，我不可能说一个字。”

两人僵持了片刻，崔成州忽然说：“好吧。喝茶喝茶，老同学聊聊天而已，不要弄得这么紧张。”他笑嘻嘻地抿了一口茶，“嗯？这不是老张家乡的白茶……”

商稚言借口去厕所，悄悄溜出办公室。

走廊上明亮安静，偶尔有医生护士走过，这是精神病院的门诊楼和办公楼，对面是住院楼。住院楼下有一个颇大的院子，草坪花圃，池塘小亭，就像一个大公园。不少病人在院子里活动。

商稚言看到了明仔和他妈妈。

明仔入学比其他孩子晚一年，现在还在读初三，今年准备中考。几乎每周他都会来这儿探望母亲，有时候黑三和他一起来，有时候商稚言和他俩一块儿。

但现在不是休息日，明仔不应该出现在这里。

商稚言穿过住院楼的长廊，准备登记进入活动区时，明仔出来了。他没料到会在这里看到商稚言，居然下意识地转头就跑。

“站住！”商稚言一声大喝，“你能跑哪里去！”

明仔抓抓脑袋，小声嘟囔：“言姐。”

“你又逃学？”商稚言把他拉到一旁，“怎么回事啊明仔，三月份了，你六月就要中考，整天逃学是怎么回事？”

“我不想考试了。”明仔说，“我想跟黑三哥和罗哥学修车。”

商稚言：“……他们不会同意的。”

“你帮我劝他们嘛。”

商稚言笑了：“我也不可能同意啊。你成绩又不是考不上高中，重点高中不好进，但普通的学校肯定没问题。或者你考职业高中，去读中专，你想学修车那就好好去学，跟着黑三表哥能学什么？你正正经经学出来了，比他们更厉害，他们要叫你明仔师傅的。”

明仔也笑：“言姐又乱讲话。”

他个头已经蹿得比商稚言还要高，似乎还可以往上长。幼年时严重营养不良似乎狠狠削弱了他的体质，他仍旧很瘦，好在皮肤之下已经有了一些薄薄的肌肉，是个瘦削但还挺健康的男孩子。

他母亲很美，入院治疗之后有护士帮她洗脸梳头，精神渐好，凹陷的脸也越发圆润。明仔的嘴巴和眼睛像母亲，高挺的鼻子或许继承于他的父亲。商稚言有时候看着明仔，会想象他以后可能成为什么样的男孩，和什么人结识，过着怎样普通平凡但安安稳稳的一生。

一个苹果从活动区门口递来，女人喊着儿子的名字，让他吃水果。

明仔接过苹果，催促母亲回去休息。

“阿姨，学生仔还是要读书，你说对不对？”商稚言说。

女人认得她，微微笑起来：“要读书，要考第一名。”

明仔啃了一口苹果：“我不行的。”

女人：“明仔考过第一吗？”

明仔：“没有，校运会上跑过第一。”

女人：“那你要考状元啊。”

明仔：“你又看什么古装片了？”

他现在已经很擅长和母亲稀里糊涂地瞎聊天。

崔成州给商稚言打电话让她去停车场，商稚言连忙跟明仔告别。

“下午去上课！否则我告诉黑三表哥你又逃学！”

明仔满脸无奈，拖长了声音：“好——”

停车场见到崔成州，崔成州开口就是一句“有进展”，他顺利从老同学口里挖出了一些料。

黎潇在初二时曾因为精神问题到精神病院就诊，当时被诊断为恐怖症：她对灯泡怀有巨大的恐惧。

商稚言皱眉：“灯泡？是普通的钨丝灯泡？”

崔成州一边开车一边跟她解释，黎潇的初中教室外有两盏这样的钨丝灯泡，家里的卫生间、厨房和卧室也有类似的钨丝灯泡。她对钨丝灯泡的恐惧已经达到了只要见到形状相似的灯具亮起，就会尖叫、下蹲，双手抱头以保护自己。

“她是被人欺负了吗？”

“不知道。更详细的我问不出来。”崔成州耸肩，“但当时医院让黎潇定期复诊，黎潇来过两次之后就再也没出现，当然也没有吃药。”

不再就诊的原因，是黎潇恐惧的根源消失了。学校走廊的灯泡被打坏，不再亮起。家里的钨丝灯泡换成了更明亮的节能灯泡。黎潇安静了，行动渐渐恢复正常。

“所以她家人就不再带她上医院了，直到今天。”崔成州微微皱眉，“但我同学说，恐怖症乍看起来恐惧的是物体，但实际上恐惧的可能是物体存在的空间或者场景。如果恐惧的是空间和场景，黎潇现在害怕的不一定是灯泡，也许已经转换成别的东西。”

“九中的走廊有钨丝灯泡吗？”商稚言给孙羡发了信息。

车子又停了，仍旧雾气茫茫。崔成州说：“下车。”

商稚言一头问号。

她抬头一看，车子已经停在高新科技园区门口。谢朝抱着一个同城快送的包装袋站在门卫室前，仍旧面无表情。

“你好啊。”崔成州冲他摆摆手，“我把我们的记者送来了。”

商稚言吃惊：“师父你干什么？”

崔成州：“黎潇这件事你不要理，先把手头科技版的报道写好。昨天开放日取消我不知道，是我的错，所以我帮你直接联系了新月医学研发中心的高级机械工程师，就你的那个同学嘛，叫谢什么……”

商稚言不依：“报道我会写的，但黎潇的事情你不能撇下我。”

崔成州：“你是财经中心的记者，不要乱蹚。”

商稚言：“你也是。”

崔成州：“我资历比你高，脸皮比你厚，嗓门比你大。下车！”

商稚言一腔怒气散不出去，又不敢对崔成州发怒，连关车门都控制着自己，没有用狠力气。崔成州冲她和谢朝摆摆手，开车跑了。

谢朝领着她往园区里走：“今天可以参观研发中心。”

商稚言一言不发。她的心思不在新月医学这边，全放在黎潇那件事上面了。手机响动，孙羡回复：“没有钨丝灯泡。”

明仔也给她发了信息：“我下午去学修车，你可以帮我跟学校请假吗？”

没一件顺心的事情，商稚言咬了咬嘴唇。她抬头看见谢朝，越发觉得谢朝也碍眼。

谢朝偏偏这时候开口了。

“你和崔成州吵架了？”他侧头问，眼神里带着一丝揣测和一丝微妙的笑意，“你怎么还跟以前一样，一点没变。”

商稚言站定了，谢朝这句话激起了她的愤怒。

“你有什么资格说我没变？”她声音颤抖，紧紧攥着拳头，“这十年里你没有跟我一起经历过任何事，你怎么知道我变没变？”

谢朝不说话，眼皮垂了垂，嘴唇轻抿。

商稚言不肯放过他，不让他闪避。谢朝的态度实在刺伤了她。或许这是一种信号，大家都是成熟的成年人，理应懂得更圆滑地处理少年时代的伤口。把那些快乐的事情当作不存在，不辞而别也当作不存在，把彼此关系死死限定在“同学”身份上，他们还能在成年人的社会规则里各自体面，好好来往。

但商稚言知道她根本跨不过去。她忍着不问那个问题，忍着不谈论过去的事情，不说自己的难过，是她有涵养，是她在没法走出来的难受里煎熬过，所以练出了这种本事。

但谢朝不能这样轻飘飘地提起。

“……那是我人生第一次约会。”她看着谢朝说，“我等了你四个小时。”

事实上，在之前的很长一段时间里，商稚言都不断不断地告诫自己：那不是约会。

那不可能是约会。只是朋友之间普通的邀约，虽然开口的是谢朝，受邀的人只有商稚言。但此外还具有什么特别的意义？没有任何特殊意义，不是约会。

然后她很快陷入了被余乐称为“失忆症”的症状中。前一天跟余乐嚷嚷着那是约会，第二日立刻改口，坚决否认。而倾听的余乐和应南乡会面面相觑，小心问一句：“你忘记昨天说的啥了？”

只有不把那一天的邀约看作约会，才能冲淡它带来的懊恼和沮丧。商稚言当然很清楚这种行为近似于自欺欺人。成年人正好擅长这种本事，十八九岁的商稚言无师自通，是谢朝令她灵魂中的这一部分迅速成长，忽然学会了对抗世上所有不快乐事情的方法。

她甚至在某些时候想起来，还要假模假样地跟自己讲：那我还得感谢他。

商稚言后来没再去过溜冰场，那地方不好玩，会让她想起自己认真打扮，然后等待四个小时，再黯然回家的那一天。她也很久没穿过那条格子裙，直到大三时张蕾帮她收拾行李，顺手把裙子塞了进去。回到学校的商稚言发现裙子的存在，很快又把它塞到行李箱底部。

谢朝没有回避她的愤怒。

商稚言敏锐地察觉，眼前的谢朝和重逢时候的谢朝确实不一样。那天的谢朝整个人像罩着冷冰冰的盖子，隔绝了外物，但今天的谢朝正在迎接她的怒火。她不知道他因何改变，也不知道这种改变是好是坏。

但他没法平息商稚言的情绪。

“我很想去。那也是我第一次约女孩子。”谢朝说，“对不起。”

商稚言眼睛一酸，立刻问：“所以为什么没有去？是出了什么事吗？”

谢朝轻轻摇了摇头。

商稚言见过他这种态度。以前一问到他家里的事情，问到他为什么往海里走，他立刻像闭了壳的蚌，怎么都撬不出一个字。他擅长回避，触碰到自己不愿意提的事情，会立刻陷入拒人千里之外的沉默。

但这次商稚言不打算包容他的不愿意。

“你又这样。”她一口气说下去，“如果这件事情只和你自己有关，你不乐意说那就不说，你乐意说的时候我们就听着。对，以前都是这样，讲或不讲是你的自由。但这件事情是不是跟我们这几个朋友也有关系？你跟小南不算熟，我们不说她，那我和余乐呢？难道我和余乐的感受在你心里就真的一文不值？你连个解释都不愿意跟我们讲吗？”

两人已经站在新月医学门口的通道上。一个穿着工装的青年奔出来，听到商稚言最后一句话，想都没想，立刻转身往楼里走。

“小陆。”谢朝喊他，“你过来。”

商稚言被谢朝弄糊涂了，她看看挠头走过来的青年，又看看谢朝。

“陆棣，我助理。”谢朝示意商稚言看小陆的工牌，“名义上是助理，其实是实习生。”

“你好，你好。”小陆冲商稚言伸出手，满脸笑容。

“商稚言，浪潮社记者，来写医疗机器人报道的。”谢朝说，“你带她去研发中心。”

商稚言："谢朝！"

谢朝垂眼看她："我现在有点事必须去处理。"

小陆在一旁走也不是，不走也不是，只好硬着头皮帮谢朝讲话："谢工是挺忙的，真的。他现在就有个必须参加的会议……"

商稚言："既然都这么忙，那我还是先走吧。"

她转身时，谢朝抓住了她的手。

"我会告诉你的。"他说，"但你要等一等我。"

"别拉拉扯扯。"商稚言挣脱，"影响不好，谢工。"

谢朝一时无言，又因为有外人在场，他紧抿嘴唇，从目光里流露恳求的意味。

商稚言最终没有离开，她面色阴沉，目送谢朝和小陆走进电梯。

崔成州给她发语音，问她情况如何。

商稚言："吵架了。"

崔成州打字飞快，几乎是秒回："年轻人，不要冲动。"

商稚言目光落在身旁的一具下肢携行外骨骼上。

之前没看清楚，她此时发现，这具外骨骼设计上有些笨拙，关节部位用料笨重，和其他几副外骨骼相比，使用痕迹明显。

外骨骼下方的标牌上写着谢朝的名字，制作日期是 2015 年。

2015 年，那时候谢朝刚刚大学毕业。商稚言在展示区看了一圈所有外骨骼的制作日期，确认这具携行外骨骼是最早的一具。

他最想做的不是医疗机器人吗？商稚言有些迷惑，展示区里所有的外骨骼上都有谢朝名字，他参与了每一具的制作。他的理想在漫长的十年里已经变了吗？商稚言心中又生出几分黯然。谢朝不知道她身上发生了什么，她也一样对谢朝一无所知。

大约半小时后，小陆从电梯里飞奔而出。他非常热情，先带商稚言办了一日为限的来访卡，又带她去食堂吃午饭。

新月医学的食堂在园区里相当有名气，其他企业的员工也常常会到这儿用餐，商稚言意外地看到了余乐。一圈年轻的女孩子围在余乐身边，被余乐说的话逗得乐不可支。

商稚言偷拍一张照片发给应南乡。应南乡果然秒回："魅力可以啊乐仔。"

余乐远远看见商稚言，又惊讶又高兴，端着餐盘移动过来："来工作啊，言言？"

他把餐盘上的猪排包和酸奶分给商稚言：“新月食堂里的猪排包是一绝，很难抢。”

商稚言低声问：“你怎么回事？”

“都是大四的实习生，我带她们参观园区。”

商稚言不信：“没问你这个。我是说，你们那边没有食堂，一定要到新月的食堂来吃饭？”

余乐只是笑。

商稚言：“你跟谢朝不是不熟吗？”

余乐：“这食堂也不是谢朝开的啊。”

商稚言：“但他说不定会在食堂吃饭，你说不定能假装偶遇，和他说说话。”

余乐又笑，小陆忽然开口：“谢工不吃食堂的。”

两人均一愣：“那他吃什么？”

“准确地说，谢工不下来吃饭。”小陆补充，“一般回家吃，或者自己在办公室里解决，有时候让我帮他买一份饭。总之，他不进食堂，嫌人太多。”

余乐顿时放下了筷子：“嗨，我白来这么多天了。你们食堂东西是好吃，可是也贵啊。”

原本小陆和商稚言待一块儿，小陆对商稚言充满好奇，连连追问，商稚言很有些招架不住。余乐坐下后形势立刻逆转，小陆遂成为他们打探谢朝情况的情报员。

谢朝是今年年初从美国回来的。按道理，谢朝这个年纪的青年学者，在新月医学里应该从基础做起，但谢朝一来就立刻成为院里医疗机器人项目的团队核心成员。这个决定招致团队内部许多不满，好在谢朝本人寡言且工作认真扎实，相处起来也没多少压力，那些议论才渐渐下去。小陆一月份开始在新月医学实习，和谢朝一样都是新人，关于谢朝的事情，他也说不出什么内幕消息。

商稚言默默地听着记着，一边听着谢朝的事情，一边想着自己的那篇报道。崔成州布置的任务，她还没想好怎么去写。

和她联络的人就这样变成了小陆。商稚言晚上回家时，小陆还在不停给她发微信，随时汇报谢朝的状态：“谢工今晚又加班。”

商稚言：“不用跟我讲，我要写的不是你们谢工的生活日志。”

小陆：“好的，好的。”

过两分钟又来一条：“谢工今晚开视频会议。”

汇报频率还挺高：“谢工今晚很异常，他老看手机。”

商稚言觉得他真烦。但小陆发来的每一条，她都忍不住看两遍。

谢朝的手机号码她已经拖入了黑名单，这时忍不住拖了出来。

他让我等一等他……商稚言揣摩着这句话，不知道自己要等到什么时候，谢朝才会跟她讲过去发生过的，而她和余乐一无所知的事情。

然而十二点过了，谢朝也没有联系她。恼怒的商稚言又迅速将号码拖回黑名单。

03

关于新月医学医疗机器人的报道，商稚言写了整整一周。崔成州没限制她交稿时间，她认认真真查资料，认认真真跟小陆请教问题，整篇报道换来崔成州一句评语：还可以。

商稚言觉得这句话实在太动听了。

而趁此机会，她对谢朝的工作也多了几分更深入的了解。医疗机器人和工业机器人一样，由机构、驱动、感知和智能控制四个部分组成，谢朝他钻研的正是第四部分：智能控制。

目前世界上发展最快的医疗机器人是外科机器人，当日新月医学展示的“自由度6”机械臂，正是专用于骨科手术的产品之一。而除外科机器人之外，新月医学也涉猎救援机器人和康复机器人领域，但出于商业考虑，企业目前的重头项目仍旧是医疗机器人。

谢朝所在的核心团队正负责研发一类难度大、精度高的脊椎外科手术机器人，具有触觉反馈功能的操作系统是一大国际性难题，相关案例不多。他最近日夜加班，跟欧美的教授和科研团队开视频会议，几乎到了废寝忘食的地步。

商稚言老想起新月医学一楼的展示区。和医疗机器人相比，谢朝似乎更偏重外骨骼。她去问小陆，小陆也承认：“谢工当年毕业的时候，他的毕业设计作品就是一具下肢携行外骨骼……对对对，就是那具，挺好用的，我们都试过。”

那具外骨骼可以穿戴在人的右腿上，从大腿中段一直到脚踝，对整个腿部起到支撑的作用。

“那外骨骼是专门给肌力不足的人训练和康复使用的。”小陆跟她解释，“比如卧床太久了，腿部肌肉萎缩，这一类病人就很适合使用谢工那个外骨骼。本来我们都以为他会以这个为研究方向，但不知道为什么他会来新月医学。新月医学虽然有外骨骼项目，但不是我们的工作重点，那个项目组只有两个人，根本没法工作。”

小陆匆忙说完，又投身到会议中。交了稿的商稚言松闲许多，联系余乐问他周末是否一块儿吃饭，正巧应南乡出差归来，可以聚餐。

余乐拒绝了：“我得加班。”

商稚言有点儿怀疑，他是不想见到应南乡。

应南乡当年顺利考上央美，毕业后在广告公司里当了设计。两年前因为做设计太受气，她又开始转职做策划，职业生涯忽然风生水起，渐渐上了正轨。

春节过后，应南乡和急催她结婚的男友分了手。商稚言原本以为余乐应当有机会，但应南乡很快和项目里一个同行结识，对方恰好是她喜欢的类型，恋情又迅速展开。

商稚言总觉得应南乡是一个奇妙的人。她可以很快从爱里抽身，又很快投入爱里，时刻准备着爱人和被爱，仿佛心底有一个永远丰盈的泉眼。她的喜欢和不喜欢、爱和不爱都直截了当，不委屈自己，也不委屈别人。

也许余乐是“别人”之中的一个例外，商稚言想。

余乐上大学之后，渐渐地也不把应南乡挂在嘴边了。他和应南乡都在北京读书，但学校隔得远，他俩见面的机会并不多。

商稚言到现在还清楚地记得那天，应南乡忽然给她打来电话，语气里满是震惊和难以置信。

乐仔有女朋友了！她用一种带着恍惚的口吻，絮絮叨叨地跟商稚言描述余乐的女朋友：同为学霸，人很漂亮，气质很棒，性格又和善又舒服，一头短发，顺溜光亮，单眼皮细长妩媚，笑起来脸上还有小酒窝。

那是个和应南乡完全不一样的女孩。

商稚言后来才知道，应南乡那天拉着个小行李箱去的清华。行李箱里头装的全是她这几年攒下来的各种宝贝：旅行纪念品、没拆封的香水、普罗旺斯的精油、俄罗斯的银饰、古怪的民族挂画、新西兰海滩上捡的粉紫色贝壳……

都是不值钱的小玩意儿，她全给了余乐，当作“世界末日”的礼物。

余乐的恋情持续到毕业，因女友移民宣告结束。他去央美找应南乡，两人骑自行车去 798 艺术中心兜风。那时候是冬天，北京城里城外一片荒凉，楼间风呼呼狂吹，风过来立刻扬起轰轰烈烈一片黄尘。

他俩戴着口罩瑟瑟缩缩兜完，余乐失恋的不快转为愤怒：这火车头、废车间到底有什么好看的！

应南乡请他去吃粤菜，又带他去吃全北京最地道的桂林米粉、螺蛳粉，但余乐就是不满意。晚上两人在剧场里消磨时间，余乐在位置上睡着了，双手插在衣兜里，垂着头，非常安静。等他醒来，应南乡终于想到一句极棒的安慰话："十八年后又是一条好汉！"

商稚言听着电话里余乐的声音，半天才应一句："算了，挂了。"

通话结束后，余乐冲进了球场。

"周末你们自驾游对吧？"他对伙伴说，"算上我一个。"

高新科技园区里有个设备齐全的运动场，四个篮球场排列在场地外侧，余乐打完半场，坐在一旁喝水休息，远远看见了谢朝。

谢朝穿着便服，看样子没打算下场。他没注意到余乐，只是站在场边看人打球。余乐盯着他好一阵，想起高三时这人吊着伤手也要去看别人打野球。

还没等余乐想好怎么打招呼，谢朝已经转身离开了。

周一，崔成州一早就在商稚言家楼下等她。

崔成州最近把所有精力都扑在黎潇的事件上，但黎潇父母和学校均不配合，没有警察的协查文件，精神病院也不愿意透露更多情况。几经周折，他终于争取到一个与黎潇谈话的机会，想了又想，还是把商稚言带上了。毕竟她是女孩，可以适当降低黎潇的戒心。

黎潇情况已经转为稳定，恐怖症只要隔绝恐惧源，病人就能恢复正常，之后只能依赖临床心理治疗手段去解决根源问题。但黎潇不肯回家，也不愿意见家里人，现在还住在医院里。她不需要吃药，平时也不怎么出门，偶尔会在护士的陪伴下到活动区里放松一阵子。

"巧"的是，她在活动区里结识了明仔的妈妈。

商稚言狐疑："真的是凑巧吗？"

崔成州狡猾一笑："是凑巧。"

他每个月都去探望明仔的妈妈，女人已经把他当作好友。崔成州把黎潇的照片给她看，跟他说这女孩和明仔年纪相仿，学习成绩特别特别好，说不定可以教明仔读书。明仔的妈妈和黎潇相处得非常愉快。黎潇并不是发疯，她的应激症状完全出于对某物的恐惧，而明仔的妈妈虽然思维跳脱，但也并非不可沟通。两人常常天马行空地胡乱聊天，都觉得彼此很有趣，尤其是黎潇，她在不断适应明仔妈妈的聊天方式。

商稚言："……你也太坏了吧。"

崔成州："黎潇被他们保护得太好了，如果不这样，我接近不了她。"

两人来到精神病院的活动区时，黎潇和明仔妈妈正在小亭子里下飞行棋。眼角余光看见有陌生人靠近，黎潇下意识地绷紧背脊，迅速站起。

和孙羡的描述一样，黎潇是个文静的姑娘，此时因为有生人接近而显得紧张抗拒。商稚言与黎潇对视，没有回避，坦荡眼光似乎让黎潇放松了一些，她开始好奇地打量商稚言。

明仔妈妈看着崔成州笑："你又来啊？你不读书吗？"

崔成州："我考得不好，来找你聊聊天。"

女人指着黎潇："她成绩好哦，她是九中的学生。不知道我们明仔考不考得上九中。"

崔成州："还有半年，要努力啊。"

他和明仔妈妈闲话家常似的，黎潇的戒心越发减少，小心翼翼地坐下，半个屁股黏在石凳上。

崔成州像是现在才看见黎潇似的，转头问她："你是九中的啊？我以前也是九中的，你高几啊？"

黎潇吓了一跳，沉默半天才回答："高一。"

崔成州冲商稚言使眼色。商稚言正给明仔妈妈递葡萄，忙接话："高一啊？那你认识孙羡老师吗？她也教高一。"

黎潇终于来了点儿精神："孙老师教我们班的。"

商稚言笑："她上课是不是特别严肃，你们怕不怕她？"

黎潇终于笑了："怕的，她好凶。"

渐渐聊得高兴，崔成州不着痕迹说了一句："老师凶，学习又难，现在的孩子压力真是太大了。同学，你说是不是？"

黎潇说："还好吧，我没什么感觉。高一没太大压力，好多活动都是玩儿。"

崔成州和商稚言一对眼神。这和他们之前的想象并不一样。

"那就好，那是你适应能力强。"崔成州立刻接话，"九中现在变化大吗？我以前读书的时候，一到晚上学校里就一片漆黑，校道上连灯都不舍得开。"

黎潇笑得拘谨温和："现在不一样啦，你可以回学校看看。晚上我们也有活动的，很明亮。”

商稚言越发迷惑——黎潇恐惧的源头已经变了吗?

一个护士远远走来：“黎潇，你妈妈来了。”

话音刚落，黎潇脸上的放松和愉悦一扫而空，她就像变脸一样，在瞬间换上僵硬害怕的神情。

紧接着，女孩低下头，开始急促喘气。

“让她到这儿来还是你回……”

“我回去。”黎潇迅速站起，连招呼都没打，跟着护士往住院楼里走。

崔成州转头问：“她这么怕她妈妈?”

“对。”同来的医生叹气，“母女关系很恶劣。每次她妈妈来催她出院回家，两人都会吵架，我们都劝过好几次了，黎潇话不多，只是哭。吵的也不是什么大事，她家里条件不好，说是承担不起住院费。另外她妈妈害怕黎潇住院太久，九中会开除她。”

“她也是这样跟我说的。”崔成州道。

前两天，崔成州登门拜访黎潇父母，话没说两句就被赶了出来。黎潇母亲把崔成州带到楼下，压着声音赶他走，说的也是一样的话：事情已经很麻烦，不能再闹大。他们最怕的是九中不让黎潇再读书。黎潇的崩溃跟学校完全没有关系，也没有校园暴力，就是小姑娘家突然想不开而已。

医生坐下后继续说：“黎潇的防护心态很强，很难从她口中问出关键内容。今天她妈妈是来给她办出院手续的，说实在话，她要是这样回了家，肯定还会再复发，不说解决问题，我们连她究竟怕什么都没弄清楚。”

崔成州：“我不能过去，他妈认得我……”

他还未说完，明仔妈妈突然接话：“我知道噢。”

女人非常快乐地拍着手，仿佛找到了难题的答案。她压低声音，神神秘秘：“她怕虫。”

时值盛春，万物复苏。九中校园内遍植小叶榕，精神病院的住院楼周围也有高大的小叶榕。小叶榕容易长虫子，一根根丝线悬在叶上，很容易就能看到。

崔成州和商稚言恍然大悟，但很快又觉得不对。

崔成州问：“她为什么会突然怕虫子？以前怕的不是钨丝灯泡吗？”

女人：“她怕大虫子！”

她用手掌模仿虫子蠕动的方式。

“家里有大虫子。”女人说，“大虫子压在她身上。”

04

浪潮社财经新闻中心记者部，桌上两份吃了一半的外卖渐渐变冷，面汤上结着一层薄薄的油茧。

从精神病院回来之后，崔成州一直抽烟沉思。他移动到窗边，持烟的手从窗户小缝探出去，烟雾便不会扬进屋子里触发烟雾报警器。商稚言不小心吃下几口二手烟后干脆坐远，和崔成州一样发呆。

发生在黎潇身上的事情太可怕了。

黎潇的母亲为什么急着带她回家？为什么黎潇会突然崩溃？黎潇的恐怖症从初中就开始了，她害怕钨丝灯泡。而她的卧室里，恰好就悬着钨丝灯泡。

商稚言根本发不出声音。她当时坐在石凳上，呆呆地听着医生富有技巧地向明仔母亲询问更多的事情，只觉得身体很冷很冷。周围蓬勃的一切仿佛和她无关，和深陷绝望的小女孩也无关。

在黎潇的母亲即将办理完出院手续的前一刻，医生拿走了黎潇的病历。他以黎潇的情况尚不稳定为理由，不允许黎潇出院。得知这消息的瞬间，黎潇脸上霎时一阵放松，紧接着，开始无声地哭。

医生告诉黎潇的母亲，黎潇情绪相当不稳定，每晚还偷偷藏起药，如果现在回家可能仍会突发崩溃，甚至会产生更坏的后果。他顺利劝走女人，转头便与女护士一起，跟黎潇进行了独立面谈。

崔成州和商稚言一直等到警察到来才离开。

怎么写？写什么？她的母亲肯定知道这一切，急着把黎潇接回家不是怕学校开除黎潇，而是怕事情暴露……

商稚言想着这些问题。她以为崔成州和自己所想的一样，但崔成州开口说了一句出乎意料的话——

“这个报道我们不写了。”

商稚言一愣：“为什么？”

“黎潇的心理评估显示，她非常脆弱敏感。”崔成州把烟头扔进小水杯里，“我们的报道会刺伤她，她承受不了的。而且我们始终没机会跟黎潇面对面敞开地谈，没采访到当事人，这篇报道没有意义。”

商稚言咬了咬嘴唇：“崔老师，这，这是很有新闻价值的事件，我们真的要放过吗？等警方立案侦查了，还是会有人写。”

崔成州盯着她，像看一个值得玩味的新人：“你也要抢首发？”

他拍了拍桌面上的《浪潮周刊》。这是上周出刊的最新一期，里面浓缩了一周之内发生的各式各样的事情：全国人大的相关新闻、人民币汇率变化、国际局势新动向……而翻到社会新闻板块，则全是零零碎碎，家长里短：被儿媳妇赶出家门的老人哭称自己没有一张可休息的床；百年老店的当家兄弟因遗产分割不公平而生分家之变；某餐厅在店里给老板娘举办欢庆离婚活动并称持离婚证者可享受五折优惠；某创业失败的青年徘徊楼顶号啕大哭最后被消防员劝下……

“这些都只是报道，是稿件，但它们也都是别人的人生。”崔成州低声说，“商稚言，别人的人生，他们的遭遇，是不可以用有没有新闻价值来判断的。”

商稚言十指交叉，微微绞紧，抿着嘴唇不说话。

“你还刚入行，以后你就知道，做这一行久了，职业判断会先于我们的人性对事情做出评判。”崔成州罕见地没有生气，没有怒火，他语气平缓，如同师长与学生交谈，“但无论如何都不能麻木。我们不是新闻的工具，也不是无冕之王。我们负责传达真相，但真相有时候是双刃剑。”

注视着自己的徒弟，崔成州又说：“你说得对，其他媒体会报道，到时候铺天盖地都是事件新闻，黎潇躲不过去。但我不想写，我不想让我的稿件成为刺伤她的其中一把刀……你在想什么？”

商稚言只是诧异，人怎样才能在世故中保有天真，冷酷里隐藏热血？

“商稚言，我说的是，这个事件，我们不写了。”崔成州提点，“但你可以写一些别的，和这事件相关的东西。”

商稚言仍有些怔愣。

“你不是要去新媒体中心轮岗吗？”崔成州说，“新媒体急缺人物稿和深度报道。去试试接触黎潇，直接采访她吧。不要臆想，不许推测，不要让报道成为猎奇者的谈资，你必须和黎潇面对面交谈。这是我在财经中心交给你的最后一个任务，这决定你之后能不能去社会新闻中心跟我。”

他起身拎着包，像解决了一件极大难题，重重舒出一口气。

“你要是写得出来，我一定让稿子上‘两微一端（微博、微信及新闻客户端）’头条。”崔成州说，“下班吧，我回家抱崽崽。”

记者部只剩下商稚言一个人。她思索片刻，打开手机联系孙羡。

此时在浪潮社对面，谢朝正走入一间小店。

这是小陆推荐的店子，正好有谢斯清想吃的慕斯蛋糕，据说味道极好。谢朝对甜品没什么研究，只是得知小店就在浪潮社对面，他犹豫了很久。

小店名叫“时刻”，挤在便利店和面馆之间，是这条静谧昏暗道路上明亮的三扇门。谢朝推门而入，电子铃“叮当”地轻响一声。店内只有一个售货员，扬声招呼一句“欢迎”。

“还有芒果慕斯吗？”谢朝问。

售货员摇摇头：“已经卖完了。或者你看看蓝莓慕斯和草莓派？都是我们店的招牌。”

谢朝：“好，我都要。”

和商稚言重逢那天，谢朝循例回家吃饭。谢斯清大学即将毕业，回国疯玩许久，不舍得回学校。谢朝一腔心事无人可说，只跟谢斯清提了提，不料被谢斯清痛斥半小时。

她的斥责是有用的。至少再见到商稚言的时候，谢朝不再装作不认识了。

他此前没想过要跟商稚言和余乐恢复以往的关系，其实他更没想过自己会这么快与商稚言重逢。这城市说大不大，说小不小，商稚言是浪潮社的记者，谢朝一直以为她是跑社会新闻的，谁料科技线也是她的工作范围。

余乐的电子邮件里常说商稚言的事情，但从来没附过照片。谢朝不知道商稚言现在成了什么样子，他强烈地好奇过，有时候甚至在睡梦中也能遇见成年之后的商稚言。他们在漆黑的海滩上漫步，灯塔扫亮满天星辰，商稚言站在海里，冲海堤上的谢朝说：跳下来吧，我会接住你。

他以为自己可能会认不出，但商稚言实在没多少变化——暌违十年，她依然是那个见到朋友就高兴奔近，要在你肩上拍一下的快乐小姑娘。

从“时刻”的橱窗能看到对面浪潮社的 Logo。浪潮社的办公楼位于中心 CBD 区外缘，原本是出版集团大楼，浪潮社只租了几层。将近午夜十二点，楼上仍有灯火通明的办公室，都是彻夜加班工作的人。

那里面会有商稚言吗？

等待店员打包蛋糕的谢朝在橱窗边凝望了很久。

数日后，商稚言与孙羡碰面。两人寒暄几句，商稚言开门见山：“黎潇现在已经回校了，对吧？”

孙羡目光闪了闪，坐直身，靠在椅背上，是一个防御的姿态：“你怎么知道？”

警方介入之后，黎潇的继父被带走了，母亲也得协助调查。黎潇不可能一直住在精神病院，但她也拒绝让家里的亲戚当自己的临时监护人，最后在警方的协调下，由学校指派一位老师暂时照顾黎潇。

这个老师正是孙羡。

孙羡目前单身、独居，年龄不大，虽然对学生比较严厉，但出人意料的是，学生们并不讨厌她，相反她还是相当受欢迎的老师。在几位备选的年轻老师中，是黎潇自己选择了孙羡。

孙羡和黎潇同进同出已经几天了。每天都有不少记者在九中门口徘徊追问，等候黎潇。黎潇上学放学都在孙羡的车里，别人看不到。孙羡对这些记者的观感非常不好，连带着现在听商稚言提到黎潇，不得不立刻警惕：“你也是来打听那件事的？”

“我不用打听。”商稚言跟她说明事情原委，“黎潇认得我。我想见见她，跟她当面聊聊。”

孙羡拒绝了：“言言，别的事情还好说，这个不行，真的不行。我们都想把她保护起来，她可能需要转学到别的地方，我们也在找方法。现阶段她不可能允许你采访，无论是精神状态还是别的，都不允许。”

“黎潇今年十六岁了。”商稚言尝试说服，“她自己的事情，自己应该可以做决定。如果她坚决不想和我见面，那我放弃。但我希望你至少给我一个机会，让我和她聊几句，可以吗？”

孙羡摇头：“你的固执在这件事上不管用。”

商稚言：“那我能跟她通个电话吗？我就问几个问题，如果黎潇不答应，那我就放弃，就当我从来没跟她说过话。”她握住孙羡的手，可怜巴巴地看着孙羡。

当晚，她给孙羡拨去电话，孙羡接起来后按了免提，和黎潇一块儿听。

商稚言向黎潇自报家门，又问她是否记得自己，明仔妈妈的朋友。黎潇说记得，不仅记得，她还从明仔妈妈和明仔那边，听过商稚言和崔成州的事情。这倒是出乎商稚言意料。

“明仔和阿姨说你们是好人。”黎潇轻声道，“做一天的好人很简单，但是做十年的好人不容易。”

商稚言一颗悬着的心稍稍放了下来。她斟酌着语气：“孙羡老师是我的同学，我拜托她给我这个机会和你聊聊天。”

黎潇问：“你想知道什么？”

商稚言沉吟片刻，小心开口：“我想知道你打算以后去哪里生活，未来想做什么工作，对自己有什么期望。”

黎潇和孙羡都很意外：“你说什么？”

商稚言告诉黎潇：黎潇今年十六岁，距离她成年还有两年时间，但她已经是限制民事行为人，只要采取适当的方法，她可以真正隐姓埋名，用一个新的身份，到新的城市展开自己的生活。

“黎潇，这不是我的交换条件，我告诉你这一切不等于要求你一定接受我的采访。”商稚言仔细道，“这是我向警方和妇女儿童联合会打听到的消息，只要你开口，他们随时都愿意帮助你。”

黎潇沉默片刻，小声问：“真的……谁都不会认得我？”

商稚言：“不会。我们会保护你的。等到你长大了，你也会拥有保护自己的能力。”

黎潇在犹豫。商稚言又说：“我想写你，其实不仅仅是写你。是写……很多和你类似的女孩子。她们很脆弱，没有保护自己的能力和办法，她们会遇到很多很多困难，有一些困难太大太可怕了，她们自己挺不过去，但是又不知道应该怎么求救。我们心里不舒服的时候，是想说出来，想找人帮帮自己的，对不对？你可以把我当作一个出口。如果你后悔了，不想让这篇采访见报，我答应你，我一定会撤下来。”

她终于从黎潇这里获得了一个面对面的机会。

周五下午放学，商稚言依照约定到学校找孙羡。黎潇也在孙羡的办公室里，小姑娘把自己打理得整整齐齐，她瘦且高，看向商稚言的眼神仍旧带着好奇，又隐含几分忐忑。商稚言和孙羡带黎潇离开学校，她们去看电影，去新开的咖啡厅喝咖啡吃甜品，黎潇还在游乐城里消磨了一个多小时。她的手很准，每抓到一个娃娃就转送给身边的小孩。

三人在商场顶层的露台上吹风时，黎潇忽然指着远处的海面说：“那里以前有一个灯塔。”

她说的灯塔，商稚言当然记得。

旧灯塔拆除了，新的灯塔造型富于设计感，但商稚言还是觉得以前那个最好看。

“我小时候住在那边，离灯塔好近好近。”女孩轻声说，“我常常到灯塔那里玩。”

她很轻地吸了一口气，这个动作给了她一丝继续往下说的勇气。

“是爸爸和妈妈带我去的。”她始终盯着远方，旧灯塔曾存在的位置，“我在小学作文里写，我爱我的爸爸妈妈，他们把最好的一切给了我。”

黎潇哭了。她没有看身边的陪伴者，目光放得很远很远。她说小时候的许多事情，真正的父亲离世后，新的“爸爸”来到他们的家。他会骑自行车跨过半个城市给她买脆皮烧鹅，母亲用旧衣服给她的洋娃娃做小裙子小帽子，桩桩件件，历历在目。

“每一次……每一次之后我都不知道什么是真的什么是假的。”她号啕大哭，“我以前的生活全都是假的吗？可是他们的确很爱我，我不知道是哪里出了错……是我的错，还是他们的错？没有人帮我，我不敢回家，可是世界上没有别的任何地方可以收留我……”

决定通过孙羡来寻找黎潇之前，商稚言去找许多人谈过，其中就包括黎潇的主治医生。医生坦白告诉商稚言，他无法向她透露黎潇这件事的细节，但他能确定黎潇的突发崩溃是恶化的标志，她开始失控。

黎潇无法接受发生在自己身上的事实，越是成长，她越会知道这样的家庭绝对不正常。而与同龄人的每一次相处，都会令她更深刻地意识到自己处于怎样的噩梦之中。同时她又无法摆脱，长达数年的罪恶行为已经改变了黎潇的思考方式，她认为自己不能离开家庭，不能摆脱父母，除了顺从，她别无选择。

而顺从带来的痛苦让黎潇不得不以强烈的自我否定来缓解。黎潇会否定自己的存在价值，并把一切归罪于自己，这让她能够在一种心甘情愿的状态下接受继父和母亲对自己做的一切。精神和心理的矛盾不断角力，她必定会走向自我毁灭。

这一晚上，黎潇哭一会儿，说一会儿。她的闸口打开了。她有了最沉默也最可靠的听众。于是话语带着眼泪，滔滔不绝。

一场长谈。

商稚言告别孙羡和黎潇，往公交车站走去。

她坐在冰凉的候车凳上，看流光溢彩的街道。周五晚上的城市像巨大的游乐场——可她也不知道什么是真的，什么是假的。

纵然她想过可能发生在女孩身上的一切，但当真正面对黎潇时，前所未有的感觉击中商稚言，令她手脚发僵，舌头发麻，连一句像样的话都说不出来。

铺天盖地的痛苦如同浪潮，狠狠朝她扑过来，把她卷入其中。

她从未有这样一刻深深地明白，那些新闻稿件里的每一个某某，每一个轻淡的名字，都是活生生的人。

车来了一趟又一趟。商稚言走到僻静处，打开录音笔。方才黎潇讲述的时候她没有打开，现在终于整理好了思路，开始慢慢复述那些重要的部分。

05

连续给商稚言打了两个电话都没接听，余乐便知道她又在加班。

商稚言的工作不需要定时打卡上下班，是相当自由的，但自由的代价是，时刻有稿子要写。余乐给她发了信息问今晚的夜宵如何处理，抬头时，又在球场外侧看到一个熟悉的人影。

他已经在球场见到谢朝好几次了。去新月的食堂吃饭从未见谢朝露过脸，偏偏在没想过的地方频频遇到。余乐坐在场边，有一搭没一搭地与朋友说话，眼睛始终盯着谢朝。

谢朝还是穿着便服，一副完全不准备下场打球的模样。在余乐看来，人当然是成长了的，但也只是个长开了、长高了的谢朝而已，没有太大区别。

余乐从同伴手中抄起球，从场边走过去。

谢朝没注意到有人接近，他全部注意力都放在一个跳投三分球的人身上。

球稳稳落袋，场边一阵欢呼，谢朝也忍不住笑了起来，眼角余光却忽然看见一颗球落在脚边，随即弹起，冲自己的脸蹿来，谢朝后退半步，稳稳将球把住。

“光看有什么意思？”余乐双手抱在胸前，冲他挑挑眉，连招呼都没打直接说，“跟我打一场？”

谢朝把球扔回给余乐：“加班。”

他转身走出两步。余乐恼了，直接把篮球冲他背上扔去。

谢朝半转上身，单手控住球，立刻抄进另一只手，球在地上弹了一下，跃进他怀中。谢朝皱眉：“我不想和你打。”

他把球再次扔给余乐。余乐接住了：“你跟我打一场，我就告诉你言言未婚夫的事情。”

谢朝霎时目瞪口呆。

余乐："我没在邮件里说吗？可能写漏了。"

谢朝："……骗我没用。"

余乐："张克朋，商稚言研究生的同学，追了她三年，为了和她在一起从北方来咱们这地方工作生活。双方家长都见过面了，正在选日子结婚。商稚言也说不上多喜欢他，但恰好合适嘛，那就结了呗。"

谢朝还是那句话："你骗我。"

余乐："我会建议她给你发请帖的。"

他转身走回场内，热身活动还没做完，谢朝已经站在面前。

"你就这样跟我打？"余乐看着谢朝身上的衣服。

谢朝脱了上衣，露出瘦劲的上身："赢几个你才肯说？"

"一个。"余乐咧嘴一笑，"加油啊，谢工。"

这是一场限时三分钟的一对一比赛。余乐起初看着谢朝身上的肌肉，心中还有些惴惴，但哨声一响，他立刻知道谢朝不可能赢自己。

"你多久没打球了？"余乐笑道，"要不我们把规矩再改一改？你控球时间可以延长到一分钟。"

谢朝瞥他一眼，一边拍球，一边活动手腕。

余乐说得很对，他确实很久没有和人打对抗赛了。余乐没打算放水，谢朝只要一抬手，余乐立刻起跳拦球，他找不到出手的机会。

连负责数秒的裁判也在场边喊："你太认真了吧余乐。"

余乐从谢朝手中夺过球，转身一个跳投，空心入网。

两分钟过去，余乐已经出手五次。他开始怀疑谢朝："这不可能是你真实水平。"

"我没想到你这么认真。"说话间，球回到谢朝手上。

余乐又笑了，还是那副没心没肺的样子："咱俩的赌注可是商稚言的婚姻秘密，我当然得认真。还是说你不想听……"

话音刚落，谢朝左足踩定地面，右足后旋，一个转身漂亮地绕过了余乐的防守，随即双脚并拢，起跳，投球。

一个完美的三分球。

裁判哨声响起，右手高举："距离结束时间还有十秒钟！比赛结束！"

余乐看看谢朝，又看看篮网："什么意思？"

"我怕我赢得太轻易，你会不高兴。"谢朝顿了顿又说，"其实打球还是你厉害一些。"

余乐脸上看不出恼怒：“你还会怕我不高兴？”

谢朝走到场边，从裁判手里接过上衣，但没有穿上。他其实有段时间没这样活动过，背脊和胸口沁出薄薄一片汗水。

“对不起……”谢朝说。他还想说谢谢，谢谢余乐给他这样一个机会把歉意说出口。要是没有人推他一把，他或许要犹豫几十年，才敢面对余乐。

面对余乐和面对商稚言不一样。谢朝知道商稚言直来直往的脾气，她不高兴了就会说，生气了会气鼓鼓地跟人争执。但余乐不会。余乐的快乐和开朗是真的，他有许多朋友，可谢朝的直觉告诉他，一旦对某个人感到失望，余乐就不会再给任何机会。

他常在球场边见到余乐，他知道余乐也能看见自己。但余乐从未跟他打过招呼。谢朝有时候也会想，或者余乐在等待他主动上前，主动搭话，主动说对不起。

余乐发去的每一封邮件都是一个信号——他还惦记着自己这个朋友。

而或许，明年的元旦，谢朝再也不会收到余乐的信件了。

“我可以解释。”谢朝又说，“如果你愿意听的话。”

余乐晃晃脑袋，一头的汗水：“不听。”

“那你得告诉我商稚言未婚夫的事情。”

谢朝非常紧张，怕余乐口中说出的事情，又怕他对自己有所隐瞒。

余乐：“哦对，张克朋……克朋！过来过来。”

在一旁举手机偷拍他俩的裁判应声抬头：“嗯？”

裁判是个扎马尾辫的矮个子姑娘。

“我给你介绍，这位帅哥就是新月医学的……”

余乐一句话还没说完，裁判高高兴兴冲谢朝伸出右手：“我知道！谢朝嘛。你好啊谢工，我叫张克朋，你可以叫我小张，不过还是‘朋朋’亲近一点儿。”

余乐呆了：“你怎么知道他？”

裁判：“他入职的时候我们就知道了，你不晓得我们的内部网络吗？我师弟还给我发了好多他的照片，不过没几张正面的。谢工，咱们合个影可以吗？”

“不可以。”谢朝闭目深呼吸，“……你的师弟，是不是姓陆？”

手机“叮”地一响，屏幕上跃出新的信息，来自陆棣。商稚言一边拿起手机，一边喝了口咖啡，目光还黏在电脑屏幕上没有移开。

“我突然被叫回去加班！”小陆配了几个哭泣的表情，“救救孩子！”

商稚言：“无能为力。”

她觉得小陆这人其实挺有趣，性格与谢朝绝对南辕北辙。谢朝和他相处起来虽然磕磕绊绊，但好像也挺协调合适。

小陆：“你说的话谢工一定听。你让他体谅体谅小陆吧。”

商稚言：“他怎么会听我的话？”

小陆：“他暗恋你。”

商稚言吓得“哈”地笑出声。

小陆：“他每天都看浪潮社的财经新闻，还常常搜你的名字。”

商稚言盯着这句话，直到把每个字都看得不认识。

房间的墙上挂着照片，她和谢朝、余乐的合影就在其中。他们在灯塔下拍过两张照片，没有应南乡的和有应南乡的。

商稚言抬手戳着照片上谢朝的脸。第一次拍照时，余乐发现谢朝没有笑，他让谢朝冲镜头笑一笑，谢朝有点儿执拗：“为什么拍照一定要笑？只有笑这个表情才值得留念吗？”

余乐不跟他争辩这个哲学问题：“那你跟我和言言在一块儿不开心吗？开心的时候不想笑吗？”

于是谢朝留下了表情古怪的照片：他像是准备笑，又像是笑容即将消失，眼睛盯着镜头，神情专注。

墙上有一张照片是高中毕业之后应南乡给商稚言的。高三毕业前夕，每个班都在学校礼堂的台阶上拍毕业照，学生们把自己打扮梳理得整整齐齐，为这片刻的放松雀跃。文科班拍完了换理科班继续，应南乡带了台相机，坐在礼堂台阶的角落频频偷拍商稚言，和其他班的好看男孩子。

那张照片里只有商稚言和谢朝，两个人不知道在说什么，都看着对方大笑，像孩童一样无忧无虑。同华高中的校服毫无特点，套在男孩女孩身上，能掩盖住一切性别特征。他俩身着夏季的衬衫长裤，白色上衣黑色裤子，脸上却是与这沉闷配色绝不相称的蓬勃快乐。

商稚言觉得这照片里的自己是陌生的，谢朝也是陌生的。樟树在夏季长得异常茂盛，树影斑驳，他们在树下高兴地说着话，身边是来来往往的人群，但那一处快活的小世界，仿佛无人可踏入。

十七八岁的男孩子，犹带稚和真，英挺的五官已经开始显露他的帅气。

“……我讨厌你。”商稚言的指头在谢朝脸上摩擦，小声说。

手机铃声忽然响起。商稚言吓了一跳，本能地以为这是崔成州打来催稿的，忙飞扑过去抓住。但来电的却是一个没有登记过的号码。

虽未存入联系人，但这号码绝不陌生——商稚言已经让它在黑名单里几进几出。

我什么时候又把它放出黑名单了？商稚言挠挠下巴，轻咳一声，等铃声响了好一会儿才接听。

她不说话，谢朝也不说话。

商稚言铁了心跟他僵持，最后果然是谢朝先开口：“你好。”

“很忙。”商稚言说，“有话就说，不用寒暄。”

“你在家吗？还是社里？”谢朝说，“我和余乐在咸鱼吧。”

商稚言惊得跳起：“你和余乐？！”

谢朝：“他打球输给我，所以请我吃夜宵。”

商稚言听见余乐在一旁大声说：“是我让着你！”

“你们……是打球还是打架？”商稚言怀疑。

谢朝似乎轻笑一声：“你觉得我们像是会打架的人吗？”

商稚言：“余乐会的，他以前打过小南的男朋友。”

谢朝：“那一定是他该打，余乐没有错。”

商稚言也笑了：“年轻人，不要盲目。”

谢朝在那边听她笑，语气温柔：“你……过来吗？”

商稚言没有立刻回答。很奇妙，她和谢朝不需要面对面的时候，似乎交谈就能正常进行下去，而不是总以争执告终。

“我在社里写稿子，不去了。”商稚言说，“你们吃得开心点。”

谢朝：“好，加油。”

商稚言满心莫名其妙，但又觉好笑。

“你们也加油。”她说。

谢朝挂断电话，又看了眼光明里15号二楼的房间，房间里亮着灯，窗帘半拉，桌边有人影。

他启动汽车：“她不去。”

余乐在副驾驶座上看手机：“那下次你记得再请她。”

谢朝忍不住侧头看余乐：“为什么跟你在一块儿，好像什么事情都变得很简单、很直接？”

"因为我是好人。"余乐也乐了，"你想约商稚言出来，想见她，直说不就行了？直说真有这么难吗？"

谢朝不置可否："她还没消气。"

"你不主动一点，她永远不会消气。"

谢朝记住了余乐这句话。他拐入海堤街，车子很快停在咸鱼吧门口。

咸鱼吧里满是吃夜宵和谈笑的人，余乐跟老板打个招呼，老板搬出桌椅，盯着谢朝左看右看，终于认出："哎呀！是你！"

他忙让收银的老婆也过来看看谢朝，还有正趴在收银台前做作业的孩子："还记得吗？谢……谢什么……常跟乐仔和言言来吃饭的！我们店里不卖桂林米粉和螺蛳粉了啊，吃别的招牌菜可以吗？"

谢朝一下就像回到了十年之前。咸鱼吧变大了，隔壁香格里拉吧的铺面也纳了进来，店里重新装潢过，墙面绘着海浪、云雾、冲破风浪的大船，柱子上挂着舵盘、鱼叉、渔网和可疑的巨大鱼骨。一串咸鱼在收银台上方出力呐喊：做咸鱼有什么不好！

"装修得真有意思。"谢朝笑道。他全然放松，能跟老板和老板娘开玩笑，谈一些在国外学习的好事坏事。身边的余乐连菜单都没看，随口点了一堆东西，一切跟高中时几乎没有区别。

余乐正乐滋滋地看谢朝应酬老板娘。老板娘问："结婚了吗？有女朋友了吗？"

谢朝："都还没有。"

老板娘："你这么帅都没有啊？"

谢朝尬笑，老板娘紧接着又道："那乐仔没有也不出奇了。"

余乐："梅姐……你再这样我以后不来咯。"

老板娘给两人放下一碟花生米和一碟酥脆小鱼干，笑道："不收钱，你们吃。"

咸鱼吧的烤鱼相当出名。肥腴海鱼用木签穿好，在炭火上慢慢烘烤，分次加料，鱼脊鱼尾烤略焦一些，咬起来咔咔响，和鱼皮一样酥脆，那声音像嚼着刚拆封的薯片。鱼肉幼滑细嫩，汁水丰富，还保留着鲜甜的海洋气味。咸鱼吧招牌烤鱼没有外置汁水，没有过多的调料，就是吃起来不优雅，得把滚烫的木签抓在手里，直接咬着吃，一口下去，冒出腾腾热气。

余乐说这很像武侠片里闯荡江湖且因为贫穷没地方住的大侠会吃的东西。大侠们夜间只能在河边过夜，砍柴点火，捉鱼烤鱼。若没盐没糖，就从身上搓几颗泥丸子佐味，风味“别致”。

老板的儿子路过：“那是济公。”

余乐：“长大了，会顶嘴了。”

谢朝随着他一块儿笑。他们谈起自己的生活和工作，余乐说得更多。他的博士论文还未写完，每天焦头烂额，创业公司渐上正轨，愈加忙碌。他在公司住了一周，每天唯一的消遣就是在园区里打球，连家都没回过。

“你呢？”余乐装作随口问，“这几年过得怎么样？”

谢朝吃完一串烤牛筋，仔细想了想：“不怎么样，很乏味。我确实很久没打过球了，找不到合适的搭档。”

余乐：“那你以后跟我吧，我罩你。”

谢朝又笑了，他似乎在思考，筷子和手都停了。余乐也没吭声，在周围热闹的喧嚷声里，安静地等待谢朝的下一句话。

“新月医学现在的重头项目是医疗机器人，这还是跟北京方面合作的项目，不容有失。”谢朝说，“我虽然也参与这个项目，但我最想做的其实是携行外骨骼。”

余乐能接上这个话题：“携行外骨骼这几年发展趋势不错啊，军工、医疗、康复、救援，都有用武之地。”

谢朝看着他，低声说：“我做的第一副外骨骼，是给我妹妹的。”

第六章

/ 时刻甜品 /

我错过一次，不会再错过第二次。

01

四月伊始，商稚言收拾背包，拎着电脑，高高兴兴地离开财经新闻中心，下楼来到了新媒体新闻中心。

新媒体中心和社会新闻中心共享一个宽大的开放式办公室。行政给轮岗的新记者安排了位置，商稚言左看右看，找不到崔成州：“崔老师呢？”

新媒体的行政笑了：“崔成州是社会新闻中心的，你找他干什么？要找也应该找李老师吧。”

商稚言有些尴尬，忙搪塞过去：“他有支录音笔落在财经那边，我给他拿过来了。”

浪潮社直到前两年才开始给新媒体中心安排独立的专职记者，商稚言跟的是李彧。她听崔成州提过这个人，三十来岁年纪，是新媒体中心稿件质量的把关人，几年间以一人之力撑起了新媒体中心的采编团队，能力惊人。

但商稚言现在还未见到他。李彧有一间自己的独立办公室，商稚言看见崔成州正在里面和他谈事情。

轮岗的伙伴小声跟她说：“听说新媒体记者在鄙视链的最低端。”

“有所耳闻。”商稚言顿了下，“现在不是讲媒体融合嘛，新媒体中心也有独立的记者，也要出去采编，不像以前那样点点鼠标就发出去了。”

小伙伴：“那之前那件事呢？”

上周浪潮社的新媒体和社会新闻两个中心又吵了一架。社会新闻中心的一篇周刊特稿同步在新媒体的两微一端刊发。新媒体的编辑有编辑权，她根据电子端阅读的习惯和读者喜好，修改了特稿的标题，凝练了一段足够吸引人眼球的简介。

于是名为《320伤医事件之后》的特稿，在两微一端上更名为《一桩事先张扬的谋杀案》。简介集中在伤人者的背景和窘迫家境上，对医生和医院只字不提。

“那篇报道下面都是骂的。”小伙伴低声道，“骂的人全都是只看了简介和140字的微博内容，热评都是骂撰稿记者和浪潮社的。看完全文的人倒是会讲道理，但情绪一上来，谁还浪费时间看全文，先和大家一块儿骂了再说。”

商稚言听着他嘀咕，眼睛一直盯着李彧办公室。她怀疑崔成州正和李彧商量她那篇人物采访的事儿。稿子昨日写好后，她先发给了黎潇看，黎潇哭着给她打电话，不停地问：“真的可以这样写吗？谢谢你……可是真的可以登出来吗？”

商稚言跟黎潇说可以，自己却不敢确定。她知道，崔成州正在试图说服李彧。商稚言身为新记者，之前在财经中心轮岗，现在到了新媒体中心，她的稿件是应该为新媒体中心服务的，发到了别处，那就成了个不大不小的问题。

轮岗的新记者这一天被安排到热线接待室熟悉工作。接待室门口斜对着浪潮社正门，会议室里有值班记者，还有几台电话、电脑，随时接听来电、接待来访者，收发报料邮箱里的新信件。

来访的人不多，商稚言接待了一个拎着布袋子的老人。老人颤颤巍巍地坐下，颤颤巍巍地从袋中拿出厚厚一大沓稿纸。

老人颤颤巍巍地开口：“小同志，你们这里出不出书啊？”

商稚言：“出、出书？”

老人：“我写了一本书，是讲民间传说的，你们可以出吗？”

原来他是走错了楼层。商稚言把他送到楼上的出版社。

得知出版社现阶段不接受群众投稿的情况后，商稚言又把他送到地铁站，之后才独自一人走回来。她刚进写字楼大门，便看到保安冲她招手：“哎，来了来了，这个是浪潮社记者，你直接跟她说吧。”

保安身边的一个女孩转过头，看见商稚言，明显愣了一下，随即便露出热情笑容。

商稚言迅速在脑中检索印象，确定自己不认识她。

女孩长相可爱秀美，不是一见即忘的脸。她晃了晃手里的一个信封："我来找报社，希望你们帮忙找一个人。"

商稚言说："找人的话，我建议你去派出所比较合适。"

女孩笑道："这个事情很有意思，你们一定会感兴趣的，有一个神秘人，从十年前开始，每个月都给我汇一笔钱。但我不认识这个人，对方也没留下任何信息。"

商稚言脑内那根弦"叮"地动了，她忙领这女孩走向电梯。

电梯门光滑如镜，商稚言正和女孩闲聊，忽然从镜中看见女孩的步姿有些别扭。她穿了一件长及脚踝的裙子，站定时不觉有异，但走起路来总有几分微微的不平衡，若不是着意观察，很难发现。

女孩捕捉到商稚言的眼神，商稚言便问她："你的脚受伤了吗？"

"是啊，"女孩笑道，"好久了。"

她撩起裙角，大方地露出右足小腿。小腿穿戴着一副黑色的携行外骨骼，结构简单，造型小巧，很难被发现。

商稚言霎时一愣，她在新月医学的展示区里见过这副外骨骼的样品。之所以对它印象深刻，是因为小陆把它吹得天上有地下无：这是谢工最新完成的外骨骼样品，材料轻且韧，鲁棒性稳定，符合人体工学特点，尤其适合康复治疗后期的伤者使用，不削减肌肉动力，适当增加支撑和移动能力，是相当完美的作品。

"厉害吧？"女孩带几分快乐的骄傲，"这是我哥哥给我做的。"

可以制作外骨骼的哥哥，这样的人商稚言只认识一个。

女孩冲商稚言伸出手："你好，我是谢朝的妹妹，谢斯清。"

商稚言蒙蒙地与她握手，脑子里一时间还转不过弯——谢斯清怎么变成了这样？

商稚言当然记得谢斯清，那个从未见过面但总在谢朝口中听到她各种事情的小姑娘。她以前是可以骑自行车的，她那辆女式自行车的车头上，还贴着皮卡丘的贴纸。

电梯门开了，商稚言还没来得及问，也不知道应该如何去问。商稚言带谢斯清走向热线接待室，谢斯清对浪潮社的环境很好奇，但她看上去对商稚言更为好奇："你坐在哪儿呀？"

没等商稚言回答，她又接着说：“姐姐你别吃惊，我认得你的。你是我哥哥的朋友商稚言。我还认得余乐和应南乡。”她抬手比画了一个长方形，“哥哥有一张你们四个人的合影，是余乐生日那天拍的，就放在他家里。”

谢斯清：“我哥这人，很深情，很长情。”

“是吗？”商稚言半信半疑。

谢斯清在热线接待室坐下之后，从信封里掏出了一张卡和一张极长的流水清单。

该卡户主名为陈瑛，十年前的12月开的卡，紧接着从12月开始，每个月的20日，卡里都会存进五百元。

“这张卡装在一个信封里，不知道什么时候扔进我家信箱的。”谢斯清告诉商稚言，那时候谢家一家五口全去了美国，家里只留保姆和司机。信箱久不使用，连钥匙都不知放在哪儿，直到三年前拆除旧信箱，保姆才发现里头有一个纸面已经发黄发脆的信封。信封里除了这张卡，还有一张写着银行卡密码的纸条。

因收信人是谢斯清，保姆便告诉她这件事。谢斯清当时还没有回国，但她觉得此事十分有趣，便让保姆好好保管信中内容物，直到今年回国，她才认真处理。

“这张卡的磁片已经过期了。”她举着卡说，“我没办法在自动柜员机上使用它，所以我去柜台查询，顺便打印了清单。”

从那年的12月到现在，卡里已经有十万余元，这不是一个小数目。

“谁给你的？”商稚言好奇，“你心里没有底吗？”

“我不认识叫陈瑛的人。”谢斯清想了想，又说，“写密码的字条上还写着一行字，但有点儿模糊了，好像是……祝你健康？”

商稚言欲言又止，沉思片刻后才开口：“斯清，你能告诉我你出了什么事情吗？这会不会跟你……的脚有关系？”

谢斯清想了想，并没有抗拒这个话题：“会吗？但爸爸和哥哥都说，当时绑架我的人还没放出来。”

“绑架？”商稚言失声，“发生了什么事？”

这回轮到谢斯清发愣了：“我哥没跟你说？”

商稚言摇头。

谢斯清耸了耸肩：“那还是等他跟你讲吧。有人找你。”她冲商稚言身后示意，是崔成州在门口招手。

崔成州身边还站着李彧。商稚言以往只看过李彧的照片，没见过真人，发现他人倒不像照片上看起来那么瘦弱，鼻梁上一副黑色细边框眼镜，一双眼睛正上下打量商稚言，像是在忖度和评价着什么。

“李彧，你上级。商稚言，我徒弟。”崔成州简单引见，“特稿通过了，周五发。”

商稚言心中一阵激动。浪潮社两微一端周五的特稿位置，是专门用来发高质量和大事件稿子的。她之前从未想过能得到这个时间段的特稿位置，一时间乐得不知道说什么好。崔成州疯狂冲她眼神示意，她忙向李彧道谢：“谢谢李老师。”

“不用。”李彧说，“稿件质量很高，崔老师对你评价也非常高。希望你在我们新媒体中心继续用心工作……”

商稚言忙点头。

李彧这时又接上一句：“成为新媒体中心的一分子。”

崔成州叹了一声：“你放弃吧，李彧，这是我徒弟。”他不再跟李彧争辩，拍拍商稚言的肩膀，回自己工位去了。

李彧盯着崔成州的背影，忽地一笑：“老崔说你是他徒弟。”

商稚言不解。李彧盯着她低声道：“老崔学生很多，在财经中心他是负责调教新人的。但能被他用徒弟称呼，你还是第一个。”

商稚言傻笑不已：“我是要跟着崔老师的。”

李彧：“跟着我不行吗？”

商稚言：“可是，可是高中时候崔老师就已经跟我说好了的。”

“噢……”李彧点点头，恍然大悟，又带点儿遗憾，“他这么早就看中你了啊。好了，去工作吧。”

商稚言：“我会努力的。”

李彧又笑了：“我也会努力的。”

他冲商稚言摆摆手。

新媒体中心的主任只负责行政和人事工作，具体的媒体工作内容基本全由李彧控制。商稚言以为李彧会是个不太好相处的领导，但没想到他毫无架子，还十分亲切。谢斯清见她回来，小声道：“姐，你们单位的同事都挺好看的。”

商稚言心想，她说的肯定不是留着一圈胡子的崔成州。

仔细记录下谢斯清说的事情后，商稚言要去参加新媒体中心的员工培训。谢斯清高高兴兴和她互加了微信。她看起来心情太好了，商稚言老怀疑她来找人是假，专程找自己是真。

晚上，新媒体中心的编辑联系了商稚言，告诉她自己拟了几个新题目，让商稚言看看合适不合适。商稚言奇道：“编辑改题目还需要跟记者讲吗？”

“李彧说得让你看看，你说行，我们才用。”

商稚言于是认真过了一遍，想了又想，忐忑道：“我还是觉得我原本的题目比较好。”

她以为会遭到拒绝，但编辑一口答应：“行，那就用你的题目。”

挂了电话，商稚言半天都没回过神。新媒体的编辑这么好说话？那上周的争执事件又是怎么回事？

今天没有需要加班赶的稿子，商稚言轻松地度过了无所事事的一晚上，睡前还跟应南乡视频了一会儿。应南乡的恋爱之路又有波折，男友要调到外地，希望她一块儿去，但她不愿意。两人吵了好几次架，现在陷入冷战。

应南乡比之前冷静多了，她没哭，也不吵嚷，一本正经地跟商稚言分析离开的利弊，最后的结论是：我和他可能不适合。

商稚言：“你难道不觉得世界上最适合你的人是余乐吗？”

应南乡顿了一会儿，喝口水：“他太认真了。”

商稚言不解：“认真有什么不好？”

应南乡：“他认真了十几年，我不知道怎么才能回报他。好沉重啊。”

商稚言敏锐地捕捉到一丝端倪：“你不讨厌他？”

“废话。”应南乡笑道，“我讨厌他还能跟他做这么久朋友？”

她开始哼：能成为密友大概总带着爱。

恰在此时，余乐的电话打进来了。商稚言挂断视频：“嗯哼？”

“下楼。”余乐说，“我有话跟你说。”

02

商稚言端了一小碗草莓，余乐在门口杨桃树下等她，顺手拿了几颗扔进嘴里。

“请坐。”余乐神情严肃，“这是谢朝家里的事情。我想了几天，决定告诉你。你记得谢朝有个妹妹吗？”

商稚言点头：“我今天还见过她。”

她说出谢斯清今天来访的事情。余乐面色惊讶：“你知道她出了什么事吗？”

“不知道。”商稚言说，“没来得及问。”

余乐坐在她身边，一口囫囵吃下两颗小草莓。

“我和你见过谢斯清的。”他说，“你肯定不记得了，我也是。如果不是谢朝提起，我根本一点都想不起来。高考完那天，就是谢朝约你去溜冰场那天，你记得有个小姑娘到店里租书吗？她穿校服裙，是私立学校的。”

商稚言只隐约有一点点印象，似乎曾经发生过这样的事情，但她完全想不起那姑娘的模样。

“她是……谢斯清？”

“对。”余乐点头，“她要赶去体育馆参加学校的活动，我跟她说，可以抄近路，从朝阳里过去。”

朝阳里已经拆了，但十年前它还在。商稚言忽然想起某天晚上，他们和谢朝骑车穿过朝阳里的黑暗街道，那时候明仔的家还在，脚手架搭得很高，石灰堆在架子上，像一个蹲着的人影。余乐一路蹬车追谢朝，大声给他讲鬼故事。

那天早上下了一场大雨，时间很长很久。他们谁都没有想到，那袋堆在脚手架上的石灰会砸到谢斯清的腿上。

石灰不知放了多久，已经凝固成结结实实的一大团，十分沉重。

谢斯清骑车进入朝阳里的时候已经是下午，朝阳里的铺子基本都关了门，路上没有人。她没注意有人紧随着自己，直到一根钩子砸在车轮上，她被绊得直接从车上摔倒。

她慌忙回头，看到一个瘦高青年站在身后。他脑袋溜光，脸色苍白，那根铁钩就是他扔出去的。而在他身后，还有几个正往这边奔来的人。

“跑！”光头青年忽然冲谢斯清大吼，“快跑！”

对谢斯清的行动，是一次预料之中的意外。

那日谢斯清的学校在体育馆开展活动，而秦音生下孩子没多久，谢斯清每天中午都会骑自行车从学校回家，和妈妈、弟弟玩上一会儿。为了绕道去光明里，谢斯清拒绝了司机接送，下午自己骑车出门。

雄哥的人早就瞅准了这一天。出乎意料的是，下午上学时，谢斯清没有走既定的路线，而是去了光明里。

事发瞬间，谢斯清蒙了片刻，回过神后顾不上自行车，拔腿就跑。

路面不平整，坑洞太多，她跑了几十米，猛地被绊倒，一下扑到地上。

有人奔到她身边，抓住她的手，把她拖起来。她惊恐地尖叫，发现那人是刚才的光头。等她被光头拉起来，身后几个人已经追了上来。谢斯清吓得腿软，哇哇大叫。光头又把她拖起："你一直往前跑！别管我！别回头！"

谢斯清跌跌撞撞地朝前去，身后忽然一阵乱响：光头被人打倒，斜着飞了出去，正好撞上一旁的脚手架。竹制脚手架抖动不已，簌簌乱响。

"光头仔你癫啦？！"有人朝谢斯清追来，有人用铁棍指着那光头青年喝骂，"她是雄哥的目标！"

谢斯清转头往前跑时，脚手架忽然剧烈抖动几下，在她面前砸下几块砖头。她吓得跌坐在地，再想爬起时，忽然嘭的一响。

剧痛让谢斯清脑中空白了一瞬。一个石灰袋子砸在她右侧大腿上，压得很死。右腿在膝盖处扭成了奇怪的角度。谢斯清急喘着，开始疯狂哭叫。

身后追击的人一下呆了。被沉重石灰袋子压着的膝盖贴紧地面，蜿蜒流出一道血。谢斯清完全失去了行动能力，她拼命想要推开那袋水泥，但袋子湿滑，她恐慌中力气不够，又因为害怕和剧痛一直发抖，石块一样重的袋子根本纹丝不动。

脚手架彻底松散，哗啦啦全部倒下。谢斯清号啕大哭，抱着头趴在地上。身后没了声音，那些人都走了，光头被砸得头破血流，一手捂着脑袋，一手掏出手机，朝她跑过来。

警察开始侦办案件之后，谢斯清才从父亲口中得知，那个打了报警电话之后就逃跑的光头青年叫周博，他的姐夫苏志雄正是这场事故的策划者。他们想绑架谢斯清，向谢辽松诓一笔钱。苏志雄当年和谢辽松在生意上有过一些往来，谢辽松认为他做的不是正经生意，不想与他合作，还说了一些不好听的话，他暗暗记仇到今日。

谢斯清听这些话，也只是听过就罢。她的注意力全都放在自己的腿上，右腿从膝盖以下没了知觉，连动都不能动了。膝盖骨粉碎性骨折，神经和肌肉受损，能不能恢复，医生的答复是：不好说。

谢朝问谢斯清怎么会出现在朝阳里，谢斯清说是去看商稚言和余乐，哥哥一直不肯介绍给她认识的好朋友。得知是余乐告诉谢斯清走朝阳里这条旧路之后，谢朝脸色苍白，紧紧抿着嘴，许久都没有说话。

国内医疗水平有限，谢辽松不敢冒险，决定带谢斯清去美国治疗。

秦音天天以泪洗面，终于开始直接指责谢朝：若不是谢朝认识了这些乱七八糟的朋友，若不是谢朝天天往外跑不待在家里陪妹妹，若不是谢朝等等等等，总能从谢朝身上找出错处。

谢朝从不反驳。在谢辽松开始安排出国事宜的时候，他对父亲提出，自己要陪谢斯清一起去美国治疗。他可以在那边上学，可以学习相关的专业，他会竭尽全力，让妹妹重新站起来，走起路。

“他阿姨和弟弟直到年底才去，那时候正好也破了案，所有人都抓到了。这么多人里就光头仔判得轻一点。”余乐说，“你现在明白了吗？谢朝为什么不理我们，为什么不跟我们联系。”

商稚言久久说不出一句话。事实如同晴空一道霹雳，砸得她茫然空白。那发生在谢斯清和谢朝身上的所有事情，远远超出她的想象，比她曾给谢朝找的一千零一个借口更匪夷所思。

谢斯清的事故确实与商稚言和余乐无关，但若是细细追究，又似乎有千丝万缕的联系——是他们指错了路，让谢斯清走入一条偏僻的、无人的街道，遭遇了不幸。

“我发给他的每一封邮件他都看过了，当然他从来不回复。”余乐低声说，“他不是不想理我们，只是过不了自己那一关。只要他不再跟我们联系，我们就会主动疏远他，抛弃他。”

谢朝真正责怪的并不是余乐和商稚言，而是自己。他少年时代便痛苦地从家人身上学会了归咎——奶奶出事，归咎于自己；妹妹出事，也要归咎自己。他只能跟自己出气，这怨气蔓延到余乐和商稚言身上，谢朝愧疚、难过，只能逃避。

这天晚上，商稚言一直睁眼到天明。她心里太难受了，又疼，又苦，为谢朝和谢斯清遭受的一切。十年里，曾决定要研制出最厉害机器人的谢朝改变了自己的志愿，他为谢斯清做了一副又一副的外骨骼，让谢斯清不断更换，直到能站起来，重新走路。

在谢斯清的生命里，谢朝就是那副附着在身体之外的外置骨骼，支撑她，护持她。

第二日，商稚言完成当天工作后已经是晚上八点，小陆说谢朝仍在加班。她打定主意要见到谢朝，立刻叫了一辆出租车前往园区。在路边等车时，李彧正好开车经过。他摇下车窗：“回家吗？我送你。”

商稚言多谢他好意：“我去见个朋友。”

李彧笑道：“我也送你。”

商稚言：“太远了。”

李彧仍未放弃：“在哪里？”

商稚言只好明说：“高新科技园区。”

李彧似乎有些恍然大悟：“噢……”

商稚言也不知道李彧恍然大悟了什么，但好歹把他打发走了。李彧总是笑眯眯的，临走时又叮嘱她路上注意安全。商稚言对李彧印象非常好，至少李彧现阶段的态度，比自己的上一位老师崔成州友善了不止一星半点。

奔波一个多小时抵达高新科技园区，商稚言却意外地在园区附近的公车站看到了谢朝。天上下着蒙蒙小雨，夜里很凉，谢朝穿着工装，衣袖捋到肘部，显然刚从操作中脱离。他坐在公车站的凳子上，望着路面。

商稚言下车奔向他：“你在这儿做什么？”

谢朝没提防她从另一个方向跑来，略吃了一惊：“等你。”

商稚言：“你怎么知道我要来？”

谢朝：“小陆说的。我以为你坐公交车来。”他耸耸肩，商稚言看见他手里拿着一把折叠伞。

她坐在谢朝身边，半晌没吭声。雨渐渐大了，这也许是春天的最后一场雨。

遥远的天空云层里滚过雷声与电光，真正的暴雨降落在海面上，掀动了风浪。商稚言穿着半袖上衣，手臂有些凉，但她胸口翻腾着滚烫的情绪，一刻都不能平静。

“余乐都告诉我了。”她说，“你妹妹的事情。”

谢朝没应她，但扭头看着她。

“她昨天到浪潮社来，原来我们以前是见过的。”她告诉谢朝那张银行卡的事情。

谢朝：“她很喜欢你。”

商稚言没料到他这样回应，一时间怔住了。

“开会那天见到你，我其实认出你了。对不起，说没印象、不认识，都是假的。”谢朝注视她的眼睛，平静而诚恳，“我回去告诉阿清，说我见到商稚言了。我们谈了很久很久，她说一切都跟你们没有关系，不是你们的错。”

他顿了一下，轻舒一口气，低低笑了声：“当然不是你们的错，是我的错。”

“我以前总觉得，你是在惩罚我。”商稚言说，“因为一些我不知道的事情，你在惩罚我和余乐，不理会我们，也没有任何解释。这对我们太不公平。可我没想到，你也在惩罚自己。”

她当然想跟谢朝说，她很为谢斯清的事情难过，她更为谢朝难受，但还有别的话，像是不受控制一样，从她口中源源滚出。

“我一直想，我要让你难过，让你也尝尝一个人难受到极点的时候是什么感觉。”商稚言知道自己就要哭了，“但是只要想到是你，我就不舍得。我永远不舍得伤害你，虽然你可能认为，这根本不重要。”

商稚言比任何人都清楚，她跟谢朝没有真正经历过恋爱。那是少年时期懵懂初开的心思，雏叶一般，被冷风一刮就消失了。

可她听懂了所有悲伤的情歌，看懂了所有悲情的电影。她懂了之余还要防御，还要在心里嘲讽：这有什么大不了的，那又有什么值得哭的。她记忆里是没怎么哭过，好像一旦为谢朝、为这份朦胧不清的心事落过眼泪，一切就会定调，她就确凿地失去了什么。

“如果在你心里排序，我和余乐肯定是排在很后面、很后面的。这很正常，我们只是你的朋友。但谢朝，我跟余乐都认为，我们三个人之间的感情没有那么简单。你知道我们经历过什么的。”有车子从路边飞速经过，溅起一泼水花，谢朝抬手挡了挡，商稚言径直说下去，“你知道我和余乐害怕什么吗？我们怕你又跑到海里，我们怕你已经没了！”

所以余乐每年发一封邮件，收到阅读回执便知道，谢朝还在。他虽然保持沉默，但仍旧活着，在世界上某个角落。

“对不起。”谢朝低声道。

“不是要你道歉！”商稚言揉揉鼻子。

“我说什么你才能不生气？”

“我现在没有生气！”商稚言有些着急，“我……我确实生气过，但不是现在。”

她歇了好一会儿才能继续开口，这回问起了谢斯清的情况。

谢斯清在美国经历了几次手术，她的膝盖和小腿神经受损，医生起初判断要终身拄拐行走。年纪尚小的谢斯清吓得每天都哭，她抱着秦音哭，抱着谢朝哭，在全然陌生的环境里，惶恐如一只失巢的小雀。

谢朝开始上大学的时候，秦音和弟弟也去了美国。弟弟太小，秦音要在家中照顾他，又要奔波于医院和康复中心照顾谢斯清，脾气变得很糟糕，每每见到谢朝都是一张愠怒的脸。

谢朝先是住进了学生公寓，后来又在学校附近租了房子自己住。他把大量的时间放在研究室里，除了学习和研究之外几乎没有社交，只在学校、研究所和康复中心之间来回。

留学生的圈子本来就很窄，如果不刻意去交往、去拓宽交际圈，身边来来往往的大都是同学。谢朝毫无与任何别人交往的心思，他花了四年时间，凭自己一个人，完成了一副外骨骼的设计和制作。

“就是新月医学展示区里最旧的那副？”

“对。”谢朝点点头。谢斯清经过数年的康复，她的骨头长好了，但肌肉动力不足，自己又抗拒拄拐行走，外骨骼给了她站立和走动的动力，她非常喜欢。

之后便是不断的修补、调整、更换。高中毕业晚会上，谢斯清还穿着外骨骼跟舞伴跳了几支舞。谢朝开车去接她，看到她蹦蹦跳跳，和男孩子挽着手向自己走来，嘴里哼着活泼的曲调。

他丝毫不觉得辛苦。

只要提到谢斯清，谢朝的话就会明显变多。谢斯清是疤痕体质，膝盖上的手术疤痕难以消除，但她夏天又极爱穿短裙或热裤出门。秦音说过她许多次，让她至少往膝盖上涂点儿遮瑕。谢斯清从未屈服——“我不觉得这是瑕疵！”她还要大大方方穿着外骨骼跑出去玩，恨不能让所有人都知道她有一个厉害至极，又这样爱她的哥哥。谢斯清越来越好，这似乎就是谢朝生存的动力。

回国之后，谢朝进入新月医学工作。新月医学的重头项目不是外骨骼而是医疗机器人，虽然这也是谢朝擅长的范畴，但他心里还是有一些微小的遗憾。

“不过完成现在手头上这个医疗机器人的项目，我就可以接手做外骨骼了。”他说，“大概明年吧。”

商稚言不解：“你为什么要回来呢？在美国发展的空间不是更大吗？”

谢朝：“新月医学很缺少有这方面研究经验的高级机械工程师，我爸也希望我尽快熟悉集团的生意。”

商稚言：“集……团？”

谢朝盯着她看了片刻，才犹豫着问：“你不知道我爸是谢辽松？”

商稚言一下呆住了。她知道谢辽松是远潮集团的创始人，但不知道谢辽松是谢朝的父亲。

谢朝以往每每提起父亲，总用“那个人”或者“他”来代替。谢姓不算罕见，商稚言竟然一直以来都没有发现。

“你不知道也不奇怪。”谢朝见她不好意思，便安慰道，“实际上新月医学里，也只有三两个人知道我的真实身份。很多人知道我爸有个儿子，但不知道那儿子是什么职位，现在在哪里。”

商稚言困惑片刻，恍然大悟。发生在谢斯清身上的事情，让谢辽松心有余悸，他要保护好谢朝。

他们聊了很久，聊了很多。

渐渐地，话题转到了各自的大学生活上，不再纠缠于过去发生的痛苦和遗憾。商稚言松了一口气，谢朝也松了一口气。他们放不下的东西，不可能在一夜长谈之后彻底平复，但好在，他们尚有很长很长的时间，以后还会有更多、更多促膝长谈的机会。

“……余乐说你大学过得很开心。”谢朝听她说话，津津有味。

商稚言聊起她的师兄师姐、同学舍友，总是眉飞色舞。他很喜欢看商稚言脸上变换各种快乐表情的模样。

“对，挺开心的，最不开心的时候就是……”商稚言忽然停住。

谢朝接话：“跟男朋友分手，应南乡打飞的去帮你揍人的时候？”

商稚言笑了：“是啊。”

谢朝一脸很想知道详情的好学表情，但商稚言不肯说了：“太晚了，我回家。”

谢朝连忙站起：“我送你吧。”

雨仍旧没有停，世界万物生发，暗暗在雨夜里蓬勃。商稚言把手抄进开襟毛线薄外套的口袋里，谢朝正看着她，目光专注。路过的车灯光线掠过他的面庞，映出明亮的眼睛。她有一瞬的心动，旧弦再次被铮铮拨动似的。

人怎么可能不会变呢？十年足够漫长了，足够让少年成为青年，让彼此拥有迥异的人生路。但珍贵的，是在种种变化之中，她还能找到谢朝身上不变的那一部分。

人在自己喜欢的人面前是没有原则的。会无数次心软，无数次退让。

但商稚言还是拒绝了，她需要理一理心情：“我坐公交车回去吧，时间来得及。”

谢朝的手机已经响了好几次，每次都被他按掉。这回小陆直接把电话打给了商稚言："谢工在吗？我必须找他。"

谢朝的导师发来了视频会话的申请，一屋子人等着他回去开会，小陆转述导师的话："Marco 教授说，他只能再等你五分钟。"

谢朝把手机还给商稚言，商稚言赶在他开口前说："再见。"

他走出几步又回头，跟她互加微信。

"以后有什么事情问我就行，不用麻烦小陆了。"他说。

商稚言点头。谢朝倒退着走出公车站的遮阳棚，嘴上还在说话："我可以去找你吗？"

商稚言："……你要感激上天。"

谢朝的头发和衣服一瞬间就被细雨打湿了，他站定等待商稚言的下一句话。商稚言大声说："幸好我的心不是疤痕体质，否则我会讨厌你一辈子！"

谢朝被她这句酸溜溜的话逗笑了，笑完认真地问："那你讨厌过我吗？"

商稚言："当然。"

他已经走出一段距离，慢吞吞地踱步，在雨里扬声问："多久？"

商稚言大喊："偶尔！"

谢朝冲她挥手道别，笑着跑进了园区。

春雷停了，雨却没有止。它绵密细碎，渐渐在混乱的风里变成了粉末般的小水滴，无声无息，渗入大地。深夜还有几丝凉意，商稚言一个人在公车站走来走去。她坐不下来，心里热着，藏了一座跃跃欲动的火山。

03

周五中午十二点，浪潮社的两微一端同步刊载了商稚言的人物特稿：《他们生下我，又摧毁我》。

特稿发出的时候，商稚言还在银行跟老同学拐弯抹角地挖料。谢斯清手头那张属于"陈瑛"的卡极难查出卡主，银行根本不可能为协助报社和记者而提供用户资料。

接到崔成州电话时，商稚言刚刚请人吃了一顿价格不菲的午饭。

"你的特稿没改过？"崔成州对着商稚言给他发的初稿反复看了好几次，"连小标题都没改？"

商稚言："我还没空看。"

崔成州："这不像李彧作风啊，新记者去他的中心，没有谁的稿件不被他狠改的。小朋友们常常因为被改得面目全非，边哭边发稿，这人比我还狠。”

商稚言心道，您倒挺有自知之明。

“不过你这标题确实是李彧喜欢的类型，当然如果他出手，他会把‘摧毁我’改为‘杀死我’。”

商稚言惊呆了：“你怎么知道！新媒体编辑跟我说李彧也拟了个题目，他们生下我，又杀掉我。但我不肯用。”

崔成州冷哼：“他就中意哗众取宠。”

商稚言挠挠头。她其实也觉得李彧改过的标题更有冲击力，但她不愿意。她坚持用自己的题目，是因为在特稿的最后一部分，她写了如何重建“小玉”生活的种种方式。

是的，“小玉”。

商稚言没有把大量的笔墨放在事件的经过上，哪怕这些才是猎奇者最爱的部分。她写小玉的崩溃，写小玉对生活和亲缘关系深深的怀疑和恐惧，写小玉嫉妒同龄人，又深恨自己为何诞生人世，为何偏偏是女孩，偏偏遇到这些不堪事。

父亲和母亲摧毁了小玉的生活，但没有杀死她。她仍是她，活着就是生命力的证明。在学校、警方和妇幼联合会的帮助下，小玉会转学到其他地区，她会拥有一个新的名字和身份，在新城市里开始全新的生活。

她最怕的无非是不能脱离过去的阴霾。但小玉说，我才十几岁，我想试一试。

特稿发出后，其他媒体接连不断转载，微信阅读量很快冲上十万。浪潮社的微博更发起了相关讨论，从自身遭遇到家庭关系到未成年女性的性教育和安全问题，词条很快冲上热搜榜，阅读量层层攀升，参与话题的人更是越来越多。

商稚言收到了不少人的信息，都是祝贺她和夸奖她的。

黎潇给商稚言打来了电话，未开口就哭了。她在微信上看到了特稿，还看到了文章下方近百个评论。有和她遭遇过类似事情的女孩，还有更多鼓励她的人，跟她描述身为女性未来可能拥有的快乐和幸福，祝愿她一生平安坚强。

商稚言攥着手机也在哭，公交车上的人纷纷注视她，背着书包的小学生还怯怯给她递一张纸巾。

车外，路边满开繁盛鲜花，灿烂如一条斑斓长河。

四月底，黎潇转学了。临走前，商稚言请她和孙羡一块儿到家里的小店玩。黎潇要去的是一所教学质量与九中差不多的示范性高中，要坐六小时的高铁，距离挺远。她会在新城市定居，学校里的老师会暂时当她的监护人，等她高中毕业，便真正变成自己的主人了。

她说会给商稚言和孙羡写信。商稚言很吃惊，这个时代会写手写信的人实在不太多了。黎潇笑嘻嘻："我会写很长很长的。"

孙羡问黎潇以后想做什么，黎潇认真回答："想当孙老师这样的老师。"

孙羡感动得眼圈都湿了，连连拍着她的手。黎潇忽然转头问商稚言："言姐，你为什么要当记者？"

商稚言笑了："因为我也遇到过好老师。"

女孩有些惊奇，又有些快乐，仿佛她们三人之间有了一个共同的秘密可以分享。

人世的际遇，奇妙又难以言说。商稚言只知道自己学会了一件事：火会点燃火。

几天之后，商稚言和孙羡在车站送别了黎潇。女孩带着两个行李箱，家里的许多东西她都没有拿，是想跟过去彻底切割。她剪了很短的头发，脸庞瘦得让商稚言心疼，眼睛却精神明亮。妇联和警方有人带她到新城市去，给她足够的时间和两个年长的朋友道别。

黎潇与商稚言、孙羡紧紧拥抱，她话很少，牵着她俩的手不肯放。

"我会好好生活的。"黎潇说，"我一定比现在好。"

商稚言不停点头。同事们说她了不起，能接触到黎潇，能写出那样的报道。可她觉得最了不起的是这个还未成年的小姑娘。见识过人世的荒谬，仍怀有对未来的期冀——这是真正的勇气。

黎潇带着她们的礼物和祝福远去了。

与孙羡回家途中，张蕾来了电话。商稚言急匆匆赶回家，发现小店的门合上一半，店内只坐了一桌人。商稚言走到近旁，吃惊不小——张蕾和商承志对面是一对老夫妻，还有李彧。

"李老师？"商稚言摸不着头脑，"你……来家访？"

李彧推眼镜笑了笑："真的是你啊。我还想，姓商的人应该不多。"

原来张蕾和李彧的母亲是老同学，两对老夫妻打算约着一块儿出门旅游，李彧是专程送父母来共商大事的。

张蕾把商稚言拉到身边坐下，嗔怪地笑：“我这女儿平时就这样急急忙忙的，小孩子一样。”

李彧好脾气地应：“商稚言工作很出色，是我们中心最优秀的记者之一。”

商稚言这下察觉，这一桌子人全都揣着副神秘复杂的笑，尤其两对父母，一直撺掇李彧和她聊天。李彧似乎有几分无奈，但也没有抗拒，他很会挑动气氛，说的话又讨老人家喜欢，张蕾和商承志笑得前俯后合，见牙不见眼。

她悄悄在桌下打开微信，给应南乡发信息：“救我！我好像被相亲了！”

应南乡许久不回，商稚言笑得脸都僵了。她不停地冲李彧使眼色：怎么回事？你在搞什么？他们又在搞什么？

李彧接收到了，但仍旧那副宽厚可亲的笑，商稚言解读不出一丝可理解的内容。

熬了半个多小时，张蕾终于开口：“要不让小李带我们言言出门逛逛吧？我们老人家讲的事情年轻人不喜欢听，他们有他们可聊的话题。”说完还笑眯眯冲商稚言挤眼睛。

商稚言头都大了：应南乡怎么还不来？

手机此时突兀响起，屏幕上是“谢朝”二字。

商稚言惊喜极了，忙装出公事公办的口吻：“你好，谢工。”

李彧在对面笑眯眯地看着商稚言，商稚言绷紧面皮，不敢露出一丝欣喜的端倪。

谢朝沉默片刻才说话：“谢工？”

商稚言：“哦？稿件上写的数据不正确？”

谢朝轻笑道:“嗯,对啊,很多要改的地方。你出来吧,我在你家门口。”

透过窗玻璃，她果真看见杨桃树下停着一辆车。

商稚言忙细看微信界面。她把谢朝、余乐和应南乡的聊天框全都置顶了，原来刚刚点错，把信息发给了谢朝。

印象中，这不是她第一次给谢朝发错信息。

她忘了自己正在演戏：“你来干什么？”

谢朝又笑，声线低沉：“来救你。”

张蕾和商承志太久没见谢朝，围着谢朝左看右看，又高兴又亲热:“谢朝，你高了好多啊！”

在他俩心里谢朝和乐仔是同一个地位的。十年不见面，谢朝仍有些腼腆，但长辈比他大方，夫妻俩忙不迭拉他进店看布置。谢朝是第一次看到租书店改换身份之后的样子，十分好奇，左瞧右瞧。

两只猫在角落探头探脑，盯着这位陌生人。

谢朝站定了：“……二姐？”

胖橘猫一下直起身，小心翼翼地走出，绕着谢朝兜圈。另一只黑猫不动弹，趴在花盆旁打了个呵欠。

谢朝认出来了，胖乎乎的橘猫就是自己当日留给商稚言的小猫咪，黑猫叫大姐，是商稚言家里的正式大猫，不能上床，抓老鼠十分厉害。

“大哥呢？”谢朝问。

大哥几年前误食吃了老鼠药的老鼠，没救回来。大姐呜呜嘤嘤哼了很久，每天在门口徘徊等待。它和大哥都是当年被商稚言捡回来的流浪小猫，一眨眼十几年过去，它也老了，成了一只不爱动弹、每天在店里打滚让人摸肚皮的吉祥物。

谢朝冲橘猫伸出手，橘猫已经认不得他，看了又看，最后转头奔向商稚言。

张蕾挽留谢朝在家里吃饭，谢朝婉拒：“我今天休假，来接言言和乐仔去玩。”

“去哪儿玩呀？那也得吃饭啊！”张蕾不让他走。

“我的游艇重新上漆，现在都修整好了，打算今晚试航。言言和乐仔还没搭过，我已经在船上准备好晚餐了。”谢朝说。

张蕾只得放过商稚言。

商稚言压抑着内心雀跃，跟李彧和他的父母告别。

李彧还是笑眯眯：“玩得开心。”

谢朝远远瞅他一眼。商稚言动作迅速地钻进车里，终于松了一口气。

车子启动，绕道海堤街，往灯塔的方向去。商稚言知道在灯塔附近有一个小的私人码头，停放着好几艘私人游艇，但她从不知道谢朝的船也在那里面。

“嗯？不去接余乐吗？”车子经过了余乐的家，没有停下，商稚言扭头问。

谢朝目视前方，笑了笑：“本来就没打算接他。”

商稚言：“你学会撒谎了。”

谢朝："船上也没有晚餐。"

商稚言大笑："那现在去买啊！"

谢朝的游艇上只有酒，但好在有个小型厨房。他和商稚言溜进超市买了些东西，怀着野餐的心情往码头去。

"我们今年会开发布会，医疗机器人项目取得了新突破，有一项技术只有我们持有。"谢朝告诉商稚言，这项技术对新月医学的机器人项目极为重要，因有它出现，新月医学终于突破瓶颈，触觉反馈系统获得重大进展。

商稚言和他自从上次在园区公交车站分开，虽然常常瞎聊天，但很少听谢朝提及他工作的事情。

"什么是触觉反馈？"

"你手机上的 3D Touch 功能就是一种表层的触觉反馈。"谢朝解释道，"3D Touch 的功能，就是识别人施加在特定地方的压力大小，从而决定是打开 App，还是打开触控快捷菜单。我们应用在医疗机器人上的触觉反馈会更复杂。"

商稚言恍然大悟："触觉反馈技术可以让医疗机器人识别手术医生的手指压力和手势？"

谢朝点头："对。触觉反馈对远程手术非常重要，尤其我们的研发重点是脊椎手术机器人。比如说，医生在上海开启系统进行手术，抓握控制端，而身在深圳的病人躺在手术室里，由医疗机器人来开刀，机器人识别出医生手部的每一个细微动作，完美复制在病人身上。"

谢朝讲得详细而通俗，他考虑到商稚言对行业专业知识并不了解，于是不断举例子跟她解释。

商稚言总觉得，谢朝像是在跟她讲解一道数学题。

谢朝和余乐吸收知识都很快速，但释放出它们的方式，谢朝比余乐更胜一筹。当年两人给商稚言和应南乡讲解题目，就连应南乡都认为，谢朝讲得更透彻简单，仿佛所有困难的题目，谢朝都可以找到一条最快、最短也最容易让人理解的捷径。

商稚言笑道："咱们现在是做采访吗？"

聊起医疗机器人和外骨骼行业现状一时间收不了口的谢朝轻咳："不好意思。"

商稚言连接了车上的蓝牙，问谢朝有没有听过周杰伦的新歌。谢朝很久没听过什么新歌，商稚言给他放了《等你下课》。

听了一会儿，谢朝皱眉："这是跟踪狂吗？"

商稚言大笑："这是个痴心人。"

谢朝看了眼歌名，像是想起了什么，微微地笑："以前我常常等你下课。"

"是我等你们下课好吧？"商稚言说，"你们连晚自习都要补课。"

谢朝："我和余乐一般都是在小卖部里等你啊。"

商稚言想起来了。她还想起烤肠的香味，装牛杂的纸碗，食堂门口熙熙攘攘的学生，还有小卖部门口那几棵低矮的桃树，春天会开许多花。

他们开始聊过去的事情，商稚言简直困惑，谢朝说的话有这样好笑吗？她多久没这样一直笑一直笑，为身边人每一句话每一个表情而高兴了？她甚至怀疑这一刻的好心情永远不会消失。

上山又下山，经过灯塔所在处，远远便望见码头。谢朝把车子停在停车场，他显然常来，轻车熟路刷卡记录，带商稚言往码头走去。

谢朝的游艇改过名字，现在叫朝阳号。商稚言："你妹妹的游艇叫什么？"

谢朝想了一会儿："玛格丽特。"他上了船，回头冲商稚言伸出手。两人自然而然地握着手，谢朝牵她走入游艇。

"是那个很美的公主吗？"

"是啊。"谢朝笑着，"《罗马假日》女主角的原型，她喜欢得不得了。"

船在水中有轻微的晃动，谢朝没松开她的手，反而攥得紧了一些，带她参观自己的游艇。

游艇并不大，和商稚言想象中的不太一样，它专属于谢朝自己，船上的餐桌上居然还堆放着十几本外文书籍，都是外骨骼相关。

"你平时在这儿都干什么？"商稚言怀疑。

"看书。"谢朝想了想，"吃吃东西喝喝酒，看星星。"

他让商稚言在船头驾驶舱坐好，掏出钥匙，启动了游艇。离开码头，海风一下变大。商稚言拿出皮筋扎好头发，刘海和鬓角发丝仍被吹得乱飞。谢朝把着船舵，戴上墨镜，商稚言扭头很专注地看他。谢朝留意到她的目光，匆匆扭头问："怎么了？风太大？"

你有点帅。商稚言心里这样想，嘴上却说："游艇很难开吗？"

"不难开。"谢朝说，"跟汽车差不多。"

商稚言："我还没有车照。"

谢朝："你要去哪里？我送你。"

商稚言笑："我去上晚自习。"

谢朝也笑："得令。"

游艇在平滑海面飞驰，船后留下两道白得灿烂的浪痕。

风吹得商稚言有些乏，谢朝停了船，让它在海面浮着，转身钻进厨房给商稚言准备晚餐。

"就这样让它漂吗？"商稚言问，"万一迷路了怎么办？"

"有灯塔。"谢朝一边煎牛排一边说，"不用担心，我会把你安全送回家的。"

他们天南地北地聊，谢朝说得少，大部分时间他都在认真倾听。商稚言说起自己刚刚写的报道和那个勇敢的小姑娘，跟谢朝分享自己的心情。

落日将坠入海中，满天云霞煌煌如被染料浸泡过。东侧的深宝蓝色已经攀爬上天幕，而在头顶上，冷暖两色糅合，过渡温柔。一片亮着金光的云横在空中，像落单的翅膀。

谢朝端着牛排和红酒走来，在她身边坐下。两人也不管用餐礼仪，盘腿坐在船尾开始大吃大嚼。

牛排煎得极好，商稚言啧啧称奇。谢朝面露得意之色："这是我在国外练出来的手艺。"

天地彻底进入夜之中。没了城市的光污染，星空灿烂。商稚言很久没见过这么多的星星，她甚至还望到一道隐约的星河，斜斜跨过夜空。

商稚言抬头看，上一次见到这样的星夜是数年前送走外婆的时候。那时天上遍布细碎的星辰，她不出声地哭，未烧完的纸灰碎屑还闪着火星，在潮湿的海边飘摇来去。她善于放下，善于原谅，不是因为脾气好或善良，是因为记恨太令人疲惫，她做不到。尤其自知时间有限，更想把光阴用于爱人和理想，不想在无谓的事情上耗费心力。

谢朝并不知道她在想什么，收拾了残羹剩酒，有些紧张地凑到她身边坐下。看了一会儿夜空后，他往商稚言手里塞了个小盒子。

盒子里装着一条细细的银色项链，链坠是不规则的雪花形状，设计独特且精致。

商稚言："还要交换礼物吗？我没有。"

谢朝："我当时约你出来，是想送这个给你。你不是让应南乡给你从北方带雪吗？"

商稚言又诧异，又好笑："好土啊。"

谢朝有点儿委屈："这是世界上仅有一条的链子，我定做的。"

他说了个商稚言从未听过的牌子，叽里咕噜的一串单词。商稚言把那小盒子放在手心里，低声说："我原谅你了。"

谢朝呆了一瞬："现在……才原谅吗？"

商稚言失声而笑："对啊，要不是看在你这礼物的份上，我继续讨厌你，讨厌一辈子。"

"那你喜欢它吗？"谢朝说，"你不说，我是不知道的。"

商稚言仍不讲。她靠在船舱上，双腿交叉，沐浴着海风："谢工真是个大傻子。"

她把项链拿了出来。谢朝下意识地想伸手帮忙，但商稚言迅速戴好，没有他的参与机会。

谢朝："……你也没机灵到哪儿去。"

商稚言："什么？"

谢朝托着下巴看她："你喜欢吗？"

商稚言："你好烦啊。"

谢朝："你得回答我问题。"

无聊的对话居然也让两人傻呵呵笑了半天。一艘红眼航班穿过黑夜，灯光频频闪烁，如同异色的星辰。

04

这段时间商稚言怀揣着好心情，对谁都是一脸笑容，连同事都看出她面带春风，忍不住调侃："谈恋爱了？"

商稚言："没有啊。"

她否认完了，又忍不住笑一笑，那记者乐了："真没有啊？"

商稚言正色："忙死了，工作为重。"

新媒体新闻中心和传统新闻中心有许多规章制度上的不同，每一个轮岗记者都必须熟悉工作流程，还要学习音视频剪辑处理等软件，商稚言光是学习就已经晕头转向，谢斯清那件事她只能用闲暇时间去调查。

李彧召集轮岗的新记者开会。他工作时雷厉风行，开会语速快且铿锵，布置完任务后又花时间一一点评了几个新记者的工作表现。轮到商稚言时，他淡淡带了一句："商稚言上次的特稿写得不错，你下次试试做别的题材。"

商稚言虽然不知道他去自己家里参加那个尴尬又不知所谓的相亲饭

局是不是迫于父母之命，但她晓得李彧是有真材实料的。散会后她找到李彧，想跟他请教如何处理谢斯清这个新闻料。

听完商稚言的报告，李彧问她："我理解你判断这个新闻具有价值的原因。但你在判断的时候，应该要想一想，它的价值和它需要付出的时间是否成正比。"

李彧的行事作风和崔成州很不相同。商稚言等待着他的下一句话。

"……银行不行，警方肯定也不行。"李彧说，"试试从根源查一查？"

商稚言："根源？"

她想起了那封装着银行卡和"祝你健康"字条的信。

离开办公室时，李彧又问："新媒体中心好玩吗？"

确实是挺好玩的，新鲜的事情非常多。商稚言点点头，很快又补充："我觉得我应该更适合去当一个传统记者。"

李彧："不要这么快给自己贴标签。记者就是记者，你跑政务是政务记者，跑社会新闻是社会记者，变化的只是你的工作范围，不是你的职业本质。我很喜欢你，我希望你能留下来。"

他说得非常直接，商稚言一时间不知如何回答。

李彧又说："但我不习惯跟崔成州打交道，所以我不会跟他抢你。我希望你能体会到新媒体中心的乐趣，自己做出决定。"

他冲商稚言笑笑，示意她可以离开。

李彧让商稚言感觉不好招架。他不是崔成州那种直来直往的人，商稚言坐在工位上甩甩头，给谢斯清打电话。

她可能已经从谢朝那里听说两人关系缓和的事情，接起电话时声音里都是笑："早上好！"

商稚言让她出来再见一面，叮嘱她带上装银行卡的信封和内里字条。

谢斯清跟商稚言约在"时刻"，说要再尝尝那儿的草莓派。

商稚言茫然："'时刻'？"她并不知道浪潮社附近有这样的一家蛋糕店。

中午时分，两人在"时刻"碰面。商稚言第一次来到这店子，一进门就被香甜的气味紧密包围。"时刻"的招牌甜品是草莓派和蓝莓慕斯，谢斯清极力推荐草莓派。谢朝给她买过一次，她念念不忘，用尽所有夸张的词语赞美。

连柜台里的小哥也被她的快乐感染："对！我们家的草莓派是老板最拿手的作品！每天限量供应二十个，卖完就没有了。"

橱窗里还剩一个，老板正在后厨抓紧制作供应下午和晚上的十个。

商稚言便点了草莓派。入口之后，她不适应这种甜腻，但谢斯清非常中意，边吃边夸个没完。

商稚言觉得谢斯清实在太容易讨人喜欢，长得灵巧可爱，性格又活泼真挚，和谢斯清见面不过第二次，她已经完全理解谢朝为什么会这样疼爱妹妹。

装着银行卡的信封平平无奇，是最普通的黄色邮政信封，没有邮戳邮票，显然是有人直接投到谢家邮箱里去的。信封上的字同样很普通，字条模模糊糊，没有落款，确实只有“祝你健康”四字最清晰。为了保存信封和字条，谢斯清把它们全都塑封起来，至少形态没有太大变化。

把信封翻过来，商稚言忽然发现背面右下角的红色字样不太一样。

这是邮政指定的信封，一般由某某印刷厂承制。但这信封的承制厂上方还有另一行字：东海炼油厂专用。

“东海炼油厂？”商稚言对这个厂子没有任何印象，她给崔成州拨了个电话。

等待崔成州接听电话时，坐在她对面的谢斯清忽然眼睛一亮，冲“时刻”的门口挥了挥手。

商稚言回头去看，呆住了：“小南？”

应南乡满头卷曲长发不知何时已经剪短了，她鼻梁上架着一副圆框的平光眼镜，乍看上去像一个洋溢少年气的孩子。商稚言心中一动：应南乡每次改换形象，都因为失恋。

崔成州接了电话，商稚言忙起身到一旁接听。在店面的角落里，她可以看到后厨一角。崔成州告诉她，东海炼油厂是一个已经倒闭的厂子，工人早就解散了。商稚言边听边记，眼角余光看见后厨里有忙碌的身影，香甜的气味不断飘出。

“我发你地址，不过厂子早就没了，好像前几年改建成了体育馆。”崔成州说。

回到谢斯清和应南乡身边后，商稚言满怀困惑地看向应南乡。

应南乡揽着商稚言的胳膊：“没想到你认识 Margaret，这世界太小了吧！”她今天本想去浪潮社见商稚言，给商稚言带个甜品作为惊喜礼物，却没料到会在这儿遇到谢斯清。

商稚言忍不住笑，连英文名也是玛格丽特，谢斯清内心里真住着个快乐的公主。

“还有更让你吃惊的。”商稚言说，“她是谢朝的妹妹，谢斯清。”

应南乡一下呆了：“什么！”

她和谢斯清是在一个画展上认识的。因朋友有画作展出，应南乡前去捧场，而那个画展的策展人正是谢斯清。

但应南乡当时只知道这有趣的女孩叫 Margaret，她右侧小腿上的外骨骼就是她的标志。Margaret 对应南乡十分热情，应南乡还想过要不要也跟她以英文名互相称呼，但女孩偏要喊她小南，请她喝咖啡，又给了她画展的纪念品，临走时还拉着她的手，依依不舍。

“你认得我？”应南乡疑惑道。

谢斯清嘿嘿笑：“认得。你们四个人拍的照片就在我哥家里放着，我知道你是应南乡，你好漂亮。”

应南乡：“你也是。”

两人托着下巴互相冲对方笑。

应南乡伸手捏了下谢斯清的脸：“行啊小坏蛋，捉弄我们很好玩吗……等等，难道你也见过余乐了？”

谢斯清这回没有立刻回答。她微微皱着眉头，想了想才说：“你们三个人里，只有余乐一开始就认出我是谁。”

应南乡和商稚言都是一愣：“他认识你？”

“他不认识我。”谢斯清笑道，“他认得我脚上的外骨骼。这是去年我哥哥新做的，样品就在新月医学一楼放着，他应该看过。”

商稚言想起余乐有段时间天天去新月的食堂吃饭，就为了逮谢朝。

“他真的好厉害。”谢斯清小声叹道。

应南乡喝了口咖啡，声音有些飘忽：“他怎么没跟我们讲过这件事。”

“是我让他别说的。”谢斯清又笑，“说了就不好玩了，我喜欢看你们震惊的表情。”

她翻出手机看了眼：“余乐约我明天晚上去园区，看他和我哥打球。一起吗？”

应南乡犹豫了。商稚言摆摆手：“我不去。我老师刚给了我一些线索，我得去帮你查这个给你打钱的神秘人。”

应南乡和商稚言把谢斯清送到地铁站，挥手道别。转身后商稚言拉着应南乡问她怎么回事，不出所料：应南乡和男友分手了。

这次分手与以往的所有分手都大不相同。男友偷了应南乡的资料送给竞争对手，直接导致应南乡的公司在广告竞标中惨败，损失惨重。以往所有的恋情，结束时无非都是彼此觉得不合适、不爱了、不能继续下去了，从未有一次让她遭遇这样可怕的背叛。

“在你心里，工作和事业永远比我重要，我知道，哪怕我告诉你我会因为这次项目而升职到总公司，你也不会愿意让步”——应南乡有生以来第一次和男孩厮打，尤其在听到他说的这句话之后。

“……他放什么屁啊！”商稚言气得脸都白了，“这是人话吗？他尊重过你的工作吗？”

应南乡摆摆手：“不说了，都过去了。”

商稚言这才明白，应南乡这次从外地出差回来之后，一直说太忙碌而不和他们见面，是因为需要整理心情和疗伤。两人分开的时候吵得非常激烈，应南乡脸上受了点伤。

“别告诉余乐。”应南乡说，“他会去杀人的。”

“……余乐到底有什么不好？”商稚言忍不住了，“你所有的男朋友，无论是以前还是现在，甚至是未来，我都不觉得有谁能比他更好。”

“不是好不好……”应南乡扶着额头，“很奇怪啊，我们当了这么多年朋友，如果发展成恋人……”

“我不懂这有什么奇怪的。”

“他太认真了。”应南乡又说同样的理由。

商稚言叹气：“乐仔很招人喜欢，你知道的。你不要后悔。”

应南乡下午没事情，便开车送商稚言去东海炼油厂的旧址找线索。

东海炼油厂旧址果真已经改建成小型体育馆，商稚言去问了一圈，工作人员并不清楚以前炼油厂的情况，更不知道炼油厂的职工都去了哪里。

在体育馆斜对面是一处旧宿舍，商稚言盯着那已经剥落的标牌看了半天，隐约看出“东海宿舍”四字。

她走到门卫室，里头坐着个抽水烟筒的老头。

“你好，师傅。”商稚言问，“这里住的都是以前东海炼油厂的职工吗？”

“以前是，现在都租出去咯，还剩几个老人。”老头打量她，“我是东海炼油厂的老员工，你找谁？”

商稚言喜上心头：“你认识陈瑛吗？”

她在手机上打出名字，给那门卫看。

门卫看看那字，又狐疑地盯着商稚言打量。

“我老婆就叫陈瑛。”他说，“但她几年前已经过世了。你是什么人？”

回到应南乡车上，商稚言愁眉紧锁。

应南乡放下电话，转头道：“我明天去看他们打球……你怎么了？”

“这个新闻没有继续调查的必要了。”商稚言说，“我知道给谢斯清打钱的是谁了。”

门卫的妻子叫陈瑛，已经下岗近二十年。她下岗后先是做些打扫清洁的工作，随后又当保姆，之后上了月嫂培训班，当上了月嫂。门卫一直在东海炼油厂做到厂子倒闭，他以前是办公室的人，常从单位顺些文具带回家，这信封自然也是他拿的。

商稚言便问陈瑛工作中是否遇到过什么不寻常的事情。银行卡未注销，陈瑛过世后仍有人不断往这张卡里打钱，因而使用这张卡的一定不可能是陈瑛。商稚言心里其实隐隐约约有一个猜测，但她需要证实。

门卫想了半天，一拍大腿。陈瑛最后一份工作大概是在十年前，给一个混混的老婆当月嫂，他还记得那女人的名字是周美琪。

之所以印象深刻，是因为周美琪在陈瑛得病后还去医院探望过她好几次，给过一些钱。周美琪的丈夫苏志雄十年前出事进了监狱，在服刑期间和周美琪离婚，周美琪便靠着自己名下的几间商铺过日子。门卫记得那是个挺漂亮的女人，本以为既然是混混大佬的妻子，应该气焰嚣张，但接触下来却发觉这女人低调得很，说话细声细气，像是总提防着什么似的。

“你认识她？”应南乡问。

“……我认识的可能是她的弟弟。”商稚言低声道。

她此时忽然模模糊糊地想起，自己最后一次见到周博是在海堤街的沙滩上。她抓着一个破酒瓶子，周博告诉她让谢朝和谢朝家人小心。他们当时并未解读出周博所说之话的真实含义，全都以为这是针对谢朝的威胁。

然而真正被盯上的，是谢斯清。

周博作为团伙中的一分子也入狱服刑了。而在当年的十二月份，这张卡开始使用，信件塞入谢家信箱——利用陈瑛身份开卡并给谢斯清打钱的，自然是周美琪。“祝你健康”，是她微小的愧疚和补偿。

每个月五百块不算多，但十年前对一个没有工作、丈夫入狱，身边资产极有可能全部被查封，还有一个孩子需要抚养的女人来说，并不容易。

应南乡直到此时才知道，商稚言以前曾经历过周博的骚扰。

“周美琪让陈瑛帮她开卡，然后自己给谢斯清按月补偿？”她问，“周博出狱了吗？”

“出狱了，他是当年被判得最轻的一个人，因为他只参与了前期谋划，最后还是他帮了谢斯清一把，所以判了五年。”商稚言收起手机，“明晚我也和你们一块儿去看他俩打球吧，这事情我得跟谢斯清说一声。”

第二日下班后，商稚言接到谢朝电话，他正在市里办事，打算过来接她。商稚言想给谢斯清买她喜欢的草莓派，便和谢朝约好在“时刻”碰面。

因中午已经联系了店员，商稚言抵达“时刻”时总算看到最后一个没卖出去的草莓派。“时刻”最近被颇有名气的美食公众号推荐，用门庭若市来形容也毫不夸张。生意太好，供不应求，“时刻”甚至停了外卖单，只能到店购买。

店内十分热闹，商稚言等待店员给自己打包草莓派时，左看右看，信手拍了几张照片。

墙上挂着营业执照，商稚言抬头瞅了一眼。她注意力回到手机上，谢朝给她打来了电话，说停好了车，正往小店这边走。商稚言听着电话，忽然结巴起来：“好……不是，你、你等等……”

她又一次看向营业执照。“时刻”的负责人处赫然是一个她熟悉的名字——周博。

“你们老板呢！”商稚言电话都没挂断，急急地抓住店员的衣袖，“我想见他！”

“快八点了，谢朝和商稚言私奔了吗？”余乐坐在球场边打呵欠，“我可是专门给他留出的时间，谢总就这么不给面子？”

谢斯清和应南乡在一旁分享一小盒薄荷糖。

去接谢斯清的是应南乡，两人抵达的时候，余乐看着应南乡大笑。

“短发太丑了。”他毫不留情地说，“自然卷为什么要剪短头发啊？跟爆炸头似的。”

应南乡顺势踢他一脚。

针对应南乡的发型，余乐至少损了三分钟才转头看向谢斯清。

“她们有没有吓一跳？”他问，“你的计划成功了吗？”

谢斯清笑着连连点头。

她俩来得太早了，余乐带她们去新月医学的食堂吃饭，绘声绘色地告诉谢斯清，谢朝厌恶葱花炒蛋，但很喜欢五柳炸蛋。应南乡觉得他话有点多，多得有些不寻常。她不知道这是因为谢斯清的缘故，还是自己过分敏感。

饭后三人抵达篮球场，抢占了一个位置。余乐给谢朝打电话，他不接；转而联系商稚言的时候，她回复一句"现在有点儿事情，你再等等"。

"算了，我叫几个帅哥过来。"余乐跳起身做热身运动，"你俩有什么名片之类的赶紧拿出来准备准备。"

应南乡："递名片好土。"

"你觉得什么不土？"忽然想起什么似的，余乐笑着一边拍球一边跟谢斯清说，"你知道她最奇特的一次告白是怎样的吗？她去我学校找我，我们班当时跟建筑系的人打球。她看了半场，中场休息的时候跑去跟建筑系那系草说，'你好，我叫应南乡，你可以跟我谈一天恋爱吗？'"

应南乡捧着脸笑："天啊，他真的是我所有男朋友中最帅的一个。"

余乐不赞同地摇头。谢斯清惊奇不已："然后呢？真的只有一天吗？"

"谈了四个月，对吧？"余乐坐在篮球上数手指，"第一个月她隔天便跑我们学校。第二个月是系草老跑她们学校找她。第三个月还挺好的，没吵架。第四个月嘛，吵到我这儿来了。"

谢斯清："为什么吵架？"

应南乡："他说我设计的衣服没有美感。"

余乐嗤之以鼻，谢斯清却万分理解。正好约的伙伴纷纷抵达，余乐起身汇入人群中，开始猜拳分配队友。

谢斯清的目光总凝在余乐身上，应南乡根本不需要着意分辨，谁都看得出她对余乐的好感。谢斯清也没想隐瞒，她问应南乡余乐喜欢做什么、喜欢吃什么，各种各样的问题，全都一股脑地冲应南乡砸过来。应南乡晕头转向，把眼镜推了又推。余乐边脱外套边跑过来，把衣服塞到应南乡怀里："帮我看着，里面有手机。别刷我卡。"

应南乡冲他哼了一声。谢斯清很好奇："你怎么刷他卡？"

应南乡笑道："他乱讲的。"

在谢斯清不注意的时候，应南乡掏出余乐手机尝试解锁。解锁密码果然仍是她的生日。好土啊，她心里有个声音这样讲。但一件这么土的事情，余乐自从用上智能手机之后就从未改过，他那么聪颖，偏偏在这件事情上过分固执。

应南乡抬头看他打球，听见谢斯清在一旁拍手鼓掌。她的心像被什么东西狠狠拧着，有些微的疼和酸。

余乐顺利投中一个三分球，高高兴兴转头等候姑娘们的赞美。但场边只坐着谢斯清。他吃了一惊，顾不上已经开球，迅速跑过去："小南呢？"

"她回公司加班了。"谢斯清仰头看余乐，问，"你的衣服和手机我帮你拿着，可以吗？"

余乐看停车场的位置，没听到她这句话。

应南乡的车子离开园区时，谢朝和商稚言正好抵达。

谢朝把车子停好，把着方向盘低叹一声。商稚言有些担心："周博的事情，是我跟她说，还是你跟她说？"

"我来说。"谢朝把额发捋到脑后，他眼中的忧愁消失了，"我是她哥哥。"

一小时前，两人在"时刻"里见到了周博，他果真是"时刻"的老板。一番长谈，彼此都说了许多许多事。谢朝很平静，只是双手手指不断缠绞，心绪不肯安宁。

从停车场角落里走出，谢朝像是故意要活跃气氛似的，对商稚言说："停车场里据说发生过灵异事件，有人在这里见过无人驾驶的挖掘机，晚上静悄悄地开来开去。"

商稚言笑了："怎么跟我讲啊？这种故事我记得是你比较怕吧？"

谢朝："我已经不怕了。"

但他却看见商稚言站定了，冲他伸出手。

"如果你害怕，"她看着谢朝，目光明亮，"你可以牵我的手。"

谢朝："……幼稚。"

但他连这话都没说完，立刻抓住了商稚言的手，把她拉到自己身边。

"想想的确有点儿怕。"谢朝说着，攥紧女孩的手掌，一本正经，"谢谢你，你是好人。"

两人直到走到篮球场，都没有放开彼此的手。

谢斯清用余乐的衣服挡住半张脸，看看两人相握的手，冲谢朝露出笑得弯弯的一双眼睛："噫……"

谢朝坐在她身边，这才放开商稚言。商稚言转头，撞上余乐满带笑意的脸："啧啧啧。"

商稚言不甘示弱："怎么，没见过人牵手是吧？"

余乐摇头：“是没见过你谈恋爱。”

商稚言狡辩：“牵手就是谈恋爱吗？”

余乐把篮球扔给伙伴，把她拉到场边。谢朝在一旁低声跟谢斯清聊天。余乐也压低了声音：“小南怎么剪头发了？”

商稚言：“你说呢。”

余乐猜到是因为失恋，但他仍不解：“可是怎么严重到剪头发？应南乡很爱她这头头发，轻易不给人动的。那浑蛋怎么她了？”

商稚言犹豫一瞬：“是她男朋友剪的。”

一簇愤怒的暗火在余乐眼中掠过，他一下直起腰，盯着商稚言。

“分手时吵得很厉害，那男的打了她好几巴掌。”商稚言说，“头发也是那时候被剪掉的，剪了一半，小南说狗啃似的，她干脆全剪短了。”

她第一次看到眼前这样陌生的余乐。她忙抓住他的手：“你别冲动！那男的也被小南砸得很惨，连猫也冲上去挠了他好几爪子。”

“那又怎么样？”余乐声音都变了，“他是什么公司的人？你知道的，告诉我！”

“这就是小南不肯跟你讲的原因。”商稚言咬着牙，“你总是这样，余乐！”

“我不是去打人……”

“她不想让你再为她的事情生气！你明白吗？你每生气一次，为她激动一次，都等于让她欠你一次。越欠越多，她根本不知道怎么还。”

余乐说不出话，半晌才讲出一句：“谁要她还？”

“你对她太好了，她会害怕。”

“我懂了。”余乐甩开商稚言的手。他冲到场边，从谢斯清手里抓过外套和手机，转身奔向停车场。

应南乡回到公司坐下，开始检查实习策划发过来的项目 PPT。公司里还有不少加班的人，全都在为接下来的一个招标项目奋斗。

“十五分钟后开会。”她在群内通知，“Mike 做好 PPT 了，我们针对 PPT 的呈现逻辑再讨论一次。”

此时手机响起，是余乐打来的电话。

“我在你公司楼下。”余乐有点儿着急，“你下来一趟。”

“我要开会。”应南乡看了眼手表，“十点再约可以吗？”

“不可以。”余乐顿了顿，“你给我五分钟就行。”

应南乡只得风风火火地冲下楼。余乐还穿着球服，手上攥着车钥匙和手机，胸膛微微起伏。

“你不知道怎么还我对吧？”余乐没头没脑地冲她喊了一句。

应南乡困惑极了：“你怎么一头汗，我没带纸巾……你跟我上去吧，歇一歇，喝口茶……”

余乐抓紧她的手，不让她离开：“你欠我这么多，我告诉你应该怎么还。”

应南乡越发莫名：“你在说什么？”

“……求你了。”余乐紧紧盯着她的眼睛，没有一丝犹豫，“跟我在一起吧。”

这或许不是表白。应南乡的头脑眩晕了一瞬，余乐抓住她的手不肯放，不声不响地等待她的回答。

余乐常把想自己、喜欢自己挂在嘴边。有些话听多了就不觉得特别，尤其她知道，余乐是个习惯开玩笑的人。他那么跳脱，整天嘚吧嘚个没完没了，等应南乡意识到这人所说的全都是真话，余乐的印象却已经固定下来，难以改变。

他第一次凶她，是在高三过年的时候，因为商稚言和谢朝的事情。应南乡觉得诧异，也觉得好奇，她以为这个喜欢自己的男孩会跟别人一样顺从自己，但那一刻起，她忽然意识到，余乐身上有一些坚定的、谁都无法动摇的原则。

在北京求学数年，连应南乡的舍友都认识了余乐，她们和应南乡一样喊他“乐仔”，把他当作应南乡的哥哥。“世界末日”那天，应南乡带去给余乐的除了一个行李箱的礼物，还有她鼓足勇气的一句话：我答应你。

但余乐带来了自己的女朋友，应南乡没有说出它的机会。

她分神了，余乐喊了她一声：“应南乡，你现在给我一个答复。你愿意，我们就在一起。你不愿意，我立刻放弃。不，我永远放弃。”

他太认真了。应南乡心想，他永远这么认真，认真得让她生怯，生怕自己有对不起他的地方，那一步迈出去实在需要太大太多的勇气。

“放弃是指……”但她还想再确认一遍，“我们做最普通的朋友是吗？”

“不是。我不能忍受继续和你当朋友，看你结识别的男孩，和他们谈恋爱，甚至可能和一个我压根不乐意看到的人结婚。我很努力地试过了，小南，我以为我可以，但我真的做不到。我想过洒脱，也想过重新开始，我想证明除了你，我也可以爱别的人。但所有证明都是错证。”余乐喘了一口气，“我比你想象的还要喜欢你。我们不能做朋友，或者成为恋人，或者老死不相往来。你只能二选一。”

应南乡完全愣住了，只是木木地盯着余乐。沉默胶着，最后是余乐先开口。他抬起手，做出了投降的姿势：“我明白了。再见。”

他转身要走，应南乡的身体先于意识行动了——她拽着余乐的手让他回头，然后跌入他怀中。她抱着他，狠狠吻了他。

余乐没反应过来，等他抱住她了，她已经揽着他肩膀开始哭：“你是不是听言言说了什么？你是不是可怜我？我不可怜……余乐，你不许可怜我！我喜欢一个人就全心全意，我输了就输了，我不要你同情！”

她说话颠三倒四，余乐摸着她的头发，把她抱得极紧。

“谁有空同情你。”他在应南乡耳边低语，“我只是想爱你。”

写字楼下仍有人在夜里来来往往，做精英打扮的加班人士纷纷侧头看来，但没人觉得诧异。在这样的城市深夜里，相爱的人会喜极而泣，会亲吻，会紧紧拥抱，天气这样好，当然会发生一切可爱的、热情的、不讲道理的事情。

05

才四月中旬，余乐已经昭告天下，要大家为他的生日做准备。商稚言联系应南乡问她打算送什么礼物。应南乡这时候才告诉商稚言，自己和余乐在一块了。

“你记得的吧？余乐来过我家，我爸妈特别喜欢他。”应南乡说，“我跟他们说我的新男朋友是余乐，我妈高兴得哭了。”

应南乡：“你给我一点儿反应行吗！这件事讲出来好好笑！太夸张了吧，我的天，我妈居然哭了！我跟余乐说的时候他笑得不行，自行车直接撞路边了。”

商稚言攥着手机冲出办公室，跑进安全通道，这才大喊出来：“我的天啊！”

事实上她也要哭了，为余乐，也为应南乡。

这一通电话商稚言足足讲了半小时，又哭又笑的。等回到办公室，迎接她的是坐在她工位上，面色阴沉的崔成州。

“今天不是你在微博值班吗？私信都看完了？艾特都检查过了？评

论里没有什么不得体的话？”崔成州指着她，“居然跑去打这么久电话，我看你是想被开除。”

“崔老师，您位置在那边，这儿是新媒体中心。”商稚言指着大办公室的另一头。

今日她负责在微信、微博和客户端进行常例值班，因此不需要出门采访，安心写稿工作即可。新媒体中心的人大都不在，连李彧也去了帆船比赛的现场安排直播工作。崔成州左右看看，让商稚言坐在自己面前：“《浪潮周刊》社会新闻板块最重要的栏目是什么？”

这问题难不倒商稚言：“方寸专栏。”

当年明仔相关事件的报道，崔成州那篇《二十六个拾荒儿童的前史》就是发表在方寸专栏上。方寸专栏并非每期周刊都会出现，它只刊登重要的社会报道或人物特稿，是《浪潮周刊》之所以拥有今日地位的其中一个重要原因。

崔成州因方寸成名，也因方寸而被调职，他好几篇社会报道都是在方寸专栏刊登的。传说有一段时间，《浪潮周刊》出刊后总有人会问：崔成州这期写方寸了吗?

“写了”——那人人如临大敌；“没写”——则一切安然，好吃好睡。

商稚言写黎潇的特稿上了两微一端，但还没够格上周刊专栏。她以为崔成州是要跟她聊方寸专栏的过去，崔成州却压低了声音：“想不想写可以上方寸的稿子？”

商稚言：“想啊！”

这是她努力当记者、追随崔成州的另一个原因。

“距离到我们中心轮岗，还有两个星期。”崔成州笑着指指头顶，“你那篇稿子很受好评。中心主任问过我几次，我跟她说让你先跟我一起工作。他很看好你，但我希望你再加一把火，从今天开始找题材，写一篇能发表在方寸上的社会报道，就当作是你来社会新闻中心的敲门砖。我直接举荐你转正，不用再实习。”

商稚言完全愣了：“可我现在还是新媒体的人，这不算……身在曹营心在汉吗？”

崔成州振振有词：“都是浪潮社的人，一个集体，不分家。”

“又想拐跑我们中心的小记者？”李彧的声音从门口传来，带着笑意。他刚从帆船比赛的现场回来，肩上挎着一台相机。

把相机交给商稚言后，李彧扭头对崔成州道：“既然不分家，那商稚言留在新媒体中心也没问题，对吧？而且她现在还是新媒体的人，你们中心挖人可不能太不要脸啊，崔老师。”

崔成州笑骂：“你才不要脸！商稚言说好了要跟我学习的，在你们新媒体只是过渡！”

李彧好脾气，没跟他争执，笑眯眯地说：“难讲。”

商稚言收拾相机的时候，发现镜头盖不见了。她去办公室找李彧，李彧这才想起镜头盖还放在他随身的小包里。把镜头盖递给商稚言时，李彧问她：“你确定真的不留新媒体中心？我们都觉得你挺适合的。”

商稚言知道他不是喜欢听场面话的人，便直来直去地讲：“我高中和崔老师认识的时候，就已经决定要跟他学习，要做一个社会新闻记者，到今天这个理想也没有改变过。”

李彧看着她，点点头：“理想……真难得。有理想的年轻人总是很可爱的。”

他微微一笑：“我可以问你另一个问题了。你有男朋友吗？”

商稚言：“……嗯？”

李彧：“如果没有，我打算追求你。”

商稚言的脸先是白了一刹，是被吓的，随后在李彧的笑声里又悄悄红了。她手足无措：“我，我吗？李老师，你是不是弄错了什么？我爸妈……他们爱开玩笑，那次不能算相亲吧？”

李彧：“不算。但我没有跟你开玩笑。怎么，你觉得我不好？”

商稚言紧张得手指绞在一块儿，搜肠刮肚地思考怎样回答才能不伤李彧的面子又让自己顺利下台阶。李彧见她结巴了，又问：“还是你有男朋友了？那天来接你的那个人？我记得他叫谢朝？新月医学的高级机械结构工程师。”

商稚言愣住了：“你怎么知道？”

李彧仍是好脾气的笑：“新月医学展示医疗机器人和外骨骼的那天，我也在现场啊。浪潮社去了财经中心的记者，也去了新媒体的记者，只是我和你们的工作职责不同，我是负责给发布会做直播工作的。你的男朋友，是他吗？”

新月医学，研发中心会议室。

会议结束时，房间里仍是一派凝重气氛。刚刚获得突破的触觉反馈系统遭遇了前所未有的挫折：新月医学的对标企业今日召开发布会，同样公布了他们触觉反馈系统的新进展。其中使用的两项技术，与新月医学的机密技术极为相似。

这两项技术是新月在医疗机器人上的创新，目前正在完善阶段，已经做好了申请专利的打算。谁都没料到居然会出现这种突发状况，会议上，中心总监明确指出：这是一次内部泄密事件，必须立刻开始排查。

医疗机器人项目所有的工程师和工程师助理都列入了怀疑名单。一时间中心内部气氛变得异常古怪，每个人都似乎在提防别人，谢朝倒不太在意："我是最没嫌疑的人。"

小陆："为什么？"

谢朝笑笑不说话。他总不可能搞垮自家的公司，这对他毫无好处。

在古怪气氛中，谢朝是最轻松的一个。他约了余乐在食堂吃饭，余乐一盘盖浇饭没吃几口又开始美滋滋跟他炫耀自己追到了应南乡。谢朝听得耳朵生茧，低头狂吃。

两人吃到一半，商稚言忽然发来了微信，劈头就是一句让谢朝惊出冷汗的话："新媒体中心的主任说想追我。"

谢朝顿时想起在商稚言家里见过的眼镜青年，他不喜欢他。

不行！他迅速敲下这两个字，又觉得太过生硬，一个个删去了，换了另一句温和些的："你怎么回答？"

商稚言："我觉得他人不错。"

谢朝愣了几秒钟，商稚言下一句又过来了："毕竟我现在也没有男朋友。"

余乐正埋头喝汤，谢朝忽然动作极大地站了起来。

"出事了？"余乐被他吓了一跳，"你去哪儿？"

"我去找言言。"谢朝把手机放兜里，指着餐盘说，"你帮我收拾。"

"快去！"余乐大喊，"追女孩子就是要当机立断！"

谢朝觉得他实在没什么资格跟自己说这句话，但这话又结结实实带来了勇气。

"好。"他挥手道别，"当机立断。"

商稚言最近发现，小陆给自己发微信的频率大大降低。

她估计是谢朝警告了这小孩一通。商稚言当然不认为小陆对自己有意思，但她能看得出，小陆对自己充满兴趣——因为从商稚言这儿，小陆可以打听到谢朝的许多事情。

正想着，小陆的信息就跳出来了：“商老师，谢工去找你了是吗？”

商稚言：“他不在我这儿。”

“那他去哪儿了？”

小陆气都没喘匀似的，接二连三发来信息：“领导准备找我和他谈话，谁都不知道他去了哪儿，食堂不见人，谢工手机也没人接。”

商稚言打了个呵欠，回复：“如果他来找我，他会告诉我的。”

昨晚加班处理微信与广播频道的稿，今天早上又开了商稚言最厌恶的长会，她现在整个人都困倦不已。商稚言情愿扛着器材在外面跑三圈也不愿意坐在会议室里干听不动，但下午还有一场，她正给李彧整理下午的发言稿。

信息发出去还没到十秒钟，有新信息抵达。

是谢朝的。

“你在社里吗？我有点事情找你，不过没等到电梯，我走楼梯。”

商稚言吓了一跳，谢朝急得连字都懒得打，直接发来了语音。她从工位上一跃而起，绕过几个正在位置上午憩的同事，蹑手蹑脚地走出去，钻进安全通道的门。

才下了一层，果然见到谢朝小跑着上来了。

“你干什么？”商稚言有些吃惊，晃了晃手机，“小陆满世界在找你。”

谢朝两步并作一步，跳上楼阶，喘了口气。他显然跑得急了，胸膛微微起伏，一双眼睛却看着商稚言笑。四月中旬已足够晴好，楼梯间平台的几扇窗子都开了手掌大小的缝隙，阳光灿烂，照得人身上温暖。

“怎么啦？”商稚言也笑了，推了推他，“有什么好事要跟我分享吗？”

“对，大好事。”谢朝拉她的手，走到避光处。商稚言今天穿一件配色简单清爽的连衣裙，而且戴着他送的雪花项链。谢朝窒了一瞬，眉眼里笑意更盛。

商稚言察觉到一丝不同寻常，谢朝把她堵在墙边，她有些害羞：“你干什么呢？”

谢朝没吭声，径直低头吻她。

空气里的微尘也屏住了呼吸。谢朝的嘴唇带着热烫的温度，商稚言先是以为这是自己的错觉，随后才发现是彼此的呼吸都纠缠在一起，热腾腾，分不清归属。

“除了我，谁都别想追到你。”鼻尖在商稚言鼻尖上蹭了蹭，谢朝低头轻声说，“我错过一次，不会再错过第二次。”

商稚言一张脸早红透了。这是浪潮社的安全通道楼梯，身旁一片明晃晃的灿然日光，她紧张极了，但一颗心兴奋快乐地蹦来蹦去，她忽然间又充满勇气，英勇得可以豁出一切似的。

见她盯着自己笑，谢朝有些莫名：“怎么了？”

商稚言擦了擦嘴巴：“原来是这样的。”

商稚言：“原来和你接吻是这种感觉。”

“你想象过？”谢朝笑着把商稚言鬓角的头发别到耳后。他的女孩今天没扎起头发，披肩长发温柔美丽。

商稚言轻轻晃头：“那倒没有。”

“那你再试试。”谢朝又吻了她，“多想想……”

两人都笑起来。商稚言干脆踮脚抱着他，认真地捧着他的脸，仔仔细细地瞧。阳光攀上她的指尖，烘热了谢朝的耳朵。她从没见谢朝露出过这样的表情。

她想起那个安静的深夜，当她攀上图书馆二楼走廊的栏杆时，在楼下冲她张开双臂的男孩。

“你现在接住我了……”她在谢朝耳边说。

商稚言送谢朝离去，两人手牵手下楼，她才发现谢朝的车子就胡乱停在路边，已经被贴了一张罚单。她告诉谢朝，其实李彧问她是否有男友的时候，她的答复是“对，就是谢朝”。

谢朝对她的答复极为满意，不停点头。

临别时谢朝又亲了她一次，仿佛永远不够似的，哪怕路上人来人往，他也不在意。他勾着商稚言的手，一本正经地发出邀请：“你还没去过我家。”

商稚言：“那间大别墅？我见过。”

谢朝摇头：“不是别墅，是我的家，我自己的地方。”

商稚言：“看情况咯。”

谢朝钩住她的手指，指缝温度暧昧滚烫。

“我不想回园区了。”他说，“我陪你上班吧。”

商稚言把他推回驾驶座，连连挥手，总算把频频回头的谢朝打发走。

商稚言转身往回走时，楼下保安冲她笑：“哟，小商，男朋友啊？”

商稚言乐得走路带蹦：“帅不帅？”

保安：“蛮俊一小伙子嘛，相亲认识的？”

"我们认识好多、好多年了！"商稚言笑着跑向写字楼。

她揣着一颗活蹦乱跳的心，根本坐不定，开会时必须全神贯注在枯燥的会议内容上，才不至于让自己又莫名其妙发笑。崔成州在办公室里来来往往，每次都看到她呆坐着抿嘴笑。

"商老师，您不舒服吗？"崔成州问。

商稚言没管他。崔成州在手机上跟老婆孩子视频的时候笑得夸张，商稚言曾用这句话取笑过他。

崔成州端着茶缸嘿嘿嘿地走了。商稚言揉揉自己的脸，打开小镜子看了一眼。她觉得自己很正常，只不过是看单位里每一个人都分外顺眼，思维特别活跃，就连下班时在公交车站上看背着小书包的小学生幼稚斗嘴，她也觉得很幸福。

晚饭时，张蕾和商承志忽然又问起李彧的事情。他俩对商稚言这位上司印象极好，偏偏李彧也在两个老人面前流露出对商稚言的好感，天天盼着商稚言处理人生大事的张蕾忍不住问了又问"你觉得你们李老师怎么样呀""李老师对你好不好呀"等等等等。

商稚言放下筷子和碗，抽纸擦嘴巴："我有男朋友了。"

张蕾吃了一惊："什么时候？"

商稚言想了想："很久了。其实你们也认识的。"

商承志一拍膝盖："乐仔是吗？"

"爸爸，我说了十万次了，我跟余乐不可能，我俩是一家人。"商稚言一字字道，"我男朋友是谢朝。"

两夫妻俱是大惊，但吃惊之余，又有些意有所料似的，频频点头："也对，也对。"

商稚言："什么也对？"

"我以前就觉得他中意你。"商承志说，"你们读书的时候，他不是有段时间天天接送你上学放学吗？每次到家里来都说来看小猫。我也没看出他多喜欢小猫啊。"

"他是很喜欢小猫的。"商稚言小声说。

张蕾喜上眉梢："谢朝家里是不是很有钱？"

商稚言："不知道。"

张蕾抓住她的手，握在掌心，又说："不过那也不重要。谢朝人挺好的，要不是他，你连一本都考不上。"

商承志："你又说的什么话。乐仔也有作用啊！而且我们言言脑子又不傻，一本有什么难度。”

商稚言知道贬损自己几乎是母亲的一种惯性，她已经习惯了，揉揉耳朵，只当没听见。她倒不认为自己谈恋爱需要跟家人仔细交代来龙去脉，但为了止住父母对李彧的兴趣，她只好说出来。

今晚本想去园区找谢朝吃饭，但临近下班，谢朝却说有紧急会议，整个医疗机器人项目组的人都不能离开，连手机也要暂时上交，或许好几日不能和商稚言联络。气氛有些紧张，商稚言甚至没来得及听他细说，电话就挂断了。

可今天这么好的事情，总要拉个人分享的。应南乡和余乐约会去了，商稚言便跑去找孙羡。

黎潇在新的城市和学校安顿下来之后，给孙羡寄了一封信。她没把自己的新号码告诉孙羡，信里也没有留通讯地址，似是要死心塌地和过去切割。信封里有两张信纸，其中一张是属于商稚言的。

黎潇很喜欢新的学校，生活如常，只是还在适应。原本她应该进入一个新的家庭生活，但黎潇不愿意。现在的黎潇住在学校里，周末的时候或者留在学校，或者到监护人老师家里度过，一切正在恢复。

商稚言很遗憾：这是来自黎潇的单方通讯。如果有一天黎潇中止了联系，她们将无从得知这个女孩的未来。

“如果她不说，一定是过得很好。”孙羡笑道，“有了新的生活，过去不值一提。”

商稚言亲亲热热地和她挨在沙发上说自己和谢朝的事情，孙羡连连拍大腿：“我就说吧！早看出来他对你有意思了。没想到这人这么长情。”

“对了，你还记得周博吗？”商稚言一个翻身坐起来，“就那个光头的小混混，晚上老在路上堵我的。”

孙羡当然记得：“不是被咱们俩用铁棍打跑了吗？他现在还是光头？”

周博仍是光头。听他说，出狱之后留过一段时间头发，那是为了把自己和狱中的形象切割开，更像寻常人一些。但开始学制作西点之后，他嫌头发麻烦，吭哧吭哧又给剃光了。

他出狱的时间是六年前，在狱中因为表现良好，减刑一年。和“时刻”紧挨着的面店和便利店，都是他姐姐周美琪的产业，这也是雄哥给周美琪留下的唯一财产，两人婚后他便立刻转到周美琪名下，最终得以保留。

周美琪在周博出狱之前，一直代替他给谢斯清打钱，周博出狱后便由他自己负责这件事。

刚出狱时没有工作，周博帮姐姐打理便利店，后来周美琪撺掇他去学西点，他学完后还确实有模有样，最后才有了“时刻”这个小店子。

周博和当年商稚言见过的他已经很不一样了。他身上有一部分精气神已经消失，取而代之的是一种谨慎和镇定。面对谢朝时，周博非常冷静，他说了许多句对不起。谢朝没有应声，只是静静听他讲话。

告别时，谢朝说谢斯清对神秘人很感兴趣，说不定她会来找周博。周博脸上终于掠过一丝慌乱：“不，别别别，千万别让她来。”

听商稚言说完，孙羡摇头：“我觉得那个小妹妹一定会去的。她对你和余乐小南感兴趣，她就自顾自地跑过来。周博和她的关系更加复杂，害过她又想补偿，我要是她，肯定也会悄悄跑去看周博。”

06

孙羡的判断是准确的。

几日后，下班的商稚言在路对面看到了谢斯清。谢斯清拐入街口，正朝“时刻”的方向走去。商稚言忙跟上去。红灯阻了几分钟，等商稚言推开“时刻”的门，谢斯清已经坐在里面了。

“时刻”今日似乎闭店，不接待客人。店里连常见的小哥也休假了，只有周博一个人。

他抬头看商稚言一眼，很快又垂下眼皮，一言不发。

谢斯清面前一杯热腾腾的茶，但她神情冷淡，甚至挟带几分压抑的憎恶。

她没碰面前的这杯茶，开口道：“别再说对不起，没有意义。‘对不起’太轻飘飘了，你没办法把我的人生赔给我。”

商稚言坐在她身边，握住她微微颤抖的手。

“我挺恨你们的，包括你。”谢斯清低声说，“我已经接受了自己的命运，但不代表我会原谅你。”

对当时只有十三四岁的谢斯清来说，她的痛苦来源于自己的伤势。而当伤势稳定、治疗方案就位、她有所成长，更大的痛苦开始暴露在她面前——她的伤不仅属于她自己。

谢斯清出事的时候，秦音还是个哺乳期的母亲。她面色惨白地在医院里守着，一时抱着谢辽松大哭，一时静静坐着，神情中充满恐惧和憎恨，十分恐怖。而得知谢斯清在上学之前偷跑去光明里的目的之后，秦音仿佛疯了一样连打谢朝数个耳光，她尖叫着撕扯谢朝的衣服，痛骂他，责备他，让他把谢斯清的腿还回来。

谢辽松一旦劝架，秦音的怒火就会转移到他身上。他们知道秦音现在只是想找一个对象发泄，所以容忍了。但她在盛怒之中说的一些话，谢辽松记在了心里，他不仅记住了，在之后每每与秦音争执，都会提道：你说过，后悔嫁给我。

父母之间的矛盾和裂缝是谢斯清始料未及的，她知道自己身处漩涡中心，根本不知帮谁。

谢朝承受了秦音的所有宣泄，他跟秦音和谢斯清道歉，主动提出和谢斯清一起去美国治疗。他仍旧学机械工程专业，但志愿实际上已经改变了：从要制造出最好的医疗机器人，到“做能帮谢斯清走路的外骨骼”。他离开了自己的朋友和喜欢的女孩，几乎没有社交，十年如一日地扑在研究室里，人生的唯一目标是看到谢斯清恢复如初。

谢辽松的事业在国内，但他分出了大量时间在美国陪伴谢斯清、秦音和小儿子谢斯亮，事业不受到影响是不可能的。

几次手术后，谢斯清膝骨的碎片被清出来，随后开始了漫长的康复。那是极疼痛的过程，有时候秦音要照顾谢斯亮，则换作谢辽松陪同。每次康复训练之后，谢斯清总是一脸眼泪一身汗。回家路上谢辽松会带她去吃冰激凌，去看电影，让她去跟外面的人接触。她能够正视自己的勇气，有许多都是在这个过程中积攒的。

谢斯亮是家里最小的孩子，从小就被教导要小心翼翼地对待姐姐。无论是父母还是谢朝，和他相处的时间都不多，甚至还比不上家里长期雇佣的保姆。

他今年十岁，叛逆得令所有人头疼。秦音和谢辽松对他欠缺陪伴，于是用钱来满足他的所有要求，情况却不见有任何改善。发现谢斯亮最近结识的新朋友是街头抽烟喝酒的混混之后，谢辽松和秦音干脆将他带回国内，把他和之前的环境隔离开。

谢斯亮和秦音天天在家里吵架，小孩声音尖厉地哭骂打滚，谢斯清每天都困扰不已。谢朝已经搬出去住，谢斯清也想这样做，但秦音不肯，担心她无法照顾自己。

矛盾重重，令人窒息。谢斯清说到后来，已经有些麻木。

“当然我不能把发生在我身上和我家庭中的所有不幸全都赖在你身

上。理智是这样告诉我的。”谢斯清咬了咬嘴唇，“但我没高尚到那种地步，我一直认为这些就是你们的错。我不会原谅你的，永远都不可能。如果一个人做错事，毁了别人的生活，用钱和对不起就能补偿，那也太轻巧了。”

她的声音已经微微发颤。周博一直没有出声，只偶尔抬头看一眼谢斯清，眼神很快又缩了回去。他连正视谢斯清的勇气都没有。

商稚言那天和谢朝见他的时候，他并不是这样的。

谢斯清把脚边的一个提包放在桌上，从里面掏出几捆钱和一张卡。

“这么多年一直记挂我，我谢谢你和你姐姐。”她把卡扔在桌上，“但我不需要。你应该也知道这对我来说没有意义也没有任何作用，给我钱，只是为了让你自己好过一些而已。”

“不必还我！”周博不肯收，把钱塞回提包，“对不起、对不起……我知道我能做的真的太少太少，这些根本没有价值……我不奢求得到你的原谅，但我无论如何都想跟你道歉……你收下，拿去做什么都可以，请你别还给我……”

谢斯清突然站起，把提包拉链拉开，倒拎了起来。纸钞纷纷扬扬落下，周博霎时顿住，无法言语。谢斯清表情冷淡至于漠然，她干脆地倒完袋中所有东西，扔下空空的提包，扭头就走。

商稚言连忙追上去，在店门外拦着谢斯清。

“我陪你回去。”商稚言说。谢斯清现在情绪激动，她很担心。

谢斯清回头抱住她，这时候才开始哭：“他们破坏了一切……还想让我原谅！”

“不原谅，你可以不原谅……”商稚言安抚地拍谢斯清的背。女孩哭得克制，抱住她身体的手臂力气却很大，她在控制自己。

直到谢斯清哭够了，停下来，商稚言才掏出纸巾给她擦眼泪。

谢斯清胡乱擦了擦脸，缓缓平静：“谢谢你，我去找哥哥聊聊天。”

商稚言这才告诉她谢朝这几天失联。谢斯清给谢朝打电话，但提示已经关机。

“我直接去他家。”谢斯清说，“你也一起过来吧。”

商稚言没有去。这对兄妹现在需要一些独处和谈心的时间，她也放弃了去园区找谢朝的计划。

“如果你见到他，让他有空的时候联系我，我很担心他。”

谢斯清看着她，又说了一遍：“谢谢你。”

谢朝回到家时，已经是凌晨一点多。他住在一梯一户的高级公寓楼里，管理严格，谢斯清没有他家的钥匙，在楼下物业处等了他很久。

“我也想跟你这样搬出来住。”

谢朝步出电梯，顺手把背包放在架子上：“秦姨不可能答应。”

谢斯清径直走到酒柜，取出一支酒。谢朝无奈：“又喝酒？”

“我炖牛肉。”谢斯清晃了晃酒瓶，走向冰箱。

谢朝看上去很累，他任由妹妹在厨房打转，独自坐在客厅里给商稚言发信息。他声音嘶哑，不敢让商稚言察觉。

锅子里咕嘟嘟冒出香味，谢朝搞不清楚谢斯清来自己家专程做红酒炖牛肉是什么意思，想了想她方才说过的话：“阿清，你想住到我这里？”

“不想，我不喜欢你这房子的布置。”谢斯清拿了罐啤酒走出，坐在他对面，“爸爸给我买了套新的房子，我想住进去。”

“跟你妈商量过吗？”

“有什么好商量的，我刚开口她就说不可以。我希望她能多关注点儿斯亮而不是我。”谢斯清灌下一口冰啤酒，“你多久没回家了？”

“两个月吧。”谢朝靠在沙发上，轻叹气，“就上次被斯亮砸破车窗之后。”

因有秦音教导，谢斯亮完全把谢朝看作仇人。谢斯清知道谢朝不乐意聊这些，便岔开话题：“你失联了好几天，出什么事了吗？”

“我被踢出医疗机器人项目组了。”谢朝哑声笑了一下，“他们认为我泄密。”

谢斯清愣住了：“这怎么可能？”

“现在只是项目组内部的处理决定。”谢朝倒不见沮丧，脸上还带着一丝复杂笑意，“项目组里没人知道我是谢辽松的儿子。不过这正好，研发中心里想栽赃在我身上的、有能力栽赃在我身上的，也就那么几个。”

“你可以处理好？”

“只是小事情。”谢朝扶着额头，“但是应付那些人太累了。好几天不能离开新月，我连澡都没洗过。”

谢斯清提醒他跟商稚言说明情况。谢朝看了眼手机，这个点商稚言应该已经睡觉，但她仍旧发来了回复：“你也晚安，好好休息。”还附带一个盖被子睡觉的表情。

“我的事情，你先不要告诉商稚言。”

谢斯清想了想又问：“爸爸知道吗？”

谢朝摇头：“消息还没传到他那个层面。新月的院长肯定会压下来的，我被栽赃不是大事。真正严重的是泄密事件……对了，你今天来这里究竟打算跟我说什么？”

谢斯清却不想再增加他的烦恼，随口道：“我又跟商稚言见面了。你们什么时候结婚？”

“你想事情能不能一步步来？”

“她来过吗？”谢斯清又问，“你邀请过她吗？你害羞什么？你要主动啊。”

“我是害羞的人吗？”谢朝被她说得笑了，“倒是你啊，你是不是喜欢余乐？他跟应南乡在一起了，你知道吗？”

谢斯清满脸笑容凝在脸上，霎时愣住了。

这几天，商稚言不仅联络不上谢朝，连小陆也没有回复过她。收到谢朝信息后她安心片刻，才躺上床，余乐便发来语音：“我听别人说，谢朝被新月炒鱿鱼了。”

商稚言顿时坐直：“什么？！”

“新月的人不知道谢朝是远潮集团的接班人？”余乐不解，“我见小陆似乎也不知道，谢朝之前提醒我不能说，可他姓谢啊？”

“姓谢的人，光新月的研发中心里就有三个。”商稚言告诉他，在高层联络名单里，谢朝的存在被简化成一个英文名。这是谢辽松对他的保护。

余乐：“这事儿连你都不知道，应该是突发事件。”

商稚言本打算立刻联系谢朝，但拨通电话前，她停下了。谢朝不肯告诉自己这些事，无非又是“不想让你担心”之类的常见借口。她必须跟谢朝面对面谈谈。

第二天，从谢斯清那里拿到谢朝地址的商稚言，一大早就来到公寓楼下。接到商稚言电话，谢朝睡眼惺忪，半天没回过神。他匆匆洗漱，穿一身轻松宽大的便服下楼接商稚言，商稚言准备了一堆批评他的话语，满是道理和逻辑——但在看见谢朝瘦削脸庞的瞬间，那些话消失了。

“你被新月炒鱿鱼，为什么不告诉我？”她问得很直接，“我生气了。”

目睹她的满脸怒气变作忧虑担心，谢朝忍着笑，牵起她的手：“我们的工作有保密协定，所以没法细说。但这次是我不对，我跟你道歉。”

“每次都是你不对。”商稚言强调。

谢朝鸡啄米般点头：“嗯，你都对。”

公寓楼门禁严格，谢朝用手里的卡刷开大门和电梯，然后把卡递给商稚言：“这是我家钥匙，给你了。”

商稚言没接：“给我干什么？”

“给我女朋友，她干什么都行。”谢朝放进商稚言的小背包里，“快拿着，以后什么时候想过来就过来。家里养着一缸鱼，有空帮我喂喂，我工作忙起来可能顾不上它们。”

商稚言收下了，咬着嘴唇不让自己暗笑。她要保持住心中已经快要消散的怒气，好好地责备谢朝一顿。可她太容易消气了，进门时谢朝蹲下帮她换鞋子，她吓得要跳起来：“没必要！”

谢朝：“那你气消了吗？”

商稚言想了想：“这倒还没有。”

谢朝笑着起身在她额上亲了下，让她进客厅坐下，自己钻厨房里去了。

商稚言在来的路上想象过谢朝的家。谢朝这种性格的人，家里也必定是冷冰冰的工业化或性冷淡装修风格，灰地毯灰沙发，墙上几幅阴郁的热带雨林挂画，所有器物棱角分明，颜色寡淡，一切物什摆设追求少而精，风格一定要统一。

但实际上不是的。

靠墙的大鱼缸里养着许多色彩斑斓的鱼，阳台上热热闹闹种了小雏菊和矮牵牛，春天里全都开爆了盆。餐桌铺着淡黄与草绿相间的格子桌布，木制托盘里放着草莓、樱桃和苹果，都是新鲜的。客厅一角还有猫爬架和猫窝，但没看到猫的影子。客厅里有一台索尼的大尺寸电视，没有想象中的冷色调挂画，电视柜上摆放着造型古怪有趣的泥塑和相框。

相框里嵌着照片：谢朝学士毕业和研究生毕业的时候身为学生代表上台致辞，神情严肃；他在研究室里面无表情地盯着外骨骼，头发乱如鸟窝，下巴一圈胡茬；他抱着一只蓝眼睛的布偶猫，笑得像个孩子；还有他坐在吉普车车顶上吃汉堡，人被晒黑了，帽子上插着一根鸟类羽毛，照片边缘是谢斯清模糊的笑脸。

其中有一张像素模糊的四人合影，商稚言在里面看到了十七岁的自己和谢朝，还有当时未拆除的灯塔。

但整个房子里最引人注目的部分，是占据了大半个客厅的工作台。

谢朝把非承重墙部分打通，书房与客厅之间没有隔阂，工作台是从书房延伸出来的，上面摆满了各种零件和大大小小的仪器。这是唯一一处有谢朝风格的地方。

“特制热奶茶。”谢朝端了两个杯子走出来，“阿清的最爱，也是我最拿手的饮品。”

见商稚言盯着工作台，谢朝解释：“这是我家里唯一一处阿清不能碰的地方。”

商稚言看出来了。如果不是谢斯清在这个宽大的房子里添加了许多杂七杂八的物件，她怀疑谢朝真的会把它装修成毫无人气的工业化样板间。

“猫被她带走了，小东西太调皮，等我把工作间隔离好再带它回来。”谢朝说，“它很黏人，你一定喜欢的。”

商稚言的目光落在电视柜的摆件上。谢朝立刻接话：“这也不是我的审美。你喜欢放什么，下次带过来摆上就好。”

“我……我喜欢的东西？摆这里？”商稚言指着自己。

谢朝：“对，想摆多少摆多少。”

商稚言一下就笑了。奶茶入口顺滑香浓，确实好喝。她感觉自己一点儿都气不起来了。谢朝已经回忆起和商稚言相处的许多方式，比如用一些好吃的、可爱的东西，就可以抚平她的情绪。

她又喝了口奶茶，从杯沿看谢朝。他把自己的空间和世界，对她敞开了。她有点儿高兴——不，她非常高兴。

“所以，这段时间到底发生了什么事？”商稚言还是捡起了这个话题，她可一刻都没忘记。

谢朝坐在她身边，牵着她的手。

“我被调离医疗机器人项目组了。”他说，“简单来讲，触觉反馈系统的专利技术现在被我们的竞争对手拿到了，而泄密的源头在我的电脑上。”

商稚言吃惊：“谁干的？”

“正在查。”谢朝说，“所以我暂时不能回新月工作。”但他看上去并没太大忧虑。

“嫌疑最大的，是小陆。”

谢朝的办公室并非他一人使用，他是新进新月医学的高级机械结构工程师，同样身份进入新月的还有其他几位同事。一组人恰好都在医疗机器人项目组里，便共享了这个大办公室。

小陆是谢朝的助理，谢朝电脑的密码也只有小陆和他自己知道。谢朝并不提防小陆，有许多比如撰写报告、提出预算、总结分析的事情需要小陆帮忙整理数据，所以小陆平时是可以使用谢朝电脑的。

虽然邮件的收发记录已经全部清除，但技术人员找到了一个被多重隐藏的访问记录。记录显示，“谢朝”多次进入这个隐蔽的邮箱，发送了数次加密的技术文件。

“他常常和我一块儿加班。”谢朝靠在沙发上笑道，“能下手的机会太多了。”

商稚言不解：“你笑什么？”

“除了笑我也不知道该跟你做什么表情好。”谢朝坦白，“整件事情都非常好笑。我信任他，他聪颖、机敏，在待人接物上比我优秀太多。这对我也是个教训，有些事情是不能完全假手于人的。”

商稚言实在不能相信。小陆是个热情的人，她很喜欢跟他聊天。她又想起，小陆确实常常打听谢朝的事情，但她不会跟任何人分享谢朝的私事，所以说出来的并不多。

她甚至还想起谢朝去浪潮社找自己那天，似乎也是泄密事件暴露的时候。那时候小陆在满世界地找谢朝，想知道谢朝去了哪儿。

见她怔忪，谢朝安抚地摸她头发。

“这没什么，做研究的人，本来就得防备这些事情。是我太大意了。”他说，“为了利益，人是什么事都可能做出来的。”

他的工作不会受影响。只要公开谢朝与谢辽松、远潮集团的关系，他泄密的嫌疑就会消失。而小陆将不可能再出现在这个研究学界里。

“不用担心，我可以处理好。”谢朝说，“不告诉你，一是不方便，二是不想让你担心。”

商稚言放下杯子，认真掰正他的脸，让他和自己对视。

“我没那么脆弱，不要打着怕我担心的旗号骗我。再有下一次，我真的会生气，我不原谅你。”她郑重道，“而且，你跟我说这些事情，不会给我压力。我们本来就应该坦率，应该分享彼此的生活和工作，对不对？”

谢朝笑了，点点头：“商老师说得对。”

商稚言气得捶他：“认真点！以后不许隐瞒，好的不好的，我都愿意听。”

谢朝乖乖点头：“嗯。”

商稚言放缓语气：“我知道你做什么事都很厉害，但你可以多信任我一些吗？”

谢朝不吭声，悄悄凑近她，又去吻她的唇。这个吻有点儿深，商稚言听见他的低笑声：“你刚刚说了很危险的话。”

潮湿春日过去了，日子一天天热起来。轻薄的春衫挡不住寒意，也挡不住热念。谢朝不像他看起来那么瘦，手臂和背脊有结实的肌肉，摸起来手感新鲜。商稚言被他亲得有些晕，昏昏然中，被铃声惊动。

两人笑得颇有些羞涩，帮彼此理了理衣服。谢朝去应门，原来是楼下的访客铃，他订的海鲜到了。商稚言心想今天也太热了，她拎着领口扇风，跑上阳台吹了几口新鲜空气，怦怦跳的心才稍稍安静。

谢朝下楼取海鲜，家里十分安静，只有鱼缸发出的水声。

商稚言蹲在阳台上看谢斯清种的小花。被谢朝拥吻抚弄的感觉太新鲜太刺激，她有点儿沉迷。

谢朝回来后见到商稚言一本正经地坐在沙发上看手机，还从包里掏出了几张纸看个不停。

“我看看今天采访的资料。”商稚言说。

“那我去做饭。”谢朝走进厨房，又探出个脑袋来，“有什么过敏的东西吗？”

“没有，什么都能吃。”

谢朝没缩回去，倚在厨房推拉门边看她，眼里盈着笑。商稚言被他看得脸热：“去做饭，快。”她希望谢朝别老露出这种表情，她快要禁不住诱惑了。

谢朝订的海鲜都是码头新鲜到岸的，他把螺放在盆子里让它们吐沙，回头看见商稚言站在门边盯着自己。

“来帮忙吗？”

“我只负责吃。”商稚言笑，“顺便陪你说说话。”

谢朝抓起一只龙虾挥舞到她面前：“谢记招牌菜，龙虾刺身。脑袋尾巴和爪子熬粥，比咸鱼吧的虾粥还好吃。”

“那我帮忙熬粥！”商稚言终于蹦进厨房。

两人忙活半天，总算把龙虾料理好。商稚言从冰箱拿出一大块冰敲碎，听见谢朝在后面问：“你来过我家了，我什么时候能参观你家？”

“上次我爸妈留你吃饭，你不是不肯吗？”

“当时和现在，我的身份不一样。”谢朝把龙虾刺身铺在冰上，左看右看，对自己的手艺十分满意。他洗干净手，忽然想起什么似的问商稚言，“你大学时候谈过恋爱，那男的什么样？”

商稚言震惊了：你确定现在要讨论这个问题？

但谢朝满脸求知若渴：“难道比我还优秀？”

“怎么可能。”商稚言不假思索，“不过当时他主动追的我，对我也很好。”

“比我还好？”谢朝逼近她。

商稚言冲他举起龙虾爪子：“对呀。”

谢朝抓住她的手，躲开那几根攻击性武器，笑着低头飞快亲了她一下：“不可能，你胡说。”

这问题他以前问过，但没得到答案，商稚言没料到这人竟耿耿于怀到现在。他吃醋了，他很在意，但他似乎不太懂得怎么去表达，只顾着否定商稚言的话。他也仍笑着，带一点儿困惑和不甘心。商稚言读懂他的眼神，好笑之余又生起和他拼斗的乐趣。

大学的恋爱以失败告终，但商稚言如今想起来，仍能清晰回忆起自己是如何被那个人吸引的。他很优秀，因而很有魅力，商稚言那时候还很吃这一套，但她从来没跟任何人说过，对方身上有一种和谢朝类似的东西：对所求之物、对自己的理想异常执着。

她认真投入，脱身后才意识到，自己倾慕的，原来是那类似谢朝的一部分。她永远只会被一个人打动。这一场心动绵延的时间太长太长了，长到商稚言怀疑它是否会变质。它可能真的变了，变成另一种绵厚的东西，它从商稚言与谢朝相识开始就存在着，年月只是让它渐变温柔而已。

可此时此刻怎么跟谢朝说明？商稚言有预感，若是说了，只会让谢朝更加放肆。

商稚言还在思索，谢朝已经靠了过来，完全不容她挣脱。一吻罢了，谢朝喉结滚动，沉沉看她。

“你家里有门禁吗？”他问，“比如晚上几点之前一定要回家，之类的。”

商稚言眨眨眼睛，本想假装不知道这个人一大早上的在说什么。但谢朝明亮眼睛里映出她绯红的脸庞。

“当然没有，你傻啊。”她小声说。

剧院门外，榕树在初春时长出的嫩红色叶片已经全转作绿色，街灯藏在树影里，路面亮了一片斑驳的光。咖啡座摆到了树下，支着小遮阳伞，挡的其实是树上掉落的小虫和鸟粪。应南乡一杯咖啡只喝了一半，正盯着电脑屏幕，支撑下巴发呆。余乐坐下时摸了摸那咖啡杯，早就凉透了。

“你们那项目还没完？”

“甲方太烦了。”应南乡说，“总说我们的故事深度不够，渲染力不足，没法体现品牌调性，昨天又说想做剧情短视频，一会儿一个样。”

她敲了敲键盘，在文档上输入一行字，忽然闻到熟悉的香味。

应南乡瞥一眼余乐，笑得眼睛都弯了：“你抢到了！”

余乐有几分得意，拿出一个小塑料盒。盒子上有咸鱼吧的 Logo，里面装着的正是咸鱼吧的招牌菜：炸小鱼。

咸鱼吧现在名气日盛，生产速度却总是跟不上，有些招牌菜还玩起了饥饿营销，去晚了根本买不到。这一份炸小鱼是咸鱼吧老板亲手做给余乐的，附赠了三种绝密蘸酱，但应南乡最爱的还是直接吃，什么都不加。

余乐从海堤街到市中心的剧院，炸小鱼已经有点儿软了，咸鱼吧为了保证炸小鱼的口感，这道菜是不提供打包服务的，但对余乐当然是例外。塑料盒里凝了水珠，余乐皱了皱眉，应南乡已经伸手迅速拈起一根扔进嘴巴里。

“还是咸鱼吧的炸小鱼最好吃。”她心情瞬间大好。

昨晚她和余乐去咸鱼吧吃夜宵，没吃上炸小鱼，遗憾不已，没想到余乐今天立刻给她捎来了。应南乡正因工作的事情心烦，看到余乐，又吃到想吃的东西，她方才那点儿不高兴已经烟消云散了。

“这是最后一份，有个男的要跟我抢，我没给。”余乐说，“加量不加价，老板听我说是给你的，他做得特别用心。”

应南乡根本不信：“是被你威胁的吧。”

余乐：“我怎么会做那种事。”

应南乡吭哧吭哧吃小鱼干，喝续杯的咖啡，忽然心血来潮蹦出一句话：“你怎么这么可爱。”

余乐顿时笑了。应南乡以为是自己甚少夸他，所以他开心，但余乐笑得很神秘，看自己的神情中透着许多情绪。

“天天看没看够吗？”应南乡奇道。

“据说你觉得一个人很可爱的时候，就说明你爱上他了。”余乐想了想，“‘可爱’是最高级别的赞美词。”

应南乡一下就绷不住，哈哈大笑：“你哪里听来的！”

余乐：“电视剧说的。”

应南乡眯着眼笑了：“有谁说你可爱吗？”

“挺多的。”余乐闭眼，装作困扰，“但听你说是第一次。”

“是吗？”应南乡不禁回忆，她确实甚少夸余乐。虽然她觉得余乐特别好，但和余乐面对面的时候，她就不乐意夸他了。余乐是那种吃到一点儿来自应南乡的甜头就会蹦上天的人，在这一点上，应南乡倒是十分了解他。

和余乐谈恋爱的感受，让应南乡有一种久违的回到过去的感觉。

她总觉得在余乐面前，她仍旧是中学时代的小姑娘，放肆笑放肆说话，全不顾忌，完全坦诚，手牵手在街上散步时大方地蹦蹦跳跳，她做所有自己高兴的事情，余乐都会陪着。

应南乡的家境现在大不如前。父母的房地产公司在经济危机中遭受重创，已经破产清算。去年好不容易偿还了所有的债务，夫妻俩闲不下来，又开了家二手房买卖的中介。

余乐的父亲退休了，因工作中积累的病痛伤痕太多，现在只在家里的超市里打下手，日子倒是闲适了许多。

她记得余乐有一次跟她说：我们现在是门当户对了。

那时候应南乡和他在公园里刚刚跑完步，正看一旁的小孩子吹泡泡玩。应南乡心想这人在说什么，难道以前不门当户对吗？她从来不觉得余乐会顾忌家世背景这些问题，她也从来没考虑过。

是否喜欢那个人，是应南乡选择恋爱的唯一理由。

服务生给两人端来餐点，余乐先从应南乡的鸡胸沙拉里挑出她不吃的西红柿，再仔细切割自己的牛排，放了几块在她碟子里：“补充蛋白质。”

应南乡又接了个语音电话，细细碎碎地聊了好一会儿。甲方那边终于接受了她们提出的方案，不再坚持己见。她合上电脑时心情极为愉快。余乐给她叫了一个餐后小蛋糕，她狼吞虎咽，全无形象，吃着吃着又决定多夸余乐一句：“你最好了。”

余乐已经干完自己的晚餐，咧嘴一笑：“这个我知道。”

吃完饭，应南乡把电脑塞背包里，两人手牵手往剧院里走，准备去看演出。余乐晃着她手问：“你能不能说说你喜欢我什么？”

应南乡觉得他今晚可真的太烦了，但烦得并不讨厌。啰嗦的余乐也很可爱，她要认认真真回答。

走上剧院楼阶的时候，她握着余乐的手，一字字说：“我喜欢和你在一起的我自己。”

余乐立刻凑近亲了她一下：“满分！”

亲昵举止引来周围人侧头看过来，看见小情侣快乐相处，总让人感觉春夜轻快美好。树下的咖啡座里，谢斯清正看着剧院的门口，余乐和应南乡消失在那里。

“熟人？”她身边的朋友问，“哪个伯伯的孩子？”

“不是，是我哥的朋友。”谢斯清转头说，“做生物工程的，和我哥都在园区里。”

朋友们得知余乐没什么身份背景，很快失去兴趣，重新将注意力放在面前的事情上：“所有事务基本都确认了，不过有几个画家的电话你们再更新一下吧，联系不上啊。”

谢斯清参与策划的下一次画展就在剧院一楼的大厅举行，这是一次以工业化机械为主题的幻想作品展，收到了天南海北的许多作品。谢斯清拿起面前的清单，仔细翻看，在“食物提供”一处停了手。

“怎么有‘时刻’？”谢斯清问，“我们不是已经有合作店家了吗？”

“上次不是你说他家草莓派好吃吗？”朋友笑道，“我和 Nancy 去尝过，确实很棒，所以我们打算让老板做一些 cupcake 或者切件蛋糕，增加新鲜感嘛。反正我们每次展子都不止一个食物供应商，这没关系的。”

谢斯清几乎不假思索：“我不同意。”

朋友们面面相觑：“你不喜欢这个店吗？”

谢斯清微微咬唇：“总之，我不想让这个店出现。”

“合同已经签了。”Nancy 追问，“阿清，食物供应这一块是我负责的，你至少给我们一个合理的理由吧。”

谢斯清挣扎片刻，没有坚持：“那算了，就这样吧。不好意思，我太任性了。”

她向来直来直去，很少这样犹豫。朋友们劝了几句，谢斯清仍旧不肯讲。一场讨论最后不欢而散，谢斯清一个人坐在咖啡座里喝闷咖啡。

她翻开手机，去看余乐和应南乡的朋友圈。余乐和应南乡都不是喜欢发朋友圈的人，光看朋友圈一点没瞧出两人谈恋爱的端倪。余乐的头像是一个怪里怪气的木雕，看不出身份来历。谢斯清问过他木雕有什么意义，他只说是朋友送的。

“你知道世界末日吧，世界末日那天有人送给我的。”他说起这木雕，笑得发抖，“好傻啊，为什么要等到世界末日才送我礼物？”

谢斯清不禁想，难道是应南乡送的吗？

早在她没见过商稚言和余乐之前，谢斯清就已经喜欢上他俩了。她想结识他们，想和他们做朋友。后来在美国，她有时候会看到谢朝反复地看电子邮件。

那些都是余乐发来的邮件，每年一月一日零时准点抵达，絮絮叨叨说故乡的事情，说自己和商稚言发生的事情，从不问谢朝为什么不回复。

谢斯清一直觉得，自己对余乐的真正兴趣，是从那些信开始的。十年前匆匆一面，她只记得余乐是个笑眉笑脸的男孩子，知道他很好，却不清楚他究竟有多好。

一直坐到打烊，谢斯清才离开。

天上飘着蒙蒙小雨，她在路口站了一会儿，一辆车子停在身旁。车窗摇下，余乐露出脸来：“阿清？你怎么在这里？”

谢斯清吓了一跳：“余乐？！”

余乐招呼她上车：“下雨呢，快上车，我送你回去。”

谢斯清犹豫：“这辆……好像是小南的车？”

“是她的。”余乐笑道，“我刚送她回公司。”

余乐有驾照但还没买车，应南乡让他明天帮自己开去检修，他暂时获得了使用权。谢斯清坐上车后，余乐问：“你还住在家里对吧？”

谢斯清应声后，他便启动车子，并未细问地址。谢斯清想了想：“你知道我住哪里？”

“以前谢朝跑路的时候，我和言言找老师拿过地址，去你们家找过他。”余乐又问，“地址没变吧？”

车子在路上平稳滑行，余乐见谢斯清一直不吭声，觉察她心情不太好，便主动找话题：“你也去看话剧吗？‘开心麻花’这出你觉得怎么样？”

谢斯清忽然扭头，认真道：“余乐，我能问你一个问题吗？”

余乐：“请说，本次辅导不收费。”

谢斯清：“如果出现了比小南更好的女孩子，她也喜欢你，你会怎么选？”

车子稳稳压线停下，是红灯。

余乐扭头看谢斯清，带着一丝笑意：“你搞错了。”

谢斯清不解。

“这不是选择题。”他说，“比小南好的女孩子不少，商稚言就很好啊。

应南乡性子急，考虑事情不够周到全面，不爱收拾，我喜欢的西红柿她也不喜欢吃，但这些不是缺点，不是不好。”

谢斯清越发不解：“我不懂。”

“我不是因为她很好，才喜欢她的。”余乐轻声道，“是因为我喜欢她，所以她在我眼里什么都好。”

谢斯清怔住了。

“我喜欢的应南乡就是这样的人，她根本不需要面面俱到、十全十美。”绿灯亮起，车子平滑朝前开，“发脾气也很可爱，做不到的事情那就做不到好了，我也有很多做不到的事情。哪怕我们在一块儿，也还要面对许多问题。但只要想到是和她在一起，我就觉得，什么都没关系，我什么都可以面对。”

他就像在跟朋友闲谈，所有的话都没有仔细斟酌，自然而然地从口中流露出来而已。

“有人喜欢我，我就谢谢她。”余乐笑了一下，很快乐地说，“但我已经有最心爱的人了。”

谢斯清直视前方，点点头：“好。”

雨渐渐停了。

第七章

/ 吉阳装配 /

我今天紧张过了，下次轮到你紧张。

01

新媒体中心的工作多且杂，商稚言忙得晕头转向。这天开会时她的手机不停振动，结束后一看，黑三连续给她打了七八个电话。商稚言回拨，寒暄几句后黑三便说："有件事情，我工业园的朋友想找记者帮帮忙。"

几年前，黑三顶下罗哥的修车铺开始自己做生意。无奈没多久，那一条路因市政规划而拆迁，店铺被迫关门。

他本想再租个铺子继续修车，但周围的铺面租金全都水涨船高，他又已经成家立室，有了孩子。在妻子的劝说下，黑三放弃了自己的小生意，转而去找更稳定的、可以照顾小孩的工作。很快，他的朋友找到门路，把他介绍到工业园干活。

他在工业园里认识了一些朋友，其中有几个是工厂车间里的装配工。这次出事的正是其中一人——装配零件时机器突然出了故障，零件砸在他手上，右手尾指被削去了。虽因为送医及时得以接续，但灵活性不比以往。令他们愤怒的是，工厂拒绝赔偿。几番争执不成，工人们打算求助媒体。

这倒是个新闻。商稚言忙记下黑三所说，让他跟工友商量一个适当的时间安排自己跟受害人见个面，详细问清楚。

她心里记挂着崔成州的建议，知道这若是真事件，说不定可以写出不错的报道。工作的热情振奋了她，下班了她也不回家，忙于了解工伤的相关条例和过往新闻。

得知“记者”是黑三的亲戚，工友们很快答应见面。黑三在工业园当上了电工后，身材非但没有变样，反而越发壮实，脸颊也多了几分肉，以往的瘦削和不精神都消失了。规律的生活让他看上去全没了年轻时的狠戾孤勇，已完全是最普通常见的中年人。

他的朋友都是和他差不多年纪的工人。商稚言看到人群中有一个青年右手尾指处缠着夹板，裹着纱布，厚厚一大团。看模样，他不过二十岁出头。

一番介绍，商稚言得知受伤的青年名叫林健，是工业园吉阳装配厂的工人。今年春节后开始在厂里工作，签了劳动合同，保险公积金一应齐全，工作三班倒，包三餐也包住宿，有加班费和交通补贴。这是工业园大厂的水平，商稚言心中略有了一点底。

事故发生在这个月月初。林健是流水车间的工人，负责装配一组零部件。当日机器有一盏指示灯始终不亮，车间主任让维修的人来看过，之后恢复正常。但在林健操作的时候机器指示灯再次失灵，同时刚刚拎高的零件全部松脱砸落，他躲闪不及，右手被砸中，尾指当场被削去。

林健说着拿出了手机：“维修部的人当时还拍了视频，你看看。”

商稚言拿过手机。她以为自己看到的会是事故发生后的场景，但意外的是，拍摄者拍摄画面时，林健正在流水线上装配零件，机器还未失灵。

大约三十秒后，林健忽然转头看了眼控制台。就在此时，他头上零件纷纷掉落。有不少人大喊“躲开”，林健一个趔趄，没能及时跑开反而摔在了控制台旁，紧接着他便捂着手开始大喊。画面晃动厉害，商稚言听见有人用方言说话：“健儿手指没咯！”

“这个就是证据。”林健说，“我们想看车间的监控记录，但车间不让，厂里也不让。不仅不让我们看，还把我们赶走，连工伤认定也不做。你说说，这是不是欺负人！”他连骂了几句脏话。

商稚言瞥了一眼录音笔，提醒：“我正在录音。”

林健闭嘴了，再开口时他压抑了自己的怒火：“我都想好了，你要是帮不上忙，我就去劳动局告它！”

“你们这次不是去上访吗？有什么结果？”

“没有上访，去别的地方看医生了。医生说我这个手是伤残级别，以后做不了重活了。”林健说，“我还没结婚，我以后是不是就成了废人？”

眼看他又要激动起来，商稚言忙安抚道：“你怎么会是废人？好好做康复，还有很多可以做的工作。”

陪林健过来的工友问：“你什么时候帮我们报道啊？上报纸还是上电视？”

整段事实非常清晰，证据也充分，最蹊跷的是吉阳装配厂的态度。目前的工伤赔偿原则是无过错、无责任赔偿，凡是发生工伤，不管是环境问题、机器问题，只要有损害结果，哪怕是员工自己的疏忽，都应该认定为工伤。按道理说，一个能为工人购买所有保险和公积金的正规厂家，是不会在这方面为难工人的。

“厂里说过为什么不给你做工伤认定吗？”商稚言问，“你们和工厂协商过没有？”

“协商过了，工厂说不是他们的责任，还把我赶出宿舍，不让我住也不让我进厂。”林健又激动起来，举着手机，“是不是欺负人！是不是睁眼说瞎话！视频都有！视频就是证据！”

他身后几位工友忙拍拍肩膀让他冷静。

商稚言让林健把视频发到自己手机上。她拍下了林健和吉阳装配厂的劳动合同，林健还带来了工资卡的流水和工伤认定申请书、鉴定证明，一切可能需要的材料他都已经准备好了，非常齐全。

“我是十级伤残！”林健指着鉴定证明，“这么严重，我要二十万不合理吗？这是一辈子的事情。”

商稚言不知道他是否明白，工伤鉴定标准里，十级是最低的一级。工伤十级可以获得七个月工资的一次性补助金，按照林健一个月六千多的工资来计，大概是四万多元。但工厂也会在此基础上添加误工费、营养补助、精神补助等等费用，按照一般情况，他能得到的赔偿不会高于十万元。

商稚言决定先去吉阳装配采访相关管理者，看一看他们的态度。

告别时，林健和工友们目送她离开。

黑三陪她往工业园里走，商稚言好奇道：“林健的工友也是吉阳装配的人吗？这样帮他，不怕被厂里穿小鞋？”

“有一个是吉阳的，其他都是别厂的工人。他们都是同乡，林健是今年才过来的，剩下那几个在工业园倒是做了两三年。”黑三回答，“也幸好有这些有经验的人在，不然林健哪里懂怎么处理？你帮帮他吧。”

“工伤事故在工业园是比较常见的。但是这几年我都没怎么听过正规厂子不给补偿工伤，工伤不赔偿，问题挺大的。”商稚言告诉黑三，她需要听一听吉阳装配的说法。

吉阳装配的门卫认得黑三，远远就冲他打招呼："老张。"

黑三要带商稚言进去，门卫一看商稚言登记的单位是"浪潮社"，顿时多了个心眼："你是记者？你来找谁？"

"我找你们办公室主任宋樾。"商稚言说出林健给的名字。

"宋主任今天不在，你改天再来吧。"门卫说。

商稚言笑道："我进去等她就成。"

"你先和她约好时间再过来。"门卫倒是一点不肯让步。

黑三不悦，上前说理："你们吉阳怎么回事，以前可都没有这么严格。"

"记者不一样。"门卫嘀咕，"一个女的，来乱查什么。"

林健说过，今日他们看到宋樾的车子就停在吉阳停车场，她在厂子里。商稚言不愿就这样放弃，但门卫态度坚决，正僵持着，身后传来问声："怎么回事？"

门卫一抬眼，忙打开了侧门，让那辆摩托车入内："刘科，这位是浪潮社记者，说要找宋主任采访。但没有事先预约，我不敢给她进啊。"

那中年人冲商稚言伸出手："你是浪潮社的人？"

商稚言忙递过去一张名片："你好。"

"我是吉阳装配人事科刘弘毅。"他看了眼名片，"浪潮社啊……崔成州还在你们单位吗？"

"当然在，他是社会新闻中心的记者。"商稚言说，"也是我的老师。"

刘弘毅忽然笑了："什么？你是他徒弟？"

他把摩托车停在门口，伸手冲商稚言做了个"请"的手势，指向的却是工业园出口的方向。

"我送你出去。"他冲黑三点点头，"张班长，你去做你的事情吧。"

商稚言只好随着他往路上走，离吉阳装配渐渐远了。

一路上刘弘毅没怎么说话，只问了商稚言来的目的。商稚言这次并不是暗访，便坦然相告。

刘弘毅点点头："那你知不知道，让他们找记者这句话，是我们宋樾主任说的？林健和他的工友当时把我们办公室都差点给砸了，宋主任是女人，他们不敢动粗，桌子椅子可都遭了殃。那天打得可真热闹啊，宋主任说他们要是不服气，就去找劳动局，或者找记者。原来劳动局不是他们的首选？"

商稚言想起林健刚刚说的话。直觉的警铃此时忽然振响，她察觉这起工伤事故背后或许还有些别的东西。

“商记者，你说你是崔成州的徒弟，那我信你一次，我相信你是客观公正的。”刘弘毅一直把商稚言带到工业园门口，他很坚决，但也很委婉，“你不能单听信一面之词。”

商稚言静静看他。

“别录音，你记住就好。”刘弘毅声音压低了，“我建议你不妨查一查林健和他那些工友的身份背景。你会查到很有趣的事情。”

他说完笑笑，与商稚言互加微信：“如果你查完了，仍想到吉阳采访，你先联系我。”

02

林健的背景没有什么新鲜内容。他是S省人某市禾仔村村民，家里只有务农的父母和姐姐，高中学历，到吉阳装配工作之前一直在家中务农。他瞧着有二十来岁，实际上今年才刚刚十八岁。他的同乡都是附近乡镇的，比林健年长，早早地就离家外出打工。林健出事之后，他们很快聚集起来，要给他讨个公道。

商稚言只觉得有一件事很值得细究：为什么事故发生之前，维修部的人就开始在车间里拍摄视频？似乎他们一早笃定会出事，需要留存证据。

这一天，林健给商稚言打来电话。距离他出事已有一个月，吉阳装配的口风终于在昨日松动：答应给工伤赔偿，并约林健到吉阳装配细谈。

“你来吗？”林健说，“有个记者在，当见证也好。”

商稚言立刻抓起装备冲出办公楼。崔成州正好走进浪潮社，一把抓住她的胳膊：“干什么呢？新媒体的工作交接结束了？”

商稚言三言两语说完，崔成州立刻转身和她一起走向电梯：“我送你去。”

途中商稚言把工伤事故的来龙去脉告诉崔成州，崔成州倒是没立刻下结论，只是静静地听，偶尔问一两个问题。商稚言想起刘弘毅，便问他是否认识。

崔成州完全没有印象。

“多的是别人知道我，我不知道他。”崔成州没把这事情放心上，“所以呢？林健和他同乡的身份背景，你查到了什么？”

之前一直毫无头绪，商稚言昨晚在社内新闻检索库中用“禾仔村”

为关键词搜索，意外搜到了三年前的几篇新闻报道。

报道全都指向同一件事：从S省某市禾仔村到外地打工的陈成福在工地因安全绳故障坠楼，当场死亡。事件影响很大，最后成了向普通打工人员普及工伤知识的契机。

崔成州听她说完，点了点头：“好，还有什么不对劲的吗？”

商稚言踟蹰，似乎对自己接下来的话没有信心。

崔成州很了解她：“大胆说，没关系。你这么上心，这事情一定有蹊跷。”

商稚言：“林健的工友里，有一个人跟他关系很好，也是禾仔村出来的，他喊那个人‘才哥’。”

崔成州：“才哥是谁？”

商稚言：“陈成福的弟弟，陈成才。”

车停在吉阳装配门口，商稚言提前联系了刘弘毅，刘弘毅让门卫放行二人。下车前崔成州又问了一个问题：“三年前的事情，赔了多少钱？”

“六十七万，因工死亡的补助金标准是全国统一的。”商稚言回答，“今年是七十八万，这部分还不包括给家属的抚恤金和丧葬补助。”

崔成州点点头，和她朝办公楼走去。

“我是来旁听的，你有什么要问的，你去问。”崔成州对她说，“今天我是你的司机和助理。”

商稚言：“崔老师……你这样讲话很让人害怕。”

崔成州：“害怕别当我徒弟。”

林健等人已经在楼内等候。看到陌生的崔成州，众人面露不安，崔成州简单自我介绍：“你们叫我老崔就行，我是来给你们拍照的。”

林健还未说话，他身边的陈成才立刻摆手：“不，我们不拍照。”

崔成州立刻收好相机：“好，那就不拍。我是商记者的同事，一起跟这个事件的。”

电梯门打开，刘弘毅和一个中年女性走出。商稚言立刻知道，这就是今天要和他们面谈的办公室主任宋樾。

林健等人之前在宋樾办公室打砸了一通，最后宋樾称要报警，他们才撤走。今天再见面，一帮男人个个都有些不好意思。宋樾倒是大方，把所有人请入一楼的会客室。

商稚言悄悄问崔成州：“真的不认识吗？”

崔成州盯着刘弘毅，微微摇头。

众人落座后，宋樾正要开口，陈成才打断道：“只有你们两个人吗？没有其他领导？有决定权的领导。”

“在回答你问题之前我想问一下，林健，”宋樾说，“今天这次会谈，是我们跟你谈呢，还是跟你的代表谈？”

林健不解：“当然跟我谈。”

宋樾点点头：“好，那林健，我们先跟你说一说这事情我们的调查结果。”

陈成才的问题就这样掠了过去，他面露不悦，但没有再插话。

厂子的内部调查结果和之前略有不同：之前吉阳装配一直坚持事故和工厂无关，但没有提出有效的证据，这次重新调查之后，吉阳装配松口，愿意认定为工伤，支付赔偿。

“一共十二万。”宋樾给他们算了一笔账，“我们做事依法依规，你对这个结果没有异议的话，我们就走流程。”

商稚言和崔成州对视了一眼。根据两人对工伤条例和补偿规定的了解，这个费用是合理的。

林健没有立刻回答，商稚言注意到，他下意识地扭头，看向陈成才。

说话的仍旧是陈成才：“林健这种伤势至少要二十万。”

宋樾：“可能我刚刚没说清楚。林健，我再给你算一遍，首先是工伤补助，这个根据你的月工资……”

“听到我说话了吗！”陈成才狠狠一捶桌子，“二十万！”

宋樾根本没给他正眼，仍旧看着林健：“你的月工资是 6530 元，工伤鉴定为十级，根据规定，我们补偿你七个月的……”

陈成才抓起桌上的茶杯，崔成州适时举起手机，咔嚓拍了一张照片，闪光灯刺得人眼睛疼。抓着茶杯的陈成才狠狠瞪向崔成州。崔成州抬手做动作示意陈成才冷静，陈成才僵了片刻，黑着一张脸坐下来。

谈话并没有结果，林健不接受吉阳装配提出的条件，并且要求见吉阳装配的工会主席。工会主席到了之后，问林健是什么部分不满意，因宋樾已经一条条地将十二万赔偿的具体内容列出，林健和陈成才等人商量之后，指出精神赔偿费太少。

“两万不够，至少要十万。”林健说。

宋樾始终好脾气似的，闻言点头：“好，我们回去再研究研究你的意见。”

商稚言和崔成州全程都当旁观者，发觉林健和陈成才完全无法从宋樾这儿讨得便宜。宋樾轻描淡写，事情便继续悬着。林健脸色有些不好看："你们要拖到什么时候？我们这边有记者的，她会写报道，让所有人看看吉阳装配多黑心。"

她和崔成州成了林健等人示威的工具。

宋樾又点头："当然，记者就是见证人。但我们做事情按规矩来，现在是你们不接受赔偿，我们也不能硬把这钱塞到你账户里。"

林健无话可说，又去看陈成才。陈成才这回也没吭声。会谈就这样结束了。

崔成州走到一旁跟刘弘毅说话，商稚言看见林健茫然地坐在原处，陈成才则起身拿着烟走出了会客室。她已经发现，真正在这场事件中起作用的人实际是陈成才。

办公楼门口，陈成才和两个人正在抽烟。

"……和你说的不一样……太慢了……能分多少……"

商稚言站在玻璃门旁的绿植后，植物掩住她的身影，她听见带浓重口音的方言。商稚言竭力去听，但只能听懂大概，有用的信息太少。那两人在问陈成才什么问题，陈成才只是猛地抽烟，不吭声。

她最后听清了他们讨论的一个数字：七十八万。

谢朝察觉商稚言有烦恼，这天商稚言到他家吃饭玩游戏，谢朝准备了许多东西，趁商稚言放松时不经意问起。

商稚言便简单说了林健、陈成才兄弟，还有吉阳装配里发生的事情。

谢朝抓住的却是另一个重点："陈成才这人是不是脾气特别暴躁？你要小心。"

"我一般都跟林健联系。"商稚言把小袋子里的鹅卵石倒出来，这是准备放进鱼缸里的，"林健这人还是讲道理的，至少没陈成才那么狂躁。可能因为年纪小吧。"

"我现在很闲，当你的司机好不好？"谢朝蹭蹭她的胳膊，"早上送你去上班，晚上接你下班，去你家吃饭，然后你送我回来，我再送你回去。"

商稚言大笑："好啊。"

两人给鱼缸换了水，把鹅卵石摆进去。谢朝原本对这个鱼缸没有什么特别感受，平时也都是隔三岔五来的谢斯清在照顾，但自从商稚言说自己喜欢这鱼缸，他就开始认真研究，还买了一些颜色鲜艳漂亮的观赏虾放进去。小鱼晃着鱼脊，小虾悬在水中像静止了一样，突然朝玻璃猛窜，又再次停止。

商稚言看得开心，谢朝要去抱她，她还嫌谢朝身上太热。嬉闹中，室内电源忽然断了，两人在黑暗中面面相觑，谢朝抓紧时间亲她脸。

商稚言问："停电？鱼怎么办？"

远处雷声不断，谢朝家楼层很高，他把客厅的窗帘拉开，外面大雨倾盆，闪电像灯一样，劈亮密雨的夜空。

他手机来了短信，是供电局和物业同时发的，变电站故障抢修中，整条线路都已停电。公寓楼外一整片街区都暗了，渐渐有几扇窗亮起烛光或应急灯的光线。

"都是小鱼，死不了。"谢朝安慰商稚言，"这边虽然房价贵，但偶尔也会停电停水的。"

商稚言觉得他讲这些话的时候语调和神态都很有趣："那以后再停电停水，你去我家住吧。"

闪电密集，映得室内如同白昼。谢朝忽然问她："跳舞吗？"

他回头冲商稚言伸出手。

商稚言握着他的手站起，有几分惊奇："你会跳舞？"

谢朝忍不住笑："我当然会。只是不喜欢跟不认识的人跳。"

商稚言用手机随机放音乐，谢朝再次正正经经冲她伸出手。她把手放在谢朝掌中，谢朝问："这是什么歌？"

"*The Shadow of Your Smile*."他们随着爵士乐的节奏摇摆，在闪电的光线里，投下细长的旋转的快乐影子。

一曲结束，换作*Stupid Cupid*。谢朝一下没反应过来，盯着商稚言："嗯？"

这是一首轻快活泼的曲子，愚蠢的丘比特让人坠入爱河。商稚言看谢朝手忙脚乱，笑得腰都弯了。谢朝一把将她抱住，认认真真地吻她，一切都让人快乐，无论是*Stupid Cupid*，还是眼前的商稚言，甚至天地间的雷雨也可以洗涤一切不愉快。

他抱着商稚言，想把她揉进自己的身体和生命里："我好开心。"

商稚言也抱着他的腰，随节奏摇摆晃动，抬头看他明亮的眼睛，踮起脚吻他的下巴和嘴唇。谢朝嘴唇柔软，带着几分酒意，晚餐时喝的几杯红酒在催化着某种激烈的情绪。

她伸手拉上阳台的帘子，将颤动不安的空气隔绝在视线和躯体之外。

五月，商稚言收拾物件，工位往左侧移动六米，开始在社会新闻中心轮岗。

轮岗之前对她态度和缓的崔成州，在确定她死心塌地要跟随自己之后，变得比以往更严格苛刻。商稚言交上去的稿子，他字斟句酌，但凡有任何一句写得不够好，都会被他狠狠批评。

崔成州的夫人正是十年前在旧办公楼里坐在他对面的张小马。她产假结束后回到浪潮社，目睹几次崔成州训斥商稚言的场面，忍不住提醒商稚言："要是他说得没道理，你也要骂他啊。你不要怕，我支持你，我帮你骂。"

商稚言："没关系，崔老师都是为我好。"

张小马："你是受虐体质吗？"

商稚言跟谢朝分享这件事，谢朝给她回一句："我对这个不是很熟悉，我学习学习。"

她快速给谢朝回复："不用学！你脑子里都装的什么？"

谢朝手速飞快，几乎紧贴着跃出一个字："你。"

商稚言提醒自己要认真上班干活，但总是憋不住笑意。她一脸神飞天外的表情，被崔成州见到，自然又遭一顿训斥。

黑三给商稚言打来电话，问她周末是否有空，孩子过生日，想请她一块儿来玩。小孩今年要上学前班了，黑三夫妻想问问商稚言选学校的事情："你不是有个朋友当老师吗？"

"孙羡？对啊，可她是高中老师。"商稚言想了想，"小学现在不都是按地区报名抽签吗？"

黑三："高中老师？那算了。总之你过来吧，也就请了罗哥他们一家人和你而已。"

商稚言心中一动："表哥，你可以请林健吗？"

从吉阳装配回来之后，崔成州告诉商稚言，刘弘毅确实和他有那么一点儿关系。当年崔成州撰写的关于城市路面补修背后漏洞和利益输送的报道，源头正是一封寄给他的匿名信。

写那封匿名信的，是刘弘毅在市政工程部门工作的妻子。

崔成州因这份报道被调职到财经新闻中心，浪潮社遭到同行狙击，元气大伤。

虽然他不知道匿名信的作者是谁，但刘弘毅夫妻俩却一直都关注着崔成州和浪潮社。也正因如此，得知商稚言是崔成州徒弟之后，刘弘毅才透露了这么重要的信息。

崔成州与商稚言复盘过目前关于林健的所有资料。刘弘毅的提醒意义重大。林健在这件事上显然全听陈成才的。她必须找到一个和林健单独沟通的机会，不需要任何“工友”或“老乡”在场，只有这样才能知道他身上到底发生了什么事，他自己又是怎么想的。

黑三答应了，晚上便给商稚言来了电话。

林健对黑三怀有感激，毕竟是他找到了浪潮社的记者。黑三没说商稚言会去，只说知道林健最近心情不好，让他也过来玩玩。

到了周末，出现在黑三家门口的除了商稚言，还有一定要跟来的谢朝。

开门的是黑三的女儿晓晓。她听见商稚言的声音，蹦蹦跳跳地来开门，却猛地看见一个陌生的男人在商稚言身边，盯着自己。

小孩一下愣住了，哇地大喊着跑到妈妈身后抱住她的腿，探出半张脸警惕地看谢朝。

谢朝：“……我很吓人？”

商稚言把谢朝介绍给黑三和表嫂。表嫂没见过谢朝，黑三倒是对这个年轻人还留着点儿印象。他讲话直接，知道谢朝和余乐关系很好，随口便说：“我还以为言言跟乐仔是一对呢。”

商稚言彻底无语了：“怎么回事啊？怎么你们都觉得是乐仔？”

表嫂插话：“你爸妈以前跟我们说的就是乐仔啊，说你俩从小一起长大，知根知底，在一起很合适。”

商稚言：“他们是不知道余乐从小到大怎么欺负我的。”

她回头，看见谢朝攥着手机发信息。

“我约余乐出来打球。”谢朝表情古怪，扭了扭手腕，“他赢不了我。”

商稚言：“……干醋好吃吗？”

谢朝咧嘴一笑：“嗯哼。”

黑三在厨房忙活，表嫂已经把小家装扮好，出门去取蛋糕。林健和罗哥一家人还没到，客厅里就剩商稚言、谢朝和小姑娘。

小姑娘仍怕谢朝，坐在商稚言身边，紧紧抱着她胳膊，注意力却放在谢朝身上。

谢朝小声问：“这么小的孩子有审美吗？她知道我长得好看还是吓人吗？”

商稚言见她小辫子松了，便帮她重新扎好："这是表姑的男朋友，你可以叫他谢朝哥哥。"

"辈分不对。"谢朝诱导，"叫表姑丈。"

晓晓不理会，扭头小声对商稚言说："这个人好高。"

商稚言点点头："他还很聪明，从小到大都是第一名。"

晓晓："我也是第一名！我吃饭第一名，睡觉也第一名，大班里我小红花最多。"

她鼓起勇气看向谢朝："我现在有二十二朵小红花。"说着还亮出两只手，各比两根手指。

谢朝被她逗笑："你叫什么名字？"

"张林晓，我爸爸姓张，我妈妈姓林。"她从凳子上跳下，在桌下找出水彩笔和白纸，很神气，"晓字很难写，但我会写。"

谢朝从小照顾谢斯清长大，自然懂得怎么和小孩打交道。他拉着塑料凳子凑过去，装作不信："真的吗？我不信。"

晓晓认认真真："你这么大都不会？那我教你，你也拿笔，你跟我写。"

她把另一支笔塞谢朝手里，握着自己的笔先歪歪扭扭画了个日字。

商稚言目瞪口呆。她完全没想过谢朝居然能跟小孩聊到一块儿。谢朝撞上她惊奇的目光，悄悄冲她眨眨眼。

商稚言竖起大拇指。

一大一小乱写乱画玩得开心，谢朝打算教晓晓画机器人，晓晓却执意要他画公主，并且点名要画艾莎公主。谢朝不懂那是谁，不得不开手机搜索图片。晓晓一看到艾莎的照片就激动，咬字不清地唱歌，手脚并用地跟谢朝讲故事。

商稚言进厨房去帮忙，但被黑三赶了出去。她无所事事，听见门铃响了便去开门。门外的林健吓了一跳："商记者？"

"请进请进。"商稚言忙收拾表情，客气笑道，"我来给我表侄女过生日的。"

林健手里拎着一个包装好的小礼物，稍做犹豫才迈进门内。

晓晓不认识林健，又重复了一次见谢朝时的惊讶和躲藏。林健也不擅长跟小孩沟通，就只是呆坐着，之后走进厨房给黑三打下手。直到罗哥一家人和拎着蛋糕的表嫂回来，小孩才又开始活蹦乱跳。

商稚言把林健叫出来，和他走向阳台。

关上阳台门，林健便知道自己被邀请是有目的的。但他也不显得十分抗拒，面对商稚言的问题，有时候还流露出几分轻快表情。

他是被陈成才带出来的。学历低，不想下地干农活，陈成才描述的大城市和工作令他向往。吉阳装配工作强度确实很大，但林健在这里工作，做得挺开心，也认识了一些新朋友。

关于工伤的事情，还有如何赔偿、如何准备资料和找吉阳的人闹，都是新朋友们教的。

他不觉得这有什么问题。在林健的描述里，这些新朋友全都“很讲义气”。而诸多朋友中，又以陈成才最为可信。工伤如何分级，如何索赔，如何保存证据，陈成才没有一项是不晓得的。

“他哥哥死了嘛。”林健说，“做工的时候摔下来，人就没了。陈成才就是因为他大哥的事情，才了解这么多。”

“二十万也是他建议的？”

林健点头：“我受这个伤，现在看起来不严重，可是等到老了，每天都会疼。十二万不行的，一定要二十万。”

商稚言又问：“为什么一定要二十万？”

林健：“精神赔偿费不能这么少，至少要十万。”

商稚言：“十万是给你的，还是给陈成才的？”

林健一下慌了。他眼神游移，面部肌肉微微抽搐，在某一瞬间居然露出了凶狠的表情。商稚言非常镇定，只平静地看他。

“给我的。”林健说，“这跟才哥没有关系。”

商稚言点点头，又说：“真危险啊，那零件这么重，如果你躲得慢一些，砸中的就是手腕了。手腕胳膊要是断了，接起来可没那么方便，不说老了疼不疼，以后还能不能用都是问题。”

她似在感慨：“真是千钧一发，幸好你反应快。”

林健不说话，他脸色阴沉，直直盯着阳台外面的楼群看。这是一个老小区，黑三夫妻买的是二手房，午后群音寂静，日光灿烂。他目光不知聚焦何处，对面楼房上有一户人家开着窗，有隐约乐声传出。

商稚言没再提这件事，她转了个话题：“你十八岁了，对吧？”

林健缓了几秒才应：“嗯。”

“在车间工作，其实也挺危险的。你这么年轻，一定要懂得保护自己。”商稚言真诚看他，“还要懂得识别人心。”

林健虚弱地开口：“才哥很照顾我的。”

“他对你非常好，像你亲哥哥一样，是吗？”

林健似是想回答“是”，但是最终说不出一个字。

03

告别黑三一家后，谢朝和商稚言约余乐应南乡聊天，但途中谢辽松打来电话，让谢朝立刻回新月开会。

挂断电话，谢朝有些无奈：“他知道那件事了。”

机密资料泄露一事，谢朝一直没有任何举动。新月说要查，他就任由他们调查，新月的调查结果显示他有问题，他也没想过辩白。

新月医学的院长知道谢朝的身份，但调查报告送到他面前，他也没有亮明谢朝与谢辽松的关系，只是将此事压下，暂时不提。

和商稚言道别后，谢朝开车回到高新科技园区。许久没回新月，他进门时还觉得有些怀念。在保安那里登记领取访客卡，他甚至觉得有些好笑。

“谢工，你是要回来了吗？”保安问。

谢朝笑笑，并不回答。

会议室在十楼，谢朝步出电梯时，正好看见在抽烟处发愣的小陆。听见电梯声音，小陆应声抬头，随即脸色一白。

“你好。”谢朝向他打招呼。

离开新月那一天，谢朝没来得及找小陆。小陆进入新月时间很短，一入职便在医疗机器人项目中工作，他在许多专业问题上都能给谢朝建议，谢朝已经做好了让他提前转正和安排新职务的准备。谢朝和小陆相处的时间不长，虽然偶尔也有争执，但他自认为尚算愉快。

一切太突然了。

小陆看着谢朝，不敢应声。谢朝走近他，又问：“最近怎么样？”

小陆越发紧张：“谢工。”

“工作还顺利吗？”谢朝笑了笑，“你脸色不太好。”

小陆把手里的半支烟按入粗砂之中：“你也回来开会？”

“嗯，你知道是什么会吗？”

“你不知道？”小陆震惊，满脸怀疑。

谢朝轻叹一声：“小陆，可能你曾经对我有所保留，但我可以坦白地告诉你，我跟你说的每一句话，让你做的每一件事情，都不是没有意义的，至少对于你，绝对不是无用功。你可能觉得我让你留下来加班，很辛苦，是我在折磨你，但你加班的每一次，都是我跟我的导师进行视频讨论的时间，我以为你会知道这是很珍贵的学习机会。”

“我知道，我当然知道。”小陆的嘴唇有些颤抖，“谢工，我……”

“有时候同样一件事，能成全你的前途，也能毁掉你的前途。”谢朝走开时说，“可能你这样做是为了有更好的前程，我想过理解你，但我做不到。你违背了一个科研工作者最基础的良心，你对你的工作，你的伙伴，还有你自己的研究以及你自己，都做不到诚实。”

他没再看小陆的苍白脸色，径直走向会议室。

会议室里是一张巨大的方形会议桌，座无虚席，列席的全都是医疗机器人项目的人。见谢朝出现，全部人都十分惊讶。很快，许多人皱着眉转过头，并不理会他。

他们之中的许多人，至今仍以为泄密的是谢朝。

谢朝感受到了怨气和愤怒，他挑了个最远、最边缘的位置坐下。

他居然跟小陆说了这么多掏心掏肺的话，这在以往是绝不可能的。他给商稚言发微信：“我感到自己有所成长。”

这句无头无尾的话，换来商稚言一串问号。

谢朝看着她的回复发笑。他能想象到商稚言此刻脸上充满困惑的神情。

“新月的叛徒为什么还能大摇大摆地走进来？”会议室里忽然有人开口，“有的人脸皮未免也太厚了，知不知道‘羞耻’两个字怎么写？”

谢朝抬起头，说话的是项目的总负责人张允的助手。

张允没阻止，只冷冷一笑。

这就像一个讯号，紧接着，会议室里响起了嗡嗡的低议。

无一例外，全是针对谢朝的。

他从美国回来，如何空降到新月，如何因为长相外形而取代更有说服力的研究者成为成品展示的代表，如何目无尊长，如何大放厥词，如何与真正有经验的研究者针锋相对，不肯让步。

谢朝遥遥看着张允，凝神细听包围在自己身边的一切。

手机时而震动，是商稚言在询问他到底出了什么事。谢朝一点儿没有愤怒，他发现自己相当平静，也不觉得他们议论的那位可恶、卑鄙、无耻的人是自己。他甚至在想，把这件事情告诉商稚言之后，她是会笑，还是会愤怒地骂人呢？

这些恶言恶语，已经无法再伤害到谢朝了。

得不到回应的愤怒很快冷却，众人只以为谢朝自大到如此程度，连脸都不要了。有人大喊：“我早说了这件事情就应该报警！这是职务犯罪！不能内部处理！”

会议室的门开了，新月院长与谢辽松等几个人走进来，嗡嗡嘤嘤的议论声才渐渐停止。

谢辽松出场，这注定不会是一场普通的会议。等所有人落座，院长起身清清嗓子，准备说话。

但他还没开口，谢辽松抬手制止。

谢辽松盯着人群，沉声道：“坐这么远干什么！”

众人面面相觑，不知道他正对谁说话。

“坐过来，坐在我旁边。”谢辽松说，“这事情和你有关系，你不要这么无所谓！”

谢朝这才站起。众人面色惊疑，看着他在谢辽松身边落座。

“给大家再正式介绍一次。”新月的院长有些尴尬，毕竟父子俩对彼此都没什么好脸色，“这是我们远潮集团谢总的大公子，谢朝。”

谢朝对这样的介绍很是不适应，他微微皱眉，低头不语。

谢辽松知道儿子不乐意听“大公子”之类的称呼，示意院长坐下。他不需要主持，对着会议室中十余张震愕的面庞开口：“谢朝是我儿子，他不可能泄露医疗机器人项目的机密资料。”

这等于从根本上动摇了此前项目组内部调查的结果。

众人惊疑不定，最后是张允开口问：“谢总，你说的这句话我不信服。他是你儿子，他就不会出卖项目？这是什么道理？”

“出卖这个项目，等于陷新月于危机之中。新月医学以后是他的，他没有必要搬起石头砸自己的脚。”谢辽松说，“而且谢朝的能力，我相信在这段时间里你们也有目共睹。”

谢朝坐在一旁，有点百无聊赖。

他没想到谢辽松急召他回公司，居然是为了给他出头。

最近这几年，谢辽松对他的态度有很大的变化。谢朝自己梳理过，大概是因为谢辽松觉得谢朝为谢斯清牺牲了太多。

谢斯清刚出事的时候，秦音对谢朝简直可以称作仇视，而谢辽松渐渐不能忍受妻子对他的百般攻击，尤其看到谢朝每天往返于学校和康复中心，因为忙碌和焦虑瘦脱了形。谢朝理解谢辽松的愤怒——秦音对谢朝的斥责，在谢辽松看来是一种逾越，这挑战了他的权威，也扫了他的面子。

印象中，谢辽松为了他跟秦音结结实实吵过几次架。

再后来，谢斯清开始穿戴谢朝设计制作的外骨骼，真的能站起来了，谢辽松态度越发和缓，好几次还亲自开车去找谢朝，让他回家吃饭。

小儿子谢斯亮性格顽劣，两相比较，谢辽松更是察觉到谢朝的好。秦音几乎再也没提过谢朝奶奶的事情。她不再说“谢朝要是回来早一点就好了”，取而代之的是“谢朝要是不跟那些人做朋友，阿清也不会变成这样”。但家里第一个出声反驳她的人不是谢辽松也不是谢朝，是谢斯清。

看着女儿和妻子争执，谢辽松奇妙地感受到一种生疏。

他当时看向谢朝，而谢朝低头吃饭，一言不发，仿佛这是一场与自己完全无关的争端。谢辽松大概是从那一时刻开始突然体会到一种恐怖——他所以为的“幸福家庭”，实际上是几块艰难拼凑的积木，疏松、空洞，摇摇欲坠。

对谢辽松的改变，谢朝说不清自己是什么感受。父亲忽然之间变成了最普通最平常的父亲，是平时在电影里看到的那种角色，好得太具体，他反倒感觉陌生。

回国后加入新月医学，也是谢辽松的建议。谢辽松起初认为谢朝会不愿意，但没想到谢朝答应了。他自然认为，这是谢朝屈服于自己——不，是谢朝顾念自己，所以答应。

他从未想到，自己永远不是谢朝做选择的最重要因素。

一场会议洗清了谢朝的嫌疑，谢辽松拿出的集团调查报告坐实了谢朝的助手陆棣传递机密信息并收受巨额报酬的事实。会议室内所有人都闷不作声，等待着谢辽松最后的决定。

谢朝既然是无辜的，他自然要回来；他既然回来，为了补偿，必定要再擢升。谢朝本来已经是医疗机器人项目核心团队一员，再升职的话……有人小心瞥向项目负责人张允。

张允面色铁青，但还维持着体面。

“谢朝继续回到医疗机器人项目组工作，并取代……”

“等等！”一直沉默的谢朝忽然发话。

谢辽松示意他继续。

“我不打算回医疗机器人项目。”谢朝起身，冲众人鞠躬，“这段时间以来，很感谢大家对我的照顾。我在远潮集团内部是什么身份，这不重要，我在项目里，就只是个普通的工程师。张允老师在工作中给过我许多帮助，他是一个非常出色的负责人，我相信即便面对现在的危机，他也一定能让项目重回正轨。”

谢辽松听不得他说这些场面话:“你不回机器人项目，你要做什么？”他当然不可能以为谢朝会愿意跟随自己学习行政和经商，他害怕谢朝会借此机会，离开远潮。

“我想加入携行外骨骼项目。”谢朝淡然道。

散会后，谢辽松面色仍带几分不豫。谢朝这次在会议上公然落他面子，他没有发火，只是阴沉沉地憋着一股气。等会议室里只剩父子两人，他才开口问谢朝为何这样选择。

“我的兴趣一直都是外骨骼，您知道的。”谢朝回答。

“一直？”谢辽松根本不信，“我是你爸爸，小朝，你不要骗我。”

“就算不是一直，外骨骼现在也是我的兴趣，而且我更擅长这一领域。”谢朝转了个念头，决定用谢辽松能理解的话语和他沟通，“我不能回医疗机器人项目，我一旦回去，张允老师肯定立刻辞职。张老师不能走，医疗机器人项目从无到有，是他一手组建起这个团队，获得现在的成绩，我回去了，你们肯定要补偿我，要让我升职或者给我更多的权力。团队里都是资历比我更高的教授和老师，我凭什么？就凭我是您的什么……大公子？”这称谓让谢朝笑出声。

谢辽松不是没想过这个可能。他已经想好了给张允的补偿，也做好了安抚张允的种种准备。只是今晚他拿到事件调查报告，才知道谢朝遭遇了这种对待。他霎时间心急了，想为儿子讨公道，想在儿子面前多挣点儿分数。

“是我做得不妥当了。”谢辽松说，“说回你的选择上。坦白地讲，外骨骼的前景，我其实并不看好。”

父亲出乎意料的态度，令谢朝霎时间愣住了。他不得不调整自己的心情，沉下心来与谢辽松聊天。

谢朝给谢斯清制作的外骨骼，主要参考日本 HAL 型外骨骼系统，它根据生理反馈和前馈原理研制，完全通过自动控制器来控制，无须任何外部操纵。外骨骼上配置着大量传感器，比如肌电传感器、地面传感器、角辨向器等等。

但大量的传感器同时也造成了一定的肌肉信号延迟。谢朝不断给谢斯清调整改善，渐渐地也有了一些自己的心得。

“最先进行外骨骼研究的是军工机构。现在我们国家的外骨骼研究已经有了很大进步，也已经出现了功能化的外骨骼系统，但是应用还没有铺开。”谢朝说，“高新科技园区旁边就是工业园，工业应用也是外骨骼的用途之一，有几个企业也跟新月沟通过，询问过我们机器人的研发方向。但我研究过他们的需求，他们更需要的其实是实用性强的辅助型外骨骼，比如能够增加臂力、托举更重物件的上肢外骨骼。新月的所有资源全都倾向医疗机器人项目，我认为不太合适。”

谢辽松点点头，示意谢朝继续说。

父子俩少有的一次长谈，直到凌晨一点多时谢辽松露出疲态，谢朝才收起谈兴。谢辽松没有否定他的选择，只是认真听着。谢朝不知道谢辽松能理解多少，但谢辽松会在关键的问题上提出质疑，比如怎样降低外骨骼制造成本，提高制作效率，怎样减少部件体积和重量，增加商业化可能性等等。

他思考的问题和谢朝思考的问题，侧重点并不相同，但无论什么问题，都让谢朝惊奇——谢辽松对外骨骼是有了解的。

这种了解或许是因为谢斯清而起，或许是因为谢朝而起。但无论如何，谢朝有些感激。谢辽松肯定了他的思考，同意他参与到外骨骼项目中，还承诺会重新进行资源调配。

谢朝心头有一种很疼的空虚感。他的心底似乎住着一个孩子，一个渴望得到父亲赞许的小孩。哪怕他长大了，独立了，他不再依赖家庭和父亲生活，童年留下的巨大空洞也永远存在。他现在当然不需要谢辽松允可自己的选择，但当谢辽松说出“你做得很好”时，他仍旧无法避免地，被天真的雀跃袭中。

“有时间多回家吃饭吧。”父子俩走向停车场时，谢辽松说，“你不要把这看作条件置换，我尊重你的工作和事业选择，恰好我也有能力为你提供足够的条件和环境施展能力。但是你也要为我想想，不要生活得太孤僻，多交朋友，多回家，斯亮有时候也会提起你，他还小，不懂事，你是哥哥，不要跟他计较。”

谢朝默然点头。送谢辽松上车时，他忍不住弯下腰，冲车内的谢辽松说：“那我可以带朋友回家吗？”

谢辽松从未见谢朝带过任何同学朋友回家，自然惊奇：“当然可以，是什么人？”

谢朝："女朋友。"

谢辽松越发惊喜："你谈恋爱了？"

谢朝很少见他这样开心，自己也不禁笑了笑："嗯，您以前见过的。"

谢辽松愣住了："我见过？是哪个叔叔伯伯的女儿？"

谢朝："是商稚言。"

谢辽松脸色一下就变了，有几分震愕，还有几分尴尬。

目送父亲的车子离去，谢朝回味着谢辽松的怪异表现。震愕，他是理解的，毕竟在谢斯清出事之后的好几年里，"余乐"和"商稚言"都是被秦音挂在嘴边痛骂的名字。但尴尬又是为什么？他不明白。

谢朝给商稚言打电话，问她是否有空和他回谢家吃顿饭。

奇怪的是，连商稚言也尴尬起来："你爸也在家啊？"

"一家人吃饭，他当然在。"谢朝说，"不用怕我阿姨，我和阿清都在，她不会为难你。"

"你爸知道你女朋友是我？"

"我告诉他了。怎么回事？你和他发生过什么？他派人找过你和余乐出气？"

"这倒没有。"商稚言吞吞吐吐，"就是……我几个月前在时政新闻中心轮岗时，被安排去跟访一个会议。你爸正好也在，而且是关键人物。我去采访他的时候，他一看我的名片，直接就把它撕碎扔了。"

扔名片事件发生的时候，商稚言并不知道谢辽松和谢朝的关系，她也不晓得自己为什么会成为谢辽松黑名单中的一员。谢朝倒是一听就明白了，谢辽松在秦音面前维护自己，但不代表他对余乐和商稚言没有气。

"那不去了。"谢朝说，"明天我们约余乐和应南乡去游艇玩。"

"去呀，我想去。"商稚言的反应大出他所料，她很雀跃，"我对你家的内部结构很好奇。"

谢朝："就是普通的、没意思的大宅子而已，还不如你家的小店有趣。"

商稚言自然是半信半疑，而在进入谢家别墅之后，她快速环视一圈，扭头时看向谢朝，一脸憋不住的笑。

"怎么样？"见她表情好笑，谢朝忍不住问。

"好——普通啊。"商稚言咬牙强调，"这就是你们有钱人的普通？"

谢朝并不觉得自己家的富丽堂皇足够吸引人，他牵着商稚言的手进入客厅，让保姆端上准备好的热奶茶。谢斯清抱着一只布偶猫从楼上走下来，那猫浑身贵气，见到了前任主人谢朝也没有任何动摇，始终稳稳坐在谢斯清怀中。

见到谢斯清，商稚言非常高兴，两人叽叽喳喳说着谢朝无法参与进去的话题。谢朝打断了两个女孩的私聊："其他人呢？"

谢斯清耸耸肩："妈妈说不想吃。"

谢朝完全不给商稚言尴尬的机会，立刻牵着她的手："走吧。"

两人还未走出大门，谢辽松的声音从楼上传来："刚来，怎么就要走了？"

谢朝正式介绍商稚言之后，谢辽松认认真真地看着商稚言："我跟商稚言之前有一些小误会，是我做长辈的不够大方。小商，你不要生气，我跟你道歉。"

商稚言哪里还敢生气。她来之前还想过是不是装作完全遗忘此事会比较好，可谢辽松既然主动提起，她便接了下来："伯伯，我当时也是刚开始工作，好多细节做得不到位，您别见怪。"

两人客客气气：我不对；不不不，是我不对。

谢斯清满头雾水，望向谢朝，谢朝冲她眨眨眼，示意她不要问。

谢辽松始终没能把秦音劝下来，连谢斯亮也没有出现。商稚言只在客厅的照片上见到这个十岁的男孩子，和谢朝有几分说不出的相似，但表情神态都比谢朝活泼太多。

谢辽松落座后，这顿气氛怪异的晚餐终于开始。

满桌饭菜丰盛，一半都是商稚言没见过的新鲜菜式，谢斯清告诉她，这是谢辽松专门请了名厨回来准备的。商稚言有些受宠若惊，连声多谢。谢辽松脸色严肃正经，很少笑意，似乎是对这样平常活泼的晚餐有些不适应。

谢朝在桌下握着她的手。她其实并不怕，也不再尴尬，这是和谢朝在一起之后她已经设想过的场景，一切都在她预料之内。但心爱的人这样鼓励自己，商稚言心里宁定，充满了甜蜜的快乐。

谢辽松的话不多，但礼貌客气，问了一些商稚言家里的事情。谢朝总在商稚言开口之前帮她回答，谢斯清嘲笑他："哥哥成商稚言代言人了。"

谢斯清是餐桌上负责活跃气氛的人，她好像永远有说不完的话题，从谢辽松换的新车讲到谢朝家里的观赏虾，从最近的画展聊到市场里各种鱼虾蟹的品种价格，甚至还聊到余乐。

“他居然是网络红人？”

“几百万粉丝，你居然没关注他吗？”商稚言给谢斯清看余乐的账号，“好多营销公司想签他，但他最近号被禁言了，正郁闷呢。”

谢辽松一脸糊涂，谢斯清便手舞足蹈地给他解释，他听得认真，频频点头。

商稚言悄悄瞥向谢朝。谢朝用眼神无声询问：怎么了？

商稚言只是笑。

她对谢辽松的印象，从他们第一次在医院见面时开始，不断根据谢朝的故事填充。但现在和谢斯清边聊边笑的中年人，和过往的印象完全不同。

她甚至在吃饭前以为，这会是一顿沉闷、无趣的饭局，谢辽松会坚持食不言寝不语的原则，不许任何人在饭桌上说话。但出乎意料，谢辽松对他们的谈话没有半点反感，反而好几次插话，想加入他们之中。

但他很笨拙，很紧张。环坐桌子的四人中，他是家长，是权威，可也是最格格不入的一个。

饭后甜点上桌，是幼滑甜稠的莲子红豆沙。谢辽松告诉商稚言：“这是我们厨师的拿手甜品，你一定要试试。小朝以前很喜欢吃。”

商稚言舀了一勺放入口中，还未咽下，一股浓异气味冲上鼻腔，她一下控制不住，呛了出来。

谢朝吓了一跳：“怎么了？”

商稚言整个人狼狈不堪，鼻涕眼泪齐流，辛辣的味道弥漫在口腔里，最后只能将未咽下的红豆沙急忙吐出来。谢朝扯了几张纸巾给商稚言，端起她的红豆沙闻了闻。在甜香掩盖之下，有若隐若现的芥末味。

“谢斯亮！”谢朝起身大吼。

厨房里爆发出一阵孩子的大笑。用人忙走出致歉，称是谢斯亮让她专门把这一碗放在商稚言面前的。谢朝知道她是秦音雇用的人，从来不敢违抗谢斯亮的要求。这时一个男孩边笑边跑出厨房，奔上楼梯。商稚言满脸都是眼泪，她狠狠擦干了，瞪着那孩子。

谢斯亮冲她做鬼脸，谢辽松气得把餐巾扔到了桌上：“谢斯亮！给姐姐道歉！”

谢朝起身朝楼梯走去，谢斯亮一边喊着“我不”一边跑上楼，留下一串尖厉的笑声。

商稚言把自己料理好，方才就餐时的愉快气氛已经荡然无存。谢辽松被气得头晕，坐在椅子上喘气，要用人给他拿药，转头又跟商稚言道歉。谢斯清让谢朝留下，自己上了楼。

商稚言没留意楼上的声音，她捏捏谢朝的手，让他注意谢辽松。

谢辽松脸是红的，显然被气得不轻。用人又是紧张又是害怕："谢总有高血压，不能生气……"

"行了，你去收拾吧。"谢朝接过用人手里的水杯，递给谢辽松。

谢辽松在客厅里休息了好一阵才恢复平静。谢朝本来已经打算走了，谢辽松看起来状态不好，商稚言拉着他多留片刻。

"小商，对不起，让你见笑了。"谢辽松说，"我这个小儿子，太顽劣，太难教。要是他有哥哥姐姐的半分好，我也不用这么愁。"

用人给客人端来新的茶水。谢辽松看出谢朝有离开的念头，忙说起别的话题。他不好问谢朝，生怕又让谢朝不快，便转头跟商稚言聊天："工作顺利吗？我听阿清说，你现在在做社会记者？"

商稚言点头："还在学习，还不是浪潮社的正式员工。"

谢辽松："社会记者相当累。"

商稚言："我有很好的老师和同事，工作虽然累，但也挺开心的。"

谢辽松"嗯"了一声，又问："实习很忙吗？最近在做什么？阿清说上次是你帮她找到了一直给她打钱的人。"

谢朝无意加入他们的谈话，只是松松握着商稚言的手。

商稚言简单说了现在正在调查的是工伤事件，但没有提到任何细节。谢辽松却不愿让这场气氛尚可的谈话有尽早结束的可能，谢朝回来的次数太少，能和自己平心静气相对而坐的机会更是难得。

"高新科技园区里的工伤，我也听过一两件。去年年底还有工程师猝死的事件……哦，你调查的事情在工业园区？"谢辽松皱眉回忆，"说到工业园，两年前有一件工伤，我倒是有几分印象。有个工人洗外墙的时候从七楼摔下来，幸好五楼有遮阳棚，楼下也有许多泡沫板，加上树和草坪，几次缓冲，他人没事，但受了不轻的伤。"

他之所以印象深刻，是因为出事的地方与高新科技园区的停车场仅一墙之隔。当时谢辽松刚停好车，便听见对面一连串响声，最后还是他第一时间打的急救电话。

谢朝："我怎么不知道这件事？"

谢辽松："你那时候还没回国。"

谢朝："我是不知道你还帮过别人。"

谢辽松不悦："你把我看成什么人了？"

商稚言心中微动。为调查林健这桩事情，她把过去五年发生在工业园区里所有的工伤事件全都查了一遍，但没有查到这一件从七楼坠落的事故。

"这个工人是工业园企业的人吗？"商稚言心中一动，"工业园的上报记录里，没有过这桩工伤。"

谢辽松也想了想："他穿着制服，是吉阳装配请来清洁外墙的清洁公司工人。"

商稚言一愣。又是吉阳装配。

若受伤的人是外聘清洁公司的人，工业园的工伤报告里自然不可能有他的相关信息。商稚言默默记下这件事，打算回家继续翻找资料调查。

这次会面结束得不太圆满。商稚言最终没见到秦音，也没等到谢斯亮的道歉。回家的路上，谢朝不停地跟她说对不起。他把车停在光明里的入口，给商稚言买她喜欢的芒果味冰激凌。两人吃完冰棒，在路边花圃依偎坐下，久久不说话。

"别道歉啦，下次换你来我家玩好不好？"商稚言在他耳边说，"爸爸妈妈都好想见你，他们老问我你是不是真的和我谈恋爱，如果是真的为什么不常来我家吃饭。你连余乐家都去了两次。"

"我紧张。"谢朝抚摸她的头发，吻她的耳朵。

"我今天紧张过了。"商稚言不由分说地命令，"下次轮到你紧张。"

生活里有了新的期待，谢朝忽然觉得坏情绪又被商稚言三言两语驱散了。

他亲吻他的女孩，想告诉她许多许多话，但他口讷，又觉得说多了商稚言会笑。商稚言静静和他坐在一块，车窗半启，便利店门口的电子铃坏了，每隔一会儿就自动冒出一声"叮"，像是为车里飘出的乐声打节拍。

他们用手指在手背上跳舞，随着乐曲变换舞姿，灵巧又快活。

第八章

/ 方寸之间 /

我想有一个，可以随时回去的地方。

01

工伤事件尚未有进展，林健忽然主动给商稚言打来了电话。

青年声音紧张，犹带一丝怯意，他开门见山地问："商记者，我现在可以见你吗？"

此时夜已经很晚，但商稚言不想放弃这个机会。她听得出林健状态动摇，忙答应和他见面。

林健不敢选别的地方，要在浪潮社和商稚言会面，但浪潮社夜晚值班和出入的人也不少，商稚言最后和他约在通宵营业的"时刻"里见面。

抵达"时刻"时，林健已经到了。他选了个可以看到门口和窗口的位置，商稚言进店后扫了一眼，今晚在店内值班的是周博本人。两人打了个招呼，林健顿时站起："你们认识？"

商稚言："这里很安全，你放心。"

林健犹豫地坐下，面前的咖啡杯已经空了。周博给他续上后很快闪回橱窗后方，林健看不到他人影，这才稍稍放下心。

"怎么了？"商稚言问，"是手指有什么问题吗？"

"不是……"林健啃了啃自己的指甲，小声说，"我再想想。"

商稚言安静等待他开口。

好一会儿之后，林健小声问："关于工伤，你还查到过什么？"

商稚言眉毛一动，在心中暗暗斟酌。

崔成州给过她两个线人的联系方式，两位都是工业园里的普通工人，但不在吉阳装配。商稚言询问他俩是否知道园区里发生的比较异常的工伤事故，但两个人都笑了：工伤没有异常，至少看上去全都很正常。

但若是提及陈成才，两个线人立刻脸色有变，人也不再那么健谈。

“工业园里工伤事故是不少的，基本都有妥善的处理和赔偿。”商稚言大略地与林健聊了聊，要停口时，她忽然想到谢辽松亲历的那一件，“两年前吉阳装配发生过一次事故，你听陈成才他们说过吗？一个清洗外墙的工人，从七楼掉下来，受了伤。”

林健喘了一口气，几乎要哭出来似的，肩膀在发抖。

“原来你知道……”他的声音低得几乎听不见，“你知道就好……”

商稚言不解：“什么？”

“那件事，跟才哥有关系，是才哥他们做的。”林健咬了咬牙，发着抖，朝商稚言亮出自己仍包扎着的小拇指，“其实才哥……才哥一开始，是想砸断我的手。”

坠楼的清洁工人名为杨一青，不是陈成才或林健的同乡。他所在的清洁公司承包了整个工业园区的外墙清洁，一来二去，结识了陈成才。

林健并不清楚陈成才当时是怎么跟杨一青沟通的。他只知道，这件事，陈成才当作一个“成功经验”般炫耀：发生在杨一青身上的工伤事件是陈成才和杨一青共同策划的。

杨一青最终获得了二十多万的赔偿。这二十多万中，陈成才分走了八万。

商稚言问：“杨一青很需要这笔钱吗？”

林健：“对，当时他想买房，相亲结婚。我听才哥说，杨一青早就恢复了，伤势对他一点儿影响也没有，他生活得挺好。”

商稚言：“你见过杨一青吗？”

林健：“没有。”

商稚言：“你完全信任陈成才说的话？”

林健又犹豫了。但这次他没有犹豫太久，目光在自己的小拇指上游移：“我一开始是信的，后来……后来我开始怀疑。尤其是那天我无意听到他们聊天，提到如果因工致死，能赔偿好几十万。”

他有些激动：“我妈是文盲，我爸只有小学文化，他们什么都不懂的。家里亲戚来往不多，陈成才这两年春节回家都会上门拜年，给我爸妈送东西，他们信他。如果我死了，如果陈成才当我爸妈的代理人去索偿……我不知道这几十万，他能拿走多少。”

录音笔正在录制，商稚言想起了与陈成才在一起的那些人。

“陈成才身边的那些也是你的同乡？”

“有些是，有些不是。”林健想了想，“陈成才原本跟我商量的是砸断手。砸断手他说能赔四十万，他们帮我跑上跑下，也不求太多，让我给五六万辛苦费。”

“他们是谁？几个人？”商稚言问。

“其实，包括陈成才在内，主要有三个。”林健说出了另外两个人的名字。

商稚言不自觉地咬了咬嘴唇：“你为什么会答应做这样的事情呢？”

“四十万，太多了……我没见过这么多的钱。”年轻人小声说。

四十万对他来说是一个从未敢想象的天文数字。纵然除去给陈成才等人的六万元，他还有三十四万，按他现在的工资，至少要不吃不喝五年才能攒到。

这是其中一个诱惑。

陈成才还拿自己给林健当例子。他也受过工伤，刚开始工作的时候，那厂子还不如吉阳装配这样正规，他摔断了手，可现在全好了，除了皮肤上一道疤痕，完全看不出有什么异常。

“伤筋动骨一百天，也就是三个月。这三个月里我什么都不用干，医疗费和营养费全是吉阳装配出，我是白挣这么多钱啊。”林健大口喝下咖啡，苦得他直皱眉，“我不像你们城里人，我，我能吃苦，我不怕痛，所以我敢做……但是我……我现在怕了。”

“你怕什么？”

“才哥……陈成才，我觉得他很可怕。”

林健只知道陈成才那几个人非常熟悉工伤赔偿的条例，而且非常善于制造工伤事件。除了杨一青之外，还有另外两位在工业园里其他企业工作的老乡，也在陈成才的指点下，通过小小的工伤事件，获得了大笔赔偿。

而当然，陈成才和另两个伙伴，也从中分得了一杯羹。

商稚言又问：“难道除了你们，没有其他人知道这种事情的存在吗？”

“当然有，但是，没人会说的。”林健抿紧了嘴，“敢做这种事情的，都是不要命的，不好惹。”

“你惜命吗？”

林健低下头，许久才传出低低的呜咽之声。

“我太蠢了……太蠢了……”

周博从柜台后面探出脑袋，向商稚言投来询问的目光。商稚言悄悄摆手，示意他先别过来。

等林健平静，商稚言正要继续询问，他目光一闪，看向橱窗外头。外面没有任何人，是宁静的路面。

“才哥要走了。”林健低声说，“我偷听他们聊天，他们三个人都打算走，明天晚上的火车。”

商稚言大吃一惊：“去哪里？”

林健：“不知道，但走得很急。”

商稚言：“他找过你？他知道你不想再参与他们的诈骗了？”

林健太年轻，他那点儿小心思瞒不过陈成才的眼睛。商稚言猜想，陈成才必定是察觉到事情与以往大不相同，趁早脱离，好保全自己。

“你愿意去报警吗？”商稚言问，“就说你被蒙骗，才参与到他们的……”

林健疯狂摇头：“我不去，我不去的，我会被抓起来……”

没有当事人，吉阳装配态度又极其暧昧，警方不会受理没有根据的报案。商稚言想了又想，拿出手机：“林健，把陈成才的号码告诉我。”

次日回到浪潮社上班，商稚言第一时间就去找崔成州汇报。

崔成州起先还不太乐意听：“你不是打算独立采访吗？我只做指点啊，我不帮你。”

但等商稚言把录音播放出来之后，崔成州的脸色就变了。

他原本猜测，是陈成才制造了林健的这次工伤，但没有想到陈成才做了不止一次，而且目的是制造更严重的伤情。

“陈成才的伙伴还有另外两个人。”商稚言说，“一个是在车间里拍视频的工人，另一个是维修部的人，那天就是他去检查机器的。维修部的人从头到尾都没有在我们面前出现过，只有参与了这件事情的人才知道，他也是帮手。”

崔成州问：“你怎么看？”

“陈成才这些人，制造工伤事故已经成为一个系统了，有分工有合作，相当可怕。”商稚言低声道，“他们对别人的性命，已经漠视到一种匪夷所思的程度。”

崔成州鼓励她：“继续。”

“林健他们打砸过吉阳装配的办公室，当时办公室主任宋樾说过，让他们报警，让他们去找记者。”商稚言把自己昨夜理出来的线索一一说出，“包括后来刘弘毅给我们的提示，都说明这件事吉阳装配肯定是知道有猫腻的。”

一开始吉阳装配不肯按工伤来认定和赔偿，随后却又改了口风。改口风之事，发生在刘弘毅提醒商稚言之后。

“不肯赔偿，甚至让林健他们找记者，或者提示我去调查林健和陈成才等人的背景，是因为吉阳装配坚信自己是没有责任的。”商稚言说，“但是，后来发生了某些事情。吉阳装配发现这起工伤他们也负一定的责任，所以立刻改了口风，迅速答应赔偿。”

“陈成才把记者当作威胁吉阳装配的工具。”崔成州接话道，“但是陈成才同样也很警惕，他怕你发现这件事情背后的真相，所以每次林健见你，他都要在场。商稚言，你逮到这个和林健单独对话的机会，实在不容易。”

商稚言深吸一口气，带几分忐忑：“其实，还有另一个收获。”

崔成州心情很好，轻快地问：“什么？”

“我从林健那里拿到了陈成才的电话。”商稚言快速回答，“而且我联系了陈成才，他约我在修车厂见面。我准备出发了。”

紧接着，整个办公室的人都听见关着门的会议室里传来一声怒吼：“你这是乱来！”

路过的李彧被吓了一跳，忙打开门：“出什么事了？”

崔成州气得脸庞涨红：“这个人我不要了，你们新媒体收了吧。胆大包天，胡作非为，我跟你说的什么你忘记了？我让你一定要注意自己的安全！”

商稚言悄悄冲李彧耸肩。李彧退了出去，临走时多嘴一句：“喝点凉茶吧，火气这么大。”

“崔老师，你听我说。”商稚言冷静得出奇，“我们没有任何可以截留陈成才的办法，我只是想拖延时间，今天来找你帮忙。你肯定认识有能力留住陈成才的人。”

崔成州：“我有我的人际关系，但这种人情不好用，没凭没据，仅凭林健的录音就去抓一个人，这是违规的。”

商稚言：“我拖延陈成才的办法，是告诉陈成才，我查到了杨一青的事情，想跟他见面聊聊。”

崔成州：“他怎么说？”

商稚言：“他说，他手里也有我们感兴趣的事情，和吉阳装配有关。”

崔成州：“你给他抛鱼饵，他也给你抛鱼饵。陈成才不是傻子，他不一定信你。”

商稚言没有退缩：“所以我必须去一趟，像你教过我的一样，我要跟当事人面对面地谈话。陈成才并不是一个缜密的犯人，否则他不会留下林健这样的漏洞，他会更严密地监视林健，防止林健透露口风，更不会允许我们这样的第三方加入。我们是记者，会增加他们暴露的危险。”

崔成州示意她继续说。

“跟陈成才的通话让我确定，成功的经验让他膨胀了，这是人性。”商稚言说，“他愿意见我，说明他已经自信到几乎盲目。”

崔成州：“商稚言，你现在和陈成才一样狂妄。”

商稚言：“我只有这个办法。”

截留陈成才的方式很笨拙，但也是商稚言目前唯一能用的方法。她是个没名气、没人脉的小记者，能利用的力量少之又少。崔成州知道，今日去见陈成才，一定能听到有价值的信息。危险与机会并存，这值得冒险吗？

他抓起手机和车钥匙：“我跟你一起去。”

陈成才与商稚言相约的修车厂在市郊，距离工业园不远。商稚言在路上联系陈成才，称有另一个同事开车前去。陈成才起初不乐意，但得知是当日见过一面的男同事，他不再抗拒。

挂了电话，商稚言小声道：“还挺好讲话的。”

崔成州让她把隐藏式摄像头装在领口，并给自己在公安系统的朋友去了个电话，约定一小时后如果没有联络，请朋友到修车厂找他。放下手机，崔成州说起了杨一青。他对这个名字有一点儿印象，但自己又从未报道过工伤事故，便叮嘱商稚言回去之后在浪潮社的内部库里检索。

又开了一段路，他问：“你不是报名学车了吗？学到什么程度了？”

“想不到吧？我已经拿证了。”商稚言嘿嘿一笑，“就是……还不敢上路。”

崔成州白她一眼。

抵达指定的修车厂前，她已经把周围的路况牢牢记在心里。修车厂位于废车场之中，大量无人认领的小汽车、摩托车和电动车堆积在场内，一墙之隔便是陈成才指定的修车厂。

商稚言打开录音笔，放在挎包外侧的夹层里："他就在里面，让我们直接进去。"

修车厂内满是停止运转的陈旧机器，此处太过偏僻，加之车场已经将近废弃，来这儿的人大多是买零件而不是专门修车，大多数时候冷冷清清。陈成才和他的伙伴果真在修车厂里等他们，见商稚言和崔成州走进来，便抬手扬了扬，权当打招呼。

"把你们的挎包扔过来。"陈成才说。

两个伙伴拿走了商稚言和崔成州的挎包，从包中拿出录音笔，用工具立刻砸碎。

认为自己掌握了全局的陈成才笑了笑，开门见山："商记者，关于杨一青，你知道什么？"

他的目光从商稚言身上游移到崔成州身上。

商稚言装作紧张，把手按在胸口深呼吸几下，趁机调整好隐藏式摄像头。崔成州忠实地扮演司机的角色，跟在她身后不出声。

"是林健说的吗？"陈成才问，"你知道他在哪里？我怎么找不到他了？"

商稚言感受到他的焦灼和咄咄逼人。陈成才没有给他们喘息和开场的时间，一个接一个的问题不断砸来，商稚言警告自己，不能被他带着走。

"这儿可真热。"商稚言笑了一声，"我们就这样站着聊？"

她打断了陈成才的节奏。

陈成才一愣，头微微昂起，垂下目光盯紧商稚言。她今天是做好准备来见陈成才的，一身利落的运动服，黑色挎包与黑鞋子，尽全力降低自己的女性特质和威胁。陈成才站在比他俩高一米多的跃层上，周围摆满了汽车零配件。他示意商稚言走上前。

"只有她。"他制止了崔成州。

商稚言走上台阶，站在距离他两米开外的地方，中间隔着一张操作台。陈成才似乎还想她再靠近一点，但她知道，这就是自己的安全距离。她一开口就分散了陈成才的注意力："除了杨一青和林健的事情之外，你哥哥的事情，也是你策划的吗？"

陈成才瞬间暴怒："你放屁！"

商稚言立刻又问："还是说，你哥哥的事情，给了你灵感？"

这个问题当然很冒险，但陈成才不是一个可以在此时此地交心对谈的人，商稚言必须立刻引出陈成才的情绪，才能在最短时间内让他坦白。

“……每个工人进工业园，都要学工伤条例。”陈成才沉默很久才开口，“出什么事，怎么赔，大家心里都是清楚的。”

他没有正面回答商稚言的问题，商稚言鼓起勇气又问了一遍：“是你哥哥的事情启发了你吗？”

提及哥哥陈成福，陈成才似乎有些痛苦。

“林健很信任你，他跟我们说，是你给了他走出家乡的机会。他从来没有怀疑过你的动机。”

“这是双赢。”陈成才说，“只是一次小小的工伤事故，他受一点可以恢复的伤，吉阳装配出一点补助金，最大头的赔偿是工伤保险给的，大家都有好处，对不对？我不觉得这有什么问题。”

“如果这没有问题，为什么别的人不这样做呢？”

“他们胆子小，他们蠢。”陈成才说。

商稚言问出了最关键的一个问题：“杨一青和林健的工伤事故，你是怎么策划的？”

杨一青的工伤，是陈成才第一次尝试。那时他进入吉阳装配工作还不太久，一直在物色合适的人选和机会。和杨一青认识之后，他得知杨一青急于筹钱买房，便跟杨一青商量起这个主意。杨一青不是吉阳装配的员工，出事也不会引起吉阳装配的注意，是绝佳的实验对象。

说服杨一青确实花了一番功夫。当日和杨一青一起进行外墙清洗作业的还有另外两个人。按照规定，这三个人是要相互检查对方安全装备并签字确证的。检查完毕后，三人各自分散，杨一青从顶楼往下，一层一层清洗外墙。大约一小时后，他下落至七楼，瞄准了遮阳棚和泡沫板的位置，在腰、臀、胸口等关键部位垫好缓冲装备后，打开了安全卡扣。

看到杨一青坠落的有他的一位同事、吉阳装配门卫室的保安，以及“准备清走泡沫板”的陈成才。第一时间跑到杨一青身边的是陈成才，他迅速从蜷缩在地上的杨一青身上拆走缓冲装备，乔木和灌木丛成了他的掩护。杨一青当时并未昏迷，只是疼，哇哇地喊。陈成才把缓冲装备扔在七零八落的泡沫板深处，此时门卫正好抓住手机跑过来。

办公室主任宋樾闻声而来。杨一青被抬上救护车，清洁公司的人正在赶来。陈成才向宋樾请示，是否要清理地面的泡沫板，因为泡沫板数量很多，且正好堵塞在消防通道上。宋樾不让他破坏现场，只命令他“整理一下，疏散围观的人”。

陈成才趁着整理疏散的机会，转移了缓冲装备，一切顺利得连他自己都很吃惊。

这一次成功，令他胆子渐渐变大，并且又在之后的两年里，指点了两个不同企业的员工，用类似的办法制造工伤，诈骗保险和赔偿。

“林健的那件事，太容易操纵了。”陈成才说，“关键不在林健也不在我们身上，在机器的控制台上。”

机器进入规定的检修期，但吉阳装配的维修部将检修费私吞，没有请专业的检修人员，而是让吉阳维修部的人负责检修。陈成才从维修部的老乡处得知这个消息后立刻抓住漏洞，联合另一个在车间工作的老乡，三人趁着过年回家的机会，在村中物色工伤事故的人选。

父母年迈、读书不多的林健，成了他们的目标。

控制台被动了手脚，在设定的时间里，抓取零件的抓手会松开。如果林健当时不是因为本能恐惧而闪避，他的胳膊会被砸断，四十万唾手可得。

商稚言这才明白，陈成才等人是吃准了吉阳装配不会报警，不会追究更不可能主动暴露内部管理的丑闻，这也正是宋樾和刘弘毅一开始毫不畏惧，但最后却主动答应赔偿的原因。

“十二万确实也不少了，但这次的活儿我们三个人做的，去掉林健应得的部分，剩下的我们不够分，必须至少要二十万。”陈成才抓起一把扳手，在手里上下抛动，“商记者是吧，你记住了，吉阳装配不会让这件事被报道出来的，他们也不可能报警。只要再拖几天，宋樾就会主动联系我，二十万……我到时候说二十五万她也必须给。”

商稚言只觉得，陈成才的狂妄已经到了某种愚蠢的境地。接二连三的成功令他贪欲膨胀，甚至忽略了一些基本的事实。

见陈成才逼近，商稚言下意识地连续后退，站到平地上。陈成才抓着扳手，忽然举起对着商稚言：“你没有证据，就算写出来，也不会有人信的。我今天答应见你，是想跟你商量，要不我们干脆合作？反正机器故障，跟吉阳内部贪污有关系，你就写这个，赔偿款我可以分你两万……”

他忽然盯着商稚言的领口：“你这个是什么？你在拍我？！”

商稚言转身便跑！

陈成才吼了一声，抓住扳手朝商稚言追过去。崔成州抄起身边的半箱零件扔向他，急踹一脚，正中扑上来的同伙小腿。

那人一下跌倒，立刻抱住崔成州的膝盖，举起手肘，狠狠一撞，崔成州失去支撑跌倒在地，顺势拉住另一个起身追赶的同伙，直接把他扑倒在地。陈成才起身要追赶商稚言，见崔成州以一敌二竟然不落下风，他意识到这个男人才是最棘手的，忙回头加入战团。崔成州被他勒住脖子，动弹不得，两条腿胡乱地踢，另两个同伙根本不得近身。

"你去追那女的！"陈成才喊，"你，打断他的腿！"

"清醒一点！他是主犯，你们是从犯！"崔成州突然一声大吼。

那两人被他这中气十足的吼叫吓了一跳，犹豫着不敢上前。陈成才耳朵嗡嗡作响，正要加重手肘力气，后背一声闷响。

商稚言手持一根粗长铁棍，一击即中。陈成才肩膀痛得无法用力，松开了崔成州。崔成州没了钳制，立刻抓住商稚言手中铁棍的另一端，夺下铁棍横扫向眼前另外两个人。那两人胸口吃了铁棍一记，见崔成州凶狠得不像个文人，越发不敢上前。

"跑吧，老师！"商稚言拉起崔成州。

"他！主犯！"崔成州指着地上翻滚的陈成才厉声呵斥，又指着那两个犹豫的人，"记住了，主犯重，从犯轻！"

简单的几个字在瞬间破坏了陈成才三人的合作关系。陈成才骂骂咧咧从地上爬起，顾不上与两位伙伴争执，抄起地上扳手和铁棍紧追。

修车厂门口，崔成州边掏出车钥匙边叮嘱："保存好视频！"

车子就在修车厂大门前方的空地上停着。商稚言拉开后座的门窜上去，但崔成州却没有上车。

随着一声巨响，他栽倒在距离前座车门不足半米的位置。

一把扳手掉在地上，崔成州捂着后脑勺，发出模糊的哼声。

商稚言立刻从车内跳下："崔老师！"

崔成州指着车子，艰难开口："视频……开车……快走……"

眼看陈成才正在趔趄接近，商稚言忽然涌出了浑身的力气。她一把抱住崔成州的身体，把他拖起来塞进后座。崔成州后脑勺被砸破了，血不停地往下流，他趴在后座，只能自己用手按住伤口。商稚言从地上捏起车钥匙和扳手，钻进驾驶座，启动车子，锁死门窗。

踩离合挂挡，车子猛地往前窜了几米，撞在一旁堆积成山的瓦楞纸箱上。商稚言下意识刹车，瞥了一眼后视镜。

陈成才已经追了上来。他手里拿着方才商稚言的那根铁棍，重重砸在车上。

车子猛地加速，穿过瓦楞纸箱筑成的屏障，冲上门口小路。工业园和高新科技园区附近有医院，但商稚言不熟悉道路，不敢乱开。她径直朝着工业园，踩足油门狂飙。

陈成才也上了一辆破面包车，在后方紧追不舍。他开车比商稚言更狠更不要命，商稚言只敢偶尔瞥一眼后视镜，嘴里乱七八糟地念着“不怕不怕”，一股脑儿往前。

崔成州还没昏过去，他抓着手机，按了好几次才用沾满血的手指顺利解锁，终于等到信号，迅速打了个急救电话。

车子从小路窜上了大路，撞破侧边的栏杆。商稚言一个急转，终于看到了工业园的正门。

工业园的门卫正跟一个快递员说话，两人眼角余光均瞥见有一辆轿车飞速接近，吓得又喊又叫，逃着跑开。

车子撞在快递员那三轮车的屁股上，商稚言死死踩住了刹车。

后视镜里，一辆布满灰尘的面包车正在后方掉头转向。

门卫抓起对讲机呼叫增援，快递员连连拍打车窗：“喂，你没事吗？你杀人了？！”

“我成尸体了？去你的……我还活着……”崔成州有气无力笑骂。

商稚言一声不吭，颤抖着手拨打报警电话。扳手就放在副驾驶座上，她拿出手帕，把它盖住了。

02

陈成才跑了。

商稚言在浪潮社社会新闻中心的主任办公室里，听到了这个消息。

警方的人没有找到陈成才，扳手已经作为证据上交。和陈成才的推测完全一致：吉阳装配否认了工伤诈骗，拒绝配合调查。

崔成州入院缝合，后脑勺一道十厘米的豁口，手术后昏迷至今，还出现了脑震荡的症状。

主任气得要骂人，反复嘶吼“都要吃处分”，骂完商稚言又骂不在此处的崔成州。

后怕是有的，商稚言此刻坐在主任面前，两天前的混乱场面留给她的恐惧和震撼正在渐渐消失。她心里有新的东西在生成。

“这篇报道，我想继续做。”商稚言说，“我手头有林健的证言，有陈成才的话，这些都可以佐证这件事的真实性。”

“我觉得还得谨慎。”主任骂够了，开始和她讨论工作，“包括林健在内，你说陈成才一共制造了四起工伤事件，其他三起的当事人呢？”

现在的问题是，商稚言和林健失去了联系。陈成才制造工伤的手段高明灵活，光看事故报告，完全看不出任何端倪，商稚言很难找出过去两年在工业园里发生的工伤，哪两起是人为制造的。

“而且这是警察要做的事情。”主任说，“你不是去查案的，小商，别弄错了。”

商稚言点点头：“我想去采访杨一青。”

“杨一青是谁？”

“陈成才制造的第一起工伤事故当事人。”商稚言道，“警方不知道是不是已经找到人了，他们不肯透露信息。崔老师对这个名字有印象，我正在库内检索，但目前还没有收获。”

主任起身，在书架前徘徊片刻，回头道：“这个名字，我也有印象。”

主任拿起座机听筒：“李彧，是我，你方便过来一趟吗？”

李彧当初进入浪潮社的时候，也跟商稚言一样在各个中心轮岗。在社会新闻中心的那段日子，带他的记者恰好就是现在的主任。

李彧很快就来了，主任一提起“杨一青”的名字，他立刻想了起来。

那是一次奇妙的机缘巧合。两年前李彧想在公众号和视频中心做连续几期的职业保护专题，那时候正好有记者提到某清洁公司的工人坠楼受伤的事件，那工人正是杨一青。

职业保护专题的着眼点放在企业和员工身上，发生事故的地点并不是他们关注的内容。李彧和主任之所以对杨一青的名字有印象，是因为杨一青到浪潮社提过意见——在最后剪辑播出的职业保护专题中，提及杨一青的时候，虽然处理了声音和画面，但在一个长达五秒钟的镜头里，姓名“杨某”变成了“杨一青”。

这是一次工作失误，李彧最后在全社的会议上进行过检讨。

商稚言这才恍然大悟：所以崔成州对这名字有印象，他看过那个专题，同时也参与过全社会议。

“浪潮社的新闻库里也有报道，但是你用杨一青和吉阳装配都是检索不到的，报道里没有出现吉阳装配，也没有杨一青。”李彧说，“只有杨某。”

商稚言把她和崔成州搜集到的信息全告诉了李彧。李彧张了张口，欲言又止，最后轻轻摇头：“鲁莽。”

商稚言："对不起。"

李彧笑了笑："鲁莽不是批评，是评价你的行为。没关系，你会永远记住这次教训，只要它能教会你一些什么，它就不是毫无意义的负面事件。把资料给我，我要仔细看一看。"

他答应在杨一青的事件上进行协助。

这一天下午，李彧看完所有资料后立刻来找商稚言。

"崔成州希望你写一篇可以上周刊'方寸'专栏的报道？"

得到商稚言的答复后，李彧沉吟片刻，果断道："你做这个报道，我给你申请两微一端的头条。我的要求是，也让我们新媒体的记者参与到事件中去。"

商稚言："两微一端也要上？"

李彧："上文字报道，同时也上视频。我们要争取直接采访杨一青，拍摄下整个采访过程。不仅这样，还有林健，找到他，采访他，你这篇报道才是真实可信的。"

商稚言："还有吉阳装配和工业园的态度。"

李彧："你要做的事情很多。走吧，到我办公室开个会。我安排人和你对接。"

谢朝接到商稚言的电话时，已经是晚上八点多。

"你在公司吗？"商稚言开口便问。

"在啊。"谢朝听出她急切，"出什么事了？"

"我在工业园这边，刚刚张老师给我电话，说崔老师醒了，想见我。你能送我过去吗？"商稚言声音急得带上了鼻音，"不是……你能陪我去吗？"

"等我两分钟，我马上到。"谢朝抓起钥匙就走，连电梯也来不及等。

他很快把车开到工业园门口，看到了门前的商稚言和李彧。谢朝知道李彧是陪商稚言来采访吉阳装配的，便客气地打了声招呼。

李彧还要回中心加班，他目送商稚言上了车后与她挥手道别。谢朝帮商稚言系好安全带，抓住了她的手："崔老师醒了是好事，你别怕。"

商稚言咬着自己的手指："我这次……我这次太糟糕了。"她说着，眼泪止不住地往下掉。从崔成州入院开始，她就只跟谢朝用电话联系，此时谢朝在她身边，握着她的手，她忽然之间获得了解脱似的，哭出了声。

谢朝踩油门开车，仍握着她的手不放。

商稚言哽咽着提醒：“你这是危险驾驶。”

他抓起商稚言的手吻了吻，让她坐好。车子在道路上平滑飞驰，商稚言断断续续地说话，谢朝偶尔会给她一些回应。

“我太糟糕了……”商稚言不停地重复，“我妈说的是对的……我不行……”她捂住了自己的眼睛。

抵达医院的停车场，谢朝扯出纸巾帮她擦眼泪。

“你是我遇见的所有人里，最好、最好的一个。”谢朝低声说，“你怎么会不行呢？有错就道歉，有错就改，人都是这样成长的。”

商稚言点点头，定定望着他。她眼神里有一种可怜的悲楚，让谢朝想起过去的许多事情。

“现在做不到的，以后一定能做到。”他紧紧握住商稚言的手，“相信我。”

商稚言心想，这又不是做高考复习题……但谢朝说的话，她从来都是相信的。一个如此优秀的人，说他信任你，说你非常好，商稚言有了点头的勇气。

“但没有下一次了。”谢朝抱住她，拼命克制自己，但力气仍无法控制的大，“绝对不能有下一次了，答应我，言言。”

商稚言在他怀里，只能不停点头。

医院的住院楼很安静，护士只给了他们半小时的时间。张小马在病房里陪着崔成州，见商稚言进来了，忙让她坐下：“言言来了，你没醒的时候她天天都来看你。”

崔成州后脑勺受了伤，只能趴着躺，这时侧头看了商稚言一眼：“你又哭什么……我还没死。”

商稚言擦干净眼泪，认真道：“崔老师，对不起。我错了。”

“你最大的错，是错在跟着我工作。”崔成州叹气，“要是你跟着李彧，一定比现在好。”

商稚言没反驳他的话：“如果我跟的是李老师，你就不会受伤了。”

“你错了，我还是会受伤的。”崔成州说，“如果我是你，我一定会自己去追这个事件，也一定会自己去见陈成才。”

张小马在一旁怒哼一声。

“有些时刻不容许我们想太多，很多反应都是本能。”崔成州顿了一下，“商稚言，这次不是大错，你不要自责。我身为你的老师，是你轮岗实习期间带你的人，我也有责任。”

商稚言点点头，又摇摇头。

崔成州仍头疼，不想和她在这一点上纠缠："陈成才抓住了吗？"

陈成才已经逃跑了，四处都找不到他的踪迹。商稚言反映的工伤诈骗事件因为吉阳装配极力否认而陷入僵局，但商稚言保存的那把扳手，成了陈成才袭击崔成州的重要证据——现在警方是以这个名目搜寻陈成才的。

"你看，你这一点就做得很好嘛。"崔成州说，"那时候还想得起保存扳手当证据，不愧是我徒弟。"

商稚言的眼泪哗地又落下来了。

崔成州："又怎么了？！"

商稚言哭着说："崔老师，你是不是真的傻了……你从来没这样夸过我……"

崔成州被她气得脸白："对，我刚刚说的是胡话！吉阳装配到底怎么回事，快跟我讲讲！"

商稚言和李彧今天见到了吉阳装配的宋樾和刘弘毅。宋樾坚决不承认企业内部出现了贪腐问题，刘弘毅只强调已经把陈成才的人事资料提供给警方，此外并不多言。

"工伤牵扯出贪腐，这不是小事情。"崔成州叹气，"现在怎么办？林健找到了吗？杨一青呢？"

商稚言告诉他杨一青和李彧的渊源，半个小时在谈话中飞快逝去了。

和崔成州、张小马辞别后，谢朝陪着她往医院停车场走。

五月的夜晚已经相当炎热，灯光把影子拉得很长很长，两个细细的人影走了一会儿，更高一些的那个把矮个子的人抱住了。他们依偎着慢慢往前走，路过稀疏的花影，茂盛的树荫。

03

前往杨一青家中采访那天，从早上起就下着暴雨。商稚言在家里解决了早饭问题，拿着伞在门口发愣。雨太大了，伞也无济于事。她把挎包放进一个防水的塑料手提袋里，又在外面套了另一个防水袋，正要走上光明里，一辆车子恰巧停在门口。

谢朝撑着伞跑下来："我送你上班。"

商稚言吃惊："不用了，我可以……"

谢朝不由分说，揽着她往车上去。商稚言只好坐上了车："我今天不去单位。"

谢朝的肩头被雨水淋湿，一边擦去水珠一边问："好，那去哪儿？"

商稚言奇道："你不去新月吗？"

"下午去。"谢朝笑道，"下午我的新助理来报到。"

"是怎么样的人？"

"不知道。"谢朝启动车子，缓慢驶出光明里，"相处了才晓得。你去哪儿？"

"去见杨一青。"商稚言给李彧打了电话，因雨势太大，两人决定直接在杨一青家附近碰头。李彧已经联系了杨一青说明来意，庆幸的是，杨一青没有拒绝他们的采访。

杨一青住在远离市中心的另一处码头附近。三十多年前，这是这座城市最繁华的渔业码头，但随着城市扩张和大陆架的沉积变化，码头渐渐不再适合船只停靠，现在已经改建成了小码头，每天早晨和傍晚都有在路边摆摊卖鱼虾蟹的渔民。

今日暴雨，路上行人稀少。谢朝把车停在路口，撑伞和商稚言并肩往前。杨一青的家很难找，两人拐了好几个弯，最后才在小巷深处找到门牌号。

两人在狭窄的屋檐下等了十多分钟，看见李彧和另一个记者赶过来。几人打过招呼后，李彧当先敲门。杨一青和父亲同住，两人在这楼房里租了一间二居室，位于三楼。

谢朝没有回到车上，他跟在最后好奇地打量着这处居民楼的环境，楼梯和墙面斑斑驳驳，糊满了小广告和通下水道的电话，声控灯时亮时灭，外面雨势磅礴，室内也一片沉沉昏晦。

李彧站在三楼一扇房门前，敲了敲门。片刻后，铁门内的木门慢慢打开，一个老人眯眼打量："李记者？"

待铁门开启，商稚言先是一愣，随即老人也看到了她。

"哎呀，是你啊，小姑娘。"那起先还眉头紧皱的老头霎时间笑了，"哦，你是李记者的同事。"

李彧奇道："你认识杨伯？"

商稚言只叹世界上果真有各种各样的奇妙缘分："我在新媒体轮岗的时候，杨伯来过浪潮社。他拿了一份书稿说想出版，但找错地方，我带他去了楼上出版社。"

那老人的警惕之心尽去，开门让他们进入，连满头雾水的谢朝也受到了热情接待。他揣着一份为商稚言打气的心思来，厚着脸皮坐下了，顺便还与李彧的同事握了握手，相当自来熟。

杨一青的家并不大，摆设朴素，阳台窄小。雨太大了，紧闭的阳台门和地面留了缝隙，雨水一股股涌入。谢朝和李彧的同事用抹布擦地，角落的红色塑料桶里已经接了半桶天花板漏下的水。房子里弥漫着浓郁的中药味，李彧和商稚言帮老人移开电扇、电冰箱等家具，以免浸水。李彧顺口问了句："杨伯，你吃中药啊？"

"是我儿子吃。"老人颤巍巍答，"干活多了，手疼。"

商稚言从李彧那里得到了杨一青伤情的准确信息：杨一青左右手均骨折，尤其右臂是粉碎性骨折，虽然已经恢复，但干不了重活，平时也不太灵便。

屋子里正忙乱着，房门被打开了。一个中年男人站在门口，手上拎着两袋青菜。他见到家中的几个陌生人，先是一愣，随后认出李彧，脸上绽出几分紧张笑意。

他正是杨一青。

杨一青现在是附近一所学校的门卫，昨夜值班到今晨六点，下午六点再去上班，工作忙碌且疲惫。他的人事关系并不在学校，而是在物业公司，又因他身体条件不行，物业公司没有与他签订长期合约，只是临时做着。

商稚言心中很沉重。陈成才对林健所说的事情，果真是假的。从七楼坠下的杨一青受了很重的伤，即便恢复了也无法正常工作。

他答应接受采访，全因看到了陈成才被追捕的新闻。

双手恢复活动能力之后，杨一青很快发现，事情的后续和陈成才所说的并不一样。清洁公司中止了和他的合约，陈成才避而不见，那三十多万根本不可能支撑他和父亲下半辈子的生活。他的买房计划取消了，相亲结婚也从无结果。

杨一青找过陈成才，但被他吓走了。陈成才现在身边还多了两个伙计，人高马大，杨一青不敢乱来。他想过破罐子破摔，和陈成才搅着一起死算了，但家中还有年迈的父亲，白发人送黑发人的悲剧，他不忍心让父亲经历。

稀里糊涂过了两年，双臂每逢阴冷雨天便隐隐作痛，若是干了重活粗活，有时候更是疼得他咬着枕巾在床上翻滚。杨一青恨自己愚昧，又恨陈成才的设计。

“我想过去揭露他，但是他跟我说，要是被人知道我的工伤是人为制造的，那我得的这三十多万也要没收。不止没收，我这是诈骗，是犯罪，要坐牢。”杨一青坐在桌边，咽了咽唾沫，对着摄影机说，“我很害怕，所以我……没站出来。”

商稚言坐在摄影机下方，画面里只有杨一青一个人。李彧和同事控制着机器和灯光，一声不吭。

“他当时是怎么说服你的呢？”商稚言问。

“我和他是喝酒的时候认识的，他人挺豪爽，比我大几岁，我都喊他哥。我们都是粗人，不讲究，待人真心就行，他见识比我广，我很信他。他当时跟我说了他哥的事情……”杨一青开始慢慢讲述他和陈成才的相遇。

他的父亲没有多听，佝偻着背，颤颤巍巍地走进厨房。谢朝紧跟着进去了，见老人在水盆里洗菜，便过去帮忙：“杨伯，你儿子的病历和康复记录，家里还有吗？”

老人打量他：“你们连这个也要吗？”

谢朝略略低头，他面对这个老人，不知为何，想起了印象几乎模糊的奶奶。

“你能给我看看吗？”他诚恳地说，“我不是浪潮社的记者，但我想让你儿子帮我们做一个项目。”

采访结束后，商稚言和同事同乘一辆车回浪潮社。她联系上了林健的父母，得知林健已经回了老家，便打算电话采访。谢朝和她告别后，一个人开车回到新月医学。

新月医学前期几乎将所有资源都倾斜于医疗机器人项目，外骨骼项目团队里只有三个人。谢朝现在是外骨骼项目组的负责人，他重新理顺原团队三个人的资料后，又另外聘请了一个助理。

下午一点半，助理来报到了，是个子瘦高的青年，鼻梁上架一副黑框眼镜，坐在办公室里，泰然自若，像是因为年轻，因为有底气，什么都不怕似的。

“这是小叶。”谢朝跟团队里的其他三个人介绍自己的助理，“他以后就是我们项目的人了。”

其余三人拼命鼓掌。这三个人都是谢朝的崇拜者，新月医学一楼摆放的那几具外骨骼样品，他们研究过很久，甚至还似模似样地做出了差不多的复制品。

小叶跟着几个老师去熟悉工作环境，谢朝便开始翻看从杨一青家里拿到的病历和康复记录。商稚言回到浪潮社后没有联系他，他知道她正在工作，自然也不便打扰，只在心里暗暗打算等会儿去接她回家。

下班的时候，谢朝挺意外地在一楼看到呆站的小叶。

小叶左手抓着一本小本子，右手拿着手机和笔，绕着外骨骼样品拍照，还在本子上记录数据。谢朝好奇地走过去，发现他本子上已经写得密密麻麻。

“你在干什么？”

小叶被他吓了一跳，推推眼镜：“谢工，这些都是你做的？”

“对，怎么了？”

小叶指着面前的外骨骼问：“这些都是给同一个人做的吧？”

谢朝来了兴趣：“你怎么知道？”

“压力控制器的设计方式几乎是一样的，看力量补偿的方式……这个人是用外骨骼来进行康复？对方肌肉没有力量吗？”他说完又否定自己的话，“不对，对方应该是在逐渐康复。”

谢朝：“还有呢？”

“除了第一副之外，其他几具在设计上都有一些趋同的地方，比如它的色泽和外观……而且电源轻便小巧……是一个很爱美的人？女孩子？”

谢朝：“你爱看推理小说吗？”

小叶：“爱啊。”

谢朝：“第一副外骨骼的外观是我自己做的，之后的每一副，她都参与进来了。她嫌我做得不好看，至少外观她要给一些设计上的意见。”

“人才啊。”小叶激动道，“是我们项目组的人吗？哪个老师？”

谢朝笑笑：“有机会介绍你们认识。”

谢朝小跑着奔往停车场，雨仍铺天盖地地下着。抵达浪潮社时，商稚言还未下班，谢朝没去过她工作的地方，上次也只到安全通道而已，他此时来了好奇心，先到“时刻”店里诓了周博两个草莓派，拎着走向社会新闻中心。

商稚言和李彧在剪辑室里工作，谢朝大大咧咧地称自己是商稚言的男朋友，把草莓派分给还在加班的同事。商稚言的工位有点儿凌乱，谢朝帮她收拾了一下，想了想，又把各样东西摆回原位，维持桌面凌乱的样子。

商稚言的同事对他很好奇，问他和商稚言是怎么认识的，什么时候开始的。

“认识十年了。”谢朝说，“十年前就开始了。”

他面对自己完全不认识的人，很能乱讲，一通胡说八道后，居然也跟众人有来有往地聊了起来。商稚言饿得讲话都虚了，离开剪辑室觅食时才看到端坐的谢朝，顿时吓了一跳。

谢朝从纸袋子中拎出另一个单独包装的蛋糕：“你的芒果慕斯，‘时刻’新品。”

商稚言脸红了，拉过崔成州的椅子坐下，攥住谢朝的手小声问：“你怎么来了？”

“给你送外卖。”谢朝温柔回答，“这个就当你的夜宵吧，我们出去吃？”

“回家吃吧，我回去得写稿子了。”商稚言快手快脚收拾东西，“原来警察已经找到林健了，林健说出了陈成才另外两个同伙的名字。我们现在采访不到他们，不过好在还有林健和杨一青的访问记录。”

直到谢朝把她送回到家门口，她才猛地想起，自己还没跟爸妈说过谢朝要来吃饭的事儿。她常常加班，回家很晚，有时候父母等不到她回来，夫妻俩便先吃了，把饭菜放在锅里保温。

见谢朝上门做客，张蕾和商承志又惊又喜又埋怨，急急地开冰箱找材料，要给谢朝再做几道菜。

谢朝也不好拒绝，他面对张蕾和商承志总有几分说不清楚的紧张，便乖乖坐在饭桌边上等吃。铺子就在一墙之隔，挺热闹，他凑过去问商稚言：“我们到你家铺子去吃不就行了吗？”

商稚言：“那多不正式啊。”

谢朝：“我今天来也不算正式啊，两手空空。”

商稚言看了看地上的几箱礼品，那是刚刚谢朝下车去买的：“不正式？这些是什么？”

“这些不算，路边买的。”谢朝说，“要更加正式。”

“你别把事情弄得太复杂了。”商稚言小声说，“吃个饭而已。”

谢朝沉思：“不好，这样不好。”

商稚言干脆让他自己琢磨去了。

谢朝琢磨不出结论，打算改天去问问对此道十分娴熟的余乐。商稚言打开笔记本在饭桌上工作，眉毛紧紧拧着。谢朝托腮认真瞧她变化的表情，商稚言的习惯十年都没有变，她当年死磕数学题也是这副模样，皱着眉，有时候还会轻咬下唇，做到特别难但又似乎有迹可循的题目，她精神集中到会忘了呼吸。

这和谢朝白天看到的商稚言很不一样——坐在杨一青对面的她，成了个有点陌生的女孩，冷静，平和，有力。

商稚言抬头瞪他，小声道："你让我很紧张……"

谢朝咧嘴笑："我什么都没做。"

商稚言："你在看我！"

谢朝："你好看。"

张蕾和商承志在厨房忙活，一个问"什么时候结婚呢"，一个说"都上门吃饭了应该快了吧"。张蕾想想又觉得不满意："谢朝这样就过来了，很不正式。"

两人说话声音并不小，谢朝听到了，立刻无声对商稚言比画，意思是：你妈和我意见一致。

商承志又来了一句："管它正式不正式，言言老早就喜欢人家啦，墙上贴谢朝的照片都贴多少年了。"

谢朝："嗯？"

商稚言合上笔记本："有人以为他们说话很小声，别人听不到！"

厨房里这才没了声音，只传来几丝低笑。

谢朝没放过她："什么墙？什么照片？我要看。"

商稚言："女孩子的房间是男人可以随便进的吗？"

"你这样就不讲道理了。"谢朝小声说，"你也进过我房间，有来有往，再进不难，对不对。"

商稚言在桌下踩他的脚，谢朝笑完又问："是在灯塔拍的那两张吗？"

"还有一张，拍毕业照的时候……总之是你没见过的。"

谢朝忍着疼，他真正好奇了："你什么时候偷拍的我？"

商稚言还未回答，手机在桌面嗡嗡振动起来。

来电的是派出所的民警。陈成才在出城的二级公路上被抓捕归案。

04

这一周周五，商稚言获得了难得的一天休假。

但她一早就被电话叫醒，来电的居然是明仔。

"我看到了！"明仔必须冲电话提高声音大喊，才能压下上课铃声的干扰，"言姐！我在《浪潮周刊》看到你文章了！"

商稚言一下坐起，连滚带爬冲下楼。

本周的《浪潮周刊》已经放在门口，还无人翻阅，她抓起就往屋里跑。张蕾和商承志喊她吃早饭，商稚言回了一句：“还没刷牙！”

她抓着报纸跑上二楼，立刻翻开社会新闻板块。

这周有“方寸”专稿，稿件占据了整整一版，名字简单直接：《工伤与工伤诈骗：没有赢家的骗局》。

文章作者是三个人：商稚言，崔成州，李彧。

商稚言盯着那作者名字看了半天，直看到眼睛发酸。她抓起手机，拍下这个版面，又从抽屉里找出一本大开本的记事本，上面密密麻麻地贴着她刊发在《浪潮周刊》或两微一端的稿件，已经有十几页。

她确实写了许多稿子，但专稿能上“方寸”，还是头一次。

“方寸”是《浪潮周刊》最重要的专稿栏目，无论社内还是业内，都认可它的分量。能上“方寸”栏目的稿件需要满足数个重要条件，如果是新记者，还需要两个以上的前辈推荐。

商稚言看着报纸发笑，她想起父母还没看，又放下了剪刀，再一次从头到尾仔仔细细地看自己写的稿子。

报道的引言从杨一青的话开始：计划做得很详细，我们也试验过，没有任何问题。但是掉下来的那一瞬间，我后悔了。

陈成才，他的两位同伴，还有杨一青、林健，和工业园另外两个企业里的工伤事件当事人，商稚言为了这份专稿，不眠不休地奔波数周，周旋于工业园、吉阳装配、派出所之间，采访到了所有应该采访的人。

崔成州出院后第一时间回到单位，被张小马和主任骂了一通又灰溜溜回家，临走时还不忘鼓励商稚言好好写。李彧和新媒体的同事也忙得天昏地暗，不断修缮视频新闻的内容，终于在周五这一天，配合着《浪潮周刊》专稿的面世，在两微一端同时发出了相关推文。

电子阅读时代，两微一端比纸质周刊更容易转播。有视频、有照片、有经过处理的音频，报道在微信公众号和浪潮社客户端发表后仅数小时，已经迅速传播开。

商稚言回到单位时，正看见李彧顶着两个黑眼圈从会议室里走出。他冲商稚言扬手打招呼，压低声音：“新媒体和你们的主任都快疯了。”

商稚言一愣：“为什么？”

“吉阳装配和工业园来了电话，劳动局的人也过来了，谈的都是你那稿子。”

商稚言紧张了:“不会有问题吧?我们核对过很多很多次,没有问题,没有触线……”

“别怕啊。”李或笑道,“我和你崔老师反复检查这么多遍,可不是为了留尾巴给别人抓。”

商稚言这才发现他心情似乎很好。新媒体中心的主任管行政和人事,李彧管业务,现在有当事方来提意见,李彧是不需要出面的,累的是两个中心的主任——他正幸灾乐祸。

见商稚言笑,李彧脸色慢慢沉下来:“你笑什么?”

“我知道你心里想的啥。”商稚言抓住挎包的带子,一字字地说,“李彧老师,谢谢你。这篇稿子是我工作到现在,最重要的一篇报道。我写的时候没有想过真的能上周刊专栏和两微一端……谢谢。”

李彧也认真地看她。

“能上两微一端,那是因为你的稿子写得好,事件本身也有意义,和我是没有任何关系的。”李彧说,“记者就是这样的职业,你的重量和价值,是用一篇又一篇稿子,一次又一次行动积累起来的。你未来还会有更多重要的稿件,加油吧。”

两人并肩往前走,商稚言看看他,一脸的欲言又止。

“你想知道我为什么喜欢你,还想追求你?”李彧忽然问。

“总不可能是因为我长得漂亮吧?”

“你还可以,但算不得很漂亮。”李彧打了个呵欠,他胡子没剃,已经有几分崔成州的邋遢样了,“我不是因为长相才注意你的。你还记得你进浪潮社笔试的时候,写了一篇怎样的报道吗?”

浪潮社的笔试题目很复杂,最后一题是真实事件的虚拟报道:一个因救火而被烧伤的年轻人,失业后创业,目前已是淘宝首屈一指的花木店铺老板,管理着十几个苗场,年营业额数百万。

“我当时写了什么让你印象深刻?”

“大部分人都会把落点放在他有了美满的婚姻、获得了人人称羡的成功上,但有几个人不是。你就是其中之一。”李彧说,“你的落点是,他是勇敢的英雄,他能战胜挫折,实现自己的价值。”

商稚言有些懵懂,她不明白为什么这一点会让李彧印象深刻。

“你的卷子是我改的。”李彧说。

商稚言:“哦……”

“我之所以觉得你很有趣,因为你像我,”他笑着说,“像过去的我,很执着，相信人之所以为人的价值，有一些幼稚……但很珍贵的信念。”

商稚言憋了半天：“你这是高层次的自恋。”

李彧大笑，在她肩上拍了拍：“你说对了。再见，我得休息了。继续加油，做你该做的事情。”

在工位上发呆片刻，商稚言给谢朝打电话，告诉他这件事情。

谢朝：“嗯，我看到了。周刊上，还有你们的客户端上也有。”

商稚言点开他的朋友圈，发现他转发了自己的报道。这是谢朝空空荡荡的朋友圈里唯一一条动态。

他的转发词也很简单：真棒。

商稚言盯着那两个字默默看了很久。她很想哭，谢朝永远是那个鼓励她、信任她的人。她觉得自己似乎也因此而与众不同了，她是谢朝爱的人，是谢朝心里最好、最棒的那一个，她这样特别——她因谢朝而特别。

“我现在好想见你。”商稚言说。

“那晚上可不要迟到。”谢朝提醒她，“今天余乐生日。”

商稚言一收眼泪，吓得差点蹦起。她忘了这件事！

新月医学的研发中心里，谢朝攥着手机，一脸无奈。

谢斯清奇道：“怎么了？”

“言言忘记今天余乐生日了。”谢朝放好手机，“言归正传，你来干什么？”

“你今天不是第一天正式上班吗？”谢斯清举起手里的一个盒子，“我来给你道贺。”

那是一家谢朝没听过的蛋糕店。自从知道周博是“时刻”的老板之后，谢斯清没有再光顾过“时刻”，她也没再吃过一口“时刻”的东西。她的执拗谢朝完全理解，也不会劝她看开。

“你记错了。”谢朝说，“我早就已经正式上班，今天是项目讨论会。”

谢斯清：“随便吧。”

谢朝：“你是来找我玩的？”

谢斯清：“是的……家里太无聊了。妈妈和爸爸去公司了，我可不愿意照顾那个小浑蛋。他撕了我的设计图，我还没好好跟他算过账！”

两人说话间，项目组的其他几个人也先后走了进来。小叶背着个沉重的背包，一边走一边在笔记本上写字，他抬头想跟谢朝说话，猛一眼看见谢斯清，霎时间忘了自己要说什么，整个人站成一根木桩。

“我妹妹，谢斯清。”谢朝介绍道。

除了小叶之外，项目组里的其他三个人都认识谢斯清。谢斯清和他们打过招呼后，终于跟小叶对上眼。

小叶推了推眼镜，转而看向谢朝：“是她？”

谢朝：“对。”

小叶激动坏了，把笔记本啪地拍到桌上：“你好！我能看看你的腿吗！”

谢斯清看向哥哥：“变态？”

“对不起，我的意思是，你现在还穿戴着外骨骼吗？”小叶结结巴巴，全没了之前的泰然自若，“我研究了谢工制作的外骨骼，我想看一看它们在人体上是怎么运作的。”

谢斯清今天穿了件长裙，她摇头：“不行。”

小叶顿时黯然，连肩膀都塌了下来。谢朝留两人继续聊天，转而跟其他几个人安排工作：“我想给我们的项目找几个帮忙测试的志愿者。其中一个四肢肌力健全，身体健康，可以为工业外骨骼做测试，另一个双臂肌力较弱，可以给康复方向的上肢携行外骨骼做测试。”

他把林健和杨一青的资料亮出来：“两种外骨骼都要同步开发，我手头上康复型外骨骼的资料较多，你们要在工业外骨骼上下点儿功夫。”

在沟通的间隙里，谢朝偶尔会望向谢斯清和小叶。

小叶听谢斯清说她也喜欢看推理，高兴得不停地推眼镜：“你喜欢横沟正史？我也是，我特别喜欢看本格派。”

谢斯清：“我很随意的，什么都看，好看就行。最近我在看《脑男》。”

小叶：“……《脑男》根本不是推理，是科幻。”

谢斯清：“是吗？那就算它是科幻派吧。”

小叶：“不，我不同意。”

谢朝见两人聊得热络开心，有点不是滋味，想上前阻止，又觉得这样做太过分。他揣着这样的心思郁闷了一整天，直到下班后见到余乐，才跟余乐分享了自己的心情。

余乐坐在副驾驶座上系好安全带，一拍膝盖：“所以你现在能理解我的心情了吧！”

谢朝：“什么？”

余乐：“你现在的心情，跟我知道商稚言和你相互喜欢时的心情，一模一样。”

谢朝瞥他：“你当年知道？”

余乐大笑："我怎么可能不知道！我这双眼睛，我这头脑，身边没有任何事能瞒得住我。"

两人抵达游艇码头时，商稚言和应南乡已经在路边等着了。

余乐先跟应南乡狠狠拥抱热吻，商稚言看得呆住，扭头见谢朝冲自己张开手臂，连忙摆手："我不要……"

"我要。"谢朝说。

他顺利地抱到商稚言，低头在她发间吻了吻。商稚言想提醒他自己昨晚没洗头，但又想到他根本不会在意，干脆埋头在他怀里笑。

余乐和应南乡都是第一次上谢朝的游艇，余乐客气地表达了自己的失落："太小了，和谢大公子的身份不匹配。"

半小时后，他成了玩得最开心的一个，尤其在谢朝教他驾驶游艇之后，他完全把自己女朋友忘在脑后，连这是自己生日的聚会都没想起来。应南乡家里没破产之前，跟着朋友学过开游艇。两人坐在驾驶舱里大声说小声笑，谢朝跟商稚言待在船舱外头，正在紧张地包装送给余乐的礼物。

商稚言买了一副降噪耳机，心疼得不行："好贵呀，我连给你买都不舍得。"

谢朝送余乐的是一块潜水表，两人已经约好了下个月一块儿去学潜水。

"终于不是买一送一的礼物了？"他笑着问。

商稚言想起他们三人一起度过的圣诞节，也笑出了声。

快艇渐渐驶入远海，天地一色，只有星辰。岸边的灯塔一闪一闪地亮着，指引方向。

"我今天还去了崔老师家里。"商稚言看着谢朝，小声说，"他又夸我了。"

谢朝："嗯？夸你什么了？"

商稚言："他说我合格了，我可以当个正式的社会新闻记者了。"

崔成州还说了许多许多话。商稚言没见过他这么健谈。他聊自己的过去，聊自己和妻子张小马一起跑过的新闻，聊当年写在"方寸"专栏上那篇和明仔有关的文章。他还说起商稚言，说起商稚言给自己打的那个电话，说她执拗又天真，不懂事又令人心烦。

商稚言越听越觉得不对劲：这像是夸，又像是贬。

"这就是夸你啊。"谢朝说，"这是你很可爱的意思。"

商稚言看着他：“我很棒，对不对？”

谢朝点头。

商稚言又说：“那你知道你也很棒吗？”

谢朝：“我们要商业吹捧一晚上？”

商稚言凑过去吻他。她戴着谢朝送的项链，有千言万语，但说不出来。

谢朝和她交换轻吻，柔声低笑：“怎么办，我现在想跟你求婚。”

“好啊！”

谢朝愣了愣。

星光太灿烂了，他以为自己在梦中。

“我想回港。”他说，“我想有一个，可以随时回去的地方。”

商稚言点点头，像是在等待他继续往下说。

谢朝却没有再说了。他吻着商稚言，带着急促的、湿润的呼吸。他们听见海水拍打船身泛起细细碎碎的哗啦声，星空静谧旋转，月亮是一线弯弯的笑眼。

他再不需要说什么了。他不会再走入海中。

他已经拥有了温暖的灯塔。

朝朝暮暮，他们共享人世间所有温度。

- 正文完 -

番外

/ 火与火 /

商稚言身上的热烈是谢朝的信仰。他曾被这种热烈点燃，在许多年前的秋夜，见证者是一只瘦弱的小猫。

浪潮社里来了几个新人，模样稚嫩，见人先笑，一口一个“老师”地喊。

乍听见有人称自己为“商老师”，商稚言结结实实地惶恐了。

她带的新人是新闻学本科毕业生，要在社会新闻中心轮岗一个月。商稚言看了她的简历和稿子，认真提醒：“方晴，不必叫我‘商老师’，可以直呼名字。”

“好的，商老师。”方晴一口答应。

商稚言扶额不语。

崔成州端着茶杯在商稚言工位旁走来走去，不时露出神秘笑意。商稚言知道他在盯什么——她第一次正儿八经带新人，崔成州乐滋滋地要看她的笑话。

眼前的新人正凝神听她说话。社里有过统一培训，商稚言也不知说什么好，想了想问：“会开车吗？”

方晴先点头，后摇头：“正在学，科目二挂过一次。”

商稚言：“尽快考上驾照。”

崔成州在一旁笑出声。

商稚言：“平时记者证和工作证要随身带，还有录音笔，社里会发一个备用手机，主机备机都得充好电，移动电源最好也带上。出门前记得检查，不能遗漏。”

崔成州：“你遗漏了，商稚言。”

商稚言烦他，却又不敢提出反对意见，想了半晌：“我漏什么了？”

“如果有采访证，务必也带上。”崔成州平平板板地说，“你这位商老师啊，刚开始也是丢三落四的。”

小姑娘双眼闪亮，看看商稚言，又看看崔成州。崔成州的拆台没能打击她，她笑着说：“商老师，你的每一篇报道我都看过。”

她从挎包里掏出一个笔记本，上面是整齐的剪报，还有网页上打印出来的文字报道，全都是商稚言的稿子。

“你能给我签个名吗？”方晴目光炯炯，把剪报本递给商稚言。

崔成州木着一张脸走出办公室，商稚言的耳朵红得几乎冒烟，她隐约听见自己老师在远处大笑。

方晴看商稚言的眼神，含着对偶像的崇拜和热切，掺杂了对前辈的憧憬，另有一些小小的畏惧和紧张。

商稚言带方晴去现场采访，方晴开口采访时十分老成顺利，回头听见商稚言夸她干得不错，她又是高兴又是害羞：“商老师你真好。”

采访对象是前几日在池塘里救起溺水小学生的中年人，他拒绝了有关单位对他见义勇为的嘉奖，却不肯说原因。商稚言敏锐地察觉里头说不定有别的事儿，和方晴找现场的人问了几遍，才知他脱衣服下水时，衣服里还揣着一根粗壮铁棍。当时铁棍当啷落地，那男人顾不上回头，匆匆跳进水里。而他救人的地方离家很远，谁都不知道他为什么要到这儿。

察觉当事人隐瞒了一些事情，商稚言兴趣渐浓。方晴对她的崇拜更盛：“商老师你好厉害！”

方晴性格开朗，有话就说，称赞商稚言时眼睛闪亮。没人能抵挡这样单纯的热切，商稚言羞涩中不免飘飘然，心想原来被徒弟崇拜，感觉这么棒？

她跟崔成州交流：“我以前很崇拜你的时候，你是不是心里特别得意？”

崔成州表情扭曲，指指自己头上伤疤：“你是我带过的人里最麻烦的，没有之一。”

有崔成州这样的反面例子在前，商稚言对方晴可谓十二万分温柔：绝不责备，绝不贬低，有错了拐弯抹角地说，提醒时旁征博引，力图让方晴在不知不觉中得到领悟，更不会像崔成州一样随时随地把“写的什么玩意儿，给你们学校和老师丢脸”挂在嘴边，优点永远比缺点放大两三百倍。

方晴在校时成绩优异，也有许多社会实践经历，就连商稚言也必须承认：方晴比当初的自己优秀许多。

而方晴也跟当初的自己一样，有一些小小的执着，比如在这次调查里，她提出质疑：“商老师，你是说我们不调查了？不写这个报道了？”

商稚言与那个见义勇为的中年人接触过两次。

第一次对方态度尚可，第二次再见到她和方晴上门，对方不悦地拒绝，直接把她俩关在了门外。

“当事人完全不愿意接受采访，我们还能怎么办？”商稚言说，“我接下来要带你去参加今年的海洋论坛，这个事儿就算了吧。那棍子估计就是他自己用的，不要纠缠在这种细枝末节上，耽误更重要的事情。”

她感觉自己成了崔成州的化身：“不要因小失大，不分轻重。”

方晴仍用那种亮晶晶的、满是钦佩景仰的目光看商稚言，但在商稚言回家之后，方晴给她发了条信息：“商老师，我不会耽误海洋论坛的工作，但我想挤出时间再去找他问问。”

“……好固执啊。”商稚言看着手机嘀咕，像研究一个难题。

谢朝正给她吹头发，没听清她说的什么，凑近了瞧一眼手机，笑道：“终于让你头疼了？”

商稚言回头瞪他：“‘终于’是什么意思？”

谢朝笑而不答，吹干头发后亲了亲商稚言的发顶。商稚言顺势躺在他怀里，举着手机发愣。对话框里她写了一句“为什么”，但没有发出去。

为什么呢？她好像隐约知道答案。曾几何时，她也见过方晴那样年轻热烈的眼神，对自己的理想，对一切没有真相的事情。

“崔老师说，方晴跟我很像。”她说，“谢朝，我们像吗？”

“不像。”谢朝毫不犹豫，“一点儿都不像。”

商稚言：“我刚进浪潮社的时候也是这样。总觉得任何芝麻绿豆大小的事情都是大事件的引子，只要追查下去、挖下去，就一定能得到我想要的结果，写出惊人的、足以让自己和老师骄傲的稿子。”

是黎潇，是之后每一次与当事人面对面的时候，她感受到的复杂人性与痛苦改变了她。

“新闻”与“真相”背后，是一个个沉默不语的“人”。

“刚毕业的学生，都是满腔热情。”谢朝说起自己带的几个实习生，

“有时候需要吃一点苦头才能懂很多事情，不是单有热情就可以。”

他说完，顿了下，低头看商稚言：“但你很喜欢她的热情，对不对？你们这一行，如果入行时没有热情，心里怎么会有火？”

商稚言最终删去了“为什么”，发了另一句：“我和你一起去。”

谢朝看她发完信息，凑在她耳边笑着说：“有模有样的啊，商老师。”

商稚言面红耳赤地跳起来，把他按在沙发上。

商稚言忠诚地扮演司机，和方晴来到当事人家里。

或许是方晴十分恳切，或许是想一次性把所有事情说完，憔悴的中年男人终于打开了门。

被他救起来的是一个刚上四年级的小孩儿，因打算在池塘里捕捉蝌蚪，不慎滑入水中。如果不是他恰好经过，孩子可能已经没了。他做了这样的好事，一张脸始终苍白而茫然，静静地看着眼前两个女孩。

来的路上商稚言叮嘱方晴主动跟他拉家常，方晴问他救人时磕伤的膝盖好了没，又问他家里情况怎么样，把话题渐渐拉扯到拒绝“见义勇为”奖励的原因上。趁两人说话，商稚言不动声色地打量眼前简陋的房子。房子里家具很少，只有单身男人生活的痕迹，几个空酒瓶放在桌上，已经拆封的药盒放在酒瓶旁边。

门背后一个袋子引起了商稚言的注意：帆布袋陈旧，印着“新功集团劳动模范”的字样。

回程的路上，商稚言问方晴是否知道新功集团和那人的关系。方晴收集资料做得极好，立刻翻出小笔记本：“他是新功集团的老员工，去年下岗之后，一直在讨债。”

“讨债？”

方晴更正自己的说法：“追讨工资。‘新功’欠了他们几个下岗工人好几万的加班费，一直都没有发。他身体不好，很需要这笔钱。‘新功’的老总姓蒋，他好像说过要找这位蒋总的麻烦。但这跟现在这件事有关系吗？”

商稚言心头一动：“所以你想帮他？至少拿点儿奖励，可以缓解生活困境。”

方晴有些紧张：“对不起，商老师，我管得太多了。”

商稚言想起男人几乎家徒四壁的房子，轻轻摇头：“没事。你把他的事情再详细说说。”

商稚言在路口停下了车。奇特的职业敏感让她对方晴所说的事产生了兴趣。她查询男人救人的那条路，发现那是一条还未真正命名的新建路，只有一个入口，路的尽头正是新功集团的新厂区。新厂区建好不久，没有标志，若不是崔成州总提醒她关注时事新闻，她说不定也记不住。

“……那落水的小孩儿家住哪里？”商稚言忽然问。

方晴一怔：“我还没有查。”

“赶紧查一下。”商稚言提醒，“那地方很偏僻，附近也没有村子和居民区，小孩儿是怎么过去的？”

商稚言的注意力被这个事件吸引，连到谢朝家里约会也随身带着电脑，谢朝做饭时她在查资料，吃饭时她也紧紧皱眉捏着手机，和方晴不断交换信息。

谢朝了解她的种种表情，眉头一挑：“你已经查到了。”

“嗯，有眉目了。”商稚言托腮看着手机，等待方晴的回复，“但我不能说，得让她自己查。”

谢朝洗好碗筷，顺手拿了一本书，陪她在客厅里看电影。

商稚言十分忙碌，一会儿指着屏幕“我喜欢这个演员”，一会儿抓起手机跟方晴发语音：“你整理下现在所有的线索，会找到思路的。”

好不容易停了会儿，浪潮社的公众号新推送一篇报道，是崔成州写的。

同样关注了浪潮社的谢朝也看见了手机屏幕上的提示。他问：“有你老师的新作，你不看吗？”

“早看过了。”商稚言靠在他身边，“我还厚着脸皮提了点儿意见，那稿子我已经倒背如流。”

“……崔成州的稿子，你都会看很多遍？”谢朝问。

“每篇不下十遍吧，数不清了。”

“那我的论文呢？”谢朝问，“你看过多少遍？”

商稚言眨眨眼，装作回忆。

“中文的看过，英文的就……生僻词太多了，我看不懂。”她说。

“看不懂你可以问我。我直接给你翻译。”谢朝修长的手指轻轻揉着书页边缘，本来就不大坚挺的纸张被他揉得皱皱，他先是垂眼思索，片刻后抬起眼皮，十分认真地盯着商稚言，“你要多看。”

商稚言起初想笑，但谢朝用这种目光笼罩她时，她竟有种轻飘飘的眩晕感。人自然是英俊的，英俊得让人忍不住要认真对待他说的每一句话，可商稚言从他这句话里，还听到了一点点的恳求，缩头缩脑地藏在孩子气的“要求”里。

商稚言心想，他一定不知道自己正在撒娇。他也不知道，自己流露这种有点孩子气的情绪时，是非常有趣，又可爱的。

商稚言靠近他，他吻了吻她的鼻子，皱眉：“笑什么？”

“笑你。”商稚言环抱他的腰，靠在他胸膛上，“难得你有一件事可以让我取笑的，我得牢牢记着。”

谢朝思考半天，并不能懂得自己方才的言语之中，哪里藏了足以逗笑商稚言的信息。他想不清楚，便不想了，伸手揽着商稚言。

太阳暖和，从郊区遥望城市，一片灿然光明。

商稚言一心多用，看两眼谢朝手里的书，看两眼屏幕，再盯一会儿手机。

方晴终于发来了信息，只有一个字：“蒋！”

商稚言无声地笑了。

察觉谢朝的好奇，她跟谢朝解释：“那人带着铁棍，是要去新功集团的新建厂区，找他认为最不公道的‘蒋总’。而他在去的途中，见义勇为，在新建厂区不远处的池塘里救了个溺水的小学生。巧得很，那小孩儿，也姓蒋。”

事件的真相并不曲折，只是阴错阳差得令人吃惊。

怀揣铁棍要找老总算账的人，却在千钧一发之时，救起了老总的孙子。救人者被巨大的愧疚和不安笼罩，他认为自己配不上“见义勇为”的荣誉，拒接一切奖励，拒绝和被救起来的孩子、孩子的家人见面，一日日消沉，徒增对自己的厌恶。

方晴和商稚言说服了他。

他带着铁棍去自首。警察了解了他的种种情况，也确认了他最后什么也没做之后，首先对有这种偏激想法的他进行了严肃的批评教育，然后劝告他：“不能通过这种手段解决问题。”

他点头虚心接受教育后，警察就让他回去了。

尽管连崔成州都说“这跟我们没关系”，方晴还是执着地去了新功集团。

在她的帮助下，那数年不给的加班费，很快就到账了。

那男人来浪潮社找方晴和商稚言的时候精神了很多，手里提着一袋水果，热情地分发给办公室的同事。崔成州拿到一个梨，转头放在商稚言的桌上。

“真的跟你很像，做事顾头不顾尾，热情泛滥，过分相信自己的能力，没有自知之明。”崔成州说。

商稚言等着他的下一句批评。毕竟这些话她常听，已经完全免疫。

“不过，是个好孩子。”崔成州哼了声，“好好教，商老师。”

把这些事情告诉谢朝时，他俩正在看那部还未看完的电影。

谢朝耐心听完，说：“你一定很喜欢方晴。”

商稚言：“你又知道？”

我什么不知道？谢朝心里又冒出一句话。

商稚言的表情实在非常灵活可爱，他把人拉进怀里，亲了鼻尖亲额头。商稚言却不想跟他亲热，拼命找空隙要跟他细说方晴如何优秀，如何让她一次次想起曾经的自己，连崔成州也罕见地赞了方晴两句。

谢朝梳理着她的头发，静静地听着，只有在听见崔成州名字时，感到一丝别扭。

他想不起自己不久前是因为什么而对崔成州产生过奇特的嫉妒了。恋爱中的人，快乐总是很持久，偶尔一点怨怼，因为来得莫名，消失得也莫名。他揽紧了商稚言的腰，把她抱在自己怀中。这突如其来的强硬力道让商稚言发愣。

“怎么了？”

“喜欢你。”谢朝把脸贴在她肩膀，闷闷地说。

商稚言一头雾水：“我知道啊。你一天要说几十次。”

谢朝：“今天第一次说。”

商稚言：“你心里肯定嘀咕了。我虽然没听见，但我知道。”

谢朝笑了：“哈……商老师，好厉害。”

他总会在一些古怪的时刻反复察觉自己对商稚言的钟情：

他喜欢曾在海里张开手、试图接住自己的女孩；喜欢在公车站里克制却热烈地诉说情感的女孩；喜欢她为理想付出的每一次努力，喜欢她的眼泪和愤怒。她崇拜什么人都好，她不知道自己心里微小的妒忌也好，所有片刻拼凑起来，是完整的——谢朝只想紧抱在怀中的商稚言。

电影结束，片尾曲出现了一个年轻人的影像。谢朝告诉商稚言，他读书时在百老汇看过这个名为乔纳森·拉森的编剧所写的《吉屋出租》。说着，他开始轻轻哼唱起这部音乐剧里的歌。

有的人像永不熄灭的火，永恒地跳动，持久地热烈。燃烧时会照亮周围，还会点燃更多的火。沉寂的灵魂会因此生发出蓬勃力量，人敢于相信自己可以做些什么，自己有实现愿望的能力。

被“火”感染的人是不会疲倦的，那火是长夜的灯，冷海的塔，指明了方向。

商稚言静静地听谢朝讲述逝去之人的故事，握紧了谢朝的手。

“我……我现在就想让方晴去写稿。我手里有一个选题，是关于自闭症康复项目的，资料都齐全了，我明天就带她去实地采访老师和家长……”她开始跟谢朝细说自己的计划，她有无数想做的事情，想探索的真相，想帮助的人。

谢朝从未跟商稚言讲过，每次商稚言在他面前兴致勃勃地讲述自己的理想和工作，他都希望这一刻永远不会停止——商稚言身上的热烈是谢朝的信仰。

他曾被这种热烈点燃，在许多年前的秋夜，见证者是一只瘦弱的小猫。

那团火从未熄灭过。

- 完 -

后记

他们总有跨越障碍、战胜痛苦的勇气。愿我们都拥有可以点燃的火。

番外里写到的电影是《倒数时刻》，一部关于百老汇编剧乔纳森·拉森的半传记式电影。在看这部电影之前，我对乔纳森的了解仅止于他是《吉屋出租》这部优秀音乐剧的编剧，也是音乐、歌词作者。

身为观众去看《吉屋出租》，很容易就能感受到创作者的强烈热情。你会相信只有对身边一切充满情感的人，才会写出这样打动人的作品。看完《倒数时刻》之后我才知道，《吉屋出租》首演于1996年2月13日，之后不断获得各种奖项，至今仍然是百老汇舞台上不衰的剧目。然而乔纳森·拉森在1993年1月25日去世。他没有看到迟来的鲜花和荣誉。

看完电影的那个晚上非常冷。我在家里走来走去，我打开窗户，窗外是雨水和冷风。那天夜里我近乎失眠，心里充满了被电影鼓动起来的热火，迫切地想要写些什么东西，做一些什么事情。

我写过许多个故事，“繁星海潮”很特别，它有我家乡和我自己生活的碎片，主角们是我想成为的人，和我想认识的人（比如余乐）。我至今还记得写它的过程是非常流畅甚至堪称愉悦的。这是一个火会点燃火的故事，被点燃的或许是理想，是某种感情，是新的希望和目标，或者管它是什么，总之是热烈得会灼伤自己的东西。在自己创造出来的小小世界里，我期望主人公可以代替我实现未竟的愿望——他们总有跨越障碍、战胜痛苦的勇气。

写这个后记的时候，我也总想起《倒数时刻》里的许多片段，此时此刻也正听着*Louder Than Words*。我想把这部电影推荐给所有人。

谢谢编辑季眠和各位老师为这本书付出的心力，谢谢我的挚友吞老师、范老师和欧老师对故事的贡献，谢谢看到这里的你。

写到这里，夜晚很冷，雾气很重。祝愿看到这里的大家，都拥有可以点燃的火。

下个故事见。

凉蝉